青春做伴罗浮山

日记体长篇纪实小说

陈楷华 著

奉献教育 无悔青春

第一篇 开门辟山

第二篇 迎难而上

第三篇 众志成城

在人类历史的长河中，总有一些人为了教育事业的发展，为了国民素质的提升，在条件极其艰苦的环境下，不畏困难、不惧险阻，努力着、坚持着、奉献着，最终迎来百花齐放的春天……

文化发展出版社
Cultural Development Press
·北京·

图书在版编目（CIP）数据

青春做伴罗浮山 / 陈楷华著． —— 北京 ：文化发展出版社，2023.7
　　ISBN 978-7-5142-3642-2

Ⅰ．①青… Ⅱ．①陈… Ⅲ．①长篇小说-中国-当代 Ⅳ．① I247.5

中国国家版本馆 CIP 数据核字（2023）第 125824 号

青春做伴罗浮山

陈楷华　著

出 版 人：宋　娜	
责任编辑：周　蕾	责任校对：侯　娜
责任印制：邓辉明	封面设计：

出版发行：文化发展出版社（北京市翠微路2号　邮编：100036）
网　　址：www.wenhuafazhan.com
经　　销：全国新华书店
印　　刷：东莞市比比印刷有限公司

开　本：787mm×1092mm　1/16
字　数：372千字
印　张：22.75
版　次：2023年9月第1版
印　刷：2023年9月第1次印刷

定　价：68.00元
ISBN：978-7-5142-3642-2

◆ 如发现印装质量问题，请电话联系：0769—82225025

CONTENTS 目录

一　第一篇　开门辟山 ———— 001
DIYIPIAN　KAIMENPISHAN

今天，我满怀着对岭南千古名山的憧憬，到历代文人墨客为之倾倒的仙境似的罗浮山脚下走马上任。

二　第二篇　迎难而上 ———— 107
DIERPIAN　YINGNANERSHANG

由于师生们咬紧牙关、奋力拼搏，加上已经有了前两次的搭棚经验，经过整整两天紧锣密鼓的施工，终于再次把草棚搭了起来。

三　第三篇　众志成城 ———— 186
DISANPIAN　ZHONGZHICHENGCHENG

敢于第一个"吃螃蟹"，首创"集资建校、捐资建校"，不亚于当年的武训先生，从而感动了罗南人民，感动了各级领导，感动了海内外热心人士。

后记 ———— 359
POSTSCRIPT

第一篇

DIYIPIAN KAIMENPISHAN

开门劈山

导语 今天，我满怀着对岭南千古名山的憧憬，到历代文人墨客为之倾倒的仙境似的罗浮山脚下走马上任。

01

1975年8月15日　星期五

天哪！这就是我的学校？！学校在那里？！

今天，我满怀着对岭南千古名山的憧憬，到历代文人墨客为之倾倒的仙境似的罗浮山脚下走马上任。

我万万没有料到我的中学竟然是这样一副尊容：它虽然位于岭南名山南麓，到处是仙踪道迹，苏学士百游不厌，但在这遇仙不识仙的神仙胜境中，现下这里却是一片荒凉景象。全校所有建筑物就是一座破败不堪的古庙，而且倒的倒、塌的塌，早年那一尊尊庄严的神像和兴旺的香火早已荡然无存不说，就是后来改建为大队林场的泥砖房，也已破败不堪，一派凄凉。不要说房子不像样，就是小小的厕所也是塌顶断墙，露天厨房也是锅烂灶崩，结满了蜘蛛网……从外表看，这里是一不像寺、二不像观、三不像庙、四不像林场的"四不像学校"。

进门一看，更加头痛。泥砖屋里虽说是两房一厅，又脏又黑的泥地板上，到处是鸡蛋似的日影；抬头仔细看看屋顶，烂瓦片下面是既小又蛀的松木小桁条；桁条上面的椽板又霉又烂，摇摇欲坠；站在屋里令人提心吊胆，随时随地都有塌下来的危险；四壁亦是破败不堪，灰沙脱落。我稍微用手一摸，"噗"的一声，一大片墙圮崩了出来，跌个粉身碎骨！这样的房子比纸糊的还差呀！叫我怎么办学？怎么住人？怎么上课？

带我来到这里的公社教办主任林明朝同志看到我这个新来的校长满脸愁云,生怕我——出自名牌大学的臭知识分子——不替他在这个"破庙"里当"庙祝",便使尽浑身解数地向我解释说:"无铭同志,你是知道的,我们公社是新分公社,我们中学也是新建中学,一切是白手起家,从头做起。正如主席他老人家教导我们的,'一张白纸可以写最美的字,画最美的画',就是这个地方,还是公社党委和县教育局的有关领导经过多次勘察和研究,在全社群众的强烈要求下,千辛万苦才把山下大队的林场买下来的。"

他指着一大片半死不活的果树林说:"你别看这里一片荒芜,但是,它北靠千古名山,是全国十大洞天福地之一,环境幽雅,冬暖夏凉;前面是东江下游平原,沃野无边,处处是鱼米之乡,正是一个办学的好地方。"

我心想:喊喊口号,背背语录,说说漂亮话,谁不会?但是真正叫你干起来,就不是那么轻松了。

我只好无可奈何地接着说:"是啊,'天下名山僧占多',这里确实是名不虚传的神仙胜景,千里难寻的好地方。但是,眼下是这副尊容,时间又这么紧,我们又不是魔术师,更不是孙大圣,说一声'变'就能变出一所学校来。说要赶在九月一日开学,谈何容易呀!"

"是啊!"他说,"白手起家确实艰苦,正如主席教导的,'越是艰苦的地方越是要去,这才是好同志',我们罗浮山人民正是看到你有艰苦奋斗的精神,才请你来担此既艰苦又光荣的重任。你看我们这里,山高路远,不要说从来没有一所中学,就是农村里的小学也是极不像样。而今又是新分公社,县上中学进不去,邻社又不招,孩子们没有书读怎么办?难道又叫他们退回到'睁眼瞎'的老路吗?希望你不负众望,为罗浮山人民的子孙后代做做好事吧。"

大道理,小道理,他讲了一大堆。而最击中我心灵深处的是"难道又叫孩子们退回到'睁眼瞎'的老路吗",我们的祖祖辈辈不就是吃了"睁眼瞎"的亏吗?我之所以能从一个世代"睁眼瞎"的农家子弟一跃而成为村里的第一个大学生,还不是读了共产党的翻身书才有今日吗?我就是不想当"睁眼瞎"才拼着老命考大学,难道这里的孩子们要再当新的"睁眼瞎"吗?再说林主任讲的话也没有错,这里地点好,但条件差、时间紧、群众急,困难比这千古名山还要大。看目前,思往事,思绪万千,难道我能打道回府,把介绍信退回教育局，当个困难面前的"逃兵"吗？思前想后，只好把心一横：好马不吃回头草！"既来之，则安之"罢了。

我只好苦笑着把关系介绍信交给他，说："有什么办法呢？谁叫我领了它。如今是滚石下山，势在必行，不行也得行，难道还滚得回去吗？"

说得两个人都笑了起来。但两人之间的笑容和心态却完全不同，他是如释重负，我是苦在笑中。

话说回来，当县教育局在全县找来找去找了几个月，找不到一个人愿意来这里而找到我这个无名小卒时，我亦想过反正我是苦孩子出身，捡猪屎狗屎，钻厕所淘大粪，当兵种地，高炉炼铁，什么脏活累活苦活没有干过，难道能苦过当年八团大战牛田洋围海造田？我的人生信条是再苦都不怕，只要有人活着的地方我就能活。哪怕是没有人的地方，我也要在那里扎根、开花、结果，就这样才领了"发票"走马上任。

如今夜静更阑，我不禁沉思：要在这么短的时间内创办一间中学，谈何容易呀？！这可不比当年东坡居士被贬于此，寻仙品茶，日啖荔枝三百颗那么快活；更不是东晋的稚川道士来此炼丹，只要"一人得道"就可"鸡犬升天"，迟早不计时间。我既非神仙术士，也不是魔术大师，只是凡夫俗子一个，去哪里眼前突兀见校舍，大庇罗浮山下学子俱欢颜呢！

1975年8月18日　星期一

不行！绝对不行！！

经过两天的认真考虑，越想越可怕。要办一间中学，没有人、没有物、没有钱、没有房子课室校舍……一切都没有，叫我怎么办？这不是活见鬼吗？

再说，我既不是本地人，人生地不熟，去哪里找这些东西呢？也不是孙悟空，只要拔几根毫毛，说一声"变"就可以变得出来，而是凡夫俗子一个，这一切的一切，去哪里找来呀？真是把我急得好像热锅上的蚂蚁一样，心里火烧火燎的，去哪里找出一条生路，去哪里寻出办学的东西？

罢，罢，罢！解铃还得系铃人。找决定在这里办学的人要人、要物、要钱、要房子去。难道二十世纪七十年代的今天还像战国时期的墨子一样在树荫底下给学生上课吗？

天一大亮，我就骑上自行车，急如星火地直奔公社教办，迫不及待地向林主任提出了一个又一个的迫切要求。谁知急病碰到慢郎中，他两手一摊，无可奈何地苦笑着说："老无同志，我和你真是难兄难弟，彼此彼此。你看看，我的架子也是刚刚搭起来，要什么没什么，穷得连办公用的笔墨纸张都困难。"他指着空空如也的办公室说："连这张烂办公台还是跟小学借来的，哪里有钱给你呀？"

"那怎么办？"我一筹莫展地说，"难道叫我在蓝天底下上课？"

最后，他终于想出了一条把矛盾上交的脱身之计，说："我看这样吧，我和你去找公社管文教的许泰来副主任，一来你们可以见见面，认识认识，今后工作方便；二来可以向他汇报情况，请他想想办法，好不好？"

"好！"我高兴得好像一只掉进河里的老鼠抓到救命稻草般，以为这下有救了。其实，我何尝想如此，可是新来乍到，鬼都不识一个，碰到这样的难题，不找领导找谁呢？

我们终于在公社找到了许副主任。他，中等身材，五十上下年纪，平头上短发参霜，眉粗眼大，满面红光，尖尖的下巴周围胡须巴扎的；上穿半旧不新的文化衫，下着深灰色的斜纹裤，裤脚卷得老高老高的，脚上拖着一双沾满泥巴的塑料凉鞋，一副不折不扣的农村干部样子。当他知道我是新来的中学校长时，立即现出客家人特有的热情劲儿，边让座边斟茶地说："欢迎，欢迎。"

我以为真的碰到了大救星，立即把中学的困难情况一一向他汇报。谁知他说："无校长，人的问题好说，教师已经安排落实了，这几天就会陆续报到，这点你放心；至于学生也已录取，暂时两个高中班，名单已在教办。"他对着林明朝同志说："老林，等一下你就把录取名单转给无校长。"他又对着我说："无校长，你就按录取通知报名注册就是了。至于后面三点嘛……"他没有爽快地说下去，而是端起小茶杯边饮边想，在搜肠刮肚地寻找应付的词儿。我见状，心都凉了半截："这下完了。"他想了老半天，面有难色地说："无校长，至于钱的问题嘛，公社不是不支持，而是实在没有办法。咱们是新分公社，穷得连个办公的地方都没有。你看看，连这点房子还是跟罗南大队借来的，哪里来钱给中学呢？"

我心急如焚地说："许副主任，没有钱，哪来的课室校舍，甚至连基本必要的黑板、粉笔都没有，叫我如何办学呀？俗话说'巧妇难为无米之炊'呀。"

他边听边思索，右手四指在头上挠了又挠，想了老半天对着林明朝同志说："老林，我看黑板的问题就由你负责，看看哪一个小学黑板有多的，暂时借两块给中学；至于学生台凳问题，就由学生自带，你们看好不好？"

老林立即说："好，好，就按许副主任的指示办，我保证完成任务。"

我为许副主任能为我们解决一些问题而点头道："好吧。"

许副主任见我一应"好"就想端茶送客。谁知我越想越感到关键的问题没有解决，便说："许副主任，那课室校舍的问题怎么办呢？"

面对课室校舍的问题，大家搔首挠腮，团团乱转。许副主任急得茶杯端到嘴边又放了下来，一会儿反背双手，一会儿搔搔脑袋，犹如热锅上的蚂蚁在房间里踱来踱去，足足转了一袋烟工夫才问："老林，你看看有没有哪间小学的教室有多，暂时借一借行不行？"

这一下子老林再也不是那么爽快了，反而诉苦地说："许主任，我们间间小学都是挤都挤不下，哪来教室好借呀？"

"那怎么办？"我焦灼地问，使大家又陷进了苦苦的思索之中。

想了老半天，许副主任终于想出了一条矛盾上交的缓兵之计，说道："无校长，现在是别无他法，我看你只好上县教育局去搬救兵了。"

"对，对！"林明朝同志立即举手赞成，"许副主任说得好！校长，你立即以中学的名义向县教育局打个报告，我们是新分公社，又是新建中学，要求他们拨几万元来建校，合情合理。"

"好吧，"我无可奈何地说，"那就试试看。"我心里想：皮球又往上踢了，不过，非此也没有办法呀！

回到破庙以后，我立即起草了第一份给县教育局要求拨款建校的报告，把我校的种种困难一一说明，要求火速拨款以解燃眉之急。但是，到了更深夜静之际，心里越想越不踏实，到县教育局就能要到钱吗？面对这个既紧迫又现实的问题，我翻过来转过去，一宿不能成眠。若是到县教育局要不到钱，我该怎么办哪？

1975年8月19日　星期二

　　我的老天！我这个从小就被公认胆大出名的人，昨天晚上竟然被吓得胆战心惊，彻夜难眠。这是我平生第一次碰到惊险之夜。起初，后山林里传来了小孩啼哭似的鸱鸺（猫头鹰）凄鸣，令人不寒而栗；还在惊魂未定，我又闻黄麂嘶鸣，分外吓人；正在为这不得安宁而担惊受怕之时，突然有东西闯进屋里，我猛一翻身落地，只见狐狸早已从破门蹿了出去。为了以防万一，我赶紧找来木棍堵门。谁知我从烂门板的洞子往外一看："天……"月光底下只见野猪在前面狂跑，也不知什么野兽在后面猛追，一声长啸，猛扑过去，吓得我浑身发抖，牙齿打战，死死把门顶住，生怕等一下它吃不到野猪来吃我。阿弥陀佛，真是不幸中的万幸，那野兽总算没有回头来找我，要不，就不堪设想了。

　　所以，我一早起来就骑上自行车，匆匆跑到教育局搬救兵去了。

　　我风风火火来到了教育局，找到局长郑道宏。他五十二三岁的样子，脸上瘦削，文质彬彬，一见我就热情地端茶让座，关切地问："老无同志，到罗南以后一切进展顺利吧？"

　　我迫不及待地一边递上报告一边说："还说顺利呢？没有把人急死算好啦。好吧，无事不登三宝殿，给钱再说。"

　　"哦！"他笑吟吟地说，"原来你一上任就为这个而来呀？"

　　"那当然啦！"我急得连珠炮似的说，"罗南的情况你不是不知道，新分公社，新建中学，过几天就要开学了，现在还是烂屋三间，荒山一片。什么课室宿舍，连片瓦块砖的影子都未见到，这样的中学谁办过？"我骤感喉咙哽咽，眼泪欲涌地说："这几天到了罗南，找教办，教办无钱无物；找公社许副主任，公社也穷得叮当响，一筹莫展。这样的学校，局里不支持一下，叫我怎么办？难怪你们在全县找来找去，找到我这个大傻瓜来跟你们卖命，但是一点钱都不给怎么行呢？"

　　郑局长边听边看报告，甜甜的脸渐渐由晴转阴，舒眉紧锁，叹了一口气为难地说："老无同志，局里也是欲助无力呀。你看看，这么多年来，咱们县的经济一直搞不上去。现在不要说叫我拨几万元给你们建校，有时连教师的吃饭钱都难找哇。你想想看，你原来所在的学校为什么常常不能如期发放工资，就是因为局里没有钱哪！"

真是把我逼上了绝路，我只好耍小孩子脾气般说："郑局长，若是这样的话，这个学校我是没有办法啦，请你另选高明吧。"我接着把昨天晚上的耳闻目睹历险记一一向他诉说，最后提出："这样的情况你们还一点钱都不给，有谁给你卖命？"

局长怕我真的撂挑子，脸上立即由阴转晴，满脸堆笑，边拍拍肩膀边亲热地说："老无同志，主席教导我们说，'越是艰苦的地方越是要去，这才是好同志'。现在你那里的条件很差，生活很艰苦，局里也很同情，但是要一下子就拿这么多钱来给你，实在是没有办法呀。"

我急疯了似的说："局长，你没有办法，我更没有办法，那就另请高明去吧。"

郑局长怕我真的不干，又是满脸堆笑，又是亲热地拍着我的肩膀说："老无同志，怎么耍起小孩子脾气来啦？不要这样嘛。局里正是看到你一贯来'一不怕苦，二不怕死'的精神，才把这副既光荣又艰巨的重担交给你，这是党和人民对你的信任哪。俗话说'困难是个试金石'，发扬以往那种敢于与困难搏斗的精神，把学校办起来，这就是为人民再立新功嘛。"

我心里在想：对着部下唱唱高调，说说漂亮话谁不会？要是轮到自己头上，我看就不会唱得那么美妙动听了。但口里却只能委婉地近乎乞求地说："局长同志，再过几天就要开学了，我们的学校八字还没有一撇，在罗浮山脚下连个影子都找不到，你说我去哪里开学呀？"

局长被我问得哑口无言，只好"喀、喀、喀……"地一连干咳，最后好像发现新大陆似的说："哦！有办法了。"

"好哇！"我喜出望外地说，"什么办法？！"

他说："你看看，当年的'延安抗大'还不是'窑洞大学'，主席给学员上课还是在地坪里哩，我们还不是打败了日本鬼子和蒋介石？"他越说越来劲，"还有，中华人民共和国成立初期，我在'南方大学'读书时，还不是'草棚大学'，也是为我们党培养了大批干部哇。"他又哄又骗又拍肩膀，"你看看，咱们发扬发扬当年'延安抗大'精神，先来个'草棚中学'怎么样？"

好个草棚中学？！我心里全凉了，不胜感慨地说："真是天下奇谈，也亏你局长想得出来。"

"不这样临时应急,有什么办法呀?!"局长近乎恳求地说,"你难我也难哪。"

这就是我上县教育局搬兵的结果——"草棚中学"。不过话说回来,不搭草棚又去哪里上课呢?

退一万步说,就是搭草棚,也要人工材料,又去哪里找呢?就是纸糊的也要钱哪!这可叫我怎么办哪?

02

1975年8月21日　星期四

　　有了前几夜独宿破"庙"的惊险经历，昨晚我把破门堵得牢牢的，总算马马虎虎睡了一觉。

　　清早起来，精神稍好一点，一个人登高望远，放眼四方：东南面是一望无边的粤东大地；西南边是一条广汕公路沿山越岭，直通广州增城；南面是一马平川的东江平原，辛勤的农民早已下地劳作，好一派田园诗画耕乐图；翘首北望，只见群峰入云，晨雾轻纱缭绕腰间，山坡上松柏苍翠，一片连着一片。晨曦中，山峰一座更比一座高，看不到顶，望不着边，云掩雾盖，真是名不虚传的地跨三县的罗浮山四百三十二峰。站在山顶上往下看，只见一条条山坡好像硕大无比的巨蟒由北向南匍匐而下。我们的学校正是在这些"巨蟒"的一条主脉的斜坡脚下，坐北朝南——原来是罗南大队的荒废林场。据说这里也曾经林茂果丰兴旺过，由于众所周知的原因，大队瘫痪，林场没有人管，失工缺肥，逐渐就丢荒了。如今尽是一片半死不活的阳桃树、柿树、李树，以及稀稀落落吐着"黄龙"的柑橘林，眼前一派荒凉景象，令人看了心酸。算啦，不如顺着山坡下的小路往里走，看一看环境如何。我沿着山路往里走了十几二十分钟，眼前却是别有洞天：在群峰环抱的山窝里，山坑中流水淙淙，清澈见底。捧上一抔洗洗脸，清爽异常；喝上一口，"哎呀！"精神为之一振，"这水这么甘甜！"真是沁人心脾、爽透五脏，难怪据说苏东坡在《卓锡泉》中对此山的水赞不绝口。再往里走十来分钟，抬头一望，原来上面有一条大坝，上书四个大字：罗南水库。登上大坝眺望，好一派湖光山色，山清水秀，令人心旷神怡，流连忘返。

一直待到十点多钟我才恋恋不舍地离开这山中仙境，回到破"庙"之中。正当我站在门口向南远望，就见到山下远处有人骑了一辆自行车朝我飞驰而来，越看越清楚，车头上挂着一个大挂包，车后架上载着一个大背包，背包上面叠着一只洋铁桶，真是令我喜出望外："好啦，好啦！谢天谢地，总算有人来做伴了。"因为我知道，此时此刻除了和我一路之人，谁也不会这个模样进来的。

他到门口下车我才看得清楚，好一个壮实的小伙子，二十四五岁，手大腿粗，胸肌发达，肌肉结实。我欣喜万分地迎上前去，足足比我高出半个头，正是一米七三的一条好汉。我一边帮着解行李一边问："老师，你贵姓？"

他快嘴快舌地说："我姓赵，叫赵家庆，是从小学抽上来教体育的。"

"好哇！"我高兴地说，"欢迎，欢迎，今后请多指教。"

"老师，你贵姓？"

"小姓无，叫无铭。"

"啊！你就是无校长啊！"正在解行李的小赵立即停下手中的活，重新打量着我，爽朗热情地说，"听教办林主任说，你前几天就来了，今后请多多帮助。"

我诚心诚意地说："赵老师是本地人，熟悉情况，今后请你多多帮助才是。"

"哪里，哪里！"小赵谦让了一番。

但是，当我们一起提着行李进了房间，他发呆了。不用说，情为心表，此时此刻他心里一定正在犯愁：我的行李往哪里摆呀？因为房间里唯一的旧铺板上已经有我的行李了。

我猜透了他的心思，立即指着床铺释疑说："小赵，你的行李先放在这里，我的已经准备好了。"

"真的？"他半信半疑地问。

"真的，真的。"我装得很爽快地说。其实，我哪里来的床铺哇？只不过我心中有数：宁可自己打草铺，睡地板，也要让老师有床铺睡，只有这样，大家才能甘苦与共啊。

面对这样的条件，小赵不得不叹了一口气："唉！本来小学就够穷的了，谁知中学比小学还要穷万倍，真是名副其实的一穷二白，这样的中学怎么办哪？！"

人往往就是这么怪，对着上级就摆出种种困难，就好像孩子对着母亲撒娇；但是，对着部下却要打肿脸充胖子，假装满有信心的样子给他们做思想工作。而今我则是有过之而无不及，人家是哑巴吃黄连有苦无口说，我却是明明满肚黄连加"浮凸"，还要装作"好吃，好吃"的样子跟老师做工作，说："我们是新办学校嘛，困难总是有的。但是，只要大家齐心协力，艰苦奋斗，再大的困难也是可以解决的。"不知不觉之间，我把自己的东西收拾好，还把小赵的床铺也安顿好了。

下午五六点钟光景，正当我和小赵吃饭的时候，小赵眼尖，突然叫了起来："校长，你看，有人来了。"我一看，是一个身材矮小，步履矫健的人挑着被袋和皮箱快步走来。

我喜出望外地喊了起来："张炳华！"我也不知道是怎么丢下饭盆的，急急忙忙地迎了上去。

他却远远就喊：ّّ'老武，老武'，你这家伙，就光知道要钱，不要人了？还不快来，真是把我累死了。"

我边走边"骂"："你这家伙，谁叫你没有选好支点，累死活该！"一边又把他的行李抢过来挑着一边说，"又跟你这个家伙在一起了，这下有你的好戏看咯！"

我们两个都是1970年被赶到这个县的"臭老九"，开始时大家在一个学校任教，他教物理，我教政治，平时开玩笑开惯了。突然有一天，他竟然当着"老九们"的面给我起了个外号："你们看，这家伙像不像《武训传》中的武七哥？"引得大家哄堂大笑。在汉字里，"无"与"武"仅仅是一声之差，从此以后，"老九们"见面常常以此戏称，也就习以为常了。谁知这一见面，他就改不了喜欢开玩笑的习惯，直呼我的外号。当然，我回敬他也是有来历的，他上的物理课生动活泼，很受欢迎。有一次讲杠杆原理时他对学生说："我现在是找不到一支够长的杠杆和合适的支点，要不，我一个人就可以把地球顶了起来。"说得大家哄堂大笑。

近两年我虽然调到了别的学校任教，但经常听老同事说，他不仅在本校搞了小水电，还帮助附近山村的农民搞了不少的小水电，很受学校和群众的欢迎。想不到教育局竟然把这位多才多艺的人才调来跟我合作，我当然喜出望外咯。

说笑之间，不知不觉就来到破"庙"门口，他问道："学校呢？"

我指着眼前三间破屋说："单眼仔看老婆，一眼望穿，就是这里。"

他往我的肩膀狠狠拍了一下："好哇！'武七哥'，现在看你怎么办了？是不是再和当年一样给人家揍一拳两分钱，踢一脚五分钱；要不，我看你这个学校怎么办起来？"

我也往他的肩膀上拍一拍，说："有你这个'万能博士'，还怕学校建不起来吗？"说得三个人都笑了起来。

老张这个人，出身于广州，是大学物理系的高才生，在那个年代，打破了一切分配计划，和我们一起来到这里当中学教师，也算他看得开，照样成天乐呵呵的，是个典型的乐天派。干起活来，他真有两下子，什么泥水木工、土木机电，干什么会什么，因此被冠以"万能博士"的雅号。而今在这学校的草创之初，有他来做拍档，真是最好不过。

可是一进屋，倒是我先犯愁了，心里说："一副铺板，他们两个今天晚上怎么睡呀？"

他一眼就看透我的心思，眼睛在屋里转了一转，走上去就把门板托了下来，说："愁什么？这不是很好的铺板吗？竖起为门横为铺嘛。"

"不行，不行！"我和小赵异口同声地制止他。我说："你不要命了？要是没有这扇门，明天可能到山上捡骨头就有你的份。"

"真有那么严重？"他半信半疑地问。

我不得不把几夜来的惊险情况向他描述一番，吓得他舌头一伸，把门重新安了回去。

正当我一筹莫展之际，小赵主动说："无校长，我家就在本公社，今晚先回家睡一晚，明天一早回来，你看好不好？"

"好，好！"我心中的石头落地了，说，"那就辛苦你了，就这样办吧。"

谢天谢地，终于暂时解决问题，又不用独自担惊受怕了。可是，到了更深人静，狼奔豕突、猛兽吼叫之时，刚到此地的老张却吓得再也睡不着了。

1975年8月22日　星期五

两人睡了一个晚上，惊了大半夜，直到黎明时分才迷迷糊糊地合了一下眼。突然，听到有人拍门："校长，校长，天亮了。"

我急忙开门一看，原来是赵家庆来了，他的单车头上还插着两把山草镰哩。我一边向他问好，一边不解地问："赵老师，你带镰刀来做什么呀？"

"割山草哇！"小赵解释说，"等一下割几捆山草晒干，既可烧火煮饭，晚上又可打铺睡觉。要不，大家一来，烧什么，睡哪里呀？"

"好，好。"我由衷地说，"太好了，想得太周到了。谢谢你，帮我解决了大问题。"

"好！"老张不知什么时候起来的，也接上说，"老兄，真有你的，今晚再也不用往家里跑了。"

于是，三个人密切配合，草草吃了一点早餐，大家就分头干活了。

正当他们两人去割草，我在低头扫地的时候，一个五十五六岁，鬓发斑白，满脸皱纹，又高又瘦的老人来了。只见他上身穿着旧得发红的香云纱，下着洗得发白的蓝色卡其裤，不用说，我一看就知道：他就是因我校急需，公社领导不得不暂时安排来中学教语文的陈明老师。虽然他原来还在生产队劳动改造，又出身地主"右派分子"，但我一视同仁，满腔热情地迎了上去，说："陈老师，欢迎，欢迎！"我一边紧紧握着他的手，一边帮他提行李。

谁知他那长满老茧的手一边把我的手握得骨头都痛，一边把行李抓得紧紧地说："不用，不用，我自己提就行了。"他那重见天日、重登讲台的由衷喜悦，令笑脸上的沟纹刻得更深了。多少年来他都是在胆战心惊的专政之下过日子，哪有像今天这样既要登讲台又受到真情的欢迎，他胆怯谦恭地问："老师，您贵姓？"

我爽快地说："不用"贵"，小姓无，叫无铭。"

"哦！你就是无校长啊！"陈老师惊讶地说，"失敬！失敬！今后请多多帮助。"

"哪里，哪里。"我诚心诚意地说，"今后请陈老师多多支持和帮助才是。"我早就听公社教办的林明朝同志介绍过，陈老师以前读中学的时候，作文比赛曾经得过省里的第三名。中华人民共和国成立后在中学教语文，这次特别把他从生产队抽调到中学来任教，要特别注意他。其实有这样高素质的人才，我怕是请都请不到，还要"特别注意"他干什么呢？我印象最深刻的就是教过我的老师中，不管是小学还是中学，许许多多很好的老师被错划为"右派"，多可惜呀！

下午，一位又瘦又长着龅牙，年纪三十七八岁的中年老师也骑着前挂后载的自行车来了。我立即迎上去说："欢迎，欢迎！你是袁老师吧？"

他用略为沙哑的破锣声说："对，我叫袁圭，是教数学的。老师你贵姓？"

我还来不及回答，站在一旁快嘴快舌的张炳华立即笑了起来说："他呀，就是大名鼎鼎的'武七哥'，刚刚从山东来到罗浮山开基创业者是也。"大家都笑了起来。正当袁老师不得其解的时候，小赵插嘴说："他就是咱们的无校长啊。"

正当大家说笑之间，一位年近五十，矮小结实的农民模样的人挑了一副箩筐，直冲冲朝着我们小跑而来。小赵眼尖，立即喊道："箩叔，你来了。"他转头对我们说，"这是工友箩叔，他姓牛，名叫箩仔。"小赵的话还没有说完，箩叔已经来到门口。我走近一看，不仅箩筐里装了一些刀砧盘钵之类的厨房用具，而且右手多了一个指头，一副纯朴厚道的样子。他一进门就直通通地问："哪个是校长？"

赵家庆指着我向他介绍："箩叔，这位就是无校长。"

他立即自我介绍说："无校长，我是刚刚从生产队被公社找来到中学做工友的，叫牛箩仔。"我还来不及跟他说上两句，他就问："厨房在哪里，怎么搞？"

我刚刚带他到旁边的破厨房一看，他放下担子就快手快脚地干了起来。

最叫我为难的是，当大家正在吃晚饭的时候，来了一位二十四五岁的大姑娘，生得白白净净，十分秀气的鹅蛋脸上戴着一副茶边近视眼镜，脑后摆着两根齐腰秀辫。她来到我们跟前，一边放下皮箱杂物，一边掏出手帕擦一擦白里透红的汗脸，操着不大准确的客家口音向我们问路："同志，请问一下，去罗南中学往哪里走哇？"她做梦也没想到，眼前就是她要来任教的罗南中学，她还以为我们是这里的林场职工哩。在她的心目中，中学起码应该是课室宿舍样样俱全，要不叫什么中学？

"远在天边，近在眼前。"快嘴快舌的张炳华抢先说。

"什么？"她还以为自己没有听清楚哩。

"这里就是。"我和在场的老师不约而同地说。

"这里？！"

听到大家如此肯定的回答，吓得她那红红的秀脸唰地全白了，柳眉紧皱，凤眼大睁，眼泪涌而未滴，红唇大开，白玉浅露，却久久说不出话来。可以毫不夸张地说，眼前的情景把她吓呆了。一直过了很久很久她才半信半疑地说："真的？这里就是罗南中学？"

"没错。"我往破屋一指，说，"这里就是咱们罗南中学。你是来这里教英语的萧凤英老师吧？"因为前几天我就听林明朝同志说过，县里调来一个刚刚毕业的女英语老师，所以我估计是她。

"是啊！"她心事重重地说，"前几天刚刚到县教育局分配的时候，局里的领导同志一再向我介绍，'罗浮山风景如画，山清水秀，到处是名胜古迹，美不胜收，人家想去还不行，特别派你去那里。'我还以为自己真的要到南粤第一美景的神仙洞府教书哩，谁知学校竟是这个样子。"

当我帮她提着皮箱，领她进入我们那又黑又破的"庙"里时，更是使她百思不得其解，满腹狐疑地问："我的宿舍呢？"

我把她的皮箱往又破又黑、无门无户、连一块床板也没有的西边房里一放，说："就是这里。"

"天！……"她的喉咙一下子哽住，倒是眼泪好像决了堤似的，哗哗地往下流。

是啊，这位出身于大学教授家庭的女儿，自幼品学兼优，是父母的掌上明珠，正在广州的重点中学读高二，在"知识青年上山下乡，走与工农相结合"的大潮中，带着满腔热情来到这个县的客家山村"插队落户"。由于她刻苦耐劳，克服了无数难以想象的困难，得到了贫下中农的好评，出席了县的"知识青年上山下乡积极分子代表大会"，尤其是幸运地成为"工农兵学员"，圆了非常难得的大学梦。今年毕业了，又带着改变山村教育落后状况的良好愿望回到这个县来任教。但她万万没有想到，堂堂罗南中学的老师宿舍竟然连生产队的牛栏还不如，怎不泪如泉涌呢？

我使尽了浑身解数跟她解释说："萧老师，这里是刚刚创办的中学，俗话说'万事起头难'嘛，只要大家齐心协力共渡难关，咱们的中学就一定能办起来。特别是你们年轻人，刚刚走上工作岗位就将投身这开基创业的战斗，这是既光荣又自豪的事业，将来你们就是这里的'创校元勋'哪！"

说话之间，老师们纷纷伸出热情的友谊之手，大家七手八脚地忙了起来。有的点上蜡烛，有的打扫房间，有的把仅有的床铺拆了搬过来，有的帮忙安床搭铺，三下两下就把萧老师的房间布置好了。张炳华左看右看，突然叫了起来："哈！萧老师你看看，我们三下两下，就把狗窦变成凤凰巢了。"说得萧凤英"扑哧"一声，破涕为笑。此时笋叔端来了热气腾腾的饭菜，说："萧老师，肚子饿了吧，赶快吃饭再说。"

当萧老师吃饭之时，大家抓时间重新把东边的房间布置了一下，铺上山草，打好地铺，安顿妥当。

饭后，我们在东厢房的男教工宿舍里召开了罗南中学有史以来的第一次全体教职工大会。实际上只是"六星伴月"小组座谈会。俗话说"麻雀虽小，五脏俱全"，我们这个袖珍型的罗南中学的教工人数远远比一个大校的科组人数还要少得可怜，但是第一教工会议是十分关键的，开得好与坏将关系到今后一系列工作的开展。因此，一开始我就把几天来上蹿下跳的情况向大家作了如实的汇报，特别是创建"草棚中学"的问题，引起了大家的激烈争论。经过一番争论，大家不仅认识到问题的严重性，也深深明白既然上了这条船，就应该同心协力、同舟共济，否则别无他路。最后进行各项工作分工，大家一致推举张炳华老师为建校工程总指挥。

当老师们在进行激烈争论的时候，笋叔却不声不响地在那里打草帘。会后，我不解地问："笋叔，你编这个干什么？"

笋叔憨厚地说："人家一个女孩子家，无门无户怎么行？有了这个做门帘，晚上也可以睡一个安稳觉嘛。"

我完全没有想到这个老实厚道的农民想得这么周到，说："好哇，晚上可以睡一个安稳觉了。"

谁知道睡到半夜，门突然"砰！"的一声巨响，只听袁老师惊恐万状地大喊："虎……虎……老……老虎……"

大家像触电似的一跃而起，笋叔真不愧是山里人，抓起铁桶就"乓乓乓乓"地拼命打，边打边喊："快打！快打！一打就把它吓跑了。"

于是，脸盆也好，铁桶也好，抓起什么就打什么，"乓乓乓乓"响成一片，吓得山中的栖禽走兽乱飞乱跑，老虎也不知道跑到什么地方去了。随后，笋叔点着火把到外面看了一下，回来说："好了，全都给我们吓跑了，大家安心睡觉吧。"

张炳华看到吓破了胆的袁圭还在那里瑟瑟发抖，戏言道："老袁，你看到的是老虎，还是老鼠啊？"

"真的，真的是老虎。"袁圭心有余悸地说，"刚才我到外面去小解，突然看到山坡上有两只小灯笼呼呼往我径直而来，我听说虎眼如灯笼，那不是老虎是什么？真是把我吓坏了。"

笋叔是山里守林人，经验丰富，他说："人怕虎，虎怕锣，一听到锣声，一看到火把，它们就吓跑了。"

直到这时，才听到西边房里传来萧老师战战兢兢的声音："哎呀，真是把我吓死了！好歹人多势众，要不那可怎么办哟？！"

痛定思痛，刚才"乓乓乓乓"的那一阵不外乎是夜过坟场吹口哨——壮胆而已，谁又不怕呢？至于是否真有老虎，谁也说不清楚。

1975年8月23日　星期六

真糟糕！天一亮问题就来了。

开门"头件事"，不去不行；要去吧，连个最起码"方便"的地方都没有，真是把大家急坏了。俗话说"官司不如屎尿急"，几个人站在门口，大眼瞪小眼，不知道怎么办。

前几天都是清一色的男同胞还好办，大家彼此彼此；如今来了一位大姑娘，万一撞见的话，岂不难堪之至吗？

正当我和大家一筹莫展的时候，老张往房后的山望了一望，装个鬼脸说："愁什么？活人岂能让尿憋死？楚河汉界，天各一方，互不侵犯，男的在西，女的在东，不就万事大吉嘛！"

"高！"小赵立即响应。

为了让还在房里的萧凤英听到，我大声宣布："好！就照老张的意见办，男的在西，女的在东，暂时方便方便。"

说来真是"天方夜谭"，在我堂堂五千年中华文明史的古国里，在全公社的最高学府——罗南中学，竟然原始到这样的地步，在光天化日下，为人师表者竟遍地遗矢，真是滑天下之大稽！若非亲历其事，谁又能相信呢？但这却是千真万确的事实。我们的条件之差，环境之恶劣到了何等地步，可想而知。

早饭以后，我们又开了一个老师会议，对各人进行具体分工：我是总负责人，校长主任一身包，老张和袁圭是班主任，小赵是体育兼财务、后勤，萧凤英是英语加文娱。每人都做了分工，并根据上级通知：第二天，全体教师到县里参加开学前的学习班，回来后再报名注册。

1975 年 8 月 30 日　星期六

一般的学校大体都差不多，未开学的时候显得清静冷落，尤其是我们这个连鬼也不愿意来的破"庙"，更是冷冷清清、荒凉寂寞。

但是，太阳刚一露脸情况就不同了，因为今天是学生报名注册的日子。

一清早，新同学和家长们就怀揣《新生录取通知书》，口袋装着人民币，肩上扛着桌椅台凳，欢天喜地地来到学校报名注册。

当同学们兴高采烈来到学校时，却是冷不防当头一棒：学校无踪无影，只有破"庙"一间，荒山衰林一片，哪有什么教室宿舍？尤其是看到"报名处"旁边的《通知》，更似一炉热火突然倒进了一盆冷水——全凉了。同学们七嘴八舌地问个不停：

"老师，这就是学校哇？"

"老师，教室在哪儿？"

"老师，我们在哪儿上课呀？"

"老师，有没有宿舍呀？"

……

一个又一个的问题，没完没了地抛过来，就好像战场上的轰炸机轮番轰炸那般，没完没了地炸个不停，炸得我五脏六腑残破不堪，犹如打撒了五味瓶一样，心中滋味难以言状。

有的同学还在小声议论："怎么搞的？以前读小学初中要带锄头畚箕，这里读高中还要带'过江龙'、斧头、柴刀？"

"女同学还要带镰刀和'禾枪'哩！这是什么学校？"

有个衣着朴素的女同学，目见此状，眼眶红红地问我："老师……"下面的话一下子卡在喉咙里，倒是眼泪扑簌地往下滴，急得她赶紧掏出小手绢抹一抹泪水，才红着脸羞羞涩涩地说，"老师，我家在很远很远的山沟沟里，来上学要走一两个多钟头的深山沟，没有地方住，怎么上学呀？"话还没有说完，泪水又像断了线的珠子一样，掉个不停。

这一滴滴的泪水，犹如山坑里的鹅卵石一样，一块块地砸在我的心窝上。是啊！这些都是迫在眉睫、刻不容缓的事情，不解决怎么行？

我们只好使尽浑身解数，一一向同学们解释，并一再强调说："开学第一天，一定要带齐所有劳动工具，因为课室与宿舍就在大家手中！"

03

1975年9月1日　星期一

开学了。

这是一个与众不同、别开生面的开学典礼。

尽管我们既没有宏伟宽敞的礼堂和宽敞明亮的教室，也没有巨额横标和红红绿绿的标语，但同学们还是秩序井然地坐在树林间的长凳上，似模似样地开学了。

会上，公社许泰来副主任和教办林明朝同志都作了重要讲话。他们讲话的中心内容就一个：这是开天辟地以来罗南公社的第一间中学，尽管我们现在的条件还比较艰苦，还是希望全体师生不要辜负党和人民的希望，不仅要把罗南中学办起来，而且一定要办好！

在这场不尽如人意的自编自导自演的活报剧中，自担主角的我面对全校师生，在开学典礼上不得不打肿脸充胖子，登场亮相。

大家知道，在人的一生中，第一次接触、第一次见面、第一次谈话、第一个报告……它将留给人们难以忘怀的印象。今天开学开得好与不好，将是成功与否的关键；而我作为一校之长，这个头开得好与不好，将是关键中的关键，万万马虎不得。于是，我一登场就慷慨陈词：

"同学们：我们罗南中学开学了！

"这是一个与众不同、人无我有、别开生面的开学典礼！

"不是吗？你们看：我们的礼堂在哪里？教室在哪里？宿舍在哪里？……

"不用看，就在大家手中！

"大家不用看，也不要笑，我讲的是实际问题。我们确实是一没课室，二没宿舍，三没有一切必要的东西。如果我们不自己动手，真是叫天天不给课室，叫地地不给宿舍，难道叫同学们天天就这样在树林里，日晒雨淋地上课？所以，我宣布：第一，全校师生立即行动起来，用我们的双手创建我们自己的学校。同学们问建到何时才能上课。问得好。但我告诉大家：三天之后我们就要在自己亲手建起来的教室中上课！没错，一点都没有错！三天之后我们一定要在自己建起来的特殊课室中上课。要不，我们岂不成了战国时期的墨子，天天在树下上课？

"当然，三天之内要建成高标准的教室是不可能的；但是，我们先来个'草棚课室'总可以吧！为什么叫大家来上学时要带锯子、斧头、柴刀、镰刀和禾枪呢？就是为了'草棚课室'。同学们，这是被逼出来的，非此没有办法上课，所以，我们一定要在三天之内建好自己的课室，大家有没有信心哪？"

"有！"同学们响亮地回答。

"好！"我说，"第二，我们要上好艰苦创业的第一课。唐宋八大家的欧阳修说得好，'忧劳可以兴国，逸豫可以亡身，自然之理也'。我们现在是一切全无，所以，全校师生第一课就是人无我有的创业课。我们要团结一致，不怕苦、不怕累，百折不挠、艰苦奋斗，一定要在与困难的搏斗中杀出一条血路来！

"同学们！我们不仅要在短短的时间内，用我们的双手创建起'抗大'式的'草棚中学'来，还要用我们的聪明才智和坚韧不拔的精神，在这个地方亲手建造起一座新的符合标准的中学来，造福子孙万代，大家有没有信心哪！"

"有！"同学们不仅异口同声地回答，而且热烈地鼓起掌来。

"同学们，你们来到罗南中学的第一课不是安安稳稳地坐在宽敞明亮的课室里上课，而是要上山砍柴割草，出大力，流大汗，艰苦不艰苦呢？艰苦，很艰苦！非常非常之艰苦！！但是，我们在与困难和艰苦的搏斗中，不仅创造了物质财富，建起我们自己的课室，而且造就了艰苦奋斗的一代英才，这是不可估量的精神财富。将来你们毕业以后走上社会，走上工作岗位，难免碰到这样那样的困难和问题，但只要你们想起今天，想起这里就会说'想起当年我们在罗南中学，这点困难算什么？''上！'那么困难就会在你们面前迎刃而解，你们就胜利了。这点精神在养尊处优的学堂是没有办法学到的，所以这是终生难忘的艰苦奋斗第一课。

"第三，我们一定要好好珍惜这个来之不易的学校。我们的劳动不是为劳动而劳动，而是为了营造一个良好的学习环境，让同学们在良好的环境下认真学习，刻苦钻研，学好科学文化知识，成为一个有知识有文化的新型劳动者。同学们不要看不起这个地方，这里是全国十大洞天之一，山清水秀，环境幽静，正是读书的好地方。大家虽然祖祖辈辈生活在这座大山周围，但是你们知道不知道，正是在这座山里出了一位世界有名的人物？他就是东晋时的葛洪。他放着朝中的大官不当，宁可跑来咱们这座山炼丹。更重要的是，他在这座山多年的采药炼丹活动，使他成为世界有名的古代医学家、药物学家、化学家。你们看：一千六百多年前的古人就是在咱们这座山刻苦磨炼而成为道教的理论家，特别是他的《肘后备急方》这一古代医书中记载的'天花''恙虫病'等，都是世界第一次，使他成为世界名人。我坚信：只要全校师生共同努力，老师尽心尽职搞好教学，关心学生，做好学生的良师益友；学生尊敬老师，努力学习，刻苦钻研，全校教职员工齐心协力，艰苦奋斗，我们就一定能叫穷山沟里飞出金凤凰！"

我最后提高了嗓门大声说："同学们！我们的学校不仅能办起来，而且在大家的努力下一定能办好！一定能为祖国、为人民、为社会主义事业培养出有用之才。"

我接着宣布分工："袁圭老师为高一班主任，教两个年级的数学；张炳华老师为高二班主任，教物理和化学，兼抓学校基建，现在就是建造课室总指挥……"

我刚刚宣布完毕，老张立即进行劳动分工。他说："今天，每个班除了留下一位老师和两个同学平整教室地基外，其余师生一律上山，男同学砍树，每人一棵，要求长四米、粗十厘米，包修包扛；女同学割草，每人两担。不得有误。明天，每人还要交竹子一根，至少四米长，越长越好，作搭棚和破篾之用。好！现在立即行动，越快越好。快一日，我们就快一日上课。正如刚才无校长说的：'课室就在咱们手中'，干吧！"

　　大会刚刚结束，同学们就好像发起冲锋的战士一样，争先恐后地干了起来。山头上，山坡上，山窝里……到处是砍的砍、锯的锯，割草的割草，整地的整地，一派繁忙景象，热闹非凡。公社许副主任和教办林明朝同志看到这一派艰苦创业的情景，高兴得眉开眼笑，大声称赞道："好！好！干得好！好好干，干出一番伟大事业来！"

　　是啊！师生们用自己的双手和血汗解脱了他们的困境，怎不高兴呢？然而，我们的路依然既艰苦又漫长，这点他们估计得到吗？

　　值得高兴的是很多同学超额完成任务，特别是负责割草的女同学，人人不是割两担，而是有的三担，有的甚至四担，堆起来好像一座小山，真叫大家兴奋不已，问题就是明天怎么搭了。这是一项非同小可的事情，万万马虎不得，也是眼下我最担心的重大问题。

1975年9月2日　星期二

　　这是最紧张、最繁忙，也是最富有传奇色彩的一天。

　　清早起来，大家一边吃早餐，建校总指挥张炳华就一边布置任务："老无和小赵两人先扛桁条，竖木桩；每班派出十个同学跟着陈老师，负责扎草帘；萧老师带领所有的女同学负责破篾，把一部分竹子劈成篾丝；我和袁圭除了负责本班工作外，先做好'金字架'，然后搭棚盖顶。"

　　"好！"我带头服从分工说，"就按老张的安排干。同时，要特别注意安全问题，要做到既干得漂亮，又人人安全。"

　　同学们到校以后，立即投入紧张的建校战斗中。挖坑的挖坑，抬桁条的抬桁条，破篾的破篾，扎草帘的扎草帘……有条不紊，忙而不乱。加上年轻人的笑声和说话声，为这往日半生不死的荒废果园顿添无限的生机，到处洋溢着青春的活力与朝气，这是一般的建筑工地看不到的情景。

　　正当我扛桁条扛得浑身大汗时，突然听到女同学好像被蛇咬到般大声惊叫："萧老师！"

　　"萧老师割到手了！"

我立即丢下桁条，跑过去一看：只见萧凤英双眉紧皱，右手紧紧地捏着左手中指，鲜红的鲜血已经染满双手，但是伤口仍然像杀鸡似的，血如泉涌。尽管她咬牙强忍，仍然痛得双眉紧锁，泪花滚滚，口里"唑唑"地出气，她一见到我，刚叫一声"无校长……"就说不下去，倒是泪水滴了下来。

我惊讶地问："怎么？受伤啦？！"

"嗯！"她痛楚地说，"有没有止血药？"

我扶起她的手一看，"哎呀！好深哇！"发现就在左手中指第二节内，一道伤口深深横过，赶紧鼓励她说："不要怕！不要怕！很快就好。"此时我记起有人说过，凡是长有茸毛的青草就能止血，于是我只要见到长满茸毛的青草就抓，也不管它有没有毒，茸毛越多越好，抓了就往嘴里嚼，嚼烂以后往伤口上一敷，然后掏出一条手帕当作绷带给她包扎好。

果真顶用！尽管这期间她痛得龇牙咧嘴，汗如豆大，口里"嘘嘘"出气，血却神奇般地止住了。

听到我说："好了，好了，松开手，血止住了"，那些被吓得不知所措而围上来的女同学才松了一口气，回到各自的岗位上继续干活。萧老师还想继续操刀破篾，被我和同学们阻住了，让她干力所能及的工作。真是轻伤不下火线哪！

在教室工地上，男同学在老师们的组织和指挥下，竖桩的竖桩，扎竹篾的扎竹篾。而最壮观的莫过于竖"金字架"和大梁升栋了。

原来，张炳华与袁圭两位老师把"金字架"做好以后，两头底下各料着一根又粗又大又长的大柱子，将它竖起来就是一个硕大无朋的"金字塔"巨门。面对这一既湿又重的庞然大物，怎么竖上去呢？不要说竖，就是平地搬迁也要好几条大汉才搬得动呀！真是把我愁坏了。一没有吊车机械；二没有起码必需的劳动工具，三没有大索小绳，这可叫我怎么办哪？好在工友箩叔想得周到，他利用做饭的空隙时间，到山沟里取来了几条像小手臂一样又粗又长的老山藤，解决了一个竖架的牵拉缺大索的关键问题。

在竖"金字架"的过程中，我们是与众不同的。全校的男性师生集中所有力量，并且逐一做了具体分工：小赵和十几个身强力壮的男同学拉大藤；每根柱由四个同学专门负责压住桩脚，不让它动；其余师生在另一边往上扶和顶，两边组成一个完整的合力。老张和我则一人一侧，负责指挥。老张一声令下，大家齐心协力，"一、二，出力！""一、二，出力！"号子声响彻罗浮山山脚下，场面十分壮观。在师生们的共同努力下，一个又一个的"金字架"终于端端正正、安安稳稳地竖起来了。

升栋是关键，我们虽然无法选择"良辰吉日"，却是选准了老张和小赵两个关键人物。他俩一人一边骑在"金字架"上面，下面的师生只能在手所能及的地方往上扶，一人一头往上拉，到手够不着时就全靠他们两个的力量了。最终，依靠他们用智慧和力量，一条条大梁扎扎实实、端端正正、漂漂亮亮地安好了。

经过一个上午的努力，周围的架子已经搭起来，剩下的就是棚顶的"排桁钉桷"工作了。临收工时，正当我望着高不可攀的"金字架"和空空的棚顶犯愁时，老张胸有成竹地宣布："下午，附近两个大队的同学，每队带两张长长的竹梯过来，起码要三米多，最好四米以上。"并且，他指着露天的"屋顶"说，"如果没有梯子，我们就只好永远坐在露天教室上课了，所以这是必不可少的工具，大家一定要完成任务。"我打心眼里佩服老张的精心策划与安排。

下午一开始，小赵和两个身体比较灵巧的男同学在老张的示范和带领下，将竹梯斜靠"金字架"，踩着梯子爬上去扎排"竹桁"，下面的师生一根一根地往上递，他们在上面有条不紊、稳扎稳打地一根根排好扎牢。接下来就是扎"竹桷"了。

当我刚刚转身去搬草帘准备来铺屋顶的时候，突然听到高二的同学大声惊呼："你们看！你们看！"

"你们看张老师！"

我以为又出了什么大事，闻声迅速赶去一看："嗨！真神。"只见老张灵巧得好像猴子一样，双手紧紧擒住头顶上的"竹桁"，双腿分开骑夹在竹梯的顶端，仿佛骑着一匹高空竹马似的，腰间皮带上扎了一小束篾丝，上攀下夹，不要人扶，轻巧自如地移过来、转过去，移到那里就把那里的"桁桷"交叉点扎个牢牢实实，难怪把师生们都看呆了。

我们搭草棚不是人家建房屋，房屋的"桁桷"都是木料，梁大桁粗，木工师傅在上面"排桁钉桷"就行走自如，而我们是竹子作桁，摇摇软软，根本承载不起人的重量，故而老张才出此妙招。

他虽然在上面灵巧自如，稳扎稳走，我们在底下却是有的惊奇、有的佩服、有的赞叹，更多的是为他提心吊胆，我心里也为他捏着一把汗。我幼时就听说"三级梯上掉下来的人无药可医"，而今他却是在四五米高的高空上悬空骑梯，无靠无撑，万一失手，哪还有命？！老张为了建好学校，真是把命都悬上去了！我越想越怕，担心地问："老张！要不要扶？"

他连看都不往下看一眼，双手紧紧抓住上面的竹桁，边移边说："不要扶，扶了不能行动自如。只要胆大心细，双手抓紧，保持平衡，走到哪里都行。"说完，他又继续扎他的竹子了。

我看在眼里，急在心里。作为一校之长，我不得不为全校师生的安危负责，尤其是对这玩命的活计，驱使我认真分析它的安全系数和每个细节的可靠性。

我认真地看了又看，不得不承认老张除了从上到下保持一条垂直线外，不管他的手怎么拉竹子、扎竹篾，始终有一只手紧紧抓住上面的竹竿，有时为了扎竹篾，甚至连口都用上了，他口咬篾头，一手缠绕，一丝不苟，无懈可击。其间，我渐渐体会到他的动作要领和奥秘，不禁感慨地说："哦！原来如此。"

看看半空中的张炳华一反平时地面上那种笑语连珠的常态，而是小心翼翼、有条不紊，一环扣一环，丝毫不敢大意，我估算着，按照他这样的速度，仅仅靠他一个人，即使忙到今晚八九点钟也难以完成。我深知，他面对这人命关天的活儿，除了自己舍命上去之外，还敢叫谁呢？万一有个闪失，那可不是开玩笑的。而所有的桁椽交叉点没有扎好之前，草帘无法披盖，势必严重影响进度。

为了赶进度，派人上去吧，这可是跟阎王爷开玩笑的活计，万一有个闪失，跳到黄河也洗不清这个罪债；自己上去吧，万一有个不小心，即便跌下来不死，也将半残。这可怎么办哪？如果我不上去，确实大大影响了工程进度。此时此刻在我的脑海里，生与死、尽快搭成与延宕时日好像两军大战一样，十分激烈。"为什么老张行我就不行？为什么他就不怕死，我这个共产党员、一校之长反而怕死？"最后，我把心一横：怕死不当共产党员。上！

于是，我抓起一大把篾丝往皮带里一束，扛来一张长竹梯，对袁圭和赵家庆说："来，你们两个帮手扶一扶，我上去。"

他们两个根本不相信我能上去干这样的工作，异口同声地说："不行，不行，你不能上去。"特别是小赵，还争着要上去，我坚决不准。他说："我年轻力壮，应该我上去。"

我说："这是高空作业，不是地面上卖力气，如果是扛桁条、抬大石，我保证让你去。你说让你上去，你能说出老张在上面的要领吗？"

"看吧，你说不出来。我却是看在眼里、记在心里，不信？你们先扶一扶，我上去你们就知道。不过，等到我叫你们放手才放手，好不好？"他们两个拗我不过，只好无可奈何地一人一边帮忙扶梯子，让我往上爬。

当然，我说一点不怕也是假的，只不过边往上爬边暗暗说："不怕，不怕，不用怕！"然而事与愿违，越往上爬梯子就越摇晃，越晃心越跳，越跳就越凶，真是要命！一直到双手擒着上面的竹竿，心里才没有那么慌了。

老张瞧着我这副狼狈相，既要充好汉，又吓得满头大汗，马上移走过来面对面地传经："这可不是闹着玩的，一定要抓住要领：第一，不管何时何刻，一定要有一只手紧紧抓住棚顶的竹竿，不管任何情况，千万千万松不得；第二，移动时双手抓住上面的竹竿，双脚夹住梯子，一小步一小步地往侧移，不要急，保持平衡，否则你就寸步难行；第三，眼睛不要看底下，一看心就慌。不要怕，胆大心细，做一做就自然了。"

在上面手把手教和下面双人扶梯的高度保险系数，我这个文科毕业生终于成了蹩脚的搭棚新工。

说来好笑，由于袁、赵两位老师的密切配合，帮我移梯，我自以为已经掌握各项要领并能运用自如的我，就对下面大声喊："好！放手！让我自己来。"

"行不行啊？"他们担心地问。

"行！没有问题。"我双脚夹梯，双手紧紧抓住上面的竹竿，大声地说，"不信？你们看。"

他们虽然双手松开了，但还是不放心，就像母亲教孩子学走路，两双手张开护在两边，生怕孩子跌倒。其实他们比母亲还要担心，眼睛瞪得大大的，两人四手就好像一张安全网，时刻准备把我托住。

起初，我好像小孩学走路一样，生怕跌下去，于是特别集中精神，注意动作要领，加上地下比较平坦，总算一步一步地似螃蟹般慢慢横移。

当我往右移动的时候，眼睛只注意往上看，不知道梯下地面不平，突然被什么东西碰了一下，我惊叫一声："哎呀！"右脚滑空，左脚没有钩住，梯子倒了下去。我幸得记住老张说的要领，移动时双手抓住上面的竹竿，才没有掉下去，好像动物园里的长臂猿一样，在半空中晃过来、晃过去地打秋千。我急得没有办法，不得不往下看有没有人扶梯来救命，这可把下面的师生吓坏了，各个大惊失色，大喊"校长！校长！……"

陈明老师闻声立即大喊："校长，抓住！紧紧抓住，千万别松手！"

小赵与袁圭和好几个同学迅速把梯扶到我的胯下，让我夹脚，同时说："无校长！下来，下来！不要再冒这个险了。"

张炳华也远远地说："算了算了！老'武'，你还是到地下去干你的老行当好了，免得大家为你提心吊胆，上面我包了！"

此时此刻，惊魂未定的我如果顺水推舟往下溜的话，那是师生们求之不得的真诚希望，他们不必再为我担惊受怕，而我的安全也能得到百分之百的保障。

但我要是下去，这个工程要到什么时候才能完工呢？什么时候才能正常上课呢？一想到工程进度，为了争取早一日上课，我什么都"豁"出去了。我对下面的师生说："不怕！这叫吃一堑长一智，我有经验了，大家不用担心。"我下定决心就是不下去，看他们怎么样？难道敢拉掉梯子？要上来又根本不可能，所以我继续坚持高空作业。

由于只想到"快！快！尽快把学校建好"，把什么危险、困难、生死置之度外，加上刚才的教训，我不断摸索出各个步骤要领，越来越运用自如，真是"无私无畏"即自由也。下面的师生看到要我下去根本不可能，而且我的动作要领与张老师差不多，完全可以放心了，这才缓缓散开，各自忙自己的活去了。

正当我和老张干得正欢的时候，赵家庆与袁圭争了起来。原来是四周的草墙已经扎好，上面也扎好了四分之三的"桁椽"交叉点，小赵觉得可以开始逐步披盖天面了，于是把梯往"墙"上一靠，提了一捆草帘就爬上来，袁圭在底下看到就大喊："不行，不行，你下来！你这个大个子一上去就会把棚顶压塌，让我来。"

小赵也不相让，"我是体育老师，年轻力壮，动作灵巧，我最合适。"

两个人你一言、我一句，一个不肯下，一个争着上，谁也不妥协。我只好做个空中"和事佬"，说："好了，好了，不用争，两人都上。一人一张梯子，一人负责一面。但是有一条一定要记住：'小心谨慎，绝对安全'，做到万无一失。"

看到这些抢着干重活、干险活的老师，我打心眼里高兴。这些人就是我们罗南中学开基创业的大元勋哪！

经过半天的努力，下午五点三刻，我和老张唱的"高脚戏"终于圆满结束。接着一起上去铺盖天面，由于人多手快、协调一致，天黑之前胜利完工了。

张炳华下来一看，高兴得好像小孩子似的叫了起来："哈！真是伟大的杰作！"说得大家都笑了起来。

是啊！师生们赤手空拳，在一无砖、二无瓦、三无国家一分钱的极为困难的情况下，完全靠自己的力量在极短的时间内就建起了两间"草棚课室"。不管它多么简陋，看了多么令人发笑，毕竟是师生们的心血结晶，毕竟有个地方可以上课，难怪师生们看到这两间独特的课室各个欣喜若狂。

1975年9月3日 星期三

今天终于正式上课了。

尽管我们在简陋得难以言表的草棚里上课，但它是师生们的心血结晶，是大家辛勤劳动的成果，是罗南人民的第一间中学，同学们的欣喜之情不言而喻。

一清早，清脆的自行车铃声和喜悦的说笑声把我从梦中唤醒。一出门，一张张可爱的笑脸迎面而来，看到他们喜滋滋地走进课室，我心里真有说不出的高兴。

教室里一地泥沙，五面草帘。两位班主任正在各班悬挂黑板，同学们一进教室就主动忙于安排桌凳和平整地面、打扫卫生，到处洋溢着一派开学之初的景象。

身兼三职的我刚刚敲响第一声上课的钟声，同学们就秩序井然地各坐各位，静候老师上课。数学老师袁圭和英语老师萧凤英立即登台讲课。这是我们学校第一节正课。

这是我主持的学校的第一节课，能不担心吗？我止不住地走到教室门口看一看师生们的上课情况。还好，同学们坐得整整齐齐，神情专注；老师认真细致，有条有理，讲得清楚明白。总的来说，课上得还不错。"唉，我心中的石头总算落地了，终于上课了。"我喃喃自语道。

可是刚一转身，还没有走到那间"破庙"，赵家庆就找到我头上了。他说："校长，别人都有教室上课了，我的体育课怎么办？"

"是呵！"我说，"这几天真是把我忙得晕头转向，只知道解决教室的问题，就没有想到体育场地。你说说，我们该怎么办？"

他说："校长，你看看，现在咱们这里要球场没有球场，要跑道没有跑道，要沙池没有沙池，要单双杠没有单双杠……要什么没有什么，只有大山一座，不能天天只叫学生爬山当猴子呀。"

"对，你说得好。"我立即表态，"我看这样，你先草拟一个计划，这个学期要开哪几个科目，需要什么器具场地，按先后急缓一一开来，以便大家讨论安排，你看好不好？"

"好！"小赵高高兴兴地走了。

我看着他的背影渐渐远去，心想：我们罗南中学还有多少非常必要的工作没有做啊！

我深知，一间中学，起码要有真正的教室、师生宿舍、运动场、图书馆、实验室等，没有这些东西根本就不像中学，何况摆在我面前的不仅是没有这些必要的设施，甚至连人们生活最基本的必要条件——厨房、厕所都没有，这样就说是一间中学，那不是跟鬼开玩笑吗？

我看着"草棚教室"虽有几分欣慰，实则是万般无奈。我扪心自问：难道叫孩子们在这草棚里年复一年地上课吗？难道叫老师们长期挤在这寺不像寺、观不像观的"破庙"里生活与教学吗？……"草棚"这东西只是病急乱求医，哪里是长久之计？这种情况不改变，没有上述那些必要的设施，我这个校长能吃得下、睡得着吗？

可我再一想，建这么两间"草棚教室"就花了全校师生的九牛二虎之力，要凭空建一间中学，谈何容易呀？！

不建呢？我当然不用再那么辛苦。但是，罗南中学就这个样子办下去吗？不要说在社会主义国家的今天，时代已经发生翻天覆地的巨大变化，就说这山中原来的"九观十八寺"，还不是一千多年前的和尚、道士靠他们的一钵一碟化募而来的吗？他们能建下这些千年古刹，而二十世纪七十年代的今天，我们反而比古代的行僧乞道还不如吗？！

俗话说"为官一任，造福一方"，要建，一定要建！谁叫我是罗南中学的第一任校长！斯大林说："'布尔什维克'没有攻不下的堡垒。"不把这个学校好好地建起来，我还算一个共产党员吗？

要建，又该怎么安排呢？

建校，如裁衣，似围棋，更像兵家排兵布阵，一举之错则全盘皆乱。尤其是第一座建筑物摆的位置恰当与否，是整个学校建设布局成功与否的关键。这就要求学校的第一任校长应该目光远大、胸有大局、全面规划，审慎而适当地策划与安排。兵家云"天时、地利、人和"，地就像裁衣的布料，名师的精心设计与安排，便可做出合身又漂亮的衣裳，若是碰上一个蹩脚的裁缝，再好的布料也是被他浪费掉。兵家善用地形，巧布奇兵，导演出一幕幕威武雄壮的胜仗之剧；反之则兵败如山倒，只给后人留下笑料是也。为此，我应该像根雕艺人一样，对手中的这块树根树头来个认真研究、彻底了解、精心安排、合理布局，才能化腐朽为神奇，把一个怪模怪样的东西变成艺术精品。因此，我应该彻底弄清楚学校周围的整个地形地势，精心策划，合理安排，才不至于成为一个蹩脚裁缝或败军之将。为此，我登上后山腰，认真察看和筹划。

万万没有想到，正当我为此殚思极虑的时候，泼冷水的人来了，只听远远有人喊"无校长！无校长！"

我循声望去，看见教室边上的许泰来副主任和林明朝同志春风满面地朝我走过来，我还以为喜从天降，立即迎了上去。

一见面，林明朝同志就连声称赞道："无校长，真了不起，两天就建起了一间学校。"

许副主任更是赞不绝口："你们为罗南公社立了一大功，罗南人民永远不会忘记你们。"

是啊！一个领导者有下属为他排忧解难，替他卖命，解决他无法解决的问题，谁不会说上两句漂亮话？当然，我不能当面扫兴，只能说："这是全校师生齐心协力、浴血奋战的结果。靠我一个人，就是三头六臂，变成孙猴子也是没有办法的。"我的话锋一转，"经过几天来师生们的共同努力，而今总算有个地方能暂时上课，心里确实高兴。但是高兴不了几分钟，小赵就找我诉苦了，'体育课怎么办？要场地没有场地，要器材没有器材，体育课怎么上？'这些东西不解决不行啊。而要解决这些，就要有一个规划。"

许副主任倒是说得很爽快："是啊，是啊，应该好好规划规划，没有规划就会乱了套。"

林明朝同志也随声附和说："是，是，主任说得很正确，应该规划规划。"

我天真地以为他们如此异口同声地满口"规划规划"是千载难逢的好机会来了，就兴奋得一股脑儿把刚才心中的规划和盘托出，说："你们看，从我们脚下这个地方起至山脚下的果园边，足足有几十亩地，顺坡而下，我们的教工宿舍可以依山而建，'一'字排开；中间夹一座图书馆兼办公大楼；往下间隔七八十米的山坡半平处，这片宽敞地方平整以后，西边建六间标准教室，东边建十二间学生宿舍，教室与学生宿舍相距六十米；从教室、宿舍再往下各六十米，教室前面建一座实验室，学生宿舍面前建饭堂兼礼堂，所有建筑一律坐北朝南。最下面的老果园这片开阔地，该移的移，该砍的砍，平整以后做一个二百米跑道的标准运动场……"

正当我说得津津有味的时候，两位顶头上司的脸色渐渐地由晴转阴，越来越沉。许副主任还没有等我说完就忍不住说："无校长，你这个宏伟计划说起来倒是很有气魄，但真正做起来就不是搭草棚那么简单了。你算过没有，你要建这么多东西需要多少钱？钱从何处来？！"

我还来不及回答，林明朝同志就跟他一唱一和，说"是啊！无校长，计划说一说是很不错的，但是真正做起来就不是那么简单了。按你这个计划，不要说几十万元，起码也要好几万元，这可不是搭搭草棚那么简单了。"

许泰来更是不客气地说："不要说几十万元，就是一万元、五千元也难找哇，这些东西不用钱哪？"

说心里话，许副主任的话虽然粗了一点，可也是实情。林明朝同志见我与许副主任话不投机，又来圆场，说："计划说一说是很好的，但许副主任的话确实是实际情况。从目前的经济情况来看，要这样大规模建校确实有困难。"

"根本不可能！"许副主任一语噎死人地说。

林明朝又帮他解释说："老无同志刚刚来，不了解，咱们公社常常穷得连买糨糊贴标语的钱都没有，哪里有钱给你建校？再说，县局你也去过，哪里有钱给我们？"

　　说实在的，他们两人的话说的不是没有道理，也很实际。所以，我也不跟他们争，平心静气地说："当然，目前要拿这样一大笔钱来建校是不切实际的，但是作为一间中学，从长远的角度来说，除非学校不办，要办，就得有一个全面、合理的规划。否则，这样的学校只能越建越糟、越办越差，会给后人增添很多的麻烦。"

　　许副主任说话的语气虽然比较缓和一点，但态度丝毫未变。他说："老无同志，计划好是好，但不知道要猫年还是狗月才能做到。我看目前还是老老实实在草棚里上课，这才是保持艰苦朴素革命本色的最好课堂，教室嘛，搞得那么漂亮干什么？"

　　唉！刚刚来到这里就碰到这样的顶头上司，我这个校长就好像风箱里面的老鼠——两头受气。个人难受是一回事，更严重的是我们的中学真要等到驴年马月才能建起来吗？

　　难哪！难……

04

1975年9月6日　星期六

　　我这个人有个怪脾气，凡是想做的事情，哪怕花上九牛二虎之力也要做。尽管建校方案在前几天刚刚冒头就被顶头上司泼了冷水，碰了一鼻子灰，但我不仅丝毫没有灰心，建校的念头反而越来越强烈，心中的蓝图越来越清晰。在今天下午的教工学习会上，我把建校的方案摆了出来，引得哄堂大笑。

　　萧凤英笑得低头弯腰，右手压住右小腹，左手掏出手帕拼命擦眼泪，就是说不出句话来。

　　"哈哈哈……"张炳华笑声震屋，边擦眼泪边说，"我的'武七哥'，现在可不是一百多年前的山东，光靠挨一拳、踢一脚就可以乞来几间学校的。刚刚搭了一个草棚就想广厦千万间，真是一支美妙绝伦的幻想曲呀！"

　　他还没有说完，早已笑得一把鼻涕一把泪的袁圭拉起衣袖擦了又擦，抢着说："真是老鼠吞天，可笑不自量。你看看，眼下穷得连个屎坑都没有，就想楼、堂、馆、所、运动场？你算算看，这个蓝图实现的话需要多少钱？不要说一百万元，起码也要几十万元。你摸一摸你的腰包里，现在有几分钱？真是'天方夜谭'。"

　　饱经风霜、一贯老成持重的陈老师，脸上的皱纹更深更密了，他说："唉，真是难能可贵有这样的雄心壮志和远景规划，但是真正要做到谈何容易啊！我们学校现在穷成这个样子，我估计到学期末尾连买粉笔的钱都不知道到哪里去找,哪来的钱建校?"

连坐在屋角抽旱烟的箩叔也把烟筒头磕了一磕,说:"陈老师说得在理,旧社会我家就是没有钱,祖宗三代连一间破屋都做不起。现在我们学校是穷得连一个像样的炉灶来煮饭都没有,就想建大楼?"

跑到外面笑饱了才回来的赵家庆又说:"校长,我刚刚跟你说要一个地方来上体育课,没有想到你一下子就摆出了这么多。你知道我们现在是穷得找铁条来做单杠都找不到,能够开出一个简易的运动场,让学生蹦蹦跳跳,上上体育课就不错了,哪来财力物力建这些东西?"

这下倒好,我从风箱中的老鼠变成了汉堡包中的馅,上压下顶,还不把我这个计划挤得粉身碎骨吗?面对这种情况,是撒手不干,还是强词夺理、强迫命令呢?都不行。唯一的办法是悉心听取大家的合理意见并做好耐心细致的说服工作。撒手不干必然一事无成,强迫发火只会越搞越糟,事情绝对无法做好。校长不是神,想做什么就做什么,而是一个学校的组织者和领导者;学校工作就好像抬轿子,真正出力的不是跑在前面的领路者,而是肩扛轿子的教职员工,没有他们齐心协力、真心出力,寸步难行,更没有办法把全校的各项工作搞好。当然也如一些资深的教育家所言:"校长是老师的老师",校长对待老师只能像老师对待学生一样采取说服的方法,说得大家心服口服,自然尽心尽意为你工作,面对目前这种状况,我就是有三头六臂,也没有办法把这个学校真正办起来。

因此,面对这一片笑声,我耐心地说:"大家刚才笑得很有道理,说的也是句句属实,这些我都承认。我这个计划乍看起来确实像'天方夜谭',刚刚累得半死搭了两间草棚就想建'楼、堂、馆、所',真是不可思议,太离谱了。但我告诉大家,我既没有发高烧,也没有神经错乱,更非'天方夜谭',而是面对千古名山的这块宝地和学校将来的实际需要,不得不作出全面的远景规划。"

接着,我把话锋一转,说:"就拿运动场来说吧,要不要?"

小赵第一个响应:"要,当然要!没有运动场我去哪里上课?"

"对。"我说,"那么,开辟一个运动场要不要很多钱?"

小赵说:"钱可多可少,搞高标准当然要很多钱,现在咱们搞一个简易的就可以了，只要锄头、畚箕，大家肯出力就行。"

"说得好！"我说，"那么运动场安排在什么地方？"

"这，这个……"大家的意见相当不统一，有的说东，有的说西，有的说在上面，有的说在下面，各有各的道理。

我说："好啦，运动场要建这是大家一致的意见。至于建在什么地方好，大家先去实地考察，然后选出最佳地点来。那么教室呢？是不是咱们十几二十年都挤在草棚里上课？甚至子子孙孙永远在这个草棚里上课？"

袁老师马上说："真是同鬼讲，真的是'学蓝塘，没课堂；学屯昌，没课上'吗？"

张炳华打断老袁的话，插嘴说："谁愿意一辈子跟你钻草棚，你以为那么爽快呀？"

陈老师说："老是这样也不是长久之计，课室终归是要建的。"

大家也纷纷附和说："课室是要建的。"

"那好，"我接着问，"课室建在什么地方好呢？现在要不要考虑？"

大家的意见还是不统一，有的说这里，有的说那边……

我说："课室不仅不是草棚，更不是陆架床，想拆就拆，想搬就搬。一朝摆错地方，真是拆又不甘心、用又很受气、搬又搬不动，怎么办？"

"是啊！"陈老师说，"教室是学校的主要阵地，是师生教学活动最基本的地方，摆得不当真的会搬又搬不动、拆又心不甘，这事好像制铜锣一样——一锤定音，不能不慎之又慎。"

"再说，咱们总不能长期挤在这个'破庙'里吧？如果长期挤在这里，你们不骂我？当然骂。你们不骂，我自己都要骂自己。如果不建宿舍，你们哪一个愿意在这里干一辈子？"

"在这里观不像观、寺不像寺，谁跟你干一辈子？"张炳华接嘴道。

连箩叔都说："没水养不住鱼，狐狸兔子都要一个窝，没屋住怎么叫人长期在这里教书？"

"箩叔说得好，"我说，"那么厨房呢？"

还没有等我说完，箩叔就迫不及待地说："要！当然要！没有厨房，我这个火头军怎么做饭？"

"是啊！"我接着说，"从长远的角度来看，要不要实验室？"

"笑话？！"理化一身包的张炳华说，"这还用说吗？没有实验室，老是叫我在黑板上做实验哪？"

"是啊。"我说，"这一桩桩、一件件，凡是涉及自身工作需要的，谁也不反对，都说'当然必要'。"

袁圭说："谁也没有说不要，问题是钱！没有钱，一切都是白说。"

"对，"张炳华立即表示支持，"谁不知道高楼大厦比草棚好，没有钱谁给你东西？没有建筑材料怎么建高楼大厦？谁的房子不是一砖一瓦建起来的？"

"这点我很同意大家的意见，'巧妇难为无米之炊'，没有钱，确实很多事情都办不成。"我说，"现在钱的问题暂且放下，今后慢慢再说。眼下最关键的是，我们应该认识到：我们是罗南中学的开山鼻祖，是这里的创业者，我们的一举一动将关系到这间学校的成功与否，关系到来者的工作与衣食住行。大家看看'冲虚观'，如果不是选在那么好的地方，安排得那么合理，也很难那么有名吧？现在我们是罗南中学的第一代人，如果我们鼠目寸光，做一天和尚撞一天钟，胸无大志，脑无全局，随随便便，不做合理安排，先占先赢，如果后面有更需要的建筑物，放在哪里？这是不能不考虑的重大问题。就拿目前最紧迫的运动场来说吧，刚才不是公说公有理、婆说婆有理吗？虽然我们目前靠大家的自力更生就可以解决问题，但是如果位置没有摆好，今后重建一个又要花多大的工夫哇！所以，建校犹如裁衣，这块布料是什么质地、有多大，衣服的主要部位摆在哪里，其他袖子、衣领等零碎部件该安排在什么地方，高明的裁缝师傅首先都要对此做出合理的设计与安排。我们如今就在罗浮山脚下这块地方，首先要对它进行合理的远景规划，今后不管谁在这里当校长或老师，只要按照这个草图，一步一个脚印地做下去，我坚信罗南中学一定能建好！这么多年来大家不是都在学习'老三篇'吗？愚公一家尚且能移山，为什么我们不能建好罗南中学呢？"

最后，大家经过认真热烈的讨论和研究，首先确定了两项不用钱就马上能做到的事情：第一，由张炳华老师负责设计学校的远景规划蓝图；第二，由小赵负责运动场的规划与施工。

今天这个会总算开得相当成功，接下来就是怎么干的问题了。

1975年9月10日　星期三

　　经过老师们几天来的反复勘察与论证，从学校的总体规划大局出发，终于选定建运动场的最佳的地点，这是大家的一致意见。思想统一，步调一致，工作就好办了。

　　我们是农村中学，农村学生占绝大多数。农民子弟平时干活惯了，开辟一个简易运动场就是小事一桩。再说，现在学生上学首先要带的就是锄头与畚箕，这就更加方便了。

　　特别是赵家庆，事关他的上课场地，这几天特别来劲，除了认真规划、精心安排之外，他利用跟小学体育老师的友好关系，向他们借来了一根单杠铁和一些小件的体育器材，解决了不少问题。

　　在下午的劳动课上，开辟运动场的战斗打响了。

　　师生们精神焕发，干劲冲天。特别是赵家庆与张炳华，一早就把跑道与沙池按标准测定画好。高一的同学负责挖树、修跑道，高二的同学负责挖两个沙池、挑沙填池。在袁老师的带领下，高一的同学可以说一路披荆斩棘，先是把跑道线内的果树与杂木砍的砍、挖的挖、锄的锄，通通将它们连根拔掉，挖得到处是一个又一个的深坑。然后，他们再将一个个深坑填平夯实，如果不夯实的话，天一下雨，松土一融就会变成一个个烂泥坑，导致整条跑道到处布满陷阱。接着，他们挑沙来铺路面，工程量确实很大。高二的同学兵分两路，一部分男同学负责挖沙坑，他们分成两组，每组八个人；每组又分成两班轮流，一班挖、一班铲，挖好就铲，铲完再挖，配合得当，效率很高。另一部分男同学和女同学一起挑沙填池，由于挑得多、跑得快，超额完成任务，用不完的沙通通支援高一铺路面，做到既分工又合作。

　　特别是小赵，还与高二的男同学找来两根大树干，凿了孔眼竖在沙池边，更是锦上添花。

　　好，罗南中学总算有了一个简易运动场。

05

1975年9月13日　星期六

　　简易运动场刚刚修好，为师生们的体育活动和课余生活增添了不少的乐趣，特别是小赵有了用武之地，上起课来更加积极主动。

　　今天一早起来，老天却一反常态。太阳刚出来就闷热难耐，连清爽宜人的罗浮山胜景也变得十分闷人。

　　在草棚里上课的师生们更是热不堪言。我记得某位名人在《李白与杜甫》一书中评说《茅屋为秋风所破歌》时写道："杜甫的'三重茅'比地主的砖瓦房还要凉"，这点我没有实践过不敢妄言，只知道我们的"草棚教室"像太阳能灶一样，外面未热，里面先热。加之我们的门窗太小，通风设备不好，再加上几十个青春焕发的热血青年挤在里面散发热能，课室简直就像一个硕大无比的大蒸笼在蒸馒头一样。难怪一下课，张炳华就一边擦着汗水一边指着我大声责问道："老'武'，你看看，这叫上课吗？"

　　我反问道："这不叫上课叫什么？"

　　他也不客气，说："简直是进了你的烧猪炉，这样下去非把大家都烤焦了不可。等到把大家烤熟了，我看还有谁给你上课？"

　　"是啊！"我趁机说道，"这样的情况应该迅速改变。"

　　"说的比唱的还好听。"老张说，"怎么改？"

　　"这就看你的了。"我说，"首先要把规划图拿出来再说。"

"真是猪八戒倒打一耙，反把我将了一军。"

我无可奈何地说："不这样，何时才能告别烧猪炉呢？"

1975年9月14日　星期日

今天本来是国家规定的休息日，但是为了早日将罗南中学的远景规划图绘制出来，我和张炳华、陈明老师都没有回家过假日。一早起来，我们三人就上山勘察地形，根据现有的地理条件进行反复论证，他们两人提出了很多很好的建设性意见。我们不仅眼看、脚踏，老张甚至带来了皮尺进行仔细的丈量，做得一丝不苟。可老天就是跟我们过不去，太阳刚一露脸就好像一团又毒又大的火球抛向了人间，要把大地上的一切东西烧焦似的。尽管如此，我们还是不辞劳苦地干了几个钟头，直到大家基本满意为止。

回到"破庙"以后，老张立即动手绘制远景规划图。然而，由于一早起来就热得好似一个大闷罐，"庙"里尤其闷热难耐，只见他越画越热，越热越画。这可和平时备课、讲课不同，哪还能一边工作一边扇扇子取凉，而今是两手并用，一手铅笔，一手量尺，缺一不可。他热得没有办法，把身上仅有的一件背心也脱了，只穿一条裤衩，赤膊上阵，但还是热得不行，好像湿毛巾在拧干水分一样，他的汗水拼命往外流。他用一条毛巾擦汗，擦了额头擦身上，边擦边画，边画边擦，不然脸上、胸前的汗水就会把图纸滴湿。

我看在眼里，疼在心里，这是多好的老师与同事啊。我拿来扇子替他扇凉反倒挨骂："去去去，你是来捣乱还是来帮忙，你这一扇，图纸飞个不停了，我怎么干活？"

"是是是，"我老老实实地承认，"真是好心办坏事，帮了倒忙。"老张骂得有理嘛。

到了下午，天气热得更加可怕。他看到他实在累得不像样，我再也不忍心把他累坏，说："算啦，暂时休息一下，到后边水库里泡泡凉，退退火，要不，把你烤煳了我可赔不起呀。"

"好！"他把铅笔一抛、图板一放，说，"快快，马上就去，真是把我热死！"

我们俩三步并作两步，很快就到了水库边。走在前面的老张突然惊叫起来："老'武'，老'武'，你看，热得连麻雀都来洗澡啦！"

我顺着他指的方向看去，真的有一群一群的麻雀在那里戏水，一只只热得无奈的小鸟张开大口，跳到水里洗得好像落汤鸡一样，刚刚跳上岸摇身拍翅，还是热得受不了，再次跳进水里翻滚扑腾……上上下下，反复循环，忙个不停。此情此景，使我想起幼时与父亲一起车水抗旱时见到的情景，父亲一定会说："天要变了。"往往不出所料。而今是一大群一大群的麻雀如此疯狂戏水，真不知天气有何变化呀？！

正当我看得出神的时候，老张大喊："还不快点，连鸟都不如，待在这里干什么？"

"好！"说完，我们双双跳进平静如镜、清澈见底的罗南水库，骤然之间浑身清凉透骨，清爽难以言状。常言道"渴时一滴如甘露"，我们是从烧猪炉跳进了神仙清凉窟，霎时间什么难熬热气通通跑到了九霄云外，这种清爽绝伦的感觉确实找不到恰当的言辞可以形容。

正当我俩好像刚才的麻雀戏水，畅游于玉液甘泉之中，享受着神仙才有的美妙绝伦的天湖戏水时，老张突发灵感，说："老'武'，这水可是罗浮山仙人给我们送来的宝贝呀，应该好好地利用它。"

"好哇！"我不知道他又有了一个天才的设想，问道，"怎么用？是不是泡到晚上都不回去？"

"去你的！谁跟你泡到晚上？"他卖了一个关子，说，"你看看，这么好的水怎么能不好好利用它呢？"

我翻过来、转过去，只好说："我实在想不出怎么个利用法，你说说，我们应该怎样发挥它的作用？"

"唉，你这个人怎么连水有什么用处都想不出呢？"他说，"有这么多这么好的水，用处可大了。第一，可以发电；第二，可以建一个游泳池；第三，可以安装自来水。"

"哇！"我高兴万分地说，"真是太好啦！"

我万万没有想到，今天到水库玩水，不仅浑身清爽，一扫疲劳与闷热，而且意外地获得如此巨大的发展前景，真是太妙啦！这点应该好好感谢老张才是啊！

1975年9月15日　星期一

　　一连三天，一天更比一天热。今天比前两天更惨，大地万物好像被装进一个硕大无比的电烤箱，不要说人和动物被烤得张口吐舌，就连树上的叶子、地下的小草，也被烤得枝垂叶皱、垂头丧气；更有甚者，旱地里的农作物被晒得软瘫扑地，而平时深藏泥土之中的蚯蚓却纷纷钻出地面，宁可晒死也不愿意回到地下闷死。

　　可想而知，遇上这样的天气，师生们在"草棚教室"上课，就好像《西游记》中的孙悟空在太上老君的八卦炉里一样，哪里受得了？难怪一下课，汗流浃背的老师和同学到处找水喝。口干舌燥、浑身湿透的老师回到"破庙"，一口盅、一口盅地灌个没有完；而热得周身冒火的同学们干脆跑到旁边的水渠，捧起冷水就大口大口地喝个没完，有的甚至还把手和脚放到水里泡凉退火。看到这种情景，我的心比他们更加焦急万分。但是，有什么办法呢？

　　阅历丰富的陈老师看到这几天天气如此反常，非常担心地对我说："无校长，我活了五六十年，从来没有见过天气这么怪，这么闷得发慌，而且一连三天，一天更比一天热，一天更比一天闷，这样的天气十分反常，肯定有什么重大变故，咱们是不是得好好准备一下？"

　　"是啊！"我说，"我也有同感，应该好好准备。"

　　于是，下课后我和老师们一起，对"草棚教室"等采取了一系列的加固措施，以防万一。

　　唉！老天爷究竟要干什么？要发多大的脾气？我们谁也说不清楚，真是防不胜防啊！

1975年9月16日　星期二

　　昨晚苦热难熬，房子里又闷又热，山蚊又多又恶，热得大家没有办法，只好到外面的空旷地乘凉。谁知外面一点也不凉，反而是"三无一多一黑"：无月亮、无星星、无一点点的微风凉意；蚊虫多得要命；天上却黑得好像一个大墨缸，什么也看不见。大家一直过了半夜才不得不陆陆续续地回到房里。

谁知道刚刚蒙蒙眬眬地合上眼,也不知道过了多久,突然:

"呼——呼——呼——"的一声声如雷巨响,一阵阵摧枯拉朽的狂风怒吼,一次次毕毕剥剥的断木拔树之声,把大家从睡梦中惊醒过来。我翻身惊叫道:

"台风来了!"

大家好像触电般忽地跳了起来。只见:

呼——

呼——

……

狂风好像恶魔似的肆虐凶残,一阵紧跟一阵,一个接着一个;一阵比一阵大,一个更比一个凶,大有要把整个大地摧垮炸沉之势。"轮台九月风夜吼,一川碎石大如斗,随风满地石乱走。"唐朝诗人岑参的诗句跟我们目前的遭遇相比,真是望尘莫及矣!可以说是山摇地动,罗浮欲倾,我们的破"庙"与草棚,哪还有命?

又是狂风!

呼啦啦——一阵阵如雷狂风;剥……剥……啦!一声声折木拔树的凄厉之声;"嘭!"的一声巨响,又不知什么东西倒了。

一阵阵的如鞭大雨,抽打得到处啪啪啪地响个不停,一阵阵的巨雷更是打得大家胆战心惊。我们的草棚与破"庙"当然在劫难逃,瓦面上哗啦啦地一阵接着一阵,泥脱灰掉,雨水滴滴答答到处滴下来,哪里有地方睡?哪里还敢睡呀?谁也不知道在什么时候,什么地方会塌下来砸到自己头上,怎么能睡呢?大家只好起来严阵以待,以防万一。

袁圭一起身就骂:"这个老天真是发神经啦!我活了几十岁从来没有见过我们罗浮山下有过这样的天气,真是造反了!"

"唉!"陈老师长叹一声说,"不要说你,我活了这五六十年,听都没有听说过罗浮山南面有台风哩,我看当年的罗浮老仙也没有碰到过,真是'屋漏又遭长夜雨,船破却遇风浪高'哇。"

机灵鬼张炳华一起身就穿上塑料水衣,说:"快,快穿上水衣或打雨伞!要不,等一下不是被雨淋坏就是被瓦片砸到。"人家的破屋是"日出鸡卵影,落雨摆钵仔",而今我们一是没有钵仔好摆,二是通通摆上钵仔的话大家就没有立足之地了。于是，雨衣、雨伞、脸盆、铁桶等通通派上了用场，那狼狈之状，真是难以形容。尽管如此，老天还是没有放过我们，什么雨水呀、泥沙呀，噼噼啪啪、滴滴答答落在大家的身上和头上，我们只有坐等挨打，毫无办法。

屋里尚且如此，而我们的心血结晶——赖以教学的草棚课室怎么样呢？我再也坐不住了，穿好雨衣，打着手电筒，开门一看：

天，黑过大墨缸，什么也看不到；地，黑乎乎的，借着闪电的瞬间一看：已是面目全非，一切都是东倒西歪。风，犹如狂龙猛兽，横冲直撞，摧枯拉朽，势不可当。我刚刚沿墙边到了东侧屋角，一阵狂风扑过来，不仅哗啦啦地把我的雨衣撕成几块，人也被打倒；刚刚站了起来，又一阵狂风把我刮得好像陀螺一样团团乱转，我心里一惊：不好！是龙卷风！急中生智，见物就抓，幸得碰到一个断树桩，把它紧抱住才没有升天。但是，借着闪电一看：老天！我们的课室"上天啦"！什么竹竿哪！草帘哪！纷纷在天上打转哩。我痛心疾首地狂呼："完啦！完啦！全完啦！这可叫我们怎样上课呀？！"

屋里的人们都大声地喊："无校长！快回来！"

"老'武'！你找死啦！还不快回来！"

"无校长！危险哪，快回来！"……

他们呼来喊去，就是不见我回来。急得老张和小赵冲出了门想把我拉回去。谁知他俩也跟我一样，一阵飓风就把他俩掀翻在地，只好冒死爬过来把我拖了回去。回到屋，袁圭亮着手电筒对我们一照，吓了一跳："这不成了三尊活泥塑了！"彼此看看，我们仨都成了刚刚从水里捞起来的泥人儿，立即帮我们找来比较干的衣服换上。

直到此时我才想起：糟了！我们这边人多势众的男子汉尚且如此，对门的萧老师只是单身弱女一人，岂不被吓破了胆？！

为了每个老师的生命安全，我打着手电筒边走边喊："萧老师！萧老师！你怎么样？"

喊了半天，她才"哎！"地应了一声。

我掀开门帘循声望去，只见她穿着睡衣睡裤，在床铺上抖抖索索地缩在花尼龙伞下，我心中的石头总算落地了，说："好哇，想不到你也知道打着伞，平安就好，平安就好。"

"哦！我打着伞吗？"被吓得半死的萧凤英经我一说，才发现自己原来打着伞，惊魂未定地说，"嗨，真是把我吓糊涂了。"她的声音颤抖着，"校长，刚才真是把我吓死了，又是雨呀，又是风啊，又是闪电雷鸣，又是倒树掀瓦，我以为天就要塌下来哩，真是把我吓得魂不附体！"

我看到她被吓成这个样子，担心她万一有个好歹应付不了，说："安全第一，还是到我们那边吧。免得一个人在这边担惊受怕，万一天塌下来还有几条汉子帮你撑着，可以壮壮胆。"

犹如惊弓之鸟的萧凤英只好跟我一起到男教工宿舍，一进门就惊叫起来："哟！大家这个样子呀？！"

"你看看你自己又是什么样子？"张炳华和袁圭异口同声地说。

小赵说："不用笑，大家彼此彼此。"

陈老师说："来来来，物以类聚，大家互相照顾照顾。"

就这样，在一片风声如雷、横风倒雨之中，夹杂着叹息声、谩骂声的长夜里，陈老师触景生情地朗诵起杜甫的《茅屋为秋风所破歌》："八月秋高风怒号，卷我屋上三重茅。茅飞渡江洒江郊，高者挂罥长林梢，下者飘转沉塘坳。南村群童欺我老无力，忍能对面为盗贼。公然抱茅入竹去，唇焦口燥呼不得，归来倚杖自叹息。俄顷风定云墨色，秋天漠漠向昏黑。布衾多年冷似铁，娇儿恶卧踏里裂。床头屋漏无干处，雨脚如麻未断绝。自经丧乱少睡眠，长夜沾湿何由彻！安得广厦千万间，大庇天下寒士俱欢颜！风雨不动安如山。呜呼，何时眼前突兀见此屋，吾庐独破受冻死亦足！"因为大家心境一致，老陈开了一个头，你也跟，我也跟，最后竟成了集体诗朗诵。九天之上的诗圣杜甫做梦也没有想到，他的不朽诗篇在此时此地竟然成了我们的心境共鸣。其实，我们的处境远远比他的《茅屋为秋风所破歌》悲壮、凄惨得多。就这样，在这狂风与恶雨之中，天终于慢慢地亮了，风势也稍为减弱了。

开门一看，除了山、石如故，地上万物面目全非。昔日茂密的山林，而今是绿叶一扫而光，到处是光秃秃的断木残桩；地面上，到处是残丫断杈，颓枝败叶，就连山草也未幸免于难，通通被无情的狂风恶雨打倒在地而不得抬头起身。最可怜的是我们的"草棚教室"，什么草帘哪、黑板哪，一片狼藉不堪；柱子与棚架也是断的断、歪的歪，乱得不可收拾，哪里还像什么课室啊？

大家眼见自己的心血毁于一旦，悲痛万分，难以言状。

萧凤英流着眼泪说："无校长，我们流血流汗搭起来的课室还没用两个礼拜就变成一堆烂草摊，这可叫我们怎么办哪？"

张炳华目见此状，张口大骂："真是越穷越见鬼！老子拼着老命，提着脑袋上梯顶干死干活，没想到才几天就全毁了！天哪！天，你黐线①啦？！"

谁知道他的话还没有骂完，一阵龙卷风又直扑我们而来，吓得大家赶快回避，眼睁睁地看着它在教室上空转了又转，什么台凳啊、竹竿哪、桁条哇，折的折、断的断，纷纷被卷上了半空，到处狂飞乱舞，气得袁老师连话都说不完整，大呼："完了，完了。"

眼见此景，我急中知险：课室完了，人命要紧！急喊："快点进屋，安全第一，万一给它打到就'报销'啦！"

大家才纷纷回到屋里。

对此，老陈仰天长叹道："老天哪老天！你为什么偏偏跟我们作对？要不是龙卷风，我们罗浮之阳是冬暖夏凉的神仙福地，旱涝保收的好地方，百年之中也不曾见过什么大台风。谁知屋漏偏逢长夜雨，草棚新校却遭龙卷风。校长，这可怎么办哪？"

"是啊，"我说，"我看真是罗浮老仙也没有碰到过这样的情况啊。在大自然面前，我们是多么渺小哇。"我接着说，"俗话说'留得青山在，不怕没柴烧'，只要咱们在这里，办法今后慢慢再想吧。正如你说的'百年之中也不曾见过什么大台风'，我们天天在这里，只要人心齐，办法总是有的。你看是吗？"

正当我和陈老师谈话的时候，附近有的同学竟然顶风冒雨，一身泥一身水地来到学校。当他们看到昔日的教室如今成了一堆烂杂物时，不禁失声痛哭。他们哭着说："校长，我们还怎么上课呀？"

我深知这是他们赖以学习的课堂，是全校师生的心血与汗水的结晶，而今一夜龙卷风通通化为乌有，谁不心痛？我只好安慰他们说："俗话说'人心齐，泰山移'，困难就是一块试金石，也是对我们的考验，只要人平安，灾后再好

---

① "黐线"："黐"读"chī"，在粤语中指行为举止有点不正常。

好干，不久，我们又可以上课了。"我劝他们，"你们先回去吧，今天停课一天，具体安排明天另行通知。"

就在此时，工友箩叔一把涕泪一脸灰地跑来诉苦："柴也湿，草也湿，风又大，雨又淋，火柴划了快一盒，连火星都点不着呀！"

"哦！"大家不约而同地应了一声。担惊受怕了大半夜，又忙乱了老半天，直到这时，又冷又饿的老师们听箩叔这么一说，才感到饥肠辘辘，一个个望着我："老无，怎么办？"

"是呵！民以食为天。"常言道"巧妇难为无米之炊"，而今我们的工友却是"难为湿柴之炊"了。我看着老师们饥冷交加的面容，心急如焚：这可怎么办哪？去哪里找饭来给大家吃呢？口里却说："大家想想办法，'三个臭皮匠，赛过诸葛亮'，看看谁能当一个'能做无柴之饭'的智慧男人？"

老张脱口而出说："有没有汽油、火水呀？有就能做。"

袁圭马上回嘴道："真是同鬼讲，山洪大水到处是，现在哪来汽油和火水？"

"算了，算了。"我说，"不要争啦，现在最重要的是大家一起找一找，看看有什么能烧火做饭的东西。要不，大家就只好饿肚子了。"

于是，你也找，我也找，到处翻箱倒柜，就是找不到什么东西能够烧火煮饭。我更是不遗余力，挖地三尺，找个不停。功夫不负有心人，我终于在一堆湿柴中找到了两条烂胶轮胎，高兴得好像哥伦布发现新大陆似的叫了起来："天助我也！有得吃了。"

"怎么？"萧凤英惊叫起来，"胶轮胎能吃？"

袁圭不得其解地说："二万五千里长征，红军吃皮带就听说过，谁吃胶轮胎就听都没有听说过了。"

正当大家莫名其妙、面面相觑的时候，老张突然拍手一笑，说："嗨！老'武'，真有你的！"他回头对箩叔说，"箩叔，快拿刀来，咱们把这些烂胶胎割成一小条一小条，不就是风雨不怕的好燃料吗？"

大家禁不住地欢呼起来。

"好哇！"

"真是太好啦！"

"唉！"陈老师叹了一口气说，"总算有希望啦。"

大家一起动手，说干就干！经过约一个钟的惨淡经营，总算把饭做了出来。尽管是夹生饭淋豉油，咸菜加萝卜干，好歹把肚子填了一填。唉，不是这样又有什么办法呢？

午饭后，风势渐弱，雨也略停一停。正是"俄顷风定云墨色，秋天漠漠向昏黑"的时候，我看到漫天乌云滚滚，深知"斗风三斗水"的民谚，断定大风必有大雨。为了让老师们有个藏身避雨之所，抢在风雨暂停的空隙里，我找来学生还没有扛走的梯子，往屋檐一靠，边上边说："上！抓紧时间捡屋漏，要不又没有地方藏身了。"

真是一呼百应，老张、小赵立即跟了上来，其他老师在下面递瓦传石，上下配合，协调一致。我们经过一番努力，基本上解决了屋漏的问题。

怎知道好景不长。大家昨晚彻夜未眠，今天又冷又饿，以为晚上可以躺在床上好好休息一下，做梦也没有想到十点来钟又是风声如雷，又把大家吓醒了。

血气方刚的赵家庆想看一看风势究竟如何，他刚刚把门闩一拉开，一阵飓风扑了进来，势不可当，不仅把门"砰！"的一声冲开了，而且把小赵冲倒在地；与此同时，后墙发出了"轰！"的一声巨响，大家像触电似的一跃而起，一看：后墙倒了！我大叹一声："这是台风作久返横南哪！"

随后就是桁断桷折、瓦坠泥掉，整个屋顶大有摇摇欲坠之势，吓得大家本能地往前墙挤。在这生死攸关的时刻，我反而镇定地大呼："大家不要慌！要镇静！这是'台风作久返横南'的短暂现象，过一阵就没有了。"

大家只好亮着手电筒，望着屋顶，找个比较安全的地方避一避。我看到大汉们尚且如此，对面的萧老师可想而知。

于是，我打着手电筒，冲过门口刮进来的巨大的风，到西边房门口大喊："萧老师！萧老师！你怎么样？安全吗？"

屋里没有一点回声，我心下一沉："完了！"

冲进房间一看：没有人！我更急了，一边喊"萧老师！萧老师！"一边到处照，这才听到战战兢兢的声音："我……我……我死了没有？"

我循声照去，只见她被吓得钻进床铺底下，抖成一团。我又好气又好笑地说："好啦，好啦，平安就好。死了还会说话吗？"

至此，她才狼狈不堪地从床底下爬了出来，尴尬地说："咳，真是把我吓糊……糊……糊涂啦。"

所幸者，时过不久，风就停了，大家安然无恙也。

1975年9月17日　星期三

昨晚，虽然凶暴无比的"横南"很快过去了，但是墙倒屋漏，一夜豪雨未停，此情此景真是一言难尽。最可怜的是我们刚刚盖好的瓦面又被刮得飞的飞、跑的跑，倒了一面墙的房子就好像断了一只脚的凳子，弄不好随时随地都会倒下来，凳子倒了只是摔伤而已，房子倒了则统统葬身屋底矣。在这又漏又摇摇欲坠的破"庙"里，提心吊胆的人们只好亮着手电筒，打着雨伞，找个桁条比较牢实的地方蹲在一起，可怜巴巴地熬过了一个晚上。

清晨出门一看：穷凶极恶的台风早已无影无踪，但雨还是下个不停。

环顾四周，在灰蒙蒙的云雨之中，到处是龙卷风扫荡后的残痕遗迹：我们赖以居住的破"庙"后墙倒了三分之一，大厅的后墙全部倒地，与此相连，东边倒了一大角，西边后墙也崩了四分之一。再看看房子后面，泥砖融散，断木碎瓦，遍地狼藉。两间"草棚教室"比昨天更惨：木桩桁条，东倒西歪；竹竿断的断、爆的爆，横七竖八；草帘或散或跑，或挂或塌，湿淋淋的乱七八糟，乱不堪言。唉！前天的教室，而今成为杂乱堆。走近一看，里面的桌子、椅子倒的倒、塌的塌、断的断，上面压满杂草乱物，湿漉漉的又乱又脏，哪里能够上课呀？！

看着这一切，谁不痛心哪？这是我们白手起家、流汗流血干出来的成果，是我们赖以授课和学习的地方，是我们的学校，而今却被台风彻底摧毁了。面对此情此景，大家欲哭无泪，只有在那里指天骂地："老天哪，老天！你怎么这样跟我们过不去？明知我们穷成这个样子，又叫我们遭了这样的灭顶之灾！"

在这大灾面前，校长犹如船长，唯有动员全体成员同舟共济，奋力自救，否则船毁人亡，大家完蛋！

于是，下午天刚刚放晴，我立即动员大家：兵分二路，抗灾自救。老张、小赵和我再上屋顶捡屋漏，排瓦面；陈老师、袁圭和萧凤英在下面，拣一些尚未散开融尽的泥砖，先把东、西两厢的后墙补一补，中厅没有坭砖可用，唯有"后门"大开罢了。

真是大出我的意料，我从上面下来一看：嗨！陈老师把东边后墙批荡得非常漂亮。我动情地说："真想不到陈老师还有两下子，墙砌得这么好，又批得这么漂亮平整，真了不起。"

"唉，烂泥糊不上壁，哪有什么了不起呀？"他谦逊地说，"这是赶鸭子上架——逼出来的。"

在旁边的箩叔立即插嘴说："他呀！是我们公社远近闻名的大能人哩。"

我心里暗暗吃惊：噢！真想不到，一个中华人民共和国成立前的文科大学生，怎么会成为一个出色的泥瓦匠、大能人呢？这里面一定大有文章。但口里却说："好哇！我们正需要多才多艺的人才哩。"

好在人才齐备，齐心协力，经过一个下午的努力，老师们晚上才马马虎虎的有了一个藏身之所。

1975年9月18日　星期四

《孙子兵法》说："三军可夺气，将军可夺心。"面对大自然横加在我们头上的灭顶之灾，是悲观失望、唉声叹气、怨天尤人，还是挺起腰杆、咬紧牙关、收拾废墟、重建家园？关键之关键就是领导者的决心。作为一校之长的我，是前者还是后者，关系到学校的兴衰存亡。

作为一个共产党员，一个微型的中学校长，我唯一的选择就是后者，否则这间学校还能办得下去吗？！

但是面对这样严峻的局面，不能光靠呼口号、下命令来驱使大家，而要吃苦在前、带头实干，与同事们平心静气地讨论与研究，真正把我的决心变成老师们的共同心声，这样才能真正调动起大家的积极性，重建学校才有希望。为此，昨天一有地方住以后，我们又开了一个晚上的会议，进行了十分认真和热烈的讨论。

大家虽然会上争得面红耳赤，但最后取得了一致意见：重起炉灶，再建"校园"！

今天早上，同学们纷纷到校。学校当前这种状况，对同学们而言确实是巨大的打击，教室全毁了，桌子椅子乱七八糟，上课是根本不可能的事。所以，有的同学一见到就哭，有的唉声叹气，有的在那里慢慢地清理自己的台凳。

面对这种情况，我立即把同学们集中起来，进行抗灾自救、重建学校的大动员。我说："同学们！这场百年一遇的大风灾就是老天对我们的最大考验！我们罗南中学靠全体师生白手起家建起了两间'草棚教室'，而今老天爷把它推倒了，这就是对我们最大的考验！我坚信罗南中学的师生骨头是硬的，在老天爷面前各个都是铮铮铁骨的英雄好汉！面对困难，抬头挺胸，勇往直前，我们就一定能达到胜利的彼岸！干吧，课室还是在大家的手中。"

会后，师生们全力投入重建学校的战斗，该拆的拆，该洗的洗，该晒的晒，该补充桁条竹子的补充桁条竹子，大家默默地干个不停。加上有了第一次白手起家的经验，我坚信：过不了两天，我们又可以在"草棚教室"里上课了。

06

1975年9月20日　星期六

　　早上刚刚起床就听到萧凤英叫我："无校长……"

　　我转身一看，只见她手中拿着一封信，欲言又止，表情异常复杂，我深感诧异，心想她今早怎么啦？问道："萧老师，有什么事？"

　　她的脸一下子变得绯红，吞吞吐吐地说："我……我……"就是说不出一句完整的话来，最后终于下了决心，把信往我手中一塞，"我想调动！"说完扭头就走。

　　"调动！！"

　　这句话无异于一颗重磅炸弹炸到我的心窝上，使我大为震惊：天哪！这还了得？这可是比前几天的台风还要严重的大问题呀。

　　我深知，千怕万怕，再也没有比人心思走更可怕，在我们这个小小的袖珍学校，走上一个两个，就是塌了半边天哪，我这个学校还办得下去吗？而千难万难，再没有比留住人心的工作更困难，尤其是面对一个决意要走的人，要真正留住他的心更是难上加难。

　　我急忙打开她的调动报告，看了一遍又一遍。说实在的，萧老师在报告里的话，字字真情，句句实话。读着这饱含泪水的报告，谁不动情？面对这报告，我的心久久不能平静！

　　是啊！一个出身于大学教授的家庭、成长于大城市里的姑娘，虽然经历过上山下乡的锻炼，又因自己的努力和贫下中农的推荐上了大学，成为工农兵学员，但那毕竟是在过去年幼无知的狂热时代和同龄人的热热闹闹、共同活动中度过的。而今刚刚走出风景如画、绿树成荫的大学校园，就孤身一女被抛进这荒山野岭、"破庙"茅棚之中，怎不叫这个时代的娇娃深感刚在琼楼而骤跌深渊呢？昔日是书声琅琅、鸟语花香的幽园雅院，而今一步就跌进了虎啸狼嗥、风摧雨毁的茅棚破屋，而且要在这里教一辈子书，生活一辈子，怎不叫一个妙龄少女胆战心惊、惶恐之极呢？设身处地，将心比心，谁不想走哇？

常言道：马有马厩，牛有牛栏，猪有猪圈，鱼有鱼塘，鸟有鸟巢，就是老鼠也有一个藏身的地洞啊！更何况堂堂的一间中学，堂堂正正的中学老师，仅有的一间"破庙"和两个"草棚教室"还遭到如此毁灭性的破坏和打击，人家差点连性命都丢在这里，这种情况不改变，怎能叫老师们安心在这里任教呢？

作为校长的我，若不改变这种恶劣至极的办学环境，要老师们永远安心在这里工作是根本不可能的。而今萧凤英的"调动报告"仅仅是一个信号，必须及时妥善处理，否则将一发不可收拾。

为此，下午我到后山坡与她进行长时间的促膝谈心。首先，对她所提出的理由——予以承认。因为她在报告里所说的话句句都是事实。作为一个领导者，对部下的困难不能简单粗暴地扣之以思想问题的大帽，不仅不能解决问题，反而会越压越不可收拾。因此，在听完她的困难与理由之后，我也认真、坦诚地跟她诉说我的苦衷。

我出生在一个贫穷的农民家庭，中华人民共和国成立前又是五年三灾，特别是1943年潮汕平原苦旱半年，一直到农历四月初才下了第一场雨，海水倒灌，田地龟裂，颗粒无收，只好全家逃荒到福建。中华人民共和国成立后，我回到老家分翻身田，读翻身书，过了几年好日子。但是自1958年起，在三年困难时期，我刚好在部队当兵，家乡则是远近闻名的特困村，全村有很多人出去讨饭，我家也不例外。你想想，作为一个把青春和热血献给祖国的人民战士，而自己的母亲不得不去当乞丐，这是一种什么样的心情啊？！儿子能卫国却无能顾家，如果在家，我就是年轻力壮的强劳力，哪能父亲水肿，母亲去要饭哪？但我强忍悲痛，超期服役，只是每月发了津贴费就往家里寄，但那毕竟是杯水车薪哪！一个战士每月的津贴费买不到半斤高价肉或几斤黑市米，一家四口人，能吃几天呢？即使困难到这种地步，我也没有当逃兵，还当了"五好战士"哩。说到这里，她忍不住问了一声："现在家里可好？"

"唉！"我长长地叹了一口气，说，"还是不好哇。"

她关切地问："怎么呢？"

"唉，"我又叹了一口气，说，"说来话长啊！"

"说来听听嘛！"萧凤英真诚地说。

于是，我不得不把我的家庭现状跟她简单地说一说。我说："最苦的是我的老父亲，从小丧父，是祖母把他们兄弟和妹妹从三四岁拉扯大，孤儿寡母有多苦可想而知。而今，他老人家年老体衰，又瞎又病；生产队的口粮很低，月平均口粮才十五六斤，一个劳动日才买一包'丰收'烟，两个弟弟在生产队劳动，一年干到头还是超支户，更不要说给父亲看病抓药了。就是我自己孤身一人在这里拼死拼活地干，却丢下爱人带着又小又体弱的小孩，她身体不好，不仅要上课，还要照顾一家三代，有个头痛发烧，我又不在身边，你说不困难吗？"

她深表同情地说："唉，真是千人千样苦，没人苦相同，我万万没有想到，你成天好像工作狂一样，原来背后还有这么多这么大的困难！"

"何止这些困难哪？"我说，"要说我的困难哪，三天三夜也说不完。做人嘛，谁没有父母兄弟、妻子儿女，谁不爱自己的亲人哪？我也不是泥塑木雕，也不是僧尼道士，谁不想家呀？但是，命运把我们抛到这里来，不把这里的工作做好，也是问心有愧呀。你看是吗？"

最后，她吞吞吐吐地说："校长……把，把报告退还给我吧。"

"不！"我说，"你的报告不仅不退还，还要帮你往上送呢。"

"为什么？"她大惑不解地问。

我故装神秘地说："以后你看就知道。"

萧凤英的情绪算是暂时稳定下来了。

但是，若不把罗南中学建好，要把老师们真正留在这里，安安心心地教一辈子书是根本不可能的事。不是说几句动听的话就可以将人心留住，也不是把自己家里的老底一晾就可以赚得人家在这里干一辈子。各家都有各家一本难念的经嘛。再说你愿意在这里当一辈子傻瓜是你的事，为什么我一定要在这里当你的"殉葬品"呢？就是靠组织手段硬把人留在这里，"身在曹营心在汉"，你也没有办法呀。今天留住了萧凤英，明天又要留谁呢？如果一个又一个地向我轮番轰炸，不把我炸个粉身碎骨，起码也要炸个焦头烂额，我们这个学校还办得下去吗？一句话：没有一个起码的办学环境和条件，要把老师们永远留在这里安心工作是根本不可能的事。

而要创造这样的环境和条件，又要多少的人力、物力和财力呀！光靠自己一个人，赤手空拳，孤家寡人，到处瞎闯是闯不出什么名堂来的，俗话说"三个臭皮匠，赛过诸葛亮"。

为了解决这个严峻的现实问题，我逐个地征求全校教工的意见，恳请他们出谋献策。

第一个找的就是袁圭。他一开口就骂："你看看，生产队的牛栏都比我们的住房好得多。说句不好听的话，我们这些名为中学教师的知识分子，连生产队的一头牛都不如，怎么叫大家安心在这里教书？"

我问："那你说怎么办呢？"

袁老师理直气壮地说："跟上面要钱咯！没油脱不了锅，没钱同鬼讲①！"

张炳华倒好，帮我出谋献策，说："老'武'，我们要好好利用这次遭灾的机会，并借由萧凤英的调动报告，到县教育局和公社狠狠敲他们一竹杠，要它个十头八万，至少搞它个三几万元来。要不，大家都跑了，我看你这个学校怎么办？"

"老伙计，你说得那么轻松啊！"我叹了一口气说，"竹杠一敲人家就一万一万地给你吗？"

"那你就拿出你的看家本事来嘛！"

"我连看人的本事都没有，还有什么看家本事啊？！"

"你忘啦？"他半真半假地戏道，"就下跪，就磕头，就拿出你的浑身解数来。当年的老百姓见到你这一招都会纷纷解囊，三毛两毛、一文两文地进了你的腰包，让你办起了几间小学校，而今天的'青天大老爷'反不如以前的小小老百姓？！一文不给？"

---

① "没钱同鬼讲"：此俗语意为无钱时鬼也难讲话。

"谈何容易呀！"我说，"不当家不知柴米贵呀。你不知道有多少学校领导为了解决校舍问题，跑断了腿，跪破了几条裤子，求爹爹、告奶奶，呼天唤地，就是要不到一分钱哪！"

陈老师向我建议："无校长，我们应该像李密的《陈情表》一样，把我学校的困难情况详细如实地向上级汇报，争取上级领导的同情和支持；加上我们自己的努力，自力更生，我们的困难才能得到解决。光是等、靠、要，是没有办法解决问题的。再说，我也同意你和张老师的意见，将萧老师的报告一起往上送，让上级领导也了解咱们学校教师的实际情况，这也是一个有力的注脚。"

甚至小赵、笋叔都是这样的意见。

总而言之，大家意见一致：立即向县教育局、向公社打报告，要求拨款救灾、留人！

事不宜迟，说写就写。要不，没有教室，没有宿舍，人心思走，我们罗南中学还办得下去吗？

为此，我在昏暗的煤油灯下一直苦战到深夜近三点钟，终于写成了洋洋千余言的请求拨款报告。

报告是写成了，但真的能要到钱吗？这个问号却是打得大大的！

1975年9月21日　星期日

昨晚起草好的报告，今天经过陈老师的一再修改和润色，大家共同斟酌定稿，再由陈老师工工整整地誊写清楚，一式三份。这是全校师生的希望所在呀，怎不毕恭毕敬、虔诚至极呢？

1975年9月22日　星期一

清早起来，我的第一件事就是到公社邮电所将请求拨款报告和萧凤英的调动报告一起投寄给教育局。当我面对邮箱要投未投时的那种心情，就好像农村老太太家遭厄运而到城隍庙求签问卜一样：既想问，又怕问。何也？无灾不求神，遭灾求神往往求得的是劫上加凶的下下签，那不完蛋！

思前想后，迟迟不敢举手投寄。再仔细想一想，不寄吧，谁知道我们目前的困境，谁来帮我们解决问题？想来想去，反正不管是凶是吉，寄了再说。寄！教育局虽穷，但绝对不会给一个学校降祸！

第二件事就是硬着头皮到公社送报告。那种忐忑不安的心情不亚于刚才寄报告之时。但是，为了建好学校，为了全校师生有个学习和住宿的地方，为了办好罗南中学，为了罗南人民的子孙后代有个良好的学习环境，为了广大的青少年成为有知识有文化的一代新人而不至于沦为时代落伍者的新文盲，哪怕是上刀山、下火海，钻进十八层地狱也要去呀！谁叫我是这里的校长？要不，我如何完成老师们的重托？不知不觉中我来到公社办公的地方，到处空荡荡、静悄悄，办公室里只有一个青年小伙子在看报纸。我小心翼翼地问："同志，许泰来副主任在家吗？"

这个小青年连头也不抬地说："不在。"

"请问，他去了哪里？"

"下乡！"他仍然看他的报纸，爱理不理地说。

我只好忍气吞声地再问："同志，你知道他什么时候回来吗？"

他抬起头朝我一瞪眼，不耐烦地说："不知道！"

一问三不知，这可叫我怎么办？难道就这样空跑一趟吗？我左思右想：我要的不仅仅是钱的问题，而是关系到罗南中学生死存亡的重大问题。难道带着一句"不知道"就这样白白回去吗？这叫我如何向那些如"枯禾望甘霖，海难呼救声"的师生交代？不行！一定要等，等到公社的领导同志回来，当面好好向他们汇报，让领导了解我们的困难情况，争取得到公社的大力支持才行。于是，我只好耐着性子忍气吞声地继续问："同志，公社书记有没有呀？"

这下子他显得极其厌烦，狠狠地瞪着我说："领导统统下乡抗灾去了，谁有工夫在家？"

尽管遭到如此白眼，我还是不死心。我就相信，难不成公社领导真的整天不回来？我下定决心：不见领导不罢休！于是，我亦从报纸架上拿来一份报纸，边看边等，不见黄河心不死地等下去！

约等了一个钟头，一阵清脆的单车铃声远远传来，我以为救星到了，抬头一望：不是许泰来副主任，而是一位年纪与他相近，头戴竹丝通帽，上穿文化衫，下着旧军裤，裤脚卷得老高老高的人，走近一看，脚上、塑料凉鞋上沾满了点点泥痕。他下车我才发现，他长得又矮又胖，圆圆的胖脸上红光满面，一副肥头厚脑的样子。他最大的特点就是汗水多，一下车就右手摇着帽子扇凉，左手抓住毛巾在脸上、脖子上到处擦汗。

其实我早已发现，刚听到单车铃时，那位一问三不知的同志往外一瞧，立即变成了另外一个人，只见他麻利地沏好一壶地道的罗浮山山茶，春风满面地恭候在那里。来者未进门，他早已笑容可掬地端着一杯幽香扑鼻的山茶迎了上去，谦恭地说："李书记，刚才县委办公室来电，催着要我们公社汇报几天来抗灾救灾的情况。"

"噢！"原来来者是我们公社的"第一公民"。我一方面惊叹人间变化之快，难怪刚才还是冷若冰霜的样子，立地变作满面春风；另一方面，我也庆幸自己没有白等，终于盼来了"大救星"！

李书记一进门，左手把毛巾往肩上一搭，接过香茶品了一品，才说："小肖，你抓紧时间，把这几天了解到的各大队的抗灾情况汇总后，快点向县委汇报。"

小肖非常乖觉可爱地说："经过我的一再催促，忙了老半天，已经汇总好了，不知有没有错漏？请您审阅一下。"

李书记接过报表，粗粗扫了一下，在几栏上加大了几个数字，递给小肖，说："你把这几个数字加一加，赶快上报！"

小肖接过报表，取下算盘，立即噼里啪啦地忙个不停。

刚才他们忙，我不能去打扰，所以一直没有插嘴。当李书记放下茶杯准备转身出门的时候，尽管我的心怦怦地跳个不停，还是认为机会难得，赶紧站了起来，强笑着说："李书记！"

他直到听见我叫"李书记"三个字才好像发现我的存在似的，看了我一眼，不大耐烦地问："有乜事？"

我心情紧张地说："这是我们罗南中学的报告，请您看一看。"

他硬邦邦地问："什么报告？"

我心中七上八下，手有点微微发颤，硬着头皮边把报告递给他边说："请求公社拨一点钱给我们中学救灾建校。"

"有冇搞错呀？！"一见到是"中学要求拨款报告"，他连看都不看一眼，反而一闷棍打过来说,"公社哪里有钱给你们啊?你没有看到,这次台风加龙卷风,把全公社搞得天旋地转,光是抗灾救灾都忙得满头雾水,哪里顾得了学校?"说完,他把我们的报告往办公台一丢,可怜我们这份用心血写成的报告放在那里,睬都没有人睬。

为了学校,为了不辜负老师们的重托,我斗胆力争:"李书记,我们中学是这次龙卷风的重灾区,遭到了毁灭性的打击,损失最大,公社不支持我们一下,怎么上课呀?"

"真是书生气十足!"他极为厌烦地说,"是肚皮要紧呢还是书斋要紧?!抗灾救灾搞不好,农业搞不上去就要饿肚皮,主席说'深挖洞、高筑墙、广积粮',没有粮食就要饿肚皮,再说,你们学校不是灾后自救又在上课了吗?还来要钱?"他说完转身走人。

这就是我们公社第一把手的态度。这可叫我怎么办哪?

我万般无奈地回到学校,把在公社碰壁的情况向大家一说,笋叔、陈明和袁圭都一一向我介绍了"第一公民"的情况。

他叫李江,中华人民共和国成立前确实是长工出身的穷苦人。中华人民共和国成立后,在农业合作化时是农业合作社的社长。也就是说中华人民共和国成立后,他是历次运动的积极分子,慢慢地就当上公社书记。搞农业、抓农村工作,他还是一位相当不错的"田间干部",但是对学校、对教师,他的那个感情就淡过水了。在他的心目中只有一个"农"字,其他都是无关紧要的。至于学校,那是养养小孩,无关大局。少了饿不死人,多了也不能当饭吃,搞不好还要出"修正主义苗子",何苦来呢?正如他的口头禅:"我从来没有读过书,还不是当公社书记?你们读了那么多的书,越读越蠢,读成了'臭知识分子'有什么用?"

噢!原来是这样的人当我们公社的第一把手,怎么会关心教育事业,关心学校建设呢?而我们又偏偏穷得连个窝都没有,这可叫我怎么办?

1975年9月27日　星期六

要求公社拨款建校的梦想是彻底破灭了,我们唯一的希望就只有县教育局。

虽然发信至今还不够一个星期，但是，对于灾后望救星、条件如此恶劣、度日如年的我们来说，怎能不觉得时间已经很长很长呢？正是"欢娱岁月短，遭灾时日长"啊。

我们天天盼、日日望，老是看邮递员同志有没有给我们送来教育局的拨款佳音，公社教办的同志有没有给我们送来转账支票；我们天天引颈翘首，祈盼教育局的财神爷恩赐一下我们。但是，日子一天又一天地过去，天天落空！

其实，老师们的心情比我还焦急，他们一见面就问。

张炳华一再催促我："喂！老'武'，怎么样啊？有没有消息呀？'没有消息'？再没有消息你就上教育局去，他们诈死，你就装疯；死乞白赖，也要搞到一点钱来。要不，我们这个学校怎么办下去？"

袁圭也紧紧地催着我："你快去教育局找郑道宏，好好告诉他，如果再不给钱，就把我们罗南中学注销好啦！世上哪有那么便宜的事，一分钱都不给就要人家办起一间中学，这是哪一家的道理，让天下人评一评，说得过去吗？"

赵家庆帮腔助阵地说："无校长，你抓紧时间快点上去，学校的事我们包了，一定要到钱才回来！"

稳重老练的陈老师劝我说："请你抽空上教育局，详细跟局里的领导同志好好汇报我们这里的困难情况。以理服人，以情动人，慢慢地跟他们摆事实，讲道理。俗话说'软藤缠死树'，说得多了，不听多也会听少，难道'十斗芝麻倒不到一粒入耳'？校长，这不是说钱不钱的问题，而是关系到咱们学校能不能办得下去的关键所在，只好辛苦你好好地去跑一趟，这是事关全校的大事啊。"

就连萧凤英和笋叔都一致要求我抓紧时间上县教育局要钱。要不，我们这个学校困难到这种地步怎么办？

甚至连学生也问："校长，我们什么时候才有真正的教室可以上课呀？！"

一句话："要钱建校！"

这是群众的呼声，是实际的反映，是生活之所需，是办学之必备。没有钱就不能改变目前这种困境，不改变这种困境焉能办学？

"要钱建校！"我是比谁都想得多，想得紧，想得更迫切，可以说，我是集全校师生要求之大成。因为我是一校之长，正是各种意见的聚焦点！面对这种情景，我怎不比谁都焦急呢？

为此，一方面要给全校师生做耐心细致的政治思想工作，也就是替上级向大家说好话；另一方面，不能不考虑怎样才能安定人心，怎样才能真正留得住人，怎样才能真正把学校办下去。要安定人心，要留得住人，要办好学校，不搞好学校的基本建设，光靠"破庙"、草棚和两片嘴皮怎么行呢？说到底，就是要建校。

怎么建呢？一没有钱、二没有物、三没有人力，而三者的关键是钱！

去哪里找钱建校哇？！

1975年9月30日　星期二

今天是国庆节的前夕，为了解决建校经费问题，我风尘仆仆地专程上县教育局请救兵来了。

谁知一进门就扑了一个空。局领导都在开会，秘书股申东明同志到各个受灾学校去核实灾情损失情况，尚未回来。怎么办？

有什么办法呢？只好等、等、等……

不等，难道这样白跑一趟吗？

不等，两手空空如也地回去，如何向大家交代？！师生们那嗷嗷待哺的急切音容历历在目哇！

不等，这迫在眉睫的救灾建校，安身上课的任务怎么完成？

我等啊等啊，等到中午下班还是没有见到局长们的面。我等得心焦口渴肚子饿，只好到外面小食店吃那每碗八分钱的猪红粥，一口气灌了三碗进去，花了二角四分钱。本来干部出差有伙食补助，但一想到学校穷到这个样子，我怎么咽得下佳肴美味呢，而一想到家中那生我养我、又瞎又病的老父亲，妻子和幼小的儿女以及家里困难的经济境况，哪有良心饱吃山珍海味，说句掏心窝子的话，就是吞进了肚里，心中也消化不良啊。

功夫不负有心人，终于在下午三点多我见到了局长郑道宏同志。

我好像那一九六九年"七·二八"强台风中牛田洋的落水者碰到了救命稻草似的，立即紧紧地把他缠住不放。"郑局长，等得我好苦哇。"我迫不及待地说,"我们罗南中学的报告你看到了吧?你看看,我们罗南中学本来就是草棚学校,偏偏祸不单行,在这次大台风中我们又是处于龙卷风中心的重灾区,屋破墙倒,草棚飞天,如此严峻的局面,局里不支持一下,我们学校怎么办得下去呀?"

他无可奈何地听着我的汇报,眉宇间露出既同情又无能为力的复杂神态。听完我的汇报后,他长长地叹一口气:"唉!"接着,他一边拉开黑皮包的拉链,从里面拿出一大沓来信,一边说:"老无同志,你们的情况局里十分了解和同情。但是,心有余而力不足哇!你看看,全县有中小学四百多间,间间要支持。特别是仅仅这次强台风遭到严重损失报上来的中小学就有七八十间之多。哦!对了,就是收到你们学校报告的那一天,局里就收到三十八封请求拨款救灾的信。各个灾情严重,人人要求拨款,局里哪有那么多的钱哪?俗话说'僧多粥少',而我们现在是连粥水都没有,哪来的钱给学校哇?"他十分为难地拍拍我的肩膀,说:"老无同志,这个家就是给你来当,也难安排哪!"

尽管局长已经把牌亮到底——无钱,但我还是死乞白赖地说:"郑局长,我们毕竟与兄弟学校不同。本来听你的话,我们拼死拼活、自力更生建起了一个草棚中学,可惜老天爷偏偏专门与罗南中学作对,连两间"草棚教室"都卷走了。正是'初栽薯苗遭霜打',这样的重灾户你都不救一救,那就只有死路一条了!"说真的,说到这里我的声音早已哽咽,怎么也忍不住的泪水滚到了眼镜片上,就差个下跪而已。

他看到我这个样子确实也很同情,语调沉重地说:"老无同志,我确实很同情你们目前的处境,也很想好好地帮帮你们。但是,各人都有一本难念的经呀!你看咱们县,现在穷得连发干部的工资都十分困难,有时还要到东莞等富裕的县去借钱发薪水。下面教办为什么要拖欠各校老师的工资呢?难道不知道那几十元钱是老师们养家糊口的养命钱吗?难怪老申同志说'最怕的就是发工资',往往是到财政局一连坐等三几天,也没有一分钱进账。现在麻烦了,一个强台风过后,七八十间学校要钱,总数算起来就是全县教师两年不吃不喝,把所有的教育经费都用在这次灾后建校也不够哇。局长们正为这件事大为头痛,大家都不知道怎么办才好哩。"

郑局长的话确系实情。但是,全校师生那种犹如苦旱枯苗盼甘霖的情景,就像放电影一样，一幕又一幕地在我的脑海中涌现，我不得不一次又一次跟局长汇报我们的困难情况，继续苦苦哀求。最后我说："据我所知，这次台风损失最重的是我们公社，而我们公社损失最为惨重的又是我们中学。正如刚才说的：'墙倒屋崩，草棚上天'，你叫我们去哪里居住，去哪里上课呀？兔子也有一个窝呀！何况一间中学？中学教师住的地方连生产队的牛栏都不如，叫老师们如何安心工作？再这样下去，不要说萧凤英要求调走，我都想走啦！"

"这，这，……"他不跟我发火，也不向我耍官威，反而十分同情、十分亲热地拍着我的肩膀，说，"老无同志，你怎么也耍起小孩子脾气来了？组织上对你信任，才在全县那么多的教师里面不找别人，专门找你来挑这副大梁的，别人想去我们还不要他呢。我相信老无同志你不是这样的人。你的脾气我们还不了解吗？在没有真正把工作搞好之前，就是拿着棍子赶你也赶不走的，还说'想走'？不过，你回去以后，有劳你跟老师们好好做做工作，越是艰苦的地方越是要去，越是困难的时刻越是要顶得住，俗话说'对待困难就像过山岭'，越是困难的时候就越接近胜利，关键就是要顶得住。你回去以后和大家好好商量，想想办法，我相信你们一定能干得好的。你们开学初那种艰苦创业的精神就很好哇，继续好好发扬嘛！"说完，他把皮包的拉链拉好，抬起左腕的手表看了看（这就是眼下时髦的斯文逐客令）："看到没有？好，走了！"

但我就是装作不懂，赖着不动。我心想：说好话、讲大道理谁不会说？我在全校师生面前还不是"死鸡撑硬颈"，叫得比你还响，什么要不怕困难、克服困难、战胜困难，喊得震天响。正如有的学生对我的评价："无老师对我们最大的影响和教育就是不怕困难、战胜困难。"但是，十打豪言，万句好话，还不如一次实际行动。没有一定的经济基础，哪怕是成山的好话也是白搭！

陈老师说的到上面要钱须用"软藤缠死树"的软功，也就是老子说的"以柔克刚"，跟领导硬碰硬只能成事不足、败事有余，因此我还是采取嘴皮战术，说："郑局长，人家再困难，也没有我们的困难这么大呀！不要说在全县我们是独一无二的困难户，我看就是在全省也很难找到一间像我们这样的学校。没有教室，没有宿舍，甚至连一个厕所都没有，这样的学校叫我怎么办？"

"老无同志，你难，我比你还难哪！"

"局长，你再难也有回旋余地，可以挤一点点出来，可是我们除了局里之外就毫无办法了。你就可怜可怜给我们一点吧！要不，我们可能会办不下去啦！"我依然死死缠住他不放。

他已经是第三次抬腕看表，时间已是下午五点三十五分。明天是国庆节假日，教育局其他同志早已陆续下班。郑局长确实怕我再这么不通情理地死缠活赖下去，站起来左手夹皮包，右手伸出来握手（实际是文明赶人），口里又不得不给了一点点希望："这样吧，你先回家好好过国庆节，休息一下。你们学校的困难，局里非常了解，也非常同情，我一定记在心里。至于拨款问题，等国庆节后一定认真研究研究，尽量想想办法。不过，凡是一万元以上的拨款要报县委批。你放心，我保证将你们的困难情况好好向上级汇报，争取县委的支持。"

我只好无可奈何地跟他握别，说："好，我预先代表全校师生深深感谢您！不过，只要一天没有给钱建校，我就只好每个星期都来求您啦！"

他万万没有料到我会来这一招，闻言一惊。但为了能够脱身，旋即笑容可掬地边握手边说："欢迎、欢迎，难为你有这样的精神。好、好，就这样，再见。"

当我走出县政府大院时，已是黄昏时刻，回家或是回学校都不可能了。住旅店吗？虽然最便宜的旅店只需一元几角就可以睡一晚，但又得给穷得叮当响的学校增加负担，私人掏腰包吧，也囊中羞涩。想来想去，只好到在县中学任教的老同学家里挤一晚再说了。

老同学见面，当然无话不说。我把学校的困境和跟郑局长的谈话和盘托出，请他帮忙出谋献策。他给我出了一个很好的点子，说："老无，你就直接去找周副县长，好好向他汇报，他就是专门管文教战线的，是咱们直接的顶头上司，找他最好不过啦！让他向县委反映情况，并督促教育局支持，这是关键的关键。"

"对！"我如获至宝地说，"我马上就去！"

"乞食"到副县长家，这还是平生第一次，论职位，他比公社书记和局长都大，会不会像在公社求见李江那样的遭遇呢？心里确实没有一个谱。唉，有什么办法呢！反正病急乱求医，只要有钱建校，就是上天入地，上刀山下火海也得去。我只好硬着头皮，敲一敲周副县长的家门。

谢天谢地，正在楼上观看庆祝国庆电视节目的周副县长，一听说下面中学的同志来访，马上下楼接见。

　　周副县长近五十岁，中上身材，微微发胖，既有知识，又没架子。他一下楼就热情招呼："无校长，你好、你好，你们的情况我听说了，真是辛苦你了。怎么样，最近情况如何？台风的损失严重不严重？"他一边说一边斟茶让座。周副县长的几句好话入耳，一杯热茶落肚，我原来惴惴不安的心情一下子烟消云散，像到了温暖的家中。于是，我把建校以来的种种情况，一五一十、如数家珍地通通倾吐干净。

　　他耐心细致、态度可亲地听我汇报，到关键之处还不时插上一两句，询问得更加详细。我跟他谈了整整两个钟头，最后他说："无校长，你们的情况我早就听说了，但不知道严重到这个样子。原来分公社的时候，你们公社的李书记决心很大，一定要办中学，谁知道办得这么困难。我看这样吧，一方面，你们还是要坚持艰苦创业的精神；另一方面，接下来县里讨论时我把你们的情况好好反映上去，同时我跟郑局长说一说，请他尽量挤一挤，帮你们减轻一点困难嘛。"

　　啊！阿弥陀佛！我高兴得好像死囚获得大赦似的，总算有一点点的希望之光了。我感恩戴德地紧紧握住周副县长那温暖柔软的大手说："谢谢您！谢谢您！太感谢您啦！"

　　从早上六点半骑自行车上县城到此刻深夜近十一点，已是整整十六个钟头过去了，真累呀！

07

1975年9月25日　星期四

一

俗话说："福无双至，祸不单行。"正当学校遭到如此毁灭性的天灾，碰得焦头烂额之时，我收到了新家、老家的接连来信。

首先是我那多灾多难、年老体衰、双目失明的老父亲请人代书来信说：

铭儿：

近来工作、身体可好？为父十分挂念。

目前，家里生活更加困难。早造预分口粮每人每月才十四斤半的稻谷；两个弟弟虽然天天到队里出工劳动，但工值很低；为父又年老体弱，双眼全瞎，什么也看不到，什么活也干不了，这就更加困难。

加之近来又偶感风寒，因为无钱求医问药，一卧数天，未见好转。你母亲又在你那边带孙子，家中乏人照料，只有靠邻居或亲人偶然关照，有时想喝一口水都难也。

铭儿，父亲好想你呀！当然，为父也知你工作一定很忙，如果有可能的话，请个假回来看一看吧！要是实在忙不过来，就寄一些钱回来给为父看看病也好。以便早日康复！

祝

工作顺利，身体健康！

父字
1975 年 9 月 20 日

　　值此中秋佳节、普天团圆之际，不仅学校遭灾，而且远在故乡的老父亲贫病交加，无钱求医问药，乏人服侍，怎不让我心如刀绞，泪如泉涌地往肚里吞哪！怎么办？自古男儿在外，忠孝两难全。我能丢下这摊灾后废墟似的学校回家服侍年迈体弱的老父吗？就是扔下工作回去服侍他老人家，也只能照顾一时而无法陪伴一世啊！

　　罢，罢！唯一能做到的最大孝心就是从这个月刚刚领到的工资（因为上级推迟）五十六元中，一下子拿出整整四十元寄给老父亲，作为求医问药之用，以祈老父早日康复，尽远方儿子的一点孝心而已，其他再也没有办法了。爸爸，你可知道犬子仅仅剩下十六元哪，又要养家，又要糊口，真难哪！

二

　　谁知过了不到几天，我又收到妻子的来信。信中写道：

铭：

　　您好！

　　到了新的学校以后，工作开展可否顺利？近来身体如何？十分惦念。我深知您那种拼命工作的精神，而今一人在外，凡事要自己照顾好自己。须知"身体是革命的本钱"，身体健康才能把工作做得更好，身体累垮了，于公于私都是损失，毫无裨益，谨祈珍重！

　　至于家里，原来两人在一起生活就方便得多，遇事可以互相帮助，有人参商；经济上也比较好安排。而今家分两头，上有老人，下有小孩，衣食住行样样都是一人独力支撑；更主要的是学校除了正常的教学工作之外，最近又掀起"学屯昌""学蓝田"，养猪种菜，特别是大搞甘蔗高产试验，更是累上加累。

铭，真的，有时确实累得就要倒下去似的。可是回到家里还是得死顶下去，要不，谁来撑起这个家呀？

特别是前天，小强在横过公路时，被过路的单车不慎碰断手骨。而当时我刚好在上课，闻讯出来时，肇事者早已逃之夭夭矣！只见小孩哭，妈妈（家婆）喊……那种心情真是笔墨难以言状啊！要是你在这里还可以分忧，可以轮流照料一下。而今是内外交困，独力难撑啊！

铭，您可否利用节假日回来帮一帮，让我喘一口气也好哇！

顺祝

工作顺利，身体健康！

您的珍

1975 年 9 月 25 日

爸爸：

我的手好痛啊！

我们好想你呀！

儿子：小强

谁都知道诗圣杜甫的名句"烽火连三月，家书抵万金"，我却是大灾之后，封封家书都要命！老父又瞎又病，只好罄囊尽孝，就差小命一条无处典当；而今又闻娇儿骨折，爱妻独力难撑，泣泪成书。尤其是看到五岁的爱子那歪歪斜斜的两行字，那声声呼痛的哭声，更是如雷贯耳，似剑穿心，五内俱焚！谁无父母？谁无妻儿？谁无亲人？谁不爱自己的父母兄弟、妻子儿女呀？！难道我就是劣铁顽石之躯吗？我就不爱自己的父母兄弟、妻子儿女吗？！非也！！扪心自问：我比很多很多的人都爱得深，爱得更执着。为了尽一点儿子的孝心，我从当战士的每月六元部队津贴费起就往家里寄钱；读大学时，人家是父母寄钱来供他们念书，我虽挂名是个干部生，每月助学金二十三元，生活费自理外，还要月月往家里寄钱，难道还不够尽儿子之责吗？

而今，妻子那瘦弱的身躯却要天天超负荷地运转，累得她连气都喘不过来，幼小的娇儿正当扑在妈妈的怀里撒娇玩耍的时刻，但却要忍受那骨折难熬的痛楚而写来了声声呼"痛"的第一封家书。难道我不爱自己的妻子儿女吗？！非也。我与普天之下的父亲一样，深爱自己的妻子、儿女，爱得很深很深很深！然而，我虽有执着之心，却无实行之力。当娇儿骨折哭喊时，我不在身边呵护；求医驳骨正要我在身边时，我无钱又无力。怎不叫为父者心痛欲死？！然而，这些都是为了这间学校，对上不能当个孝子，对下无法当个称职的父亲与丈夫。

罢！罢！我只好借国庆假日，回家一慰而已矣！

1975年10月1日　星期三

　　我已经整整一个月没有回家了。特别是接信以后，我很想一下子飞到妻儿的身边，帮一帮妻子的忙，看看强儿的手现在怎么样。但是，学校那要命的头等大事又非干不可。所以，我尽管昨天忙了一整天，今天一早天刚蒙蒙亮就骑上自行车，归心似箭地飞转回家。

　　我一路风驰电掣地赶来，未到家门口就远远看见强儿坐在小凳上，左手下臂吊在脖子上，眼睁睁地往外张望，原来是懂事的强儿正在那里盼望爸爸归来呀！我远远就喊："强强！强强！"

　　眼睛睁得大大的强儿直到听见喊声，才认出是日盼夜盼的爸爸回来了，他马上站起来，忍不住一边流眼泪一边喊"爸爸！爸爸！"地走过来。

　　我立即飞身下车，紧紧地抱着强儿，不断地问："强强，强强，怎么样？"

　　强儿"哇！"的一声哭了出来："好痛，好痛啊！"

　　我紧紧地揽着强儿，看看那夹着夹板、绑着绷带的小小手臂，心里狠狠地痛骂自己：我愧为人父哇！

　　老母亲一听到我和强强说话的声音，立即牵着孙女玲玲出来，见面就说："铭儿，你怎么现在才回来呀？真是把他妈妈累坏了。"她接着就一五一十地诉说着强强骨折和家里的情况。小女玲玲起初见我陌生，不让我抱，一直躲在祖母的背后，过了很久才认出是爸爸，边喊"爸爸"边扑到我的怀里。

　　我左边拉着强强，右边抱着玲玲，聊了很久，就是不见文珍的面，不得不问："他妈妈呢？"

祖孙三人异口同声地说："妈妈去淋菜未回来。"母亲还补充说，"今日国庆放假，没有学生淋菜，她一早就去淋，到现在还未回来。"

我刚在心里说：她这个人哪！就是一心扑在工作上。谁知说曹操，曹操就到，她刚好回来了。

刚一见面，两人都为对方的失型走样而深感震惊：她比一个多月前瘦了很多，疲乏了很多。她对我的震惊远远不亚于我对她的，心痛地问："老无，你是不是病了？"

"没有哇！"我尽管一个多月来碰得焦头烂额，累得疲惫不堪，还是打起精神充好汉地说，"你看看，这不是很好吗？"

"还说好哇？"她怎么也不相信地说，"你拿个镜子照一照，看看自己还认得自己吗？"她哀怨地摇一摇头，"怎么去了一个月就完全变了样，要是在路上见到，我差点都会认不出来哩。"

"哦！真有那么严重？"我拿来镜子一照，不禁对着镜中那副尊容发笑道："哈！再过两个月不理发，上历史课讲北京猿人时就可以当个活标本了。"说得她忍俊不禁地"扑哧"一笑。

"你呀！你呀！从来就不知道苦字是怎么写的，才去一个月瘦成这个样子；要是再干一年半载，还不瘦成一把骨头？"她心痛地说。

"哪有那么严重？"我故装诙谐地说，"到罗浮山仙境修炼修炼，稍微苗条一点就是咯。"

"你呀，你。"她不无感慨地说，"我以为我都够辛苦了，看来你比我还要辛苦。要不，我都够瘦了，你为什么比我瘦得还厉害？"

怎么能不瘦啊？我心想：一个多月来在罗南中学拼死拼命地干，而这个月的生活费用，扣除大米不算，柴草油盐酱醋菜肉，总共才用了二元八角五分，焉能不瘦？

她看到家里几个人，骨折的骨折，瘦的瘦，累的累，加上今天是国庆节，终于狠狠心，把正在下蛋的母鸡抓来一只杀了，加加菜。要知道这几只下蛋的母鸡可是家里的一项重要经济来源，一天有两三个鸡蛋就可以解决不少的问题。要不，几十元钱怎么养得起一家人哪！

再加上今天每人有二两的"节日猪肉票"①，母亲和文珍经过精心烹调，做出了丰盛的四菜一汤。两个小孩高兴得好像老鼠崽跌进了大粮仓，一人抓住一只鸡腿，边咬边喊："爸爸吃饭，爸爸吃饭！"孩子们太久没有开荤了，才如此狼吞虎咽哪！要是有钱人家的孩子，会如此想吃肉吗？为人之父的我，既高兴又心痛。高兴的是孩子们不仅边吃边叫"爸爸吃饭"，叫"阿妈吃饭"，还叫"妈妈吃饭"，这是多好的孩子呀！别人家比他俩大几岁的孩子还要大人喂饭，都不好好吃，他们不仅自己吃得津津有味，还懂得叫大人吃；心痛的是作为父亲，我没有尽责呀！

听到孩子们的叫声，母亲和我都应声就座，文珍拿来几个杯和一壶冷开水，每人斟上满满一杯，说："让我们以水代酒，庆祝国庆、补过中秋，干杯！"

---

① "节日猪肉票"：在计划经济年代，什么都要票证，猪肉是每月定量供应，国庆节每人再加二两的肉票。

08

1975年10月16日　星期四

盼哪，盼！今天，终于盼来了县教育局的财神爷——申东明同志。

他，中等身材，平头底下疏眉细眼，相貌平和，衣着十分简朴。若是不知道他的人，谁也看不出他是身系全县教师衣食的"财神爷"，还以为是一个年近半百的"乡巴佬"。

下午，他一到学校，我立即带他到全校走了一遍，踏山头，看地形，商量布局。他非常赞赏我们的计划和安排，认真察看"草棚教室"和"后门"大开的宿舍兼办公厅——教务处。

在教务处见到"财神爷"驾到，谁还不忙着"迎神接福"呢？特别是看到老申平易近人、和蔼可亲的样子，老师们都争相向他诉说。

袁圭马上口沫横飞地说："老申同志，你看看我们学校，牛栏不像牛栏，庙堂不像庙堂。不要说老师住宿、学生上课，就是给生产队养牛羊，也是夏不避热、冬不防寒哪！你说这样的学校怎么办？"袁老师越说越激动，"老申同志，听说你走遍了全县所有的学校，有没有哪一间学校像我们这个样子的？"

小赵立即插嘴说："不要说在全县找不到，就是在全省也是数一数二的'困难户'。"

萧凤英也靠过来诉说："申同志，这样困难的学校，上级不支持一下怎么行呢？"她皱着眉头说，"男老师还好办一点，像我们这样的女同志怎么生活得下去啊？！"

陈老师则不急不慢，等到大家把机关炮放得差不多时才慢条斯理地一一诉说。

自始至终，老申同志耐心细致地听取老师们的意见，说到关键之处还在小本子上记下来，并不时点头同情地说："是啊，困难到这个样子的学校，在全县的学校中也实在罕见。"谁知他话锋一转，"但是，由于中华人民共和国成立以来教育事业的发展，小学不算，仅仅中学就有中华人民共和国成立初期的五间初中和一间完中，而现在仅高中和完中就二十几间，但教育经费却毫无增加，僧多粥少，困难如山。就拿这次强台风来说吧，全县就有一百零三间中小学遭到不同程度的损失。有的学校教室倒掉一大半，不解决不行啊！"

他的话还没有说完，老张不知从哪里冒了出来，说："老申同志，我们这里可是老师、学生的窝全砸了，不是比其他学校更紧张、更急迫、更需要吗？！"

"是啊！"大家众口一词地说，"你看看，我们这里'后门'大过前门。要是深更半夜山上的老虎、山猪等猛兽下来，我们连个藏身之所都没有，万一有个三长两短，谁还敢在这里教书哇？这样的情况都不给一点钱来修理修理，走遍天下都说不过去呀！"

"唉！"老申无可奈何地长叹一声，说，"真是不当家不知柴米贵，我这个'大荷包'也不好当啊！看到大家困难到这步田地，就是石头狮子也会心酸掉泪。要解决吧，手长衣袖短，'荷包'里空空如也，我的心比大家还焦急呀！小学相对比较好办一点，只要各大队的党支部和领导重视，各个生产队你出一点、我出一点，教育局再稍为支持一下就可以解决很多问题。而中学目前就困难得多了，派又派不了，包又包不下，问题一大堆，真是头痛！就像你们这里吧，应是全县的重点'扶贫'对象，不好好扶持实在说不过去；要支持吧，不仅囊空如洗，捉襟见肘，还负债累累，欠账如山哪！"

老申说到这里，急得大家不约而同地问：

"那我们怎么办？"

"我们就一分钱都没有希望了？！"

老申解释说："也不是一分钱都没有希望，我回去一定如实向局领导汇报，尽量争取一点钱给你们；另外，也希望你们再发扬自力更生、艰苦创业的精神，把学校建设好。"

心直口快的张炳华马上说:"老申同志,我们拼死拼活奋斗出来的草棚耐不了一阵风,老是这样'奋斗'下去,我们还上不上课呀?"

"当然,当然。"老申接过话头说,"要你们老是这样搭草棚也不是长久之计。我看咱们县有的中小学这两年为了解决校舍问题,有的搞小窑砖,有的自己打石头,还是解决了不少的实际问题。你们这里也可以试一试,看看山上的石头能不能打些来用,特别是搞小土窑烧砖的问题。只要你们齐心协力、艰苦奋斗,一定可以做得到。你们把建筑的主要材料砖、石、沙都解决了,我就是荷包再空,借债也得去借来支持你们哪。"

老申一席话,对大家是一个很大的启发,陈老师首先点头说道:"这也是一个办法。"

说话之间,笋叔大声喊道:"开饭啦!今晚有罗浮山特产招待,老申同志,你尝一尝。"

"何来罗浮山特产?"老申既疑惑又谦让地说,"你们这里都那么困难啦,还搞那么丰富干什么?"

"不用怕,不用怕。"老张立即解释,"我们这里最大的好处就是饱食山珍不用钱。你看,无尾坑螺、半赤鲫鱼、红透活虾都在坑里游,捕来即可。"边说边盛情招呼,"吃吧!吃吧!不用客气。别的地方你用再多的钱也买不到哩!"

为什么平时穷出骨的罗南中学今晚竟然用山珍招待财神爷呢?一是这三样怪东西山坑里就有,据说是以前罗浮山上的道士与和尚斗法,有一个把斫掉尾巴正在煮的坑螺倒到水里又活起来,另一个则把煎得半熟的鲫鱼放到水里又会游;原来那一个更不服气,把烫红了的虾子倒到坑里,虾子竟然活蹦乱跳地游起来。这就成了罗浮山坑里的三怪。二是老张出的点子,并亲自和笋叔到山坑里专门搞来孝敬财神爷的。而今这些山珍被做成非常漂亮的两菜一汤,看了令人精神大振,食欲大增。

今晚全校教工加上老申恰好是"七星伴月",欢聚一堂,美美地吃了一餐。用膳时,老师们理所当然向老申同志频频敬菜,特别是老张往老申的碗里边添坑螺边说:"申财神,多吃一点,多吃一点,特别是那些汤非常鲜甜。"

老申是第一次吃到这样的美味,赞不绝口地说:"好吃!好吃!我吃了那么多的石螺、田螺，从来就没有吃过这样鲜美的坑螺。"

袁老师也不甘落后，边给老申添菜边说："很多海外阔佬和著名歌星到这里，就是专门来吃这无尾坑螺，它不仅鲜美无比，而且滋阴降火、润喉养声，是上乘佳品。吃，吃，难得来一次，尽量多吃一点。"

晚上，我把床让给老申，只好和老张共床而睡，他悄悄告诉我，"好！财神爷上当了！"

我侧转身往他肩膀上一捶："你这坏家伙，又搞什么鬼名堂啦？"

他秘而不宣地说："天机不可泄也！"

1975年10月17日　星期五

老申果真"中计"，天一亮就闹了个大笑话。他只知道无尾坑螺好吃，却不知道它那犀利的凉削劲，尤其是肠胃虚寒之人，只要喝上两个，或者喝上几口汤，包你非坏肚子不可。而老申不知天高地厚，昨天晚上一口气吃了那么多，就是铁打的肠肚也顶不住哇。俗话说"官司不如屎尿紧"，天刚蒙蒙亮他就再也忍不住了，只好慌里慌张跑到后山坡找一个比较僻静的地方方便方便。

谁知道萧老师一早起来也习惯性地往老地方走去。走哇，走哇，突然她发现情况有异，心里大惊：哎呀！不好了，"势力范围"有人入侵！她吓得大惊失色，心如突兔，面红耳赤地扭头就跑。

老申受惊的程度不亚于她。正当他在那里清理"尾数"的时候，远远听到"沙、沙、沙……"还以为是狐狸山兽之类的东西哩！谁知越听越不对劲，越听越清楚，竟然变成了"笃""笃""笃"的脚步声，抬头一看：哎呀！我的娘，原来是个有辫子的来了！他吓得赶快收摊，迅速地站了起来。他这一站就暴露了"目标"，所以把萧凤英吓得闻风丧胆，老申则后悔不已地说："唉，真是'入乡随俗，入港随湾'，一大早就犯了个'大错误'。"

我早上刚好上山，远远看到萧老师飞动着两条辫子，慌慌张张地往"宿舍"跑，心里一惊：糟了！究竟发生了什么问题？我再往女方的"领地"一瞧：老申很不好意思地从右边山坑里走了出来。"噢！"我心里全明白了。我借题发挥地跟老申开玩笑："好哇！老申同志，天还未亮你就越过了三八线，应该怎么办？"

老申尴尬地笑一笑说："不知者无罪，不知者无罪。"

"什么？！"早有"预谋"的张炳华更是借题发挥，说，"'财神爷'窜入禁区，这还了得？！"

此时，颇为难堪的老申只好支支吾吾地应付说："那，那，那是禁区呀！"

"好说，好说。"我打圆场说，"'赵公元帅'今早过界，也尝到了'穷苦人家'的生活滋味，只要'回朝'以后，稍为恩典一下，我们就谢天谢地了。"

老申说："好在是我发现得及时，远远看到就站了起来；要不，那就闹出更大的笑话。"

我说："笑话不笑话一回事，现在真正体会到我们的艰难了吧！"

"那当然，那当然，真是终生难忘！"老申反而接着问我，"老无，你们既然能搭起那么大的教室，为什么不搭一个小小的简易厕所呢？这样既不卫生，又不文明。"

我无可奈何地解释说："你只知其一，不知其二。原来我们也搞了两个简易厕所。俗话说'新屎坑好屙屎'，谁知道好景不长，第一天'顾客'不少，第二天以后就越来越少，最后再也没有人敢去光顾了。"

"为什么？"

"因为那些东西在里面越积越多，臭不堪闻，谁也不愿意去受这个活罪，宁可去找一个没有臭味的偏僻地方到处埋'地雷'。"

"这样不是搞得到处肮脏邋遢，很不卫生，很不文明吗？"

"嗨！"我苦笑着说，"这叫'实践出真知'嘛，大自然清道夫在两天之内就会帮我们打扫得干干净净。"

"真的？"老申怎么也不敢相信地说，"天下竟有如此奇事？无校长在说笑吧！"

"真的。"我一本正经地说，"这就是'屎壳郎'的功劳了。不管什么地方，两天之内都'打扫得'干干净净。"

"真是天下奇事！"老申说，"不过长此下去也不是办法，实在太不文明了。"

"这是'逼上梁山'哪！谁愿意这样干？"我把话锋一转，"要根本改变这种现状，唯一的办法就是你给一点钱，我保证给你建一个高标准的三级厕，从根本上解决这个问题。"

老申爽快地说:"应该、应该,哪怕是不吃不喝,当了裤子,这点钱也应该给。要不,怎么也说不过去呀!"

"好!"我高兴地说,"那我们就专等你的好消息了。"

1975年10月25日　星期六

千盼万盼,今天我们终于盼来了罗南中学有史以来的第一张拨款通知单。上面写着:

罗南中学:

经研究,现拨给你校贰仟伍佰元,作建厕所和维修校舍之用,专款专用。希望发扬自力更生,艰苦奋斗,勤俭办学的精神,把学校建设好。

××县教育局(章)

1975年10月20日

面对这区区二千五百元的拨款通知单,老师们争先传阅,欣喜若狂。二千五百元,对于一般的中学而言是微不足道的,用来订报纸、买粉笔都嫌太少;而对于我们这个赤贫微型的袖珍学校来说,却是破天荒、近乎天文数字的第一笔巨款了。

不用通知,不用开会,这张通知就好像巨大无比的强磁铁,一下子就把全校的老师吸引过来。大家你一言、我一语,讨论的中心议题就是如何用好这笔"巨款",最后决定:

第一,建好一个高标准的三级厕;

第二,坚决、彻底、漂亮地堵好"后门";

第三,给教室安上透明通亮的窗叶;

第四,完善炊具,解决学生寄膳问题;

……

我们真是一分钱当作大铜锣来使啊!

09

1975年10月27日　星期一

一早起来，老陈、张炳华和袁圭三位老师就除旧布新，卸下了山草扎的窗叶，换上了透明通亮的尼龙薄膜窗叶，教室顿时明亮起来，同学们高兴得情不自禁地鼓掌。

"好啦！好啦！再也不用在'暗房'里上课了。"

看到这一点点小小的改进，同学们就高兴得手舞足蹈，真是感慨万千！

众所周知，自1966年以来，全国有多少中小学门窗被砸的砸、毁的毁，破坏殆尽，严重失修。每逢寒冬腊月，朔风怒吼之时，不关窗吧，孩子们被冻得手如冰棒，连笔都拿不住，怎么学习？老师们站在讲台上，冷在身上，痛在心里；关窗吧，什么禾秆草哇、甘蔗叶呀、秫秆哪、麦秸呀、纸皮箱啊、旧报纸啊……五花八门，应有尽有，就是没有玻璃。刮风下雨窗一关，课室变成了"暗房"，怎么上课？处于罗浮山之阳的我们虽然未尝过冻成冰棍的滋味，却早已吃透了风雨之苦！

为了解决这个问题，老陈、张炳华和袁圭三人昨天整整忙了一天。老张拿出半个木匠的本事来，和袁圭一起又是量，又是锯，又是刨，又是凿，密切配合；而老陈则跑去买来两斤尼龙薄膜，又是裁，又是剪，又是用图钉把一个个窗叶薄膜钉得紧紧的。

如今，我们仅仅用了几元钱就将原来"暗房"似的教室变得透明通亮，怎能不高兴呢？

1975年11月2日　星期日

　　经过师生们几天的辛勤劳动，自己打的泥砖早就晾晒结实，又买了几担石灰，砌墙补屋的料已经备齐。

　　从昨天下午开始，全校教工利用周六日一起动手，大打堵"后门"之战。老陈、张炳华两个手拿泥刀当师傅；我和其他老师打下手，做小工，搬砖运石，和泥挑砂，什么都做，各个累得满头大汗。

　　我就是陈老师的下手、小工、徒弟。他要石头，我立即抱来石头；他要砂浆，我立即搭来砂浆；他要泥砖，我立即托上泥砖。一句话，他要什么，我立即送上什么。本来，校长是老师的老师；而今，我们的位置完全颠倒过来：陈老师成了"老师的老师"的老师，而作为一校之长的我却成了"货真价实"的学徒。说真的，谁也没有料到，老陈这个"老夫子"竟然是个技艺高超的泥水师傅；也没有料到，一个堂堂的一校之长竟然真心实意地当了他的下手、徒弟。

　　其实，几个月的共事就是很好的证明，他还从来没有见过这样的领导。以前，他不管在什么地方、什么单位的哪位领导面前，不是矮人三分，就是要挨指责、谩骂，或者被监视。而今的这位领导虽然在行政上是校长，但在工作中是既倾听群众意见、又是有主见和决断的人，在生活上是老师们的知心朋友，风雨同舟，甘苦与共，从来不搞什么特殊化；特别是对待像他这样的人，与以往的任何领导完全不同。尤其是在"十年浩劫"进入第九个年头的今天，对待他这样被训斥惯了的对象，竟然视为完全平等的人、同事、朋友，特别是像徒弟尊敬师傅般尊敬他，怎不使他深受感动呢？

　　原来，他的家庭是当地较为有名的富人，除了拥有大量的田地和钱财之外，他的叔父还在县里当警察局局长，可以说是当地有钱有势的豪族。他虽然出身于这样的家庭，但是比较循规蹈矩，专心读书，没有什么习气，而且学习成绩优异。他到县城读中学时不仅没有染上旧警察那种为非作歹的恶习，反而认真学习，成绩很好，国语这一门更是拿手好戏，曾经在全省的作文比赛中得过名次。正当他春风得意的时候，中华人民共和国成立了，他的家庭被划为地主，他的书也读不成了，又因家庭成分和在县城读书时寄居叔父家中的说不清楚的事而连村里的代课教师也当不成，回家挨批挨斗，结果只分到村里最烂的半间小屋和最远的两亩瘦田。从此，他当起一个蹩脚的农民来。

一九五六年，由于当地缺少小学教师，他又出来当代课教师。谁知道在一九五七年，他只是说了一句"像我这样的人一直都是读书，应该是学生成分，却被当成地主分子……"话还没有说完，黑云压城城欲摧的大揭发，一下子把他打成了"反攻倒算的地主分子、右派分子"，这在当年可是"双料"反革命分子，不仅连代课教师都当不成，还要到"右派"劳教农场去劳动改造。他在劳改场里，什么脏活、重活、苦活、累活，样样都干；什么开山种地、修桥筑路、挑沙抬石、砌砖做泥水，样样都做。刚开始确实要命，他要力气没力气，挑沙抬石被压得站不住脚，颠过来倒过去，后面的监管人员却是凶神恶煞似的追赶和谩骂。一天下来，浑身骨头好像散了架，周身三百六十节，无处不痛。不仅如此，他还要在会上，挨批挨斗。开始几天，他真想一条绳子向天，一了百了。他当时以为天天这样不把人累死了，奇怪的是"人"这个东西真是个怪物，三五天以后，不仅没有死掉，反而渐渐适应了。到后来，他不仅力气有了，而且样样粗活重活都能干，土木泥水也学会了一点。

他一九六二年从劳教农场回家以后，农忙时节就在家耕田种地，农闲时节就给人家请去打灶砌屋做泥水。由于质优价廉，远近闻名，公社建筑队软硬兼施，死拉活拉，硬是把他拉去做一个编外的建筑队员。他会写、会算、会绘图，在建筑队里是个得力的人物。谁知道好景不长，干了没几年，他又被打成了"黑秀才"，什么游街、扫地、挂黑牌，打倒、油炸加火烧，比以前有过之而无不及。当时的他，如果不是想到老婆孩子，早就寻短见了。

这次因办学急需，把他从生产队调到中学来任教，怎不叫他高兴，事事尽力而为呢？年已半百的人了，还能顶得住几次挫折与冲击呢？

他被专政了这么多年，在与他共事的几个月中，同事们不仅没有把他当作专政对象来看，而且事事尊重他的意见，将其视为平等的真正的"人"，怎不使他深受感动呢？常言道"士为知己死"，因此，不管学校做什么工作，老当益壮的他不甘后人，尽量干得漂漂亮亮。

不知不觉，老师们经过星期六下午和星期天一天的努力，终于把被台风冲开的大"后门"彻底地堵起来，而且批荡得平滑光亮，完全不亚于任何高级泥水师傅。

除老师们的汗水和工钱不算，我们总共才花了二十一元五角买石灰的钱。你说，节俭不？

1975年11月16日　星期日

我们刚刚堵住"后门"，全校师生又马不停蹄地消灭"不文明"之战。

半个月来，除了砖瓦、水泥、铁钉这三样我们自己没有办法制造之外，什么搬砖运石、挖基锄泥、砍树锯桷、垒石砌砖、排桁钉桷、盖瓦批荡，甚至图纸设计，样样都是师生们自己动手。

今天，我校第一座高标准的建筑物——三级化粪池厕所，终于用上级的少量资金和师生们的大量血汗建成了。这是我们学校勤工俭学与上级领导支持的结晶。它不仅解决了办学以来师生们难以言表的尴尬难题，也是我们向"不文明"宣战的又一重大胜利，特别是解决了女孩子们的最大难题。

说来好笑，在我们这个有五千年文明史的礼仪之邦的东方古国的中学里，不仅老师们要在光天化日之下"暴露秘密"，就是十六七岁的妙龄少女，"保密程度最高"的女高中生也无一幸免，怎不叫人难堪至极呢？不要说万一碰上流氓烂仔、无赖之徒的故意潜伏"探秘"，就是给上山砍柴割草的农民偶然撞见，也是难堪至极、无地自容啊！

今天，这个全校师生最最难堪的问题解决了，谁不高兴呢？

如今就是老申再度光临，也不会发生误过"三八线"的难堪事件了。

10

1975年11月17日　星期一

秋去冬来，白天越来越短，令家居深山、上学路远的同学深感不便。很多同学早就跟我提出要在学校住宿，特别是入冬以来，日子更是显得特别短，问题也越来越突出。

家住深山沟里的苏茶妹同学多次跟我提出："无校长，找个地方给我们住好不好？我们山窝村来上学太远了。"

我问她："你们来上学要走多远的路程？"

"起码有十里八里以上。"她说，"不仅路远，而且是在深山的山沟里面。我们山沟里的白天比外边的要短很多很多，现在早上要八九点钟才见到日头上山，下午四点来钟太阳就跑到西山背后去了，早晚路上都见不到太阳的面哩。"

我问她："你们早晚在路上要花多长时间？"

她想了一想说："山路崎岖，上上下下，从家里到学校最快也起码要走一个钟头，来回一天就要花两个钟头在路上，没有时间读到书是一回事，而且路上两头黑，十分危险。最好是学校能够让我们住下来。校长，我们求你啦！"

作为一校之长，听到学生一再地向我哭诉，我能不焦急吗？

学生上学读书，就是家长把孩子交给了我。我们不仅要让他们学文化、增知识、长身体，成为新一代国家需要、家长放心、社会欢迎的有用人才，而且要为他们的安全负责。如果他们在上学路上发生什么意外，我如何向他们的父母交代呢？

家长把孩子交给我，他们的孩子就是我的孩子。校长应该"爱生如子"，万一孩子们有个什么闪失，我这个校长担当得起吗？

特别是女同学的安危问题更是令人担忧。一天两头黑的山路，除了山中猛兽出没无常之外，万一碰上什么歹徒之类的突然袭击，岂不毁人一生吗？

天地良心，我能不心急如焚吗？换言之，若是自己的孩子，我放心得下吗？天下父母心，谁不希望自己的子女平平安安、健康成长？学生的安全问题不解决，怎不令家长、老师和我提心吊胆呢？

今天，我把苏茶妹等同学提出的问题和老师们一起讨论。

首先，陈老师积极响应，他说："是啊！孩子是父母心上肉哇，谁不担心？应该迅速解决。"

袁老师说："有些同学早就跟我反映，他们来读了几个月的书，除了礼拜天休息见到村里人外，其余两头黑，特别是入冬以来，早上人家还未起床，晚上人家早已睡觉，真是'日日回家，天天不见村里人'；更糟糕的是天黑路远山深，走在山沟里总是有些莫名其妙的声音，吓得同学们胆战心惊。应该妥善解决。"

"是啊！"我说，"这个问题应该迅速妥善解决。这个问题不解决，万一有个一差二错，我们如何向罗南人民交代呀？！但是，我们目前连教师的住宿都没有解决好，又如何解决学生的住宿问题呢？大家想想办法。"

这真是一道"世界难题"。面对这个问题，老师们陷入了苦苦思索之中，久久找不到解决的方案。

最后，张炳华拍手一叫："哦！有了！咱们来个一物两用。"

"什么一物两用？"我和其他老师异口同声地问。

他胸有成竹地说："教室啊，你看，白天学生上课是教室，晚上把书桌一拼不就成了床铺，教室不就变成了宿舍，这不是变成两用教室吗？"

"好哇！"我高兴地说，"两个教室，一个男同学，一个女同学，刚刚好。"

"不行，不行。"小赵却说，"男同学可以，女同学不行，那么简陋的草棚给女同学住太不安全了。"

"是啊！"萧凤英深有同感，并补充说道，"女同学住大草棚里确实太不安全了。"

"那怎么办呢？"我说，"目前住宿问题最迫切的就是女同学，但是最难安排的也是她们，大家说怎么办好？"

"我看惺惺惜惺惺，女人知女人。"张炳华对着萧凤英说，"萧老师，女同学的问题怎么办才好，你是最有发言权的。你说说，怎么办？"

萧凤英想了很久，最后以征询的口气说："我看这样吧，女同学真正路远的又不是很多，和我在一起住好不好？"

"好，好。"大家一致说，"太好啦！"

最后经过大家一起讨论决定：凡是上学路程超过十里以上的同学在学校寄宿。算来算去，男同学十三人，住在"两用"教室；女同学五人，自带铺板被席，和萧老师住在一起。

这样的"寄宿生"实在是世上罕见的奇迹，但在我们学校却是无情的事实。你信吗？

其实，这样的"奇迹"是无可奈何的，谁不想"广厦千万间，大庇天下学子俱欢颜"哪！

不过，总算暂时解决了深山沟里同学的住宿问题，也算是一桩好事吧。

1975年12月1日　星期一

山深校穷，没有电灯。同学们刚到学校住宿晚修时，虽然只有十八个人，但是照明工具却什么都有：蜡烛、小煤油灯、用墨水瓶自制的土煤油灯，甚至是蜡丸壳，特别危险的是有的同学竟然用起既不用钱、又明又亮的松明来看书学习，真是五花八门，什么都有。山村孩子那种纯朴好学、勤俭节约的精神是可嘉的。但是，松明一点，黑烟滚滚，乌烟瘴气，既不雅观、不卫生，又十分危险，不仅把教室熏得到处都黑，而且极容易引起火灾。每当我看到这种情形，既为同学们的勤奋学习而高兴，又不得不为同学们的眼睛和学校的安全而担心。

教育局拨的钱除了建厕所、堵"后门"、修建简易篮球场之外，还买了些体育用具，为保护孩子们的视力和学校的安全，特别购买一盏二百火的汽灯，解决了同学们晚修的照明问题。区区一盏灯，解决了三大问题：第一，避免同学们各自点灯火的麻烦，明亮又卫生；第二，便于老师管理辅导；第三，使安全问题得以解决。

但是，每天晚上十点钟汽灯熄了以后，高二级有些比较勤奋的男同学还是点起小油灯，继续学习。为此，每晚十二点临睡之前，我都要到男生"宿舍"检查一遍。

今晚朔风初至，虽说这里是冬暖夏凉的神仙福地，但毕竟是凉风习习的初冬之夜。草棚"宿舍"里的同学有没有盖好被子呢？会不会着凉呢？我总是放心不下，就像以前部队的首长，临睡前总要到营房里一个个检查战士们是否睡得安好。

我走进教室兼宿舍的草棚一看："内宿"的同学各自四桌拼作一床，有的靠墙，有的靠角，有的拼在中间，各色各样，什么都有。

手电筒一照，有的蚊帐压得紧紧的，有的半压半开，有的拳头捅过"壁"，有的一脚踢出"墙"外，什么模样的都有。仔细一看，凡是拳脚过"界"的同学，一只只又黑又大的老山蚊正把那又长又狠的针嘴叮进露出的手臂和腿脚上，吸得快"爆胎"了还不愿意离开，而且是嘴里吸、屁股屙，看了真叫人心疼！我一一地把这些"吸血鬼"消灭掉，又把他们的手或脚轻轻地塞进蚊帐里，再轻轻地把蚊帐压好。

蚊帐里的睡者，有仰有侧，有曲有直；有的睡得很香；有的嘴角还在一动一动，听不出他在梦乡中说的是什么话；有的则张开大口打呼噜；有的不仅侧身，而且口水如丝地流到枕头上；有的被子盖得严严实实，整整齐齐；有的则拳打脚踢，把被子推到一边，冷得缩成一团……真是人间百态，尽在睡姿之中。

将心比心，初寒乍冷，孩子们又睡得这么调皮，万一冻坏了怎么办？要是自己的孩子被冻坏了，能不心疼吗？

学生就是老师精神上、知识上的传人，从这点来说，老师比父母还要亲哩，怎能不关心他们？

11

1975 年 12 月 12 日　星期五

　　夕阳西下，正当我们对着晚霞吃饭时，突然远远地发现南面有"一幅仙姬送子图"款款而来。

　　"谁呀？"大家不约而同地把眼光集中过去。袁老师把送到嘴边的饭放回钵里，说："有没有搞错呀？天这么晚了，一个青年女子抱着一个小孩，要来这深山老林干什么呢？"

　　我也心中发怵：怪哉！这么晚了，这母子要进山干什么呢？

　　正在埋头吃饭的张炳华发现大家正在看"仙姬送子图"，他也抬头远望。这一看，可能是生物电的频率吻合，或者是血缘关系，总之他的眼睛比谁都灵，只见他愕然惊叫："哦！"一语未了，他立即放下钵头，三步并作两步地迎了上去。

　　噢！大家心里明白了，原来是老张的爱人和孩子来了。

　　孩子眼尖嘴快，远远就喊："爸爸！爸爸！"

　　老张听到孩子的喊声，就好像铁钉被磁铁吸住般飞奔过去，他爱人怀里的爱子也边喊"爸爸，爸爸"边扑到老张的身上，一瞬间，几乎三位一体。一家三口边走边说，何等亲热呀！

　　我说句不近人情的话：老张啊老张！你倒是沉浸在幸福与欢乐之中，却急坏了我和同事，我们今晚怎么安排？

　　趁他们还没有走近，我立即跟各位男老师商量，说："这样吧，今晚男老师的宿舍就空出来给他们一家住吧。路近年轻的小赵和袁老师，就辛苦你们，今晚回家住一晚，其余路远或者年纪大一点的，实在走不了的，就到"草棚教室"将就将就吧，好不好？"

"好，好，"大家一致同意地说，"就这样吧。"

话还没有说完，他们一家三口已经来到门口。老张未进门就先报户口说："这是我爱人赵丽丽同志，女，现年三十岁，在广州市服装厂工作；这是我小孩明明。今天他们母子合伙向我发动突然袭击。"说得大家都笑了起来。

赵丽丽大方得体地跟我们解释说："我本来没有想来，是这小家伙老是缠着我，'要去爸爸的新学校玩，要去罗浮山玩，听说爸爸那里很好玩哩'，被他缠得实在没有办法，只好利用休假时间带他来玩一下啦！"她对着明明说，"来，明明，问老师们好。"

大城市的孩子不怕生，也像他父母一样聪明伶俐，老张抱着孩子一个个地教他："这是校长，叫校长好！"

"校长好！"明明毫不怕生地喊。

"好嘢，好嘢①。"我高兴得跟他半咸半淡地说起广州话来了。

老张又教他："这是陈老师，叫陈伯伯好！"

明明更加大声地叫："陈伯伯好！"

"这是萧老师，叫阿姨好！"

"阿姨好！"

"好嘢，好嘢。"萧凤英用纯正的广州话跟明明说，"明明乖，明明叻。"他乡遇老乡，加上女人见女人，显得格外亲热，萧凤英早已帮手提行李和逗明明玩了。她们两个走在一起就好像姐妹俩似的。

如果不是老张一开始就"报户口"，我们谁也猜不出他爱人已经三十岁了。她那白里透红的瓜子脸，长辫齐腰，修眉入鬓，一双水灵灵会说话的大眼睛，微笑时露出两排白玉似的石榴牙，嘴角边现出两个又深又小的酒窝，加上一身合身入时的浅灰色"的斜"套装（二十世纪七十年代，"的斜"是继"的确良"之后一种很好的斜纹布料，可

---

① "好嘢"：粤语中的常用词语，含义丰富，可以指事物、品质、状态等，其核心含义是"好"。

惜流行时间很短），在这一片旧军装的年代里格外显眼。要不是她怀里抱着一个小天使，很多人还以为她是大姑娘哩，到底是大城市的广州人，跟农村妇女大不一样。

当她要进我们的"破庙"时，修眉微蹙地问："阿华，宿舍在哪里？"

平时快嘴快舌的老张在夫人面前倒是张口结舌，支支吾吾地说不出话来，还是小孩子嘴快："爸爸，里哋系乜嘢菩萨庙哇？"

"乖仔，"老张说，"里哋唔系菩萨庙，系学校，系爸爸个（的）学校。"

明明就是不信，说："唔系②，唔系，学校唔系咁样③。"

"讲乜嘢？"赵丽丽闻言惊叫起来，"里度就系学校？！有冇搞错呀？"她那春风满面的笑脸和迷人的酒窝被惊得无影无踪，半信半疑地说："我还以为里度系学校厨房就够可怜了，简直不可思议！"

明明则毫不客气地吵起来："我的幼儿园都比里度靓得多，有课室，有电灯，有好多好多嘢玩，里哋乜嘢都冇，我唔济，我唔济！"

急得老张一边哄着小明明，一边又要向妻子解释。看到这种情况，我们立即全部上阵帮老张解围，替他排忧解难。

萧凤英这个广州人立即派上了用场，说："明明乖，明明听爸爸的话。你爸爸明天带你去玩，里哋好多好多嘢玩，大菩萨呀、飞来石啊、会仙桥哇、蝴蝶洞啊……好多好多嘢玩，好靓好靓！好唔好哇？"

内宿的几个女同学也一起来哄明明。这个说："罗浮山的蝴蝶又大又靓，比葵扇还要大，可好看啦。"

那个说："明明，你睇，你睇，嗰④边嗰个山似唔似骆驼呀？"

"系呀，好似啊！"明明看到后叫他妈妈说，"妈妈，妈妈，你睇，你睇，里哋个骆驼比动物园的大好多好多。"

这引得赵丽丽也笑起来，说："乖仔，里个唔系真骆驼，系山。"

而老陈、小赵和袁圭，还有我则全部出动，帮张炳华做赵丽丽的思想工作，

---

② "唔系"：在粤语中一指不是，二指不然。

③ "咁样"：在粤语中是"这样""那样"的意思，这个词在广东话中出现的频率比较高。

④ "嗰"：在粤语中有指示代词的意思，指"那"，是广东人创造的一个字。

有的端茶，有的送水，有的耍嘴皮……大家使尽了浑身解数。

说话间，箩叔端来一盘荷包蛋、一碟炒花生米和一钵香喷喷的白米饭，盛情招呼道："食饭，食饭！"

我和大家趁他们吃饭的时候，立即把房间腾出来。这是我校远道而来的第一位亲人，一定要让他们住得好、吃得好。我们越穷，条件越差，环境越艰苦，越要善待亲人。要知道，这是老人把儿子托付给我，妻子把丈夫托付给我，儿子把父亲托付给我。他们的亲人在这里工作，给他们的家庭和生活造成多么大压力、困难和负担哪！如果没有他们全心全意的鼎力支持，我的同事们能在这么艰苦恶劣的环境中与我死心塌地地共同奋斗吗？只要她们一扯后腿，我这里岂不是军心动摇、阵脚大乱吗？

他们刚刚吃完饭，我就对老张说："喂！伙计，你们的补充新房安排好了，拿糖来！"说得大家都笑了起来。

赵丽丽脸上的愁云也一阵风似的吹跑了许多，大大方方地笑着说："你这个校长啊，尽是捉弄人来寻开心哩。"

张炳华站起来就要追着我揍，我乘机跑进宿舍，说："不用打，不用打，你看看，是不是？"

他一看就蒙了，平时"一"字摆开的六人床而今只剩下他那摆得整整齐齐一个铺，问道："人呢？他们呢？跑到哪里去了？"

"你别问，在下自有安排。"我戏言道，"久别当新婚，现在你的任务是和夫人、公子一起，好好享受罗浮山这仙境般的生活，余者不用你管。"

为做好家属的思想工作，进一步互相了解，我们晚上在他们的补充"新房"边喝茶边聊天，无拘无束，畅所欲言。在一片谈笑中我们才了解到：原来老张来到这里以后，怕爱人替他担忧受怕，因此在每月的几封信中都大吹特吹，把罗浮山的神仙洞府、名胜古迹大写特写，尽情渲染，说得天花乱坠。

对于长期生活在广州大城市的赵丽丽来说，还以为老张真的来到了仙家胜景福地哩。孩子老是吵着要来爸爸这里玩，便利用假期来玩一玩，谁知到这里一看，"我的老天！原来咁样！"赵丽丽深有感慨地说。

好在我们热情接待、妥善安排，才能化忧愁为欢乐哩。要不，我看老张这台戏怎么唱下去。我和老陈只好到草棚将就将就咯！有什么办法呢？

1975年12月13日　星期六

　　一早起来，我就对刚刚起身的张炳华说："喂！博士先生，今日给你特假。你的课我们代了，你的任务就是陪夫人和公子玩个痛快。什么冲虚观哪、会仙桥哇、炼丹炉哇、洗药池啊……你们要怎么玩就怎么玩。"

　　正当他们一家三口骑上自行车准备出发的时候，小赵骑着单车飞也似的回来了，见状就问："老张，去边度⑤？"

　　老张说："头头有令，要我们去冲虚观、会仙桥找仙哪，而且限定午时三刻回来呀。"

　　小赵快嘴快舌地说："不行，不行。你这样三人一车会把你累坏，也耽误吃饭时间。"他把单车一推，"来！加上我这部，你载明明，赵同志自己骑一部，这样才能来去轻松，点样⑥？"

　　"多谢多谢！"老张骑上自行车对明明说，"明明，到会仙桥看仙去咯！"

　　明明天真地问："真个？"

　　赵丽丽一再向赵家庆道谢："唔该⑦，唔该！"

　　"同姓三分亲。"小赵热情地说，"唔使⑧客气。"

　　趁他们一家去畅游罗浮山的仙踪胜景时，我叫没有课的小赵去黄龙观等地，尽最大可能捕捉最具特色的罗浮山三珍来款待他们。这是一项重大的任务，也是我们做好家属工作的重要一步。

　　中午，我们的午饭还没有准备好，他们一家就玩个痛快地回来了。

　　活泼好动的明明一回来就到处蹦蹦跳跳，到了厨房就发现新大陆似的惊叫起来："妈妈，妈妈，你来睇，你来睇，里度个虾公煮熟着点会游水呀？"

　　"傻仔，"赵丽丽一听就笑了起来，说，"边有虾公熟着还会游水？"

---

⑤ "边度"：在粤语中是"哪里"的意思。

⑥ "点样"：在粤语中可以理解为怎么样。

⑦ "唔该"：在粤语中是一种常用的礼貌用语，含义丰富，可以表示"多谢""劳驾"等意思。

⑧ "唔使"：在粤语中是一种口头禅，意为"不用"。

"真个！"明明更大声地说，"唔信你来睇呀！"

赵丽丽过来一看，那些红彤彤的虾公在铁桶里游得正欢，还有不少一边赤一边白的鲫鱼也在游过来游过去，她惊叹道："咁奇？"她还不信，捞上来认真地左看右看，不得不信服道，"真是不经一事，不长一智。如果唔系亲眼睇到，点讲我都唔信。"

笋叔以"罗浮山通"的口气，一边做菜一边给他们母子俩讲红虾公、半熟鱼和无尾螺三珍的来历。正当他们听得津津有味的时候，陈老师过来请他们："来、来、来，来饮茶。"

"唔该。"赵丽丽说，"我地⑨女同志，唔系⑩几识饮茶。"

陈老师热情地说："喝一口看看嘛，看看我地罗浮山茶有乜嘢唔同？"

盛情难却，赵丽丽只好硬着头皮饮了一啖，惊叹道："呀！咁甜嘅！"马上对明明说，"明仔，你来饮啖睇呀，好好饮个！"

明明玩了半天，口也渴了，端起来就大口大口地喝，喝完还要，"重有冇？好甜，好甜，好好饮。"

我乘机借题发挥道："你看，我们这里山好、水好、茶也好。"

赵丽丽立即补充道："还有人更好！"

说话之间，笋叔大声喊道："开饭咯！"

明明一看可高兴了。红虾仔鲜美异常，山坑鲫半赤半鲜，那无尾坑螺更是清甜无比。仅这三道菜，不要说在广州，就是在任何城市也很难一下都吃到，在我们这里却是山珍任君饱餐不用钱。

丽丽和明明吃得可高兴啦。

为做好家属的思想工作，我和大家确实使尽浑身解数，才摆上这一席免费的山珍来招待我们的教师家属。

这既是我们的盛情，也是实实在在的思想工作。如果老张的老婆孩子来到这里也是咸菜、萝卜干、清水拌青菜，他们还会诚心诚意让他在这里好好干吗？

---

⑨ "我地"：在粤语中是"我们"的意思。
⑩ "唔系"：在粤语中是"不是"的意思，"唔"为"不"，"系"为"是"。

1975年12月15日　星期一

今天一早，老张送爱人和小孩到广汕公路的罗南车站乘车回穗。我和好几位老师送他们到了路口，萧凤英还帮抱明明哩。赵丽丽边走边说："吴校长，刚到的那天晚上可把我吓死了。我做梦也没有想到老张会在这样的'破庙'和草棚里教书，就是前几年的'干校''牛棚'，也比这里好得多呀。说真的，那天晚上我真想一下子就把他拉回广州去。其实，自'文化大革命'以来，'臭老九'通通下乡，广州市现在是中学教师十分奇缺，中学生教中学生。像老张这样的人，到广州保证成了热门货，到处抢着要，何必在这里活受罪？"

我打趣道："喂、喂、喂，是不是现在就把他'拉'走了？"

老张抢先说道："现在是暂缓处理，以观后效！"

"真的？"我惊问道。

"基本属实。"她说，"不过，这几天见到大家这么热情、这么友好，我心里都有点过意不去了，加上他老是说，越是艰苦的地方越能发挥作用，这里实在离不开他。"

我立即接茬说："是啊！是啊！老张就是我们这里的顶梁柱，他一走我们就塌台散档了。你看看，学校的建设蓝图需要他设计，施工管理需要他来抓，学工学农需要他来带，就是那"草棚教室"，如果没有他，我们还搭不成哩。如果老张被你拉走，我们学校不是倒了一大半啦！"

她笑着说："不过，下次再来还是住这样的'破庙'和草棚，就别怨我不客气了。"

"好，好。"我打肿脸充胖子地说，"我看你下次来，估计会不愿意走啦！"心中却暗暗惊呼，"哎呀！好险哪。"要不是大家上下一致、齐心协力做好家属的工作，只要她扯一扯后腿，不就阵脚大乱吗？

走到路口的时候，赵丽丽一再地向我们致谢："好啦！好啦！不用再送了。"她又对明明说，"明明，向老师们说'再见！'"

明明挥动小手说："再见！再见！"老张送母子俩到广汕路的罗南车站，他们还有很多话要说呀！

12

1975 年 12 月 23 日　星期二

　　我们这里是"山高皇帝远"的新办农村中学，由于老师们的认真执教和严谨教风，加上山里人纯朴、勤劳、好学的好风尚，特别是劳动很多，使同学们认识到学习时间的宝贵。在学期临近结束之时，学生的学习就显得格外紧张。

　　每天晚上十点钟以后，同学们常常要老师们再三催促才肯熄灯睡觉。但是老师一走，有的同学又会偷偷地点灯。

　　夜深了，我悄悄到草棚"宿舍"看一看，同学们虽然表面上放下蚊帐在"睡觉"，但是有的打着手电筒藏在被窝里看书，有的则把煤油灯放在床头边睡边看，还有的把灯挂在"墙上"哩。

　　我轻轻地"咳"了一声，灯光立即熄灭，马上装作睡觉。但是，当我"查房"以后，特别是等我进入梦乡以后，他们会不会挑灯再战呢？这就很难说了。

1975 年 12 月 26 日凌晨　星期五

　　"救火呀！"

　　"快！快！！"

　　"快来救火呀！！"

　　昨天晚上我刚刚睡下不久，忽然被凄厉的呼救声惊醒了，睁眼一看，老陈已在通红的火光中边提铁桶边大声呼救："快！快救火！！"

我大吃一惊：糟糕！失火啦！火光就是命令！一骨碌翻身下床，顺手套上一件棉衣，提起一只铁桶边跑边大声呼喊："快！快救火！！"

呼啦啦，一瞬间，不管是老师还是学生，不管是男还是女，不管是老还是少，所有在校师生大声喊着一句话："快！快救火！"

火光就是命令！

人世间的事，最紧张的就是救火！通天大火把所有不管是在梦里还是在睡乡中的人通通惊醒。大家一起身，不管是穿多还是穿少，不管是铁桶、脸盆、木桶，一装上水就"咚！咚！咚！"地往火场狂跑。

到了火场一看："草棚教室"上面，火光冲天，浓烟烈焰直上九霄；干柴燥竹，风大草干，风助火势，凶猛异常。可怜两间"草棚教室"早已成为一片火海！惨哪！那火烧竹节的声声爆炸，就像一颗颗重磅炸弹炸在我的心上。俗话说："三年给贼偷，不如一次给火烧。"一把火什么都烧光了！何况我们的"草棚教室"，还不完蛋？

大家的一致行动就是提水灭火，不管是男老师还是女老师，不管是男同学还是女同学，不管是身强力壮还是体质瘦弱，不管是平时力大拔山的体育老师还是年少体弱的女同学……此时不知哪里来的力气，从旁边的山沟里提着一大桶水，"嗵！嗵！嗵！"地直奔火场！

我和师生们一样，提着一大桶水赶到现场，火猛天黑，师生们跑上跑下，来来往往非常混乱，究竟火海里还有没有人？我心中无数，急问学生："里面还有没有人？！"

旁边的同学说："不知道。"

我心头一紧：糟糕！要是里面有人，岂不危险？快！救人重于救火！

恰在这时，赵家庆提着两桶水"咚！咚！咚！"地急跑而来，我抢过他的一桶水说："快！你高一我高二，到里面找一找，看看还有没有学生在里面？"

"好！"他转身就要冲进火海。

说时迟、那时快，我一边提起水桶一边喊："等一下，淋湿身再进去！"他刚愣住，就被我淋个浑身湿透。我又往自己身上边淋边补充说："身湿才不会着火，快！小心点。"一语未了，我俩已双双冲进火海。

在场的师生被我们的行动惊呆了，他们惊呼："校长！危险！"

"老师！太危险！！"

"不怕！"我一边往里冲一边说，"快救火！同学安全要紧！"

火海里，火烧火燎，头哇，脸哪，所有的暴露部分就像丢进油锅里炸一样，焦痛难忍；教室里，浓烟滚滚，熏得人睁不开眼、透不出气，眼泪鼻涕一塌糊涂，一不小心就会葬身火海！真是阴阳只有一纸之隔，生死在于不测之中啊！谁不想尽快逃出这样的险境？但是一想到学生，我就无情地告诫自己：不管情况何等险恶，救人要紧，学生第一！万一有个一差二错，如何向学生家长交代？向党和人民交代？我忍受着难以形容的灼痛和烟熏，咬紧牙关，闭着气，借着忽明忽暗的火光，凭着平时查房的熟悉路线，摸遍了所有的"床铺"，直到确认里面无人才冲了出来。

谁知未出门口，"轰……"的一声，靠门口的一条桁条砸下来，把我砸个正着！

在场的师生大声惊呼："无校长！无校长！！"立即拥上来把我拖出火海。

谢谢棉被！在教室里虽然找不到人，但是摸到了棉被，我立即把棉被顶在头上，以防火烧和被砸。谁知到门口恰好被砸中了。要是没有这床棉被，我的脑袋不是要开花了吗？好险哪！

我站起来一看，赵家庆也从火海中钻了出来，刚才英俊的"赵郎"而今变成了"黑脸包公"，头发被烧得一片焦糊，连衣服也被烧了几个窟窿，幸好无甚大伤。

我急问："怎么样？"

"里面没有人。"小赵说，"真是油炸火烧，差点把我烤熟了。我拼死把每一个床铺都摸了，幸好没有人。"

师生们仍在奋力扑火，提水的提水，泼水的泼水，跑上跑下，忙个不停。张炳华、袁圭都在指挥自己班的同学救火，一盆盆、一桶桶地往火里泼。也不知忙了多长时间，也不知提了多少水，火终于渐渐地熄灭了。其实，与其说是因师生们的英勇搏斗而熄灭，倒不如说是被烧个精光。

瓦房大屋遇上一把火尚且会变成残垣断壁的瓦砾之场，何况我们的"草棚教室"是干柴、燥竹、焦草等一级易燃物品搭建而成，怎能不付之于炬呢？加之偏僻山野，要人缺人，要梯没梯，要水龙没水龙，要灭火器没灭火器，仅仅靠师生手中的几只脸盆和几只铁桶，哪里扑灭得了这场熊熊的通天大火？真是名副其实的杯水车薪，远水救不了近火！

教室除了金字架是落榫之外，其余是靠竹丝捆扎而成，见火即断，如今通通塌了下来，只剩下一大堆正在焚灶的烂草、焦桁、断竹，凄凉地冒着丝丝水汽和缕缕乌烟。为"草棚教室"耗尽心血的张炳华，见状落泪了。是啊！冒险登高、奋不顾身、一再奋战的英雄见到自己用血汗建成的教室毁于一旦能不心疼吗？

同学们的蚊帐、棉被、衣物、书籍等，烧的烧了，毁的毁了，焦糊糊，湿淋淋，乱七八糟，残缺不全；就连学生自带的桌椅台凳也被烧得断的断、塌的塌，一片狼藉，目不忍睹，谁看了不心痛啊？！

痛定思痛痛更痛。刚才火灾突发、火势凶猛的时候，各个奋不顾身，人人把一切丢之脑后，什么热呀、冷啊、痛啊、重啊……通通抛到了九霄云外。

而今，烧完了，火熄了，身湿风冷，师生们被冻得直打哆嗦。特别是刚刚从火场逃命出来的男同学，惊魂未定的孩子们绝大部分只穿着单衣单裤，身冷心惊，各个冷得在那里直发抖。火海里逃生的人，犹如初生婴儿呱呱坠地一样，真是一无所有哇！

看着灾后瑟瑟发抖的学生，老师们看在眼里、痛在心上啊！我和老师一起劝他们说："同学们，现在先到老师宿舍避一避，这里的东西天亮以后再处理。"他们实在冷得顶不住，也没有地方藏身，只好纷纷来到我们的"破庙"之中。

一进"破庙"，老师们就纷纷把自己的衣物、被子拿来披到学生的身上，就连对面房女老师、女同学的衣物和被子也拿来给男同学御寒。一时间，"破庙"里成了花花绿绿、不伦不类的花世界。箩叔想得更加周到，他抱来一大捆柴放在"办公室"的中间，点起火来，说："大家烤烤火，取取暖，要不顶不住的。"于是，师生围成一圈烤火取暖，才暂时解决了防寒防冻问题。

忽然，从后墙角传来"呜呜"的哭声，而且越哭越厉害，大家深感愕然。陈老师劝了好几次都没有劝住他。我走近一看，原来是高二的班长徐建中同学，别看他长得人高马大，比我还要高出半个头，但是一见到我，哭得更加止不住。

我心中颇觉几分跷蹊：奇怪？究竟是什么原因使他哭得这么厉害呢？我竭力忍住心中的种种疑云，以极平静的态度问他："怎么啦，是不是烧了很多东西？"

谁知道这一问，他哭得更加一发不可收拾。"无……无校长……呜……我……呜……我……我……呜呜呜，我，我犯了……呜呜，犯了一个大……大错误，处分我吧，呜呜呜……"他断断续续地说完以后，再次大哭不止。他这一场哭，把大家的注意力都集中过来，各色各样的眼光投向了他。

从他的哭声和断断续续的言语中，我知道这场大火的"肇事者"就是他。此时此刻，不要说是骂他一顿，哪怕是把他痛打一场，他也是心甘情愿的。但是，哪怕是把他揍成肉饼也于事无补哇！

说实话，好端端的教室毁在他的手上，谁不恼火呀？！

可是反过来一想，事到如今，即使是把他揍成肉酱，也揍不出教室来呀。作为一校之长，我遵循一条原则：越是激动、越是气愤的时候，越要冷静，凭一时意气只会把事情办坏。我强压心中怒火，平心静气地说："不要哭，有话慢慢说。"

他想说，但是一开口又"呜，呜，呜……"地哭了出来，气得班主任张炳华怒气冲冲地说："老是哭！老是哭！把话说清楚嘛。"

本来就一肚火的袁圭也口沫横飞地说："哭有用吗？把事情好好跟校长说清楚！"

老成持重的陈老师则慢慢开导他说："有话慢慢说，不要哭，再哭也哭不出教室来了。"

我轻轻地拍着他的肩膀，说："陈老师说得好：'再哭也哭不出教室来了'，不要急，有话慢慢说。这叫'前事不忘后事之师''吃一堑，长一智'，只要你把事情的来龙去脉说清楚了，学校一定会妥善处理，你放心，慢慢说吧！"

经过一番耐心细致的劝说，他才边擦涕泪边抽抽搭搭地说："我睡觉的时候，把……把灯放在床头上，就躺在那里看书，呜，呜，看一看，刚一侧转身，灯就倒了，就着火了，我边打边喊'救火'，谁知道火烧得那么快，同……同学们刚刚被我惊醒，赶……赶来救火时，大火已经烧到屋顶了，呜，呜……老师，校长，处分我吧！"说完，又是哭个不止。

他的话还没有说完，张炳华早已气得七窍生烟地指着骂："你……你……你这一烧，给我们造成多大损失，你知道吗？你看看，你这一烧，不仅学校的教室被你烧毁了，连同学们的衣服被帐、桌椅书籍也被你烧了！你看看，你这一烧，我们还怎么上课？到哪里上课？平时老是告诉你们'要小心，要小心！'就是不听，现在来哭有什么用？"

其实，所有在校师生的心中都有一份难言之苦，家庭生活困难的同学，他们的衣物被席都在这场大火中被烧个精光，而今正近寒冬腊月，去哪儿找衣物过冬御寒啊？有的则为书籍台凳被烧而犯愁，去哪里找课本来学习呀？绝大多数则是为教室的被烧毁大为发愁：教室又没有了，我们去哪里上课呀？

是啊！一盏小小的煤油灯给我们造成了不可弥补的损失。虽然烧掉的仅是两间"草棚教室"、书籍、衣物和台凳，其实物价值不算十分巨大，还比不上生产队里的一个牛棚，但是对于处在草创阶段的罗南中学来说，它就是师生们赖以读书和授课的全部了。没有它，去哪儿上课呢？特别是对于一贫如洗、多灾多难的罗南中学而言，它是师生们几个月来艰苦奋斗，用汗水和智慧所铸成的结晶，而今一场大火统统化为乌有，谁不心痛？！

师生们在形势的逼迫下白手兴家，凭借着各自的双手、智慧和干劲，用勤劳和汗水，在短短的几天内平地起教室，可谓"前无古人"了吧！一场百年罕见的龙卷风把我们的心血结晶夷为平地，师生们擦干眼泪，二度创业，可谓"与天斗，与地斗"的绝佳建校悲歌了吧！而今又遭一场大火，把我们的家当烧个精光。唉！真是越穷越见鬼！天哪，天！你怎么存心与我们罗南中学的师生过不去呢？真是"福无双至，祸不单行"，天灾人祸一齐来，叫我们去哪里学习？去哪里上课？怎不叫同学心痛、老师叹气呢？

说实话，我比谁都难受、焦急、心痛，但我是这里的"领头羊"，是罗南中学的顶梁柱、主心骨，是全校师生的聚焦点和一切问题的集中点，是全校师生的希望所系，我的一言一行、一举一动，将会给全校的工作产生决定性的影响。思虑至此，我一再告诫自己冷静、冷静、再冷静，千万不要在心情激愤时草率地对"肇事者"作出处分，否则，今后再搞什么"平反"就难矣！我强忍心中的巨大痛苦，平静地劝他："不要再哭了，失火烧屋，第一，怨我，怨我平时对大家管教不严，工作做得不够细致，我应该负主要责任。第二，你当然有错，一点星星之火，给咱们学校造成了莫大损失；但是，哭不是解决问题的最好办法，你再哭也哭不出教室来，就是学校处分你、开除你，也解决不了教室的问题。现在的问题是'吃一堑，长一智'，认真总结经验教训，做到'亡羊补牢'。第三，将功补过。古代的边关战将尚且有'戴罪立功'的先例，难道我们就不能在今后的重新创业中'重在表现'，只要你今后表现突出，我们一定会让你将功补过，你放心。"

这番话万万出乎他的意料，也远远出乎师生们的忧虑。他还是一再哭着要求给他处分，仿佛做了坏事的孩子不挨打比挨打还要难受似的。

然而我心中十分明白：作为一个指挥员，在打了败仗以后，是主动承担责任，冷静沉着地找失败原因，总结经验教训以利再战呢，还是有功就抢、有过就推，出了问题就大发雷霆、滥施刑罚呢？我深知只有前者才是解决问题的最佳办法。

目前的最好办法是稳定人心，把坏事变为好事，重起炉灶再干。至于如何干？干成什么样子？怎样才能把师生们的积极性再度调动起来，齐心协力地投入更艰苦、更长期、更巨大的第三次创业中去，这些问题使我不得不深深陷入苦苦的思索之中。

天一亮，走读的同学到校一看，各个目瞪口呆，特别是女同学，眼泪成串成串地滴下来："怎么搞的？昨天还是好好的教室，一夜之间竟然成了一片焦土，一摊灰烬？！我们还去哪里上课呀？"

同学们除了摇头叹气之外，就是在一片狼藉的废墟中寻找自己的破台烂椅和书籍、笔记本之类的东西。

同学们见到我，在一阵愕然之后提出了一个又一个问题。

"校长，这是怎么搞的？我们的教室怎么成了火烧地？"

"校长，我们的教室昨天还是好好的，怎么一夜之间烧成废墟？"

"校长，教室烧成灰烬，我们去哪里上课呀？"

……

是啊！面对这狼藉不堪的废墟，谁不心急如焚？谁不痛心疾首？特别是学期临将结束，考试在即，怎不叫师生们急得像热锅上的蚂蚁，不知如何是好！

面对这种狼狈局面和紧急情况,是跟师生们一起唉声叹气,还是挺起腰杆、从头再干?这是关键的关键。一个学校能否在天灾人祸面前重整旗鼓、再度创业,这是要害和核心之所在。于是,我立即宣布昨晚想好的初步方案:"今天上午学生先回家,教师开会;下午全体师生到校,每个人都要带原来的劳动工具。"

学生一走,我急忙在教师会议上说:"请大家献计献策,面对这种局面,怎么办?"

心直口快的张炳华率先开炮:"跟着你就倒了十八辈子大霉!本就是货真价实的'一穷二白',加上又是风又是火,三遭四难,如今连个棚都烧了,还说'怎么办?'。再这样下去,办个啥呀?"

早就憋一肚火的袁圭爆了出来:"干脆!给教育局打个报告,趁这把火散档算了。要不,开学白手起家要搭,台风刮了要搭,如今火烧了又搭,搭、搭、搭,这样没完没了地搭下去,我们不是成了搭棚队吗?还算什么学校?还有什么时间上课?不要在这里误人子弟了。"

萧凤英满怀忧悒地说:"校长,一个学期就要搞三次建校,再这样搞下去,我教的英语不是真正成了社会上流传的'不学ＡＢＣ,只要锄头和畚箕'吗?"

被大火烧得眉发俱焦的赵家庆与众不同地说:"我看埋怨、泄气都不是办法,是不是再出一把力,重新把草棚搭起来再说吧。"

"你倒说得轻松!"袁圭马上顶了回去。

张炳华立即帮腔道:"是啊!风刮不了你的操场,大火烧不了你的跑道,劳动劳动又是最好的体育课,搭搭草棚怕什么?我们可是锄头锄不出数理化,畚箕也挑不来公式和定理的。"

"不搭草棚又去哪里上课呢?"小赵反问道。

我见势头不对,立即加以纠正说:"现在是大火之后,大家心里难受,把心里的窝囊气吐出来,发发牢骚、骂骂娘是可以理解的。但是,这不是解决问题的最佳办法。要是发牢骚能发出教室,骂娘能骂出学校来,我带头天天来骂,你们看是不是?"我继续说,"现在是大火烧,时间紧,学期临将结束,不尽快想出补救措施,难以应付目前这种局面,所以专门请大家来献计献策,其他的话留到以后再说吧!拜托诸位了。"说完,我给大家打躬作揖,这是平生以来的第一次呀。

这时，老成持重的陈老师说："是啊！眼下我们是船破偏遇风浪急，怎么办？是埋怨，是泄气，还是团结一心、奋力抢救？依我之见，只有后者才是死里求生的办法。古人云'山重水复疑无路，柳暗花明又一村。'我们虽然穷上加灾、三遭四难，但是我们有一个无价之宝，就是上下齐心、师生协力、团结一致、艰苦创业这种难能可贵的精神。我从来没有见过，在上级没有一分钱给我们的情况下，师生靠自己的双手硬是把学校办了起来；台风之后，师生们又是靠自己的双手再次把草棚搭了起来；这次的意外火灾确实给我们造成了巨大的损失，大家在精神上也受到了极大的打击，这是人之常情。正如刚才老师们说的，一个学期搭了几次，我们还用上课吗？"他略停一停，接着说："但反过来想，如果不搭，又去哪里上课？"

"是啊！"小赵、笋叔都点头应道。

老陈继续说："依我之见，我们只有再搭一次了。我们已有两次搭棚的经验，如果学校把考试和放假时间推迟两天，再奋战两三天，应该又可以正常上课了吧。"

我立即加以肯定地说："陈老师讲得很有道理。"

其他老师点头表示赞同，就连张炳华和袁圭也没有表示异议。陈老师接着说："我给学校提个建议：是否可以把目光放得远大一点，老是这样搭草棚也不是长久之计。正如刚才张老师和袁老师说的，一个学期搭它三四次还有时间上课吗？不要说天灾人祸，就是平常的风吹日晒雨淋也容易老化腐蚀，从使用寿命的实际价值来算，搭草棚并不比砖瓦房便宜呀。上次老申说可以利用课余和劳动课时间，自己做砖烧砖，我看不妨一试，现在很多学校大搞甘蔗上山、甘蔗高产，也有学校自己烧砖建校。根据咱们学校的实际情况，只有自己烧砖建校才是长久之计呀。"

"说得好！"我立即接着说，"陈老师的意见提得很好，我们不仅要再次把草棚搭起来，而且要把坏事变好事，朝着新的奋斗目标而努力。当然，当务之急是把草棚搭起来，有没有意见？"

大家没有多大的异议，有的点头赞成，有的不言默认。

我进一步说："当然，搭草棚确实是权宜之计，不是根本的办法。刚才有的老师说：'一个学期搭它三四次，我们还有时间上课吗？'是啊，这个学期就一连搭了三次，把大家累得精疲力竭，疲于奔命，深感过意不去。如果老是这样没完没了地搭下去，我们的学校不仅成了'搭棚队'，就是风吹不散、火烧不掉，年长月久也要烂掉。陈老师说只有自己烧砖建校才是长久之计，所以为了子孙后代的百年大计，我们要下定决心，艰苦创业，向新的奋斗目标前进，用我们的双手和智慧，建起新的合格的标准校舍。"

我的话音未完，袁圭就忍不住插嘴道："有冇搞错呀？连间草棚都保不住，就想标准校舍？！"

老张也不甘落后，说："是不是昨晚的大火把他烧蒙了？"

"不！"我说，"这既非做梦，也不是头脑发热，而是形势对我们的要求。大家可以设想，如果不朝着新的目标前进，正如刚才说的，不是台风刮倒，大火烧掉，年长月久，沤也沤烂；再说，现在的学校到处都在大搞甘蔗上山，甘蔗高产，开荒种地，他们也花了不少的时间大搞劳动。我们根据自己的实际情况，利用课余和劳动课时间，加上柴草丰富、师傅齐全，而且也不要求师生们一步登天，男同学平均每人每天做二十块砖，女同学每人每天割二十斤草，这样积少成多、集腋成裘总可以吧！俗话说'精诚所至，金石为开'。你们看，老三篇里愚公移山的精神尚且可以感动上帝①，把太行、王屋两座大山移走，我们就不能感动上级、感动人民、感动学生、感动家长？大家想一想，人非木石，我相信只要精诚所至，终归可以感动他们的。当然，不是喊喊口号、贴贴标语就可以感动人的，而是要拿出实际行动来，真干实干，就好像老愚公一样，子子孙孙干下去，才能感动邻居，感动上帝。因此，第一，得拿出实际行动，除了搭好草棚继续上课之外，就要利用课余时间自力更生，自己做砖烧砖，拿出长期艰苦创业的精神和劲头来，让人家看到和相信我们的罗南精神。第二，一边艰苦创业，一边争取上级的支持。我相信，他们也不是什么寺庙里的泥塑木雕菩萨，只要咱们真正做出东西来，他们也会扶助一下的。第三，努力争取各大队的支持。来这里读书的都是他们的子孙后代，他们大队的小学可以在各生

---

① 一九四五年六月十一日，毛主席在中共七大闭幕词《愚公移山》中的原话，"这件事感动了上帝，他就派了两个神仙下凡，把两座山背走了。"

产队抽调人力物力，难道就抽不出一点来支持中学的建设？再说，这罗浮山九观十八寺也不是什么和尚道士变出来，或是自己掏钱建起来的，而是靠一牒一钵到人民群众中募化而来的。千百年来修建这么多的寺观都肯拿出钱米来，他们又得到了什么保佑和益处呢？更何况我们现在做的是实实在在的有益子孙、造福后代的学校建设，难道他们真能一毛不拔？我看是不会的。"

我深知，一个单位的领导者在大难当头的时刻，就像风高浪急中的舵手，他的主心骨是何等的重要！只要稍为动摇或退缩一下，就会导致船没人亡，彻底毁灭；反之，只要看清了方向，铁下一条心，带领全体成员同舟共济、同心同德、奋力前进，则可以在累累伤痕和斑斑血迹中杀出一条血路来，这才有成功的希望和可能。领导者的主心骨往往就是事业成败的关键所在。所以，我肯定了积极的意见和建议，而对持反对意见的老师，则耐心细致地做好说服工作，思想不通是不可能全心全意工作的，同时在这个基础上提出明确的奋斗目标，如此才能众人一心、合力前进。

"对！"陈明老师不仅支持我的意见，而且进一步发挥说，"无校长说得很有道理。关心教育、支持学校是我们中华民族的优良传统。谁不希望自己的子女好好读书、健康成长呢？我看，只要我们下决心去做，事情是可以办到的。你们看，虽然对《武训传》批了那么多年，但我总是有个看法，一个清朝末年目不识丁的乞食佬，为了穷孩子有书读，尚且能够靠自己的行街求乞，大搞捐资义学，难道我们连一个清朝末年的乞丐都不如吗？"

"是啊！"我立即支持说，"陈老师这个意见说得很好。"

"唉！"老张无可奈何地说，"真是想不到，跟着'武七哥'，我们真的要成为二十世纪七十年代的新武训了。"

一直蹲在角落里抽旱烟的箩叔把烟锅磕了一磕，说："我是个粗人，不会说话，我认为无校长和陈老师的意见可以试一试。小孩子玩泥沙也可以做出一点东西来嘛，何况来这里读书的都是十六七岁的青年仔，一天割它几十斤草、做几十块砖，对劳动惯了的山区后生仔是不成问题的。"

小赵立即应道："可以，可以。"

就连老张、袁圭和萧凤英也没有发表异议。接着，我们经过认真的分析和讨论，最终一致认为，只有"下定决心、不怕牺牲、排除万难去争取胜利"才是我们的唯一出路，并决定下午召开誓师大会，再次进行艰苦创业的誓师大动员。

下午，大会刚刚开始，同学们神情沮丧，情绪低落，忧心忡忡，不知如何是好。看到目前这种现状，心里想着一个共同的问题：教室变成废墟，草棚成了灰烬，这可叫我们去哪里上课呀？

面对这种愁云密布的低落情绪，我不能一开始就大喊口号，只能循循善诱地说："同学们，眼看着昨天的教室今天成了一片焦土，一堆灰烬，谁不心痛，谁不焦急呀？正如同学们说的，'教室成了废墟，我们去哪里上课呀？'同学们问得好，问得很实际，问得很有道理。特别是高二级的同学，这种焦急的心情是完全可以理解的。说心里话，我比谁都心痛，比谁都心急！难道不是吗？就好像家里失火一样，当家长的不比孩子们更加焦急吗？但是大家想一想，光是哭，光是心痛，光是焦急，行吗？我们的教室能哭得出来吗？能心痛得出来吗？能焦急得出来吗？能的话，我带头！"

我目光炯炯地扫视全场，只见一张张稚嫩的愁脸，很多双眼睛紧盯着我，期待着我立即给他们带来教室。我因势利导地说："同学们，哭也好，心痛也好，焦急也好，都是没有办法解决教室问题的。我们还是老办法，教室靠大家的双手来建，奋力自救，从废墟中杀出一条血路来，才是解决问题的最佳办法。老子说'哀兵必胜'，我们虽然一穷二白、三遭四难，但只要精神不败、奋力拼搏，我们就一定能够到达胜利的彼岸。这也是人无我有的罗南中学艰苦奋斗教育课！学到这种精神，将是终身受用的财富！因此，经学校老师讨论决定：我们推迟两天考试，推迟两天放假，就利用这两天或者两天半的时间再搭草棚。我看根据以往的经验，只要全校师生拧成一股绳，咬紧牙关，努力拼搏，我们又可以在这废墟上建起自己的'草棚教室'，你们看是不是？"

"是啊！"很多同学点头应道，脸上的表情由原来的愁云密布到渐渐转晴，开始露出了一丝丝的希望星光。

我不失时机地进一步说："当然，我们老是这样搭草棚也不是长久之计。一个学期就搭了三次，如果每个学期都这样没完没了地搭下去，大家怕不怕？"

"当然怕！"大家齐刷刷地说。

"是啊！"我接着提高嗓门说，"不要说你们怕，我比大家还要怕得多！不要笑，我说的是真话。你们在这里顶多搭它十头八次就毕业了，而我在这里却要无穷无尽搭下去，怎么不怕呢？不仅我要搭下去，而且你们的弟弟妹妹将来来这里读书还要搭下去，那怎么行呢？所以，我们要下定决心，进一步艰苦创业，自己做砖烧砖，建起自己的砖瓦标准教室，你们说，好不好？"

"好倒是好，"有的同学问道，"行吗？"

我说："当然，建高标准的砖瓦教室不是搭草棚，三两天就可以建得起来，而是要树立长期艰苦奋斗的精神，就好像'愚公移山'一样，每天挖山不止，总是可以做得到的。但也不是说一天到晚做砖烧砖不止，课照常上，大家利用课余和劳动课的时间，女同学平均每天割二十到三十斤草，行不行啊？"

"行！"女同学响亮地回答说。

我说："对男同学的要求也不多，平均每人每天二十块砖行不行啊？"

"行！"不少男同学不甘示弱地应道。但有部分男同学提出了疑问："我们从来没有做过砖，不知道行不行啊。"总之，这件事在同学之中引起了一阵窃窃私语。

我知道有部分同学对做砖一事心有疑虑心有疑虑，于是进一步说："大家不用担心，咱们的陈老师就是一位很出色的烧砖师傅，只要大家不怕苦不怕累，一回生，二回熟，三回就可成师傅嘛。其实，咱们县目前有一些中小学就是靠自己的小土窑烧砖建起来的。人家小学都行，为什么我们中学反而不行呢？我看人家能做到的，我们一定也能做到，甚至做得比他们还要好！"

看到同学们的脸上疑云渐消，我继续说："同学们，我们不仅要靠自己的双手来烧砖建校，而且要以我们的实际行动和艰苦创业精神来感动上帝！同学们不要笑，我说的是真话。当然，我们的上帝既非天上的玉皇大帝，也不是天国里的耶稣基督，而是在人间。我们的上帝就是上级，就是人民，就是千千万万关心子孙后代健康成长的罗南人民。大家可以想一想，如果山草我们割来了，砖我们烧出来了，砂我们挑来了，石头我们搬来了……难道上级能不关心？群众能不支持？你们的父母能不动心？"

我越讲劲头越大，最后大声疾呼："同学们，只要精诚所至，我们的目的不仅要达到，而且一定能达到！"

师生们报以热烈的掌声，甚至呼喊起口号来。

就这样，罗南中学更新、更艰巨、更扎实的建校战斗的号角吹响了！

第二篇

迎难而上

导语 由于师生们咬紧牙关、奋力拼搏，加上已经有了前两次的搭棚经验，经过整整两天紧锣密鼓的施工，终于再次把草棚搭了起来。

01

1975年12月28日　星期日

为了把被耽误的时间夺回来,我们连星期天也不休息,连续作战。

由于师生们咬紧牙关、奋力拼搏,加上已经有了前两次的搭棚经验,经过整整两天紧锣密鼓的施工,我们终于再次把草棚搭了起来。

在这次的搭棚战斗中,"肇事者"徐建中表现最为突出。他一个人干的活可以顶得上两三个同学干的活。他来得最早,走得最迟;扛松树桁条,别人是两个人抬,他是一个人扛。搭棚顶时,他也学起张老师夹着梯子上去干险活。完全可以看得出,他除了主动向全校师生作书面检讨之外,决心以实际行动将功补过,所以干得特别出色。对于他这种将功补过的决心和在哪里跌倒就在哪里爬起来的态度,我们表示衷心的欢迎。

知错必改,善之至矣!

面对再次重建好的草棚,张炳华左看右看,好像有什么不足之处。我看到他这个样子,上前问道:"喂!老张,有何高见?"

他说:"老'武',你说说,如果再烧了怎么办呢?"

"真是狗嘴吐不出象牙!"

"不!"他一本正经地说,"火种不绝,难保不烧。"

"那你说怎么办呢?"我问。

"点电灯!"

"真是开玩笑！"我说，"我们现在穷得连火水都买不起，还想电灯？！"

"不——！"他拉长声音说，"不，不，不，绝对不是开玩笑。这是比真金还要真的大好事。"

"好，就算是真的。"我说，"你说说，电从哪里来？"

"从罗浮山上来呀。"

"真是'天方夜谭'！"我不得其解地说，"山上有的是木材、石头和草药，哪里来的电？"

"嗨！你真是懵佬一个。"他认认真真地说，"你看看，在我们学校旁边就有一条长流水，有水就有电，我们白白看着电流跑而来点火水，真是端着金饭碗讨饭，你看傻不傻？"

"办法好是好，就是少一样。"

"钱？"

"那当然。"我说，"你不是不知道，咱们现在是穷得连买纸张墨水的钱都没有，哪来的钱建发电站？"

"没钱有办法就行。"

"什么办法？"我还是不懂地问。

"当然，我不是要你拿钱去买新发电机。"他说，"穷人自有穷办法。咱们可以到公社农机站或县电排站去找人家报废的旧电球，捡回来修一修；再找一找别人退下来的旧水轮机，用不了多少钱就可以凑起来发电。至于开渠筑坝，利用劳动课的时间，大家出出力就可以解决了。其他东西因陋就简，只有电线、灯泡需要买就是了。花一点电线钱就可以一劳永逸点免费灯，何乐而不为呢？"

"好！"我喜出望外地说，"真是太好啦！真不愧是我们的万能博士，为我解了一道大难题。"

正当我和张炳华谈得起劲的时候，听到小赵大声地喊："无校长！公社有人找你，快来！"

究竟是什么事呢？公社有人找我！我怀着忐忑不安的心情，急急忙忙地回到"破庙"。

我进门一看：来了三位不速之客，许泰来副主任、教办林明朝同志和公社资料员小萧。

一见面，许泰来副主任怕我有眼不识泰山，特别介绍说："这位是公社保卫组萧永忠同志，李书记专门派他来负责调查中学火灾情况的。有什么情况可以具体向萧永忠同志汇报。"

这个"萧永忠"不就是我原来在公社办公室见到的那个"小萧"吗？

他一开口就狐假虎威地说："公社李书记对中学非常关心，听说中学的教室最近被大火烧了，特别派我和许副主任、林明朝同志一起，组成一个专门的调查组，对这次火灾原因进行调查，是不是阶级敌人进行蓄意破坏，一定要查个水落石出，不把阶级敌人揪出来绝不罢休！"

"是吗？"我不卑不亢地说，"据我所知，中学这次火灾是失火，而不是人为的蓄意破坏。"

他盛气凌人地说："不可能吧！哪有三更半夜把一个学校的教室都烧了，这么严重的大事，仅仅是不小心的失火？"

我说："这是事实嘛。据我所知，中学这次发生的火灾并非阶级敌人蓄意纵火，而是失火。"

他还是戴着有色眼镜看事物，固执己见地说："他们伪装积极，表面上老老实实、循规蹈矩，以假象欺骗我们，暗地里却干着我们意料不到的事情，这是善良的人们所不知道的。我们千万要擦亮眼睛，把那些隐藏得很深、伪装得很巧妙的阶级敌人挖出来！"

许副主任和林明朝同志竟然在那里帮腔，许泰来副主任说："无校长，你刚来不久，对我们这里的情况还不大了解，看人不仅要看他的现在，还要了解他的历史，千万不要为他的表面现象所迷惑。"

他们如此升温加压，我毫不退让地说："一切结论应该产生于调查清楚之后。我们中学这次火灾的原因就是学生不小心失火，而不是什么阶级敌人的蓄意破坏。不信，你们跟我来看。"

当他们到草棚前面看到徐建中同学的公开检讨书时，相视无言，不尴不尬，只好一无所获地走了。

02

1976年1月1日　星期四

为了夺回被耽误的时间，我们连元旦都没有放假休息，凡是今天有课的老师一律留校继续上课。这在全国来说是绝无仅有的，也是胆大妄为之举。但不这样做，怎么补回那些被耽误了的时间呢？

好就好在全校师生深明大义，不仅准时回校上课，而且上得特别认真。一年之计在于春。在新的一年里，在我们的艰苦创业、自力更生的建校活动中，还有多少事情要做呀！

1976年1月9日　星期五

苍天垂泪，大地哭泣，人民敬爱的好总理于1976年1月8日逝世了。

噩耗传来，举国震惊；高山低头，河水呜咽。共和国九百六十多万平方公里的大地上，全国人民为痛失敬爱的好总理而悲恸欲绝。

在这山高皇帝远的罗浮山脚下，在没有任何通知和指示的情况下，我凭自己的良心和感情，立即戴上黑纱召开全校师生大会，悼念敬爱的周总理。在会上，我泣不成声地讲述周总理光荣、辉煌、伟大的一生。

我特别强调：在国际事务中，他亲自参与制定并执行了重大的外交决策，创造性地贯彻执行党的革命外交路线。1954年，他倡导著名的"和平共处五项原则"，该五项原则作为国与国之间关系的准则，在国际上产生深远的影响；1955年4月，率领中国代表团去印度尼西亚万隆出席第一次亚非会议，为亚非国家团结反帝事业作出了杰出的贡献。他是世界上杰出的、少有的、公认的、了不起的外交家。

周总理在极端困难的情况下，顾全大局、任劳任怨、夜以继日，千方百计地为继续进行党和国家的正常工作，呕心沥血。

最后我说："同学们！老师们！几十年来，周总理高举马克思列宁主义、毛泽东思想的伟大旗帜，坚决贯彻执行党的革命路线，为中国人民的解放事业和共产主义事业，鞠躬尽瘁，无私地奉献出自己的一切，为党、为人民建立了丰功伟绩，赢得全国人民和世界人民的衷心爱戴和尊敬！

"我们一定要化悲痛为力量，学习周总理那种为了革命事业鞠躬尽瘁、死而后已，不管在任何艰难困苦的情况下，无私地奉献出一切的精神，把咱们的罗南中学建好！"

1976年1月12日　星期一

昨天下午，总理遗体被送往八宝山革命公墓火化。周总理的灵车所到之处，哭声震天动地，连绵不绝，十里长街哭总理，气氛悲痛至极。联合国为我们的周总理降半旗致哀！这是世界历史上仅见的丧仪。

今天早上的周会课，我在全校师生大会上作题为"化悲痛为力量，艰苦创业，用实际行动悼念敬爱的周总理"的讲话，号召大家用百折不挠、大局为重、拼命工作、鞠躬尽瘁、死而后已的精神，艰苦创业，自力更生！

然后，我宣布具体分工如下。

老师兵分三路：我和赵家庆打石，陈明和两位班主任负责做砖，萧凤英带领女同学割草。

学生也是兵分三路：女同学在萧老师的带领下包干割草，每人每天三十斤山草；男同学分成两大组，挑选十八个身强力壮的小伙子跟我一起打石，其余的分班做砖。打石者任务未定，做砖的每人每天三十块。

时间安排：白天正常上课，晚上按时自修，劳动只利用每天下午最后一节的课外活动时间。

我们保证正常上课、按时自修，保证教学质量；学习周总理的精神，咬紧牙关，狠下决心，一边上课，一边劳动建校，用劳动、汗水、心血和智慧来营建我们的学校。这是逼上梁山的艰苦奋斗之路。我们深知，如果不这样自力更生、勤工俭学、艰苦创业，我们就只能永远在草棚里上课，甚至连草棚都自身难保哇！

我们的方针是勤奋好学，艰苦创业。

俗话说"众人拾柴火焰高"，一人一天三十斤草或三十块砖，作为劳动惯了的山区学生来说，算不上繁重。积少成多、集腋成裘，长期坚持，日积月累，时候一到，定能做成一件大事。

也许有人会说，把运动变成劳动，不符合学生德、智、体全面发展。但是，我们连一个教室都没有就符合教育规律吗？学生就能德、智、体全面发展吗？

这是没有办法的办法，是特殊条件下的特殊处理，不然我们罗南中学永远没有办法建起来。话说回来，我们这样做，既可以调节精神、锻炼身体，又可以创造物质财富，特别是可以造就年青一代艰苦创业的精神，何乐而不为呢？再说，大教育家陶行知先生早就这样做了，我们仅仅步其后尘而已矣！

03

1976年1月13日　星期二

在"化悲愤为力量，自力更生建好罗南中学"的口号下，今天全校师生便积极投入空前紧张的准备活动中。

高二班长徐建中同学加入打石组，除了自带钢钎、铁锤之外，还跟队里借来一头大水牛，给学校炼砖用。众所周知，做砖不累炼砖累，用水牛来炼砖，比起犁田、耙田要累得多，损伤得多。然而，为建好学校，将功补过，用实际行动来改正错误，他竭尽所能为建校贡献一切力量。

其实，全校同学都尽了自己最大的努力。山里人家，要镰刀、禾枪和扁担有的是，要钢钎、大锤、砖模、割砖弓就难上加难了。

打石组的同学经过千借万借，总算借来了钢钎与大铁锤。

做砖组的同学，有的带来砖模，有的带来砖板，有的带来割砖弓，有许多还是新做的哩。

下午，课外劳动时间一到，各个摩拳擦掌，争先行动起来。女同学早就上山割草忙开了。做砖组的师生在陈老师的指挥下，挖砖塘的挖砖塘，锄泥的锄泥，灌水的灌水，忙了老半天。但是，泥还没有浸透，还要加水浸透，明天再炼。

我们打石组真是雷声大、雨点小，一开始就"叮叮当、叮叮当！"地响彻整个山谷。场面最壮观、声音最响、最辛苦、最费力的是我们，速度最慢、效益最低的也是我们。

同学们从来没有这样打过石头。抡大锤的怕，扶钢钎的更怕；抡大锤的怕失手打到人，扶钢钎的怕闹得不好被别人打到。这样一来，越怕心越慌，抡大锤的同学高高举起、轻轻打下，不敢出力，扶钎的早已闭眼闪身手发抖。如此打石，出现了不少的空锤、偏锤，吓得大家不知怎么办。结果是我们累了老半天，才打出几个小白点，与割草、做砖的同学比，真是相差十万八千里。

看到这种情景，我急在心里，就把当年在部队搞工建的经验传授给他们。我抡锤，小赵扶钎，两人组成一对，边打边教打石的要领："抡锤者要稳、准、狠，高高举起、狠狠打下，才能不偏不倚、锤锤有力；扶钎者要胆大心细，稳如泰山，丝毫不能颤动，这样才能锤锤对准中心，既安全又有力。"

经这样一讲，同学们才初步了解到打石的要领。但是，打石与挖泥、割草是完全不同的工种，硬碰硬，一直打到太阳下山，才见到几个小白点，什么时候才能打出又多又好的石头来呢？确实是一个大问题。

1976 年 1 月 15 日　星期四

这两天，做砖组的同学真是费了九牛二虎之力，总算把砖泥炼了出来。但是，在做砖的过程出了不少的笑话。今天，我专门到砖场看看，发现有些泥炼得不透不匀，辛辛苦苦打下去，弓刀一刮就露出了泥块；有些由于用力不匀、不够，脱模后缺棱少角、不方不圆，很不像样。陈老师不顾自己年纪大，也不管有多么疲劳，一个个手把手地教他们。只见他边示范边讲解，说："取泥要适中，大了太重，太费力气，小了又不够，最好比砖略大四分之一；然后做成长条状，比模略小，五面沾沙；接着，稳、准、匀地往砖模中用力一砸，若是怕缺角，再用大拇指往边角一压，一刮一脱模，保证方方正正、有棱有角、非常漂亮。"

在陈老师的言传身教之下，张炳华、袁圭两位老师积极带头实践，同学们刻苦学习，终于越做越好。

最要命的是今年冬天特别冷。据说，前段时间在惠州西湖，有些小孩晚上到湖中摸鱼竟然被冻死了。这在一年四季如春的南海之滨是绝无仅有的。在罕见的极冷的大自然面前,素有冬暖夏凉之称的罗浮山之南同样处于极寒之中,给我们造成了重重困难。

白天晴空万里,无力的冬日洒下微弱的阳光。此时此刻,师生们正在教室里紧张地学习,准备迎接考试。

一早一晚,同学们利用课余时间打砖,可是老天偏偏与我们作对。清晨万里霜天,从罗浮山山顶到整个南粤大地,白茫茫遍地铺满银霜。听说,在罗浮山北面还下了雪哩!人家是"蜀犬吠日",我们则是"粤犬嗅雪"的极寒时光。就连砖塘里的边角积水也结成了冰,真冷啊!

由于打石时间不够,打石组的徐建中、徐学锋等同学一早起来就争取时间去做砖。谁知道一抱砖泥就好像抱了冰块一样,原来又裂又肿的双手痛如刀割,但他们还是坚持,尽最大的力量为建校作出贡献。

黄昏将至,残阳无力,火一样的晚霞染红了西南半边天脚。农谚云:"天脚红,严霜重",又一个严霜重露的夜晚来临了。太阳刚刚下山,气温骤然下降。人多模少,下午的课外劳动时间只能让走读的同学做砖,直到他们完成任务回家后,内宿的同学才利用晚饭后、晚修前的这段时间来打砖,而这个时候恰好是日落霜来露降的时刻。

晚饭后,我和陈老师、张炳华、袁圭来到砖塘旁边,看到内宿的同学正在打砖。冻泥似刀,冻得他们龇牙咧嘴,疼痛难忍,口里直喊:"哟,哟!痛,痛啊!"把刚刚做好的大泥条,迅速地、狠狠地往砖模里出力一砸,马上把冻得又红又肿的双手在草地上擦一擦,放到嘴边呵呵气、暖一暖,拿起刮弓又干起来。同学们看到我们去了,纷纷把沾满黏泥的双手举到我们面前,说:"校长,好冷!好痛啊!"

我看在眼里,痛在心里,在这万里霜天的严寒之中,谁不愿意在家取暖呢?谁愿意受冻打泥砖呢?俗话说:"大大棉被不去盖,跑来蚝埕翻筋斗!"谁这么傻?

我劝他们说:"太冷了,先回去休息休息,等天气暖一点再做吧。"

他们却响亮地回答:"不!今天的任务今天完成。身上一点也不冷,你看,我们头上还在冒汗哩!就是双手痛得厉害。"他们边说又边咬紧牙关继续干,而且干得更狠、更出力,以此来增加热能、抵挡严寒、忘记疼痛。

是啊！在这样苦寒的时刻做砖，真是苦了孩子们。大家有一个共同的信念：用自己的实际行动来悼念敬爱的周总理，用我们的艰苦劳动来感动"上帝"，用我们勤劳的双手来创建自己的学校。很多同学的双手冻得又红又肿，裂开了一道道血口，水一泡，泥一沾，犹如刀割针刺，十指连心，哪个不痛？但是，他们冒着严寒，忍着剧痛，坚持做砖。

此情此景，怎不叫我感慨万千呢？我不得不由衷地感激他们，多好的学生、多好的同事啊！我们未来的大厦，就是靠他们的血汗建造起来的，他们才真正是我们罗南中学的第一代功臣！

1976年1月16日　星期五

看到割草组和做砖组的成绩，我们打石组的师生真是急坏了。

几天来，女同学在萧凤英老师的带领下，各个是行家里手，边割边晒，天天超额，而今柴草已经堆成两座小山。做砖的师生在陈老师的精心培训和两位班主任的组织带领下，轮班作战，密切配合，冒着严寒，做出了一排排整整齐齐的砖坯，像极了站满操场的士兵，令人羡慕。我们打石组的十几条大汉是全校最强的"一级劳力"，虽然累得半死，却只打出几个"小酒杯"，怎不叫人心急呢？

数九严冬，天寒地冻，在这打狗不出门的时刻，穿了一件又一件的寒衣都嫌冷，就是加上棉衣也不够暖哩。可是在我们的打石组，抡大锤的同学脱了一件又一件，剥了一层又一层，身着单衣还要冒汗哩。同学们自出生以来还没有这样抡过大锤、打过石，刚开始打了十几二十下，手心就起水泡，而今干了几天，手掌泡破皮脱，嫩肉红彤彤的，厚茧又未长出，一碰到大锤铁柄，各个痛得钻心皱眉，可就是咬紧牙关，谁也不叫一声苦、喊一声痛，抡起大锤拼命干！

最苦的不是抡锤者，他们还可以在出力大干中取暖，扶钢钎的同学最辛苦，身上冷入筋骨，手上更冷。数九寒冬，到处布满裂纹的手冻僵了，仍要扶着冰冷冰冷的钢钎，加上一锤一震，虎口震裂了，鲜血染红了手套，染红了钢钎，滴到石头上。实在顶不住了，便两个人对换一下。

换下来的同学这下可苦了。刚才还是脱了一件又一件浑身冒汗，而今骤然一停,寒风一吹,虽未结冰,却变成了一层薄薄的盐灰,又咸又冷又痛,苦不堪言。

看到同学们苦成这个样子,谁不心痛啊?难怪有些上山打柴的农民看到我们这样干,很不理解地问:"你们是来这里读书的,还是来这里卖命的呀?"

然而,我们不这样拼命,又有谁给我们资金和校舍呢?这是"逼上罗山打石头"哇!

打石组苦战数日,最快的进度才打了三寸半深,这一分分、一寸寸,都是师生们用心血换来的呀!

书生变成打石匠,焉能不苦不累?

04

1976年1月20日　星期二

经过打石组一个星期来的浴血奋战，虽然各钎的进度只有一尺左右，但是大家欲见成果心切，终于在同学们的强烈要求之下，我们今天下午第一次放炮炸石。这是我们罗南中学的第一炮，全校师生又惊又喜。

我在部队施工中干过抡锤、放炮的活计，而今又派上用场了。

谁不知道，放炮炸石是玩命的险活，特别是我们找来的雷管不是电爆雷管，而是导火线点火引爆的雷管，可以说是险上加险。

为了安全起见和传授爆破技术，我在打石组的同学面前边做边说："你们知道导火线一般的燃烧速度吗？"

大家摇摇头说："不知道。"

"不知道不行，"我解释说，"导火线一般的燃烧速度是每厘米五秒，根据这个燃烧速度和石场至隐蔽地点的距离，以及点炮先后的时间顺序来算，就能算出需要多长的导火线。多了浪费，少了隐蔽不及，太危险。今天我们是第一次尝试，为了安全起见，所以留长一点。"

大家点头应道："知道啦。"

我将导火线裁后，一手拿起金光闪闪的雷管，一手拿着导火线问道："怎样安装导火线呢？"

小赵和几个同学都说："插进去就是嘛！"

"当然是插进去，不插进去怎么引爆呢？"我说，"但是，这一插却是大有学问。第一要轻，用力太重太猛，容易发生意外爆炸，把你的手爆掉了怎么办？第二是插的深度很有讲究，插不好它就不给你爆炸，这就成了大问题。你们看，导火线不是'一竿子插到底'，插得越紧越好，如果这样，导火线与里面的底火之间完全没有任何空隙，导火线末端的火焰不朝里面的底火喷射，往往不会引爆雷管，变成哑炮。哑炮是炸石中的大忌，弄不好会引起人员伤亡。所以，插导火线的深度很有讲究。准确的深度是导火线的末端与雷管的底火之间留有半米粒长的空隙，这样才能引爆成功。"

"哦！"大家这才知道其中的利害，"原来分毫之间有如此奥妙！"

我说："还有装炸药、安雷管、封泥口，须步步小心谨慎，按照要领，就是轻手轻脚、里松外紧。如果里面太紧，一不小心就会爆炸，后果可想而知；如果全部都松，则爆破时火力外冲，炸不开石头，或者炸得很少很浅。所以一定要掌握要领，千万千万马虎不得。"我边做边说，总共装了十个炮眼，也上了一堂实实在在的爆破课，这是我们罗南中学特有的一课。

然后，我一一检查所有的导火线、炮眼、封口，确认无误后才激动而严肃地宣布："大家跑到对面山后的安全地方隐蔽，准备放炮！"

站在我身边的赵家庆手挥小旗、口吹哨子，大喊："大家注意隐蔽，准备放炮！"

徐建中等打石组的同学分别把守路口，不让行人通过，并激动地大喊："注意隐蔽，放炮啦！"

我再次环视石场周围及山前山后，看到所有人都进入安全的隐蔽地带后，才点燃一支香烟边吸边跑到最远的炮眼，猛吸一口，烟火红亮，赶快点燃了第一眼；接着吸一口、点一眼，再吸一口、再点一眼，动作又快又好。一点完，我飞也似的跑进早已选择好的山窝里，和师生们一起隐蔽。

我一看，原来全校师生都来看热闹了。要知道，这是我们罗南中学艰苦创业的第一炮哇！谁不激动？老师、学生、男的女的，全都来了。大家虽然把身子趴得很低很低，但是脖子却伸得老长老长，脑袋翘得高高的，眼睛睁得大大的，只为目睹这石破天惊的壮观时刻。有些女同学又想看又害怕，两眼瞪得像铜铃，两手把耳朵堵得严实，生怕震聋了。

我刚刚转身伏下,气还在喘,心还在扑通、扑通地跳个不停,两眼紧紧地盯着石场,"轰"的一声巨响,炸开了。随之而来的是接二连三的爆炸声和哗啦啦的碎石落地声,有的还飞到距离我们不远的地方,吓得同学们赶紧把头缩了回去。

炮声刚停,同学们就一跃而起地欢呼:"啊!我们胜利了,冲啊!"边跳边喊边鼓掌,就好像战场上炸了敌人碉堡后,步兵发起冲锋似的往采石场跑去。

"回来!!"我厉声大喝道,"通通回来!给我蹲下,不要命啦?!"

大家听到我突然这么凶,回头一看,舌头一伸,赶紧回到原地隐蔽,不可思议地望着我。

我这才心平气和地问:"你们说说,你们刚才听到几声炮响?看到几眼炮炸?"

被我一问,大家才大眼瞪小眼,你看着我,我望着你,面面相觑,谁也说不出来。

我解释说:"你们知道不知道,我们今天装的是十炮,而刚才响的才九炮。也就是说,还有一炮没有炸,这叫'哑炮'。万一大家跑到石场上,它又炸开了,岂不好像鬼子兵踩中地雷一样,完蛋啦?"

"哦!"同学们总算明白为什么刚才校长那么凶,原来是为了大家的安全。

我接着说:"同学们,不幸往往就发生在这些哑炮上面,千不爆,万不爆,人到就爆,所以千万千万马虎不得。"

经这一说,大家才真正知道哑炮的厉害,老老实实地再次隐蔽起来。

等啊,等啊!

一秒,十秒!

一分,十分!……

真是把大家的脖子都等长了,依然没有爆炸。众所周知,等待是人生中特别难熬的时刻。

整整二十分钟过去,太阳快要下山了,还是没有爆炸,我再也按捺不住,便说:"你们注意隐蔽,我去看看。"

"我去!"

"我去!"……

我的话音刚落，张炳华、赵家庆和打石组的五六个勇敢分子，纷纷争着要去。

我问："你们知道怎么样排除哑炮吗？"一下子又把他们考倒了，谁也说不出来，我补充说，"你们完全不懂怎么处理，怎能去排除哑炮？这不是拿生命当儿戏吗？你们都给我隐蔽好！我去排。"说完，我猫着腰，冲了过去。

谁不知道排除哑炮是跟死神玩命的活计，弄得不好，半途遇爆，不死则伤；更有甚者，不到不爆，人到却爆，谁不害怕？因此，当我奔向炸石场排哑炮时，全校师生都为我捏着一把汗。

难道我就不知道排除哑炮的危险性吗？

不！我比谁都清楚。俗话说"不知者不怕"，我是深谙此道的老兵，稍为不慎，炮爆身亡，丢下一家老少，不惨吗？但是，我是党培养多年的共产党员，我不上谁上？我是扛过枪的老兵，我不上谁上？我懂得爆破知识，而他们却一窍不通，我不上谁上？难道叫他们白白去送死吗？哪怕是死，也要自己冲在前面，把生留给子孙后代，留给别人，要不，还要我这个共产党员干什么？

在具体行动上万万马虎不得，这叫"在战略上藐视敌人，在战术上重视敌人"。我这一上，与死神仅有一纸之隔，万一失手就会粉身碎骨。根据我刚才的观察，应该是第六炮没有炸。我边跑边仔细观察，到了距离现场仅有六七米的地方蹲下来，进一步看个清楚。

哎呀，我的妈！我一看，心里叫苦不迭。其他地方都是一个萝卜一个窟，唯独这眼没有炸的地方，不仅没有坑，反而埋上了一堆碎石，这可怎么办哪？

我稍作调整后慢慢平复心情，马上想好了方案和步骤，然后积聚了力气，迅速冲了上去，轻轻地把埋住导火线的石块搬开，搬哪、扒呀、甩呀，越快越好、越轻越好，尽管累得满头大汗、腰酸背痛，可怎么也不敢叫人来帮忙。

远处的师生比我还紧张，他们的心悬到了喉咙口，就是插不上手，真是把大家急坏了。

好啦！好啦！终于见到导火线了！我连忙把导火线周围的石头扒开，右手迅速把导火线往外一拔，再一看：好哇！整整齐齐地出来了，哑炮排除啦！

这时我才发现，自己早已满头大汗。我高兴地挥舞着导火线，大喊："排除啦！"

"啊——！我们成功了！"师生们欢呼着冲了过来。

我跟大家解释说："排除哑炮最最关键的一招就是尽快拔出导火线，越快越好。导火线一拔掉，雷管就没有引爆火源，就好像拆弹专家排除哑炸弹，首先拆除信管，引信一拆除，炸弹就是死东西了。越不懂，越迟缓，危险性就越大。你们看看，这一炮为什么不会爆炸呢？原来这个地方受潮太厉害，死火了。万一受潮不是很厉害，火种半死不活、慢慢焚烧，就特别危险了，因此要尽一切可能将导火线拔出来。没有导火线，雷管就炸不起来了。"大家心服口服。

看着这一大片刚刚炸出来的石头，同学们个个兴奋不已。特别是打石组的同学，更加激动万分，热泪盈眶。是啊！多少天来，我们苦没有少吃、汗没有少流、血没有少出，然而，其他组早已柴草堆积成山，或是砖坯排列成行地晒满砖场，自己却只有几个浅浅的炮眼，怎不把人急坏呢？而今炮声一响，石头成片，怎不欣喜若狂呢？！

大家看着这些冒着硝烟的石头，又看看我，好像现在才认识我似的。张炳华说："真想不到，咱们的'武七哥'还是一个排炮专家哩。"

小赵兴奋地说："这是咱们艰苦创业真正的'第一炮'！来，大家顺便搬搬石头。"

真是一呼百应。话音刚落，同学们就兴高采烈地托起刚刚炸出的石头，有说有笑地下山了。

1976年1月22日　星期四

紧张的期末考试与评卷工作结束了。

今天，全校师生全力以赴地投入艰苦的建校劳动之中。同学们除了搬石打石、割草晒草、做砖晒砖之外，每班又抽出六个身强力壮的男同学，由陈老师带领挖窑。

挖窑，这在我们学校来说是从来没有做过的新鲜事。它的成功与否，事关烧砖是否成功，也就是说，事关我们建校工作的成功与否，不能不令人提心吊胆！

我特意来到挖窑工地，看见老陈正在给同学们"上课"。他在树桩上挂了一幅自己绘制的"小型冲天窑内部构造图",手里拿着一根树枝,边指着边说:"我们的窑叫小型冲天窑。你们看,窑的上部好像一个塌底口盅。这个塌底口盅就是窑体,它深一米八至两米均可,口盅的直径一米八。在这个巨型口盅里面,一口盅就能装三千左右砖。"大家笑了起来,有个同学说:"这么大的口盅啊!"

"还有哩!"他继续说,"在大口盅下面还要挖一个通天'蒙古包'。它就是我们烧窑的炉膛。你们看,它像一口塌了底的大锅倒盖过来。这个深藏在地下的通天'蒙古包',它的通天部分与咱们的窑底相连,直径七十五厘米左右。在它的一侧,也就是在这个坎下部位,要开一个三十厘米宽、四十厘米高的小门,它就是我们烧火的窑门。就这样,上面的大口盅砌砖,在下面的微型暗藏通天'蒙古包'里烧火。所以为什么咱们的小型冲天窑要选在这样的落坎处,就是这个道理。上可挖窑,下可烧火,相当理想。"

老陈的话音刚落,同学们立即干起来,找窑位,画圆圈,忙个不停。

看到这一切,我对老陈说:"陈老师,真是太感谢你啦!这可解决了我们的大问题。"

他轻描淡写地说:"区区雕虫小技,何足挂齿。"

同学们边挖边议论开了,有的说:"这叫砖窑,我见都没有见过。"

有的说:"是啊,我们村里的砖窑可大了,一窑能烧几万块砖,要烧它七天七夜哩。咱们倒好,在口盅里面烧砖,真是少见。"

起初,坑浅地平,活动空间大,同学们轮流干,边挖边装,边传边倒,十分顺当。但是,越挖就越深,越深就越难。在直径一米八的"口盅"里挥锄挖泥,不是怕锄柄捅到人,就是怕碰到壁,十分麻烦,只好轮番作业。不仅如此,而且越挖越窄,原来是一个直壁的大"口盅",而今却变成尖底"酒杯"了。

我和老陈拿起铁锹,下去修整窑壁。同学们不忍累坏老师,纷纷要求下来。于是,我们首先做示范,再由他们按要求来做。经过几个小时的辛勤劳动,窑体总算挖出来了。但是进到暗藏"蒙古包",同学们就"掏空乏术"了。

中午,陈老师特别精制了两把短柄锄头,又弄来两把小铁锹,解决了挖掘地下炉膛的工具问题。

下午,他身先士卒,弯腰缩背地在窑底干起来,同学们三番五次要替换,他不肯上来，几个同学只好跳下去把他拖上来。他们说："老师，让我们年轻人干，有什么不够的地方，您指出来就行。如果把陈老师累坏了，谁教我们烧砖哪？"

此时，他已经累得一身汗水一身泥。此情此景，我打从心底敬佩他，多好的人哪！

在陈老师和同学们的努力下，每班一座小型冲天窑终于在下午挖成。

面对两座小砖窑，我默默地祈求着："但愿成功！"

1976年1月23日　星期五

今天装窑，学校里一派热闹繁忙的景象。

搬砖时有的挑、有的抬，挑的同学一头十二块砖坯还嫌不够，抬的同学装满一大筐，有的把扁担都压断了。张老师、袁老师每人一担，挑着和学生一起比赛。

看到这种情况，我一再制止："不行！不要挑得太多，不要装得太重。同学们年纪小、身子嫩，宁可多走一趟，也不要把身体压坏了。"十六七岁的小青年，正值长身体、长知识的青春年华，筋骨稚嫩，有精力、无耐力，万一压伤了，将受累终身。可同学们还是大担大担地挑，咚咚咚地来回奔跑，谁也不愿意减少。

搬燃料的女同学更加热闹。她们边搬边说边笑，有的用手揽，有的一挑就是两座小山，直至砖窑门口堆起两座高高的山，还嫌不够，还要再搬。

在装窑工作中，最苦最累的就是陈明老师，整整两窑砖都是他一个人一砖一砖地砌起来，不仅要砌好这六千多块砖，而且边砌边讲解："小型冲天窑，窑底砖的排列是个关键，中间这个圆孔，就是靠一层层的砖向中间延伸，每层延伸约小半块砖而形成的。伸出多了，砖要掉进'蒙古包'；伸出少了，则留下太多的空间。不管排哪一层的砖，砖与砖之间要留有缝隙，层与层之间要层层相反。如此才能保证层层通气，砖砖见火，块块烧透烧熟。就这样，一层一层地往上排，装满为止。"

两窑砖装好了，陈老师的装窑课也上完了。在寒风刺骨之时，一般人是里三层、外三层还在那里咝咝叹冷，我们这位年过半百的老教师却累得满头大汗，浑身湿透，甚至连腰都直不起来。

这哪是一般的汗珠？这是我们罗南中学全校师生艰苦创业、流血流汗的最好历史见证。

窑刚装好，老张、老袁和同学们就迫不及待地提出："校长，点火烧窑吧！"

"点吧！"

"烧吧！"

我正在拿毛巾给老陈擦汗，来不及答应，急性子老张早已"啪"的一声打着火机，把窑烧起来，袁圭也不甘落后，立即分派人马，点火烧窑。

陈老师连汗都未擦干，又到窑前看火了。

同学们烧窑心切，只顾往窑门里大把大把地塞柴草，以为塞得越多越好，可就是火势不旺。

陈老师看了看，接过学生手中的烧火叉，把窑膛里的柴火捣一捣、拨一拨，再一小扎一小扎地往里送，炉火立即呼呼呼地旺起来。

烧火的同学不得不惊叹道："陈老师真神！为什么我们烧了那么多都没有火，你轻轻一拨，才烧那么一点点，火就这么旺？"

陈老师边烧边说："俗话说'饱柴无饱火'，也叫作'柴多压死火'，烧火做饭也是一样，柴草不是塞得越多越好，而是适量。谚语'火要空心，人要实心'，就是这个道理。"陈老师言传身教，借火喻人，教育学生，真是太妙啦！

他看了一窑又一窑，一一指导。而我们的张老师、袁老师早已在炉前烤得脸如关公了。

同学们更是热情高涨。里里外外，有烧火的，有送草的，有的还趴到地下，去看炉中的火。师生们把两座小土窑团团围住，直到太阳快下山，走读的同学还不愿意离开，在我的再三催促下，才恋恋不舍地回家。报名留校参加烧窑的同学，比实际需要的多得多。

这是我们罗南中学的第一窑砖！谁不关心？谁不兴奋？谁不为它的成功与否而诚惶诚恐呢？

最紧张的要数我和老师们了。特别是我，是紧张中的紧张。小型冲天窑虽然没有大草窑、大煤窑烧的砖多，也不用烧那么多天，但毕竟是我们学校自力更生、艰苦创业的第一窑，它的成功与否，对全校师生的精神面貌和今后创建学校的道路将起到决定性的影响。怎不叫我捏着一把汗呢？

整个上半夜，我们没有离开半步，除了老陈和两位班主任，小赵和萧凤英也亲自助阵。大家不是帮着烧火，就是跑上跑下、左看右看，看看炉火红不红，窑里的砖烧成什么样子。可以说，尽管炉里火热，但大家的心比之更热。

同学们已经掌握烧火要领，炉通火旺。炉火不仅映红了孩子们的脸，个个红光满面、英姿焕发，而且映红了半个山坡，十分壮观。从窑顶往下看，哇！真是别有一番景象。原来装在"口盅"里的那些泥灰色砖坯，起初经火烧烟熏，变成黑乎乎的"大墨条"，最底下的砖好像煤炉里的蜂窝煤，一层一层地往上红了，我心里也越来越踏实。

借着火光，我看一看表，已经是深夜十二点。我怕大家过分疲劳，说："除了值班烧窑的同学之外，大家都去休息吧。"非值班师生这才陆陆续续回"宿舍"就寝。

人虽然躺在床上，但是翻来覆去，谁也睡不着，心里老是记挂着：窑里的砖烧得怎么样呢？

到凌晨三点多钟，我再也躺不住了，披上棉衣，偷偷地去看烧窑。谁知我前脚出门，老陈、张炳华、袁圭也一个接一个地来了。是啊，谁不记挂呀？

到砖窑一看，老陈着急地说："快点提水来，赶紧把窑门口的炉灰泼湿。要不，发生火灾就不得了。"前几天，附近公社在烧窑的过程中不慎失火，不仅把几万斤的柴草烧个精光，而且烧窑人员逃避不及，当场被活活烧死。他边说边下去，把靠近窑门口灰渣的柴草搬开，又把刚刚扒出来的炉灰淋湿，并且，他一再地告诫学生说："千万千万要注意，扒出来的炉灰要与柴草保持一定的距离，万万马虎不得！"

同学们听到陈老师的警诫，立即行动起来，按照要求一一做好。老陈这才和我们一起到窑顶看火候，一窑砖烧得如何，全凭烧窑师傅一双眼哪！

老陈左看右看、上看下看，窑里的砖犹如红红的炭火，已经烧到超过一半。他说："炉火基本正常，不过，越到上面就越难烧。"

我和老张急问："还要烧多久呢？"

"还要烧七八个钟头吧。"老陈很有把握地说，"不过，一定要保持火路通畅，火力不减；另外，要特别注意安全，最主要的是杜绝火种与草料接触，否则后果不堪设想。"

我和老陈一一检查无误以后，才和其他老师一起回去休息。但是，谁又睡得着呢？

1976年1月24日　星期六

隆冬的拂晓月淡星稀，寒气逼人，遍地白茫茫，又是铺满严霜。我们的小型冲天窑却是炉火通红，格外显眼。

我赶紧披上棉衣，迅即跑到窑上一看：哇！窑里的砖从下至上，已有十之八九烧得红通通了，十分喜人。

不久，老陈和两位班主任都来了，大家一看，个个说不出的高兴。我问陈老师："喂！陈师傅，还要烧多久才能封窑哇？"

他仔细地看了两窑的火情，蛮有把握地说："大约还要四个钟头。"

急性子张炳华马上问道："只剩下这么几层砖，为什么还要烧那么久？"

我和袁老师也随声附和地问："是啊，剩下的不多了，为什么要烧那么久？"

陈老师解释说："你们看，窑底是火头，温度特别高，所以容易烧透；上面是火尾，加上冲天窑散热特别厉害，正是'强弩之末，力不穿缟'，所以花的时间特别长，烧的燃料也特别多。如果不烧透的话，上面这些砖就全部成了次品，见水就融。你别以为它们粉红粉红的很漂亮，实际上却是半生不熟的二级砖，会给房子埋下隐患。"

"能不能想想办法，改进改进呢？"老张问道。

"这个问题到目前为止，我还没有做过。"老陈说。

袁老师也急于求成地说："我们可以试一试吗？"

我怕第一窑砖烧砸了，影响今后的士气，于是说："我看这样吧，第一窑咱们还是稳妥一点比较好，尊重科学、尊重经验，确保万无一失为上。"

成功在望，再过几个钟头就可以封窑。我想到今天已是腊月二十四，应该让路远的同事早点回家准备过年。

我说:"老张,封窑的事等一下我们干就行了,你先收拾收拾行李,早点回家吧!"

谁知好心没有好报,反而被他说了一通:"'老七'!有冇搞错呀?在这关键的时刻要我走!我的砖还烧得不明不白,回去叫我怎么向'老婆大人'交代?怎么能安安心心过大年,高高兴兴逛花市呢?"他坚决地说,"半年都过去了,就差这么几个钟头?不!一定要封好才走。再说,过年回广州,空车有的是,怕什么?"

就这样,直到中午十二点钟封窑以后,他才拖着疲惫的身子,到广汕路上搭车回穗过年。

而我作为烧砖建校之首,虽然封了窑,但是未见砖,怎能立即回家安度寒假呢?

1976年1月27日　星期二

大后天就是农历大年三十,兄弟学校的师生早已放假,党政机关干部、路远的同志也纷纷回家准备过年。家在广州的张炳华和萧凤英以及外公社的袁老师已经离开,小赵、箩叔、老陈和我以及很多同学成了"留守大军",甚至有些女同学也加入"留守行列"。

到了今天下午,我再也阻止不了同学们开窑出砖的强烈要求。

徐建中等一大帮同学总是来问我:"无校长,能不能开窑哇?"

女同学也跑来帮腔:"校长,开吧!"

有个同学说:"没有看见自己烧出来的砖,心里总是不踏实,就是过年也过得不安乐呀!"

"是啊!"

同学们那种迫切期待的心情,真是叫人难以拒绝。我又何尝不是如此呢?没有看见自己烧出来的红砖,怎么叫我安心过年哪?!

但是我们的窑才封了三四天,听说人家的大草窑要封七天才能开窑,我们现在开窑,行吗?我问老陈:"怎么样?能不能开?"

老陈看看我，再看看同学们，他两手一摊，无可奈何地点点头说："真是拿你们没有办法！"他又补充说，"砖是烧透了，就是热得厉害呀！"

"不怕！"我还来不及点头，同学们便开始欢呼雀跃地喊："啊！开窑啦！"

徐建中和小赵老师等人，挥动锄头，扒掉窑顶上面的封泥，取砖出窑。其他同学立即围上来，自动自觉地以班为单位，以窑为龙头，各自排成一条长龙。龙头是徐建中同学和赵家庆老师，我和陈老师则是龙尾，边接边堆边排。

刚刚传出来的砖热乎乎的，拿在手中感到特别亲切，特别舒服。然而，越取越深，越来越热，越传越烫手。我心想：不行！经过这么多人的手，来到我这里还这么烫，在窑里取砖哪里顶得住哇？

我跑到窑边往下望，只见小赵和徐建中早已又热又累，满头大汗，双手被烫得一边往上抛砖一边甩，小声喊："嘘，嘘，嘘！哎哟，痛！痛死啦！"他们口里喊着、双手甩着，一块又一块，一刻不停地往上传。这无异乎火中取栗呀！

我心痛地说："你们上来，我们下去换一下吧！"

"不用。嘘！不用，我可以顶得住！"尽管他们热得像锅里的蚂蚁，可就是不肯上来。

我也不管他们上不上来，直接跳下去帮忙，刚下去就好像掉进了烧猪炉，又闷又热又灰尘大，难受极了。他们能坚持这么久，真是了不起！

经过一个多钟头的紧张劳动，终于把全部的砖出好，当我们把赵家庆、徐建中从窑里拉上来时，他们除了满身泥尘之外，双手已烫满血泡，不成样子。

突然有个女同学大声惊叫："徐建中！快点脱鞋！快点脱鞋！鞋底烧了！"女孩子比较细心，嗅觉比较灵敏，徐建中一上来，她就闻到一股臭胶煳味，故此惊叫不已。

大家立即低头看他们的解放鞋，我走上去说："赶快把鞋脱下来！"

徐建中迅速把鞋脱下，我捡起一看：啊！解放鞋的胶底早已烫煳了。

赵家庆的解放鞋不仅烧烂了底，连尼龙袜也被烧穿了几个洞哩！

我们学校的师生为了建校，手烫烂了、鞋烧穿了、袜烧破了也在所不惜，这种精神怎不让我深受感动呢？我不想尽一切办法把学校建起来，对得起他们吗？！

看着两堆整整齐齐、红通通，还散着热气的砖，同学们情不自禁地说："very good！我们的砖烧出来了！"经过艰辛劳动而取得成功的喜悦之情溢于言表，同学们的脸宛如罗浮山上绽放的报春花，十分可爱。

看着这些砖，看着我的同事和学生，我心中满是首战告捷的欢喜。是啊！经过整整一个学期，历尽千辛万苦的奋斗，我们终于用自己的汗水、意志和智慧换来了成功！我们的砖烧出来了！第一炮打响了！此时此刻，只有像我们一样尝尽了苦中苦的人，才能真正体会这无法形容的幸福与快乐甜蜜。

我激动万分地握着陈老师的手说："非常非常感谢您！陈老师！我们的好师傅。我们成功啦！"

他既欣喜又不满足地说："校长，我们这些砖只能勉强算个及格而已。你看，窑中间这些就好一些，色泽深红，形状端正，可算个一级品，上下两头就不太理想了。下面火头，把红砖烧成缶，敲起来当当响，但是好听不好用，萎缩变形，不好砌墙；窑顶这两层呢，红得浅淡，表红里不熟，好看不中用，属二级砖，不能砌墙。总的来看，只有七成合格品。"

两班同学各自围着红砖，左看右看，上看下看，久久不愿回家。赵家庆拿起一块很漂亮的红砖，爱不释手地说："第一次就烧出这么漂亮的红砖，已经相当不错啦！校长，过了年咱们可以放手大干一场。"

"说得好！"我高兴地说："第一步成功了，在新的一年里，咱们一定要乘胜前进，好好干！争取更大的胜利！"

"对！"所有在场的师生齐声响应："我们一定好好干，争取更大的胜利！"

看看这砖，看看这人，看看眼前学校这环境，我粗略估算着：如果顺利的话，两周烧一次窑，平均每周就有一窑砖，除头去尾，合格率八成的话，也有两千四五百块砖，一个学期按二十周计算，这不是能烧五万块砖吗？我们不是就足够建四个标准教室了吗？真是一个自力更生、艰苦建校的好办法呀！

当然，不要想得那么天真，人世间的很多事情是人算不如天算，今后会发生什么意料不到的事情，谁又能估计得到呢？

05

1976年1月29日　星期四

你看，急人不急人？！砖是烧出来了，但是要乘车回家却比登天还难。

虽然砖已经出窑，但自己再怎么说也是一校之长，其他老师和同学走了以后，总还有些头头尾尾的事情要忙，所以就比其他老师迟一天走。

谁知我今天在公路边整整等了一天，就是拦不到一辆可以回家过年的车。

潮汕与兴梅两地外出工作的人特别多，省城下粤东工作的人又非常少，因此凡是过年前从兴梅、潮汕返广州的汽车，一辆接一辆都是空车，只要在路边一举手，随举随上，十分顺畅。但是，要想在半路拦车往兴梅或潮汕，那就难、难、难！因为老乡们都赶着回家过年哪！

我一早就收拾好行李，到罗南路边拦广州开往兴梅的长途汽车。一辆辆挤满人的车风驰电掣般地驶过，什么开往梅县哪、兴宁啊、五华呀……凡是向东的广梅车，我通通都拦，可是辆辆扬尘而过，任你举断了手，喊哑了喉咙，谁也不理你。我突然想起一条绝妙之计："挂牌拦车。于是，我找来一块旧纸皮，上面写上几个大字——"我回杨林"，我每当见到有车远远开来，就一边站出去举着，一边拼命向它招手。我自以为这个办法准行，谁知是大大的"不妙"，载满乘客的汽车依然一闪而过，谁也没有把我载走。直到了太阳下山以后，不得不又回到"破庙"独宿。

要知道，明天就是大年三十啊！

1976年1月30日　星期五

　　昨天"挂牌拦车"的消息不胫而走，今天一早，家住附近的学生纷纷到学校来看我。
　　一了解原来是校长没有拦到车回家过年。
　　今天已经是大年三十，校长回不了家过年，怎么行呢？
　　同学们一听到这种紧急情况，个个把骑来的自行车推到我的面前，争着说："校长！骑我的车回家吧！"
　　"校长，骑我的！"
　　"骑我的！"
　　"校长，骑我的车回家吧！"有一个个子矮小的同学说，"要不，你赶不上回家过年啦！"
　　最后我说："大家不用争，谁家里离学校最近，就借谁的单车。"
　　"我家离学校最近！"刚才那个小个子同学高高兴兴地把自行车往我面前一推，说，"我家就住在公社，借我的。"
　　我问他："你叫什么名？"
　　"我是高一的向阳！"他还说，"校长，快点骑车走吧，要不，要很迟才能到家的。"
　　其他同学补充说："他就是公社向副主任的儿子呀。"
　　我心想：看来，我"挂牌拦车"的消息也传到"八品衙门"啦！
　　同学们不仅推来了自行车，有的还送来了年糕、炒米饼之类的年货向我拜年哩。看来，师生感情还是不错。要不，我今天连家都回不了，年都要在这里过哩！
　　我立即骑上自行车，飞也似的回家了。从罗南到杨林这十几公里的路程，刚开始是比较宽敞平坦的广汕公路，既快又省力，过了新作塘的三岔路口转入新梅公路，那可就要命啦！一路上崇山峻岭，道路崎岖，高低起伏，路面又窄又差，而且过往车辆赶着要回家过年，车多速快，险情时有发生，特别是拐弯多、视程短，弄得不好迎头相撞，那不完蛋？！在人累山陡的情况下，上坡或急转弯时只好下来推车走。就这样，我走走停停，慢慢前进。

当我拖着疲惫不堪的身子回到杨林中学门口时，看到老母亲正带着一对小孙倚门张望，孩子眼尖，远远看到我就兴高采烈地大喊："爸爸！爸爸！"小强立即跑到厨房对妈妈说："妈妈，爸爸回来了！"老母亲也说："铭儿赶回来'围炉'过年了！"

文珍闻声，急忙从厨房转了出来，腰系围裙，手里还拿着锅铲，喜中带嗔地问："哦！你还知道回家吗？"

"怎么不知道？"我带着负罪心理，祈求从轻发落的态度说，"我是想方设法，拼着老命赶回来的呀。"

她还是心中有气地说："好一个'拼着老命'赶回来！你知道今天是什么日子？你知道人家放假已经放了多少天啦？你知道两个小孩怎样天天到路上等爸爸回来吗？"说完眼眶都红了，赶紧拉起围裙擦一擦。

我故意逗趣地说："今天是一月三十号哇！"

"老历呢？"她还是一再地责问道，"啊！老历呢？"

我不好意思地摸一摸脑袋，喃喃地说："老历？老历？哦！对了，老历二十九嘛。"

"不对！不对！"两个小孩天真地抢着说，"爸爸，爸爸！今天是过年啦。你看，你看，妈妈给我们做的新衣服都穿上了。"

"哦！"我装作恍然大悟似的说，"爸爸忙得把过年都忘记了！"

"你呀！你呀！谁像你一样？"她说，"成天只知在那里没日没夜地拼命！把家忘了，把老婆孩子忘了，连过年也忘了！你看看，世上有没有人像你这样？真是！"

"天地良心！"我开玩笑地说，"老婆孩子我一刻也不敢忘记，年倒是没有想到这么快过。"

"你看看人家，年夜饭已经吃了。你呢？"

"唉！真是……"

我的话还没有说完，小强大喊起来："妈妈！妈妈！厨房烧了！"

"哎呀！这还得了，厨房失火！"我和她都大吃一惊，"赶快救火！"一起冲进厨房。

到厨房一看，火倒是没有，就是满屋烟焦味。她打开锅盖说："糟糕！锅里的菜烧煳了。"

原来是小孩把话说急了,"厨房里的菜烧煳了"说成"厨房烧了",还好只是虚惊一场。

一进厨房,尽管她都快把菜做好了,我还是立即帮忙,心里叹道:唉!真是难为了她。自从调到罗南以后,里里外外都是她,我一点也没有帮上忙,差点连过年合家团聚都来不了哩!

在帮忙的过程中,我给她讲了近来如何炸石、如何烧砖、如何出窑,特别是讲到昨天为了回家"挂牌拦车"时,她笑着说:"噢!'牛鬼蛇神'也来我们家过年啦!"

在吃"团年饭"时,为了将功补过,我不停地往母亲、文珍和孩子们的碗里添菜加肉。何来之肉?杨林中学养了猪,过年杀了两头,每个老师分了几斤猪肉,算是过了一个"肥年"吧。

老母亲一边把碗里的肉转夹给孙子、孙女,一边说:"我够了,我够了。给强强和妹妹吃,吃多一点,快点长大。"

文珍倒好,把夹给她的肉放回我的碗里,笑着说:"真是'黄鼠狼给鸡拜年,不安好心'!"

"讲得唔啱[①]!"我立马大献殷勤地多夹一点添上去,说:"这叫'借花献佛'嘛。"

说得大家都笑了起来。

1976年2月6日　星期五

常言道:"半月元宵一霎时,三日早田(早稻插秧)如一年。"

春节回家团聚一个礼拜,眨眼就过去了,"身在曹营心在汉",虽然人在家里,帮文珍做做家务,带小孩到外面玩一玩,向老朋友、老同事拜年,成天过得热热闹闹、十分欢乐,但是,这里已经不是我工作的学校了。虽然不像《沙家浜》中阿庆嫂唱的"人一走,茶就凉"那样,但是人在这里,心里却老是想

[①] "唔啱":在粤语中是"不对、不合适"的意思。

着：罗南怎么样呢？学校怎么样呢？那里才是我的事业所在呀！尽管娇妻情真意挚，儿女天真可爱，老母亲依依不舍，我还是不得不提前上班了。

万万没有想到校长竟然比学生迟到！原以为自己已经早到，谁知到学校和砖场一看：徐建中、向阳等十几个同学比我早得多，他们做好的砖已摆满晒砖场。看看这些砖，看看这些学生，我心里有说不出的高兴，他们真是爱校如家的好学生啊，不仅是罗南中学的首批学生，而且是我们学校最年轻的"开荒牛"。

你看，在罗南中学三搭草棚的特有战斗中，他们付出了无数的汗水和辛劳，在长远的艰辛创业中，第一批砖是他们做的，第一批石是他们打的，第一批草是他们割的。新春佳节，家家户户、男男女女、老老少少都忙于探亲访友，而他们却自发地跑到学校做砖，真是我们罗南中学的小元勋哪！

我实在抑制不住心中的感激之情，一边向同学们祝贺新年，一边立即脱了鞋袜下去打砖。我们边做边谈，我问："人家现在到处都在玩，你们为什么跑到学校打砖哪？"

"为了早日把砖瓦教室建起来，不用住草棚啊！"

我说："恐怕等到教室建好，毕业班的同学早已毕业了。"

徐建中说："哪怕是我们毕业了，后面的同学好用啊！这叫'前人种树、后人乘凉'，让他们再不用像我们一样老是在草棚里上课嘛。"

有的同学还说："反正在家里又没有什么事情做，生产队还没有开工，自留地又没有多少活干，不如到学校做做砖更好；既可以真正为学校添砖加瓦，使学校早日改变环境，又可以利用这个时间多做一些，今后挤些时间学习也好嘛。"

他们说得多么朴实，多么好哇！

正当我们说得兴高采烈的时候，想不到萧凤英也来了。她一放下行李就跑到砖场来，见到两大堆整整齐齐的红砖，高兴得冲口而出："非常漂亮！非常漂亮！真是想不到。校长，真是太好啦！"

我不解地问："萧老师，为什么不在广州好好多玩两天，这么快就回来了？"

她却反问道："校长不是比我还早吗？再说，我还是一个心系罗南的'老知青'哩。"

我说："在家里多玩两天也好。"

她说："离家久了的人很奇怪，没有回家时很想家。刚到家时，大家高高兴兴地团聚在一起，探亲访友，看看老朋友、老同学，高兴一番。但是，几天之后就不一样了。在家里好像是一个多余的人，心里老是想着学校，特别是想着咱们这些砖烧成什么样，总想尽快跑回来看个究竟，要不，心里总是不踏实。"

"好哇！"我说，"这下高兴了吧！"

"想不到我们也能做出这么好的砖，看了非常非常高兴！"她说，"来，校长，也让我做一做，试试看。"

"好哇！"我和在场的同学不约而同地说。

萧老师脱下鞋袜，卷起袖子，有模有样地做起砖来了。同学们和我的眼光都集中到她的身上，在取泥、做泥、砸模、割砖、脱坯的过程中，两条又长又黑的秀辫伴随着她的每个动作，前后左右地跳舞，辫梢甚至沾了泥沙。这对观者来说确实是一幅难得的秀发舞砖场的"风景画"；然而对正在做砖的萧老师来说，却是增添了不少麻烦。于是，她双手在地上擦一擦，拿起两条长辫往头上一圈，再打上一个结，又大干起来。尽管她使尽浑身解数，累得脸红汗出，身上、头上沾满点点泥沙，打出来的砖还是缺棱少角。

有的同学开玩笑说："萧老师，难怪你是教英语的，打出来的砖有点像'ABC'哩！"说得大家笑了起来。

她也笑着说："那就请你们当当老师，教教'方块字'吧！"

那位借自行车给我的小个子同学向阳，跑到萧老师的砖台边示范边说："萧老师，砖泥要大小适中。大了太重，小了又不够格；然后做成长条状，五面沾沙；砸下去要做到'稳、准、狠'，才能饱满方正。你看，砖弓一刮，一脱模，好了！"一块漂漂亮亮、方方正正的砖坯摆在她的面前。

萧老师马上就要接过来做，向阳说："老师，你再看一下，我多做两块吧。"

他继续边说边做，只见他把泥砸进模后，两个大拇指往四角边压边说："如果怕棱角不够的话，可以往四角压一压，这样就保证是方方正正的'方块字'

啦。"说得萧凤英笑了起来。

　　萧老师不仅看得认真，做得更加认真。向阳同学刚刚脱手，她马上就接过来。她一边做，学生就一边赞："对！对！就这样。好！好！是嘛，这下就做得很漂亮。"

　　同学们教萧老师做砖时，老师们陆陆续续地提前到校了。首先是陈明老师，他一到校就跑到砖场，见到萧凤英做出来的砖，大声称赞："好！好！做得很漂亮。"

　　萧凤英不好意思地说："哪里有什么漂亮啊，我还是你徒弟的徒弟哩。刚才还被他们笑说：'英语教师做出来的砖就像ABC'哩。"

　　张炳华一来就说："哈！想不到Miss Xiao，竟然变成了泥姑娘！"

　　萧凤英气得不得不回敬他一句："真是狗嘴吐不出象牙，一来就吠！"大家顿时笑了起来。

　　在一片劳动与说笑声中，全校教工都到齐了。

　　新的学期即将开始。

　　在新的学期里，我们将有多少紧张而又繁重的工作要去做呀！

06

1976年3月5日　星期五

今天一早，我受大家的委托，背着一份特重的《请求拨款报告书》——名副其实的"敲门砖"，风尘仆仆地直奔县教育局。

有没有搞错呀？《请求拨款报告书》吗！何来之重？也不是什么世界名著，何重之有？

朋友，我真的没有骗你，我们就有这么重的"请求拨款书"。不信？你看看，这不是吗？

事情是这样的。开学至今，我们每个班又烧了两窑砖，加上春节前各班烧的一窑，共计六窑，近两万块砖。

看着这两万块红砖，全校师生既高兴，又犯愁。高兴的是我们自力更生，艰苦创业初见成效，只要长期坚持下去，建校所需的砖可以做得出来；愁的是"赵公元帅"还未上阵。而"赵公元帅"是否亲临罗浮山是要得到上司的放行条才行。这样一来，可把我们急坏了。

前几天出砖后，正当我们欣赏师生们的"杰作"时，老张先发制人地说："喂！'武七哥'，砖我们烧出来了，钱呢？还不快点拿出当年的拿手好戏！"

这样一来，一呼百应。袁老师指着两堆红砖说："我们拼死拼活地干，砖烧得再多，'孔方兄'不来帮忙，建个啥呀！"

"是啊！"箩叔猛吸两口旱烟，把烟筒头在砖堆上"当、当、当"地敲了几下说，"鸡杀了，没钱买豉油，还不是吃不成？"

"钱，钱，钱！你们想要钱，我就不想要钱吗？其实，我比你们谁都想要得多。"我说，"问题是怎样才能要得到。你们不是不知道，我成天跑还不是全为了钱，我都成了全县出名的'要钱校长'。可就是要不到，往往是'偷鸡不成蚀把米'，钱不仅没有要到，反而亏了差旅费。"

面对鲜红的两万红砖，大家陷入苦苦的思索之中：怎样才能要得到钱呢？！

突然，张炳华好像哥伦布发现新大陆似的喊起来："噢！有办法了。"

"什么办法？"大家不约而同地问，目光热切地期待着他的锦囊妙计。

只见他拿起一块漂漂亮亮的红砖，手一扬，说："这不就是很好的名副其实的'敲门砖'吗？就把它当作特殊的报告书，教育局的门不开就敲到它开！"

"好！"大家一致赞成，"这是个好办法。"

"对！校长，你就带多点去，不开就敲到它开！"正当大家七嘴八舌的时候，陈老师慢条斯理地说，"不用多也，不用多也，一块足矣！"

就这样，我用旧报纸包了一块自制红砖，拿上老陈特别誊写的《请求拨款报告书》，匆匆来到县教育局。

一进秘书股，就见到"申财神"眼看账本，手拨算盘，噼里啪啦地忙个不停。我冷不防把挂包往他的台面上一放，"咚"的一声，把他吓到了。

"哦！"他抬头一见我，笑着问道："无校长，是什么东西呀？那么响。"

我一本正经地说："是我们罗南中学的《请求拨款报告书》哇。"

"你开什么玩笑哇？"老申半信半疑地说，"报告书也不是什么石刻铁打的，哪来响声？"

"不信你看。"我打开挂包，一边掏出沉甸甸的报纸包一边说，"这就是我们罗南中学的《请求拨款报告书》，你看看，我们的'报告书'虽然不是什么'石刻铁打'的，却是泥做火烧而成。你看看，这不是吗？"一块方方正正、漂漂亮亮的红砖出现在他的面前。

"噢！"老申惊喜地喊了起来，"好漂亮的红砖呀！是你们自己烧的？"

我把红砖和报告书往台面上一放，说："那还有假？不信，你到我们那里看看。"

"好！好！"他拿起来敲一敲，高兴地说："这还要感谢你的启发才做出来的呢。"

"已经烧了两万块啦!"我有点自豪地说。

"好!好!"背后突然传来郑局长的称赞声。他高兴地握着我的手说:"老无同志,你们这个砖烧得好哇!来,我看看。"郑局长把砖拿在手里,掂一掂、敲一敲,听到那清脆的声音后更加赞不绝口地说,"好,好,质量不错,质量不错!可以跟以前东莞的'三角牌'红砖媲美了。"

听到局长称赞,我好像捞到救命稻草似的,乘机说道:"郑局长,你来得正好!砖,我们烧出来了。钱呢?"

"钱"字一出,老申和局长脸上的春风立即不见了,你看看我,我看看你,谁也不愿意先开口。

我心想:光说好话,一斤值多少钱?我们建校需要的不是空口说白话的赞扬,而是实实在在、沉甸甸、响当当的钱。没有钱想建校,不是跟鬼讲?

尽管我看到郑局长和"申财神"的脸上早已愁云密布,还是不顾一切地说:"局长,我们罗南中学全校师生在那里拼死拼活啊。你看,一个学期来,我们赤手空拳搭了三次草棚不算;人家放假,我们还在做砖烧砖,一直干到年二十八,差点回不了家过年;春节刚过,还没有开学,我校师生就纷纷提前到校做砖。到现在为止,我们总共已经烧了两万块砖。"

"好,好!"局长不失时机地表扬说,"精神可嘉!精神可嘉!"

"局长,光是'精神可嘉'建不成教室。"我说,"煎鱼还要有点油才能脱得了锅;我们的砖做得再好、烧得再多,没有钱,还不是等于白做?这次无论如何,局里一定要挤点钱给我们才行。"

"喀,喀,喀!"郑局长碰到什么难题无法立即解决时,总是习惯性地干咳一阵,就好像问题把他的喉咙堵住了一样,问题越难办,咳得越久。他咳了好一阵子,才清清嗓子吞吞吐吐地说:"你们这种精神很好,应该好好发扬下去!喀喀,至于钱的问题嘛……"

"怎么样?"我迫不及待地问。

"喀,喀!我看这样,你们继续发扬这种艰苦创业的精神,做砖、打石一定要坚持下去,坚持到底就是胜利。同时,好好向公社党委汇报,一定要争取当地党委的支持。现在是'东、西、南、北、中,党是领导一切的',没有当地党委的支持，什么事情也办不成。至于局里，到时再出一点。罗南中学在你们的努力下，一定可以建得很好！"

我看郑局长"喀"了老半天也"喀"不出一分钱来，只好说："局长，关于做砖、打石的事，我和全校师生怎么拼命也可以拼出来；关键是局里和公社，说说容易，真正做起来难啦！特别是公社，想要他们一分钱，真是比登天还难！"

"我知道，我知道，喀！"局长说，"我看这样，除了你们认真向公社汇报之外，我们也下去跟公社做做工作，问题总是可以解决的！"

"局长，你不知道，我已经跟公社的领导磨破嘴皮、说干口水，可就是狗咬乌龟，无从入嘴！"

"这我们也清楚，你们已经跟公社领导做了很多工作，关键在于李书记的思想工作没做通。接下来，我一定跟他好好说一说，一定要争取得到公社和群众的支持，学校才能解决建校资金问题。说老实话，光靠教育局是没有办法的，老无，咱们的教育经费实在少得太可怜啦！"

局长说了老半天，只是把话题引开，而我此行的目的是要用这块"敲门砖"，把教育局的财门敲开。我顾不了许多，硬着头皮，直冲冲地说："局长，说正经的吧，砖你看到了，钱给多少？"

"喀，喀！"他说，"我看这样吧，你还是先回去备备料，把砖、沙、石等备齐了再说吧。"

"那好，我老无豁出去了，说话算数！砖我们继续做，需要多少做多少，石可以去打，沙可以去挑……但是，你们也要做到两条才行。"

"你说说，是哪两条哇？"

"第一，负责做通李书记的思想工作。"

"好，好！我一定好好跟李书记谈谈。"局长满口答应。

"第二，局里给多少？"

"这，喀，这，这……"

"不要这这这、那那那的嘛，干脆一点，给多少？"

局长看老申，老申望局长，大眼看小眼，就是谁也不愿意开口。

我说："我看这样吧，我们能够做到的我们做，我们做不到的，如铁钉、水泥、瓦和人工等，由教育局和公社共同解决好吧？"

"这……"局长还是犹犹豫豫，不肯答应。

"这还不好？"我说，"谁和我一样，什么都给你们解决了，局里连十分之一二的钱都不给？局里给的每一个铜板，我老无什么时候不把它当作大铜锣来使？现在你给我一元钱，我不仅把它当作三元、四元来使，甚至当作十元、八元来使。这样还不支持一下，我这个校长实在没有办法再当下去了，另请高明吧！"

局长被我这么一激，脸上的愁云激散了不少，笑笑说："老无同志，有话好好说，不要耍小孩子脾气嘛。"

"那好，给多少？"

"我看这样吧，你刚才说的方案基本可以参考，不过，我不能一个人说了算，办事要民主嘛，应当拿到局里跟大家讨论才能决定的。"

"好！"我说，"一言为定。"

"那当然，那当然。"

"好！到时局里若是再不给钱，我就赖在这里不走了。"

军令状就这样立下来了。

07

1976年3月26日　星期五

　　既然立下军令状，就当义无反顾地行动。自从我把红砖当作《请求拨款报告书》，在局里跟郑局长订下"君子协定"回来后，全校师生除了照常上课，还不得不加倍努力地投入做砖、打石头等工作。特别是打石，不仅墙脚地基要石头，张炳华又向我提出建小水电站，这样一来，需要的石头就更多了，打石组的任务越发繁重和紧张了。

　　最后一节课的下课铃刚刚响过，打石组的同学立即带上各自的工具——铁锤、钢钎等，风风火火地奔赴打石场，投入紧张的战斗。

　　打石组的二十条汉子看到自己打出来的石头堆成小山，干劲倍增，特别是听说建水电站需要很多的石材，恨不得一下子打出更多的石头来。大家一到打石场，马上抡锤大战！

　　同学们抡锤打石的本事越来越高，由原来的心慌手颤、低举轻下，生怕把人打到的慌乱样子，变成而今的稳、准、狠，锤锤到点，实打实的打石能手。

　　不瞒你说，你如果现在到我们的打石场，不向你说明的话，还以为那是一批年轻的打石工哩。如果收工迟了，到太阳下山以后，不仅能听到"叮当叮当"的打石声，而且能看到漫山遍野的美妙绝伦的点点火花。悦耳动听、铿锵有力的音符和美妙绝伦的火花交织着，成了一幅罗南中学师生艰苦创业的壮丽图画，谁能不为之动容呢？！

今天傍晚，我与老搭档徐建中一起打石，我扶钎，他抡锤。而今的徐建中已成为熟练的打石能手。他手抡十八磅的大锤，不是像其他同学高高举起、狠狠捶下，而是来个三百六十度的大回环：先把锤往下收，从侧下往后摆；然后腰身一扭，大锤从背后往上一挥，腰一弯，前手后收，出力往前，稳、准、狠地锤下去。一锤一个圆圈，不偏不倚，漂亮极了。

我看到天太黑，生怕发生什么意外，一边扶钎一边大喊："收工了！……哎哟！"

一语未了，大锤已经碰到我的前臂，吓得徐建中立即扔下手中的大锤，跑过来扶住我的手，惊恐万状地问："无校长！手怎么样？"他那红红的汗脸"唰"地一下血色全无，"手骨有没有断？！"

我安慰他说："没事，没事，不用怕，只是擦了一下，不信你看。"当我想自然地把右手举起来时，顿时深感痛入骨髓，眼冒金花，晕眩欲倒，冷汗如豆，把他吓得不知如何是好，只好拼命地喊："来人哪！来人哪……"

赵家庆和同学们闻声立即围了上来，个个惊慌失措地问："怎么样？！""怎么样？！"

我强忍着剧痛说："不用怕，不用怕，没有什么，只是轻轻地碰了一下，不用担心。"

当我叫大家收工时，徐建中的大锤已经砸下来，欲止不能；而我手中的钢钎无意中偏了一点点，重锤未能正中中心，钎斜锤偏，大锤就滑到我的手臂上了。如果是大锤直接砸在手臂上，不要说骨头全断，就是皮肉也要成浆啦！

大家议论纷纷，有的说："骨头断了。"

有的讲得有声有色："手骨肯定断了，刚才我们就站在旁边，还听到'剥'的一声哩，不是骨头断，哪来这种声音？"

在收工的路上，他们要扶我下山，通通被我拒绝了，说："才轻轻擦了一下，哪有那么严重？再说双脚不是好好的吗？不用扶，不用扶，自己走方便。"

可他们就是不相信，七嘴八舌，越说越真。

我不相信我的手骨真的折了，跟他们辩论说："不会，不会，挨了一下哪有那么容易断？不信？你们看！"我虽然痛定思痛，顿感折骨钻心，还是坚持把手举起来说，"你们看，要是手骨断了，这手还伸得直吗？"

一回到宿舍，师生们纷纷问："怎么样？""怎么样？手骨折了！"

萧凤英扔下手中的饭盆，立即拿来"冯了胜"跌打酒，经她一擦，我才真正感到难以忍受的疼痛，心里渐渐产生怀疑：难道骨头真的折了？

灯光底下，大家见我脸如黄纸，汗如滚珠，深知不妙。陈老师轻轻地扶起我的手，说："我看一看。"他一只手握着我那冰凉的手掌，提起来看了又看，另一只手摸了摸右臂尺骨，没有发现异常，接着认真检查桡骨，摸呀摸呀，捏到那断骨之处，痛得我不由自主地大叫一声："哎哟！"

在场的张炳华、袁圭、赵家庆等师生异口同声地问："怎么样？！"

陈老师扶着我的右手，指着骨折之处，心情沉重地说："折了！就在这里，上面这根骨断了。"

"怎么办？"师生们不约而同地惊叹，萧凤英和一些女同学的眼泪夺眶而出，"这可怎么办哪？"

山高路远，夜黑少医，公社卫生院的跌打医生又是个出了名的"黄六"，突然之间，去哪里找有本事的跌打医生呢？全校师生急得像热锅上的蚂蚁，不知如何是好。特别是抡锤的徐建中，急呆了。

我尽管痛至发梢，为了稳定大家的情绪，努力装出一副若无其事的样子劝慰道："哪用那么紧张，一切包在我身上。俗话说'既来之，则安之'，没事，没事，放心好了。来两片止痛药，止止痛就得了。"

萧凤英立即给我两片止痛药，并且倒了一杯白开水。

我本能地伸右手去接药片，哎哟！右臂一举就痛入筋骨，五指也失灵了。我心知不妙，马上改用左手去接。刚把药片丢进口里，张炳华就把开水端到我的嘴边，说："包好，包好，吃下就好。"说得我"扑哧"一笑，说："不怕，到了半夜还痛的话，再吃一片就可以挺到天亮。大家不用担心，又不是被蛇咬，等到明天再找医生慢慢收拾它也不迟。"

大家迟迟不愿意离开，我只好劝他们说："通通回去吃饭、洗澡，然后安心备课、自修，明天照常上课。我的问题由我自己来处理。快点！通通给我各就各位！"在我的一再催促下，周围的人才不得不慢慢离开。

待到更深人静，我坐下来写日记，右手无论如何握不了笔，五指一握，不仅痛入筋骨，而且握不紧，真是毫无办法，只好用左手代劳。此时此刻我才深深感到，如果一个人失去了右手，将给生活带来多大的不便哪！

1976年3月27日　星期六

保尔·柯察金说："一个人在健康的时候坚强一点算不了什么，当疾病把你打倒以后，坚强才是真正需要毅力。"

一早起身，右臂已经肿得像牛腿瓠子似的，又红又痛。不说别的，光是穿裤子就十分不便，平时双手一提、两脚一伸，往上一拉就万事大吉，现在右手疼痛难忍，光靠一只左手，拉了这边，掉了那边。

袁圭、张炳华见我弄了老半天穿不上一条裤子，赶紧过来帮忙，说："我们来！我们来！"患难之中见真情啊！

刚刚想去洗脸刷牙，出门一看，不知是谁早已为我打好了半桶清水，甚至连牙膏也挤好，毛巾端端正正地摆在那里恭候我。我不由心头一热：多好的同事啊！真是一人有难众人帮的一个好家庭啊！要不，光是挤牙膏就成了一道难题。

脸还没有洗好，箩叔就端来热气腾腾的早餐，远远就问："无校长，怎么样？"

"没什么，不碍事。"我把毛巾往桶里一丢，双手去接钵头，谁知右臂好像"牛搭鞍"似的，根本伸不出去。

站在旁边的张炳华忍不住揭我的老底说："'瘸手将军'还说不碍事，就是掉了裤子。"边说边帮我把早餐放到办公台上。

箩叔在围裙上擦了擦手，看到我的手肿得那么厉害，摇摇头说："唉！伤筋动骨一百天，哪有不碍事的道理呀？就是扁担锄柄断了，也要驳好镶牢才能用啊，何况是手？"

出乎大家意料的是，我竟然照常上课。老张、老陈，以为我上不了课，争着代课。老张捷足先登，一早就来，谁知我比他还早，他来到教室门口一看，我已经站在讲台上了。

他一见面就"骂"："喂！你不要命了，还来上课？"

我若无其事地笑着说："我是命也要、课也要，你的心意我领了，多谢！"

他走进来说:"我看你是要课不要命!手肿如桁还来上课,同志!这里是课堂又不是战场,不是你一下去,敌人就冲上来。你回去!这堂课我上好啦!"

我不跟他讲那么多,开口就喊"上课!"同学们"唰"的一声起立。

我站定讲台回礼后,才转过身来跟他慢慢解释说:"张老师,你的好意我谢了,但课还是我上。道理很简单:第一,这是我的课;第二,讲课是用口、少用手,再说昨天晚上我试过了,右手虽然不行,但左手还可以;第三,你代得了我的时间,代不了我的内容。你知道,咱们当教师的有一句话叫'怕病不怕死',手好了,落下的课还不是要补?好啦,好啦!不要再耽误时间了。"说完,我立即上课,他只好毫无办法地出去了。

这一堂课是我当教师以来上得最成功、最漂亮的一课。课堂上,同学们把眼睛睁得大大的,聚精会神地听课,有几个女同学眼眶里还闪着泪花哩。是啊!一个手臂刚刚被大锤砸断、骨折未驳就来上课的老师,谁不感动?

同学们坐得笔直连大气都不敢出,教室里只有讲课声、板书声和记笔记的沙沙声。尽管我的右手无法板书,左手写得歪歪扭扭,极不像样,却收到了前所未有的教学效果。

下课回到宿舍,一位鹤发童颜、颇有道骨仙风的长者迎上来,声如洪钟地说:"无校长,你好!来,来,来,让我看看。"他边说边把我的右臂扶上来。

我深感诧异,是谁一早请来的跌打医生?也好,反正有跌打医生上门,省得到医院跑上跑下,浪费时间。我一边让他检查一边问:"老先生,您贵姓?"

他还没有开口,站在一旁的陈老师立即代为介绍说:"他呀!就是我们罗浮山一带远近闻名的驳骨大师徐少强老先生,今天一早,赵家庆和徐建中到他家里把他老人家请来的。"

"哦!"我感激万分地说:"徐老先生,真是太感谢老人家啦!"

"哪里,哪里!"他爽朗地说,"老朽浪迹江湖几十年,行医驳骨大半辈子,医过无数的人,但从来没有见过像你这样的人——骨折未驳就去上课。说真的,两个小伙子早上风风火火地跑到我家把我找来,我们赶到这里一问,他们说校长在上课,刚开始我怎么也不相信,骨折未驳就去上课?有冇搞错呀?我特地到教室外面去看,真的见到你在上课。无校长,佩服!佩服!老朽回去一定好好讲给乡亲们听一听,我们中学的校长为了建好学校、教好弟子,骨折未驳就去上课，这样的先生去哪里请啊！"他边摸边说，"噢！对了，就是这里，桡骨折了！"

老先生轻轻地在我的右前臂摸上摸下，侃侃而谈，我自然而然地拉起家常，见他身材高大、满面红光，便问道："徐老先生，今年贵庚？"

他风趣地反问："你看呢？"

我略略说大一点："大约花甲有五了吧？"

他说："你再看看，像不像？"

我以为说得太大了，补充说："六十上下吧？"

陈老师忍不住笑着说："哪止六十上下呀，我们当小孩时，他已经是颇有名气的医生了。"

"老朽七十有九啦，"说完就神思专注地为我正骨。他左手在上，右手在下，十指一捏、一掰，把原来粘在一起的桡、尺两骨分开。随着他的用力，我不由触电似的叫了一声："哎！……"

"好，好，断骨理顺了，没有碎骨。"他轻轻地安慰我说，"好办，好办，再一下就好了。"

这下我做好了思想准备，说："不怕！您老人家该怎么做就怎么做，没有问题。"我以前听说手骨折一根不如两根一起折，如果折一根的话，驳骨时另一根也要打断后一起再接。

他一边说"好，好"，一边招呼赵家庆，"来！小伙子，你帮我握住上面，不要动。"小赵立即用双手紧紧抓住我的右肘上方，他则右手握紧我的手腕，左手五指并拢扶住骨折处，"对，对，就这样，不要动，注意抓紧！"

他俩准备就绪，回过头来笑笑地问我："怎么样？没事吧！"我点点头说，"没事，没……"我的话还没有说完，他突然用力往外一拖，两人拿我的手臂当拔河绳，痛得我眼冒金星，满天星斗。"不怕，不怕！好啦，好啦！"右手仍紧紧抓着我的手腕不放，左手按着断骨处，四指和手掌各护一边，固定好用力一推，"好了，好了！"他转头喊，"拿药来。"

陈老师立即把早已准备好的药泥拿来，熟练地在纱布上铺匀，然后对正包扎，再用夹板固定，缠好绷带。徐老先生动作非常麻利，三下两下就搞好，把吊臂绷带挂到我的脖子上。

直到这时，徐老先生才松了一口气说："这下真的好了。"他洗洗手，喝了一口茶，然后才慢慢解释说，"驳骨就是这样，首先要摸清里面骨折的情况，然后拉开，对正再接。正如医书里说的，'欲接先离，先离后接'。无校长这个比较简单，是锤打横断，错位不大，比较容易正骨。有的是粉碎性骨折，有的是爆裂型，有的是斜裂型，甚至断骨穿出皮外几寸的都有，有的是对插进去，不摸准、拉开，根本就没有办法正位。有的人脚骨折了以后，变成长短脚就是这个原因。"

大约过了一顿饭工夫，我才真正恢复过来，问道："徐老先生，你看我今后要注意些什么呢？"

"要特别注意的是，在这半个月内，你的手不能乱动，否则，还要拔断再驳一次。骨断之处正在吐出骨浆，尚未结成骨痂，一动就移位了，再高明的医生也没有办法保证这个善后护理不周的错位，所以这点你要特别小心注意。再就是用这些药散调酒，频频敷擦，我再给你开一个方子，遵嘱服用就是了。"

说完，他掏出纸笔写：

土鳖炒干，加巴豆霜、半夏等分，研末，用黄酒送服，每次用药二分（相当于0.625克），一日三次，连服三天。

看到"土鳖"两字，在场的老师们炸开了："土鳖虫也能做药？真是想不到！"

他笑笑说："药在于对，不在于贵，用对了，很不起眼的东西却是去疾如神哩。"

在场的人纷纷竖起大拇指说："佩服佩服！难怪是远近闻名的跌打名医。"

大家边聊边饮茶，我问道："徐老先生，今日有幸请到您来，真是感激不尽，请问诊金多少？"

"不用，不用！"他不肯说多少。

我以为他是在说客气话，只好掏出一张"大团结"送上，说："小小意思，不成敬意，请您老人家饮两杯清茶，请勿见怪。"

"不用，不用！"他边推边说，"无校长，这就见外了。区区雕虫小技，何足挂齿！"

我误以为这是他老人家嫌少，便不顾血本（此时本科毕业的中学老师的一般工资是55元左右，学校又穷得叮当响）再加一张，他还是不接受。我心想：此人说得好听，会不会背后宰上一笔呢？这已经是我们月工资的近三分之一了，还不收？

他说："无校长，不用再推啦！今日老朽有幸为您效劳，已感三生有幸，分文不收。"他边推回来边说，"说实在的，如果是别人，不要说十元、二十元、三十元，甚至更多，我也毫不客气。"

他再饮一杯茶，扶着我那骨折的手，深情地说："你们当老师的，天远地远地来到我们罗浮山，为了教好罗浮山人民的子孙后代，不仅拼尽全力，还艰苦创业，自建学校，甚至手骨断了还未驳就去上课，光是这种精神，何止值二十元、三十元？这是千金难买的，是罗浮山人民子孙的大幸啊！老朽今日有幸为您效劳，深感荣幸之至，岂敢酬劳呵！"

但是，一人难敌众意，老师们一齐把我的钱硬塞给他。老人家被我们这么多人折腾得实在没有办法，只好收下，然后情真意挚地说："好啦，好啦！老师们这份情我领了。不过，贵校那么困难，看到大家仍然居住'破庙'，在草棚中教学，我怎么敢要这钱呢？特别是这种忘我拼搏、敬业爱业的精神，实在感人至深！这钱就作为我对咱们学校的一点点心意吧。"他说完又把钱送回来。

这是一位在罗浮山下行医半个世纪的年逾古稀的长者对我们学校的浓情厚意呀！能不接受吗？！我不得不接过，情真意切地说："徐老先生，真是太感谢您老人家了。您不仅医治我的手，而且是罗南中学捐资建校第一人，真是太感谢您老人家啦！"所有在场的人高兴得鼓掌致谢。

接着，我们自然而然地谈到学校自开创以来的种种困难，比如战天斗地、三搭草棚，以及现在烧砖、打石等种种情况。他老人家听后，赞不绝口地说："好！好！这是我们罗南人民的福气。古书有云：'玉不琢，不成器；人不学，不知义''学乃身之宝，儒为席上珍；君看为宰相，必用读书人。'现在虽然老是批判'万般皆下品，唯有读书高'，但是小孩子不读书，就好像山上的石头一样，任他自生自灭，如何成为有用之材。诸位知道，石头再漂亮，不经过雕琢成不了石狮子，还是荒山野岭无人知；再聪明的孩子不读书，没有一点文化知识，将来能做什么大事？还不是只能拿起锄头修理修理地球而已？"

"是啊！"我说，"你老人家说得很有道理，同样一个人，读不读书是大不一样的。可惜，现在还有不少人没有认识到上学的重要性和必要性，认为是小孩子玩泥沙，可有可无。"

徐老先生一针见血地说："你听李胖子的，人岂不要退回到猴子那里去啦！我就是读书太少，要不，就不是现在这副山里郎中的样子了。如今有你们这些有知识、有文化、有干劲的大知识分子来为我们培养子孙后代，这是求之不得的大好事，反而说'知识越多越反动'，真是岂有此理！你看，咱们罗浮山到处是草药，样样是宝，而没有文化知识的人看到的只是草。正如人家说的'端着金饭碗去讨饭'，就是没有文化，见宝不识宝嘛。"

大家不约而同地说："老人家说得在理，说得在理！"

在这罗浮山下，能够见到如此敢于仗义执言的长者和富有真知灼见的知音，实属幸事。实在令人肃然起敬！

望着老人远去的背影，我不由叹道："要是社会上有更多更多像他一样的人，那该多好哇！"

1976年3月28日　星期日

今天上午，正当张炳华为我合药时，徐建中和一位四十多岁的农民，骑着自行车来到门口，两人就像一个版本似的，不言而喻，同来者一定是徐建中的父亲。

那位农民刚下车，就一手提着一个网兜，里面装着两只鸡鹚仔；一手提着一个塑料袋，一见到我右臂夹着夹板吊在脖子上，立即忙不迭赔不是："无校长，实在对不起，实在对不起！这臭小子不仅上次失火烧了教室，这次又把您的手骨打断了，实在太对不起您了。"

我真诚地说："老徐同志，这些事不能全怪建中，有的是学校管理问题，有的是我自己一时不小心才碰到的。"

"哪里，哪里！"他说，"两次都是这臭小子干的好事！这次他回家不敢讲给我听，一直到昨天晚上强叔为你驳骨后回来告诉我才知道，真是对不起，真是对不起！"

我诚恳地说："说真的，老徐同志，倒是我们给你增添了不少麻烦。你看，为了学校做砖，建中把队里的大水牛拉来借给我们长期炼砖，这已是对我们的极大支持，真是太感谢你们的无私奉献了。"

"嗨！你说到哪里去啦，这臭小子上次失火把教室烧了，你不仅没有打他、没有骂他，甚至连处分都没有，反而耐心地教育他、开导他、安慰他。这样的老师去哪里找，队里那头牛借来用一用，算得了什么？"

"真的，上次失火不能全怪小孩。一方面是学校防火工作没有做好，加之到处是易燃物品；另一方面是小孩为了争取时间多学一点知识，不慎失火，能做到'吃一堑，长一智''亡羊补牢'就行了嘛，怎能过于责怪呢？这次主要是我不小心，责任不在建中，不能怪他那么多。"

"校长，你的心意我领了。但是，为了调理调理身子，这两只鸡是自家养的，一点小小心意，这两只猪手炖药好用，请收下。"

我立即推还给他："甭使！甭使！老徐同志，你的心意我领了，猪手和鸡你带回去！"怎奈一手敌不过两条大汉，我只好大喊，"张老师！快来帮忙！"

张炳华闻声立即跑了过来，帮我把东西推还给他们。父子俩哪里肯接，三个人在那里推过来、塞过去，混成一团。

老张边推边说："校长有令，坚决不收！"

老徐也反将一下，说："按理，杀人偿命，伤人赔药，这是天经地义、合理合法的事情。你们不收下，变成你们没有道理了，我回到家如何向村里人交代呢？收下，收下！通通收下。"

我看到实在没有办法，只好来个折中，说："好了，好了！大家不要推推搡搡了，猪手收下，鸡带回去；这两只鸡吃完就没了，带回去养大，每天下蛋就可以买油盐，万万收不得。"

老张立即行动说："好！就这样办啦。"他提着网兜就往单车头上挂，老徐父子马上塞了回来，双方你推我搡，相持不下。

谁知老徐灵机一动，在推搡的过程中把鸡脖子一拧，"嚓"的一声，一只原本活生生的靓鸡𪁈被扭折脖子了，在网兜里噼噼啪啪地挣扎着。他说："你看看，你不收下行吗？"

我只好摇摇头，无可奈何地说："唉！真是拿你没有办法。既然这样，中午你们父子俩在这里吃饭好了。"我的话还没有说完，老张眼疾手快，将单车锁了，把单车钥匙兜了起来。

这一下子轮到他们摇头叹气地说："唉！真是想不到你们来了这一手。"

"好啦，好啦！"我说，"老张，你和建中两个做饭，我和老徐走一走，请学生家长给咱们提提意见。"

"好的！"张炳华爽快地答应，"你们好好去看一看，请老徐好好给我们提提建议。我们这里保证饭热菜香，一切搞定。"

我们走出门口，首先见到的就是"草棚教室"，我陪着他到"教室"内外看一看，他连连摇头说："这样的'教室'怎么上课呀！真是晴天热死、雨天淋死、冬天冷死，叫老师怎样在里面上课？学生怎样在里面学习呀？我们生产队的牛棚也比这所谓'教室'亮得多呀！"

我无限感慨地说："老徐同志，就是这样的草棚，我们都赤手空拳搭了三次啦！"

"真是太难为你们啦！"他如芒在背地说，"这种情况不改变，学校怎么办得下去呀！不要说老师在这里做死、累死、苦死，就是学生家长看到子女在这里活受罪，谁不心痛啊！"

"是呵！我们就是为了改变这种恶劣的办学环境才不得不拼着老命干的呀！"

他深表同情地说："俗话说'巧妇难为无米之炊'，赤手空拳叫人家怎么办学校？学校可以向上级、公社反映嘛，向他们要一点钱来起基也好哇！"

"我一上任就向教办、公社，甚至跑到县教育局去要啦！就是分文全无，迫于无奈才自搭草棚啊！"

"一次要不到，就两次、三次，多跑几趟嘛！老是这样搭草棚，学校怎么办得下去？"

"唉！"我长叹一声，"何止跑了两次、三次啊！前后加起来不要说十次八次，十几次都有了。上至管文教的副县长、局长，下至公社教办，到处都跑了，就是到处扑空，真是毫无办法。"

老徐听后气愤地说："真是岂有此理！将心比心，猪狗都要有个窦嘛！何况是人？更不要说是知识分子集中的地方，是全社的最高学府，难道连猪狗都不如？你看看，这两年，各个村、各个生产队都在集中大建猪栏，红砖到栋，桁桷齐全，青瓦铺面，把这些材料集中起来，不要说建好一间中学，就是建两间也足够哇！"

我百思不得其解地问："为什么他们宁可拿砖瓦、木材去大建猪栏，而不建学堂呢？"

他气鼓鼓地说："还不是为了跟社员争夺一点猪屎猪尿？怕社员家中的一点猪屎猪尿淋在自留地，去搞什么'资本主义'，所以，不管社员家家早已有猪栏猪舍，还要通通集中再建，真是劳民伤财，还给社员增添了许多麻烦。要是把这些材料集中起来建中学，保证可以建得很好，哪用在草棚里上课呀？正是猪牛砖瓦房，教师蹲庙堂，学生钻草棚。胡闹！胡闹！简直是胡闹！这不是人与牲畜完全颠倒过来了吗？这种情况不改变怎么行呢？"

我指着草棚满怀忧愤地说："你看看，就是这样的'草棚教室'，在上级没有给我们一分钱的情况下，在短短时间内一连搭了三次，开学搭、台风过后搭、失火以后又搭，要不？哪里找地方上课呀！"

他看看教室，又看看我的手，这位铮铮铁汉的眼眶竟然湿了，连声喊："苦！苦！真是苦了你们啦！"

我说："最苦的还是学生，这些孩子要是有一个良好的环境在这里专心学习该多好哇！但是，咱们学校穷得上无片瓦、下无一砖，这样的情况不改变怎么行啊？正是为了彻底改变这种恶劣的办学环境，才不得不做砖打石，老徐同志，咱们去砖场和石场看一看，好不好？"

"好，好！"他爽快地说，"去看一看。"

当他看到那些红砖时，赞不绝口道："好砖！好砖！这是很好的一级红砖哪。"他拿起红砖，爱不释手地说，"原来小孩说借牛来学校炼砖、做砖，我还以为是小孩子玩泥沙呢，万万没有想到你们竟然做出这么漂亮的红砖，实在了不起！就是正规的砖窑，特别是煤窑的砖根本就没法和它相比，实在了不起！"

我实事求是地说："过奖了！过奖了！不过，它确实花了全校师生的大量心血和精神。你看，今年的春节前后是近几十年来最冷的，在打狗不出门，严霜铺地的极冷时刻，孩子们争着下去做砖，一般的人做得到吗？"

"鬼同你做吗？"他说，"生产队的哨子吹到爆都没有人出工，连自留地淋菜都不愿意去，宁可蹲在家里烤火取暖，谁愿意出门干活？"

"但我们的学生尽管冻得满手都裂了，还是在那里拼命地干哪！"

"苦，太苦啦！"老徐心痛地说，"他们在家里连真正的重活、累活都没有干过，更不要说这样的苦活了。"

"还有更苦的呢！"我说，"咱们去打石场看一看，你就更加清楚了。"

"好哇！"

在打石场，我一一跟他介绍师生们打石、放炮、搬石、运石、挑石等情况。

他听后感触至深地说："这是鬼也做不到的事，而你们做到了，确实了不起！难怪你们的学生那么能吃苦，跟老师比还差得远哪！"

"我们教育学生有一个宗旨：不仅要教给他们科学技术、文化知识，还要培养他们吃苦耐劳的精神。"

"对！"他非常赞成我的观点，说，"父兄只能养他们大，没法养他们老。今后的一切都得靠他们自己去做。人的一生很难说日日平安、岁岁顺景，如果既有文化知识，又能吃苦耐劳，那将是终身受用不完的法宝。"

正当我们边走边谈的时候，山下传来了老张的喊声："喂！开饭啦！"

我们只好匆匆下山吃饭。

在吃饭时，老徐讲了一个真实的故事。

他说："我们山区到处都有很多聪明的小孩，问题是有没有去发现他们、培养他们。

"就好像罗浮山一样，有很多优良的树种和药材，问题就在于你有没有去发掘它、培植它、利用它。如果有了优良的种苗，经过精心的培植和加工，它就可以成长为栋梁之材，或者做成高级家具，甚至雕龙画凤，成为艺术精品。如果不去发掘它、培植它或是认真地加工它，让它自生自灭，不要说成不了栋梁之材，连普通家具都做不成，更不要说成为什么艺术精品。可惜绝大多数只能枯死在深山老林而无人知晓，造成了极大的浪费。

"药材也是一样，我们罗浮山就是远近闻名的药材产地。你如果不去发现它、认识它、利用它，就不知道它是救人性命之宝，而误以为是一般的小草。

"我听强叔说过一个人命关天的故事。

"有一次，邻村有一个妇女三更半夜哭哭啼啼来喊救命：'先生，先生！

救命啊！救命啊！'

"强叔问她：'什么事？'

"她说：'孩子他爸晚上去照黄鳝，被毒蛇咬到，现在牙关紧闭，透气困难，口吐白沫，快死了！先生，求求你！快……快救命啊！'说完，她"扑通"一声跪了下去，'先生，快点呀！他死了，我们孤儿寡妇怎么办哪？！'

"救人如救火，特别是被毒蛇咬伤的病人，更是急中之至急。急得强叔拉起妇女，飞奔而去。到了那里一看，伤者已是垂危之际。幸得强叔蛇药齐备，及时全力抢救，才使伤者渐渐转危为安。

"可是天亮一看，真叫强叔哭笑不得。原来村前屋后，什么七叶一枝花呀、半边莲哪、马兜铃啊、三角草哇……到处有的是，甚至村里还有人种万年青哩！强叔说：'如果懂的话，随便抓来几味就能解决问题，何必半夜喊救命？'

"你们看，门前遍地仙草不会用，却要半夜他村喊救命。如果不是强叔医德好、医术精，及时赶到，岂不摆着仙草送了命？"

我说："这就是知识的重要性了。"

他说："其实在农村，在山区，有很多很聪明、很有前途的小孩，就是因为以前家里穷，读不起书，白白地埋没了大量的优秀人才。"

"你看，读不读书就是大不一样！"

老张听后，言简意赅地说："道理很简单，就好像你们山上的上等木材，不管三七二十一，锯子锯，斧头劈，往炉灶里一塞，再好的木料也只能变成炭灰，谁人知道它的价值？而经过合理取舍，认真加工或者精心雕琢，它就可以成为栋梁之材、高级家具，甚至万古流芳的艺术精品。人也是一样，学校就是人的'加工厂'，书读得越多，加工得越深，知识掌握得越多，它所发挥的作用就越大。要知道，锄头是锄不出原子弹来的。"

"对，对！"老徐大为赞同地说，"说得太好啦！"

古语说："书多人自贤。"可惜一场浩劫，从上至下"读书无用论"，将给我们的国家、我们的民族、我们的子孙后代造成无穷的伤害！

"是啊！"他俩异口同声地说，"我们衰就衰在这里咯！"

08

1976 年 4 月 11 日　星期日

老张早就跟我说过建小水电站的事，在昨天下午的老师政治学习讨论会上，老张刚刚说："我提议，咱们学校应该建一个水电站，以解决照明问题。"

他的话音刚落，小赵和萧凤英异口同声地问："什么呀？！"

袁圭取笑道："你开什么国际玩笑？要建水电站？"

"这不是玩笑。"老张态度明确地说，"是真的要建一个小小水电站。"

"有冇搞错呀？"袁圭进一步诘问道，"你摸一摸学校的荷包有多大，连煤油灯都点不起，就想建水电站？"

我怕大家误解老张的良好用意，从而把问题扯偏了，立即说道："大家不要急，先让老张把话说完，然后慢慢议论不迟。"

老张这才清了清嗓子，慢慢说道："大家不要急嘛，不要一听建水电站就想到'新丰江''丰树坝'那些省级、国家级的大水库、大电站。第一，咱们要建的水电站是最小最小的微型水电站，它的装机容量有几个千瓦便足矣，仅仅发给咱们学校自用就可以了嘛。

"第二，它的总投资是世界上最少最少的，只要买几包水泥、一些电线和一点零配件就行。"

袁圭还是忍不住插言道："发电机、水轮机不用钱啦？！"

"不要急，让老张把话说完。"我说。

老张接着说:"当然,没有发电机和水轮机,就是神仙也发不了电,何况是人?这两样关键的东西,我已经到公社农机站和县电排站找了一下,可以修旧利废,将人家烧毁报废的线球捡回来,检查检查,重新绕线修好就可以;至于水轮机的问题,将人家损毁、淘汰、报废的,捡几套来拆卸分解,拣好的重新组合装配,不就好用啦!反正这些东西在他们那里也是碍手碍脚的废物,来到咱们这里就变成了大放光明的宝贝,何乐而不为呢?"

听老张这么一说,大家这才逐渐明白。陈老师立即盛赞道:"好!好!张老师这个办法好,'变废为宝',花最少的钱,办实实在在的大好事。"

连袁圭也不得不佩服地笑骂道:"亏你想得出这样的鬼点子,真是服了你了。"

老张却不理他那么多,一本正经地说:"大家不要高兴得太早,还有很多苦活、重活要大家做呢。"

赵家庆立即应道:"小菜一碟,怕什么?!什么苦活、重活、累活咱们没有干过?"

"挖泥筑坝,开渠打石,需要的土石方多着呢!"

"这好办!"大家说,"反正咱们学校的师生劳动惯了,大家出出力气就是了。"

老张又卖了一个关子,说:"最要命的是明天到农机站抬那些大家伙的电磙子和水轮机,圆不圆,扁不扁,重又重得要命,我看有得大家好受!"

"好办,好办!"小赵轻松地说。

"什么?!"这下轮到老张满脸疑惑地发问,随后指着小赵说,"你不要自以为有点力气就说得那么轻松,那是耗子咬乌龟——无从入嘴的家伙,我看你怎么把它搞回来?"

赵家庆拍着胸脯说:"包在我身上。"

"怎么包?"老张还是不相信地问。

小赵轻松地说:"明天一早,你先到农机站,把所需要的东西统统拣好放在那里,我保证全部给你搬来。"

"真的?!"

"一点不假!"

"来打赌，搬不来怎么办？！"

"打屁股！"

萧凤英和大家都笑了起来。

我也忍不住笑着说："好了，好了。小赵，你说一说，你准备怎么搬来？"

小赵这才把谜底挑明，说："我今晚先到生产队借一台手扶拖拉机，明天一早开到农机站把它载回来就是嘛。"

"好！好！"大家高兴地说。

老张气得笑骂道："鬼打你！早点说不就好啦！害得我浪费了那么多的口水。"

今天一早，老张和我一起到公社农机站捡"破烂"。公社农机站的同志对我们的行动给予无偿的大力支持，凡是废品堆里的东西，只要我们需要，任挑任选。

老张刚好捡到一个烧坏了的旧电机和一台被淘汰了的水轮机，又拣了些需要的零配件，他又去买了一点漆包线，小赵就"突！突！突！"地开着手扶拖拉机来了。

老张和小赵密切配合，该拆的拆，该抬的抬，该装的装。我的右手吊在脖子上，只能用左手尽力帮一点忙。三下两下，不到一顿饭的工夫就装载完毕，满载而归。

到达学校，老张立即忙开了。我是名副其实的助手，他叫"胶钳！""扳手！""螺丝批！"我就老老实实地递上，绝不迟误。小赵、萧凤英等其他人也一一听他调遣，叫干什么就干什么，并且保质保量地完成。尽管如此，在整个维修装配过程中，干得最多、最关键、贡献最大的还是他——我们的"张大博士"。

电机拆开以后，他拿来万能电表逐一检查，测量每组线圈，做得十分细致认真，他发现有一组线圈烧毁短路，先把它拆出来，再用漆包线重新绕扎，扎后再仔细测量，直到合格为止。

接着，他将赵家庆等人分解开来的水轮机零件进行逐一检查。他一眼看清的是水轮叶崩缺，只好卸下，重新装一个；一试转，上下轴承松动，又得把它卸下来，再套上比较合适的轴承，才勉勉强强能凑合着用。就这样，他整整累了一天。

辛苦了！老张，太谢谢你了！

1976年4月12日　星期一

早上的周会课，我乐呵呵地向全校学生宣布：

"同学们！告诉大家一个好消息：咱们学校要兴建水电站了！"

"什么？！"同学们怎么也不敢相信自己的耳朵，以为是听错了，不约而同地问。

我提高音量，再次大声地说："咱们学校要建水电站啦！"

"是吗？"同学们还是不敢相信这是真的。

我指着摆在附近、已经修好的发电机和水轮机说："不信？你们看，咱们要建小水电站的两大关键设备：水轮机和发电机都已经捡来了。"

同学们顺着我的手势一瞧："哇！真的。"

"同学们！这首先要感谢咱们的张老师！"

同学们立即向张老师报以热烈的掌声。

我说："第一，建水电站的建议是他在火烧草棚以后提出来的。他说：'为了杜绝火患，应该建一个水电站；同时，可以把流经咱们学校的小小流水筑坝储蓄起来，坝上做个天然游泳池，坝下建个水电站。不仅可以咱们游泳、发电照明，还可以保证安全、节省开支，一举四得。'他这个意见提得很好，得到了老师们的支持和通过！"

同学们再次报以热烈的掌声。

"第二，建水电站最主要的设备——发电机和水轮机，是他到农机站等单位的废品堆中捡来的，发扬了艰苦奋斗、勤俭办事的好传统、好作风。"

"第三，捡回这些废品以后，他和老师们经过整整一天的辛勤劳动，把它们修理好，让这些被判了死刑的东西起死回生，重放光明！"

同学们再一次报以热烈的掌声。

在兴奋和热烈的掌声之中，我乘机问道："同学们！咱们现在是一水两机具备，就差筑坝和开渠，大家有没有决心哪？"

"有！！"同学们异口同声、劲头十足地应道。

"好！"我立即宣布，"罗南中学水电站于下午开工兴建！希望大家拿出干劲，早日让水变为电，照亮咱们的罗南中学！"

同学们热烈鼓掌。

接着，张炳华代表工程指挥部宣布劳动分工。

会后，老张根据他的设计方案，插签划界，做好标记。

今时今日，在我们这样的学校里，学生们对劳动习以为常。今天的挑泥、筑坝、挖沟比起原来的霜里做砖、抡锤打石，已经轻松得多、舒服得多啦。大家盼电心切，劳动时间一到，在各班班主任和劳动委员的组织带领下，学生们纷纷投入既紧张热烈又有条不紊的修筑拦水坝的战斗。

根据老张的安排，原打石组的十几条大汉在赵家庆的带领下，上山砍树，下涧打桩，把木桩排成一道挡土墙，以便护住小小的拦水坝。我骨折未愈，因而被暂时"停职"。

在袁老师的带领下，高一的同学在划定的蓄水区辟宽加深，再把挖出来的土石方挑到拦水坝的位置，以便蓄水成池。在此过程中，他们个个生龙活虎，干得热火朝天。

在张老师的亲自组织和指挥下，高二的同学正在大坝下山坡旁长长的引水渠上大摆长蛇阵，一个接一个，一套跟一套，配合默契。负责锄和铲的同学挖泥开渠、装上畚箕；负责挑的同学则从渠道上把挖出来的泥挑来填在大坝上，一举两得。

看到全校师生如火如荼的劳动场面，作为一校之长的我真是坐立不安哪！虽说是因伤未愈，干不了重活，怎能当一个游手好闲、指手画脚的旁观者呢？

我扪心自问：坐得住，站得安吗？虽然右手未好，独臂难擎，挥不了锄，砍不了树，干不了动作复杂的活儿，但是肩头未损，双腿未伤，力气尚有，岂能白白坐看师生干活？

我七凑八凑，终于找来一副畚箕，也加入了火热的挑泥行列。

可那些学生就是不听话，走到哪里，学生都不给我装，直到在我的再三强令之下，才无可奈何、象征性地装了一点点。

你看看，我挑的比陈老师、萧老师还少，你说气人不气人？

1976年4月26日　星期一

在老张的长时间筹划、精心设计和全校教职工的协同努力下，特别是自四月十二日全校师生动员大会以后，在全校师生的奋力拼搏下；在有关单位和领导的支持下，我们的小小水电站终于在因陋就简的情况下，历经半个月的苦战，发电了！

下午四时十五分，张炳华试机正常，打开开关后送电成功的瞬间，教室里的学生爆发出震耳欲聋的欢呼声，"啊！！有电啦！！"同学们那欣喜若狂、凫趋雀跃的场面真是难以形容。

是啊！我们罗南中学师生用松脂、蜡烛、火水，甚至山竹子照明的日子结束了，电气化的光明来了，怎不叫人兴奋不已呢？

我们这个所谓水电站的总投资可以说是世界上最少的，只买了灯头、灯泡、电线、开关和电表，以及几包水泥，总耗费微之至微矣！

但是，全校师生投入的劳力和付出的汗水，却是无法用金钱来计算的。

石头是我们自己打出来的，抬下来的，砌起来的；砖是我们自己做、自己烧出来的；只有水泥是买来的。特别是那道拦水坝，别看它小得可怜，却花了全校师生无法计算的劳力和时间。

由于施工时恰逢春水雨涝季节，师生们白天辛辛苦苦筑起了一半的拦河坝，夜晚突降特大暴雨，山洪暴发，平时的涓涓细流骤然之间变成洪水猛兽，把"大坝"冲得无影无踪，只剩下几根可怜的木桩。雨过天晴，一切又得从头开始。

最难办的就是水泥的问题。众所周知，水泥是建任何水电站不可缺失的关键材料。没有它，哪怕有再好的机电设备，也建不了水电站。砌石需要它，渠道光面需要它，安装水轮机的窝洞需要它，特别是固定水轮机和发电机的机座更是非它不可！

为了这几包水泥，真是比上天还难。市场上没有水泥卖，供销社又是按计划供应，我们哪来的计划？哪来的指标？到教办嘛，粉笔灰有的是，水泥是一两都没有；找许泰来副主任，他也是爱莫能助；到县教育局，上半年的指标已经全部用完；找到县计委，人家根本就不知道县里还有罗南中学，哪有我们的份？

不幸中的万幸，最后是在学生家访时意外遇到救星，才解决了这几包水泥的问题。

在劳动多过上课的年代，老师进行家访倒是抓得很紧，也做得很勤。那天，袁老师和我一起到向阳同学家里进行家访，刚好他的父亲向民同志在家，我们无意中跟他谈到学校正在建小水电站缺少水泥的问题。谁知他听后很感兴趣，大力支持。他说："好哇！中学自建小水电站，这是大好事。你们建成以后，搞得好了还可以成为山村自建小水电站的榜样，促进山村小水电站的建设和发展；同时，中学有技术力量和实践经验，可以为山村电气化的建设和普及做出重大贡献。好事，好事！我百分之百支持。至于水泥问题，包在我身上，我一定想办法帮你们解决。"

"踏破铁鞋无觅处，得来全不费工夫。"谢天谢地，谢谢公社的向副主任！

后来，他真的从公社水利会弄来几包水泥，并且叫了一台手扶拖拉机亲自送到学校来。当他来到学校时，我们正在工地劳动。他看到我和小赵正在抬石头给老张、老陈他们，深受感动，连声说："精神可嘉！精神可嘉！这样的行动和精神，不支持怎么行啊？要是大家都有这样的行动和精神，我们的事情就好办多了。"

正是因为全校师生的努力拼搏和各方面的鼎力支持，我们的小小水电站才得以在今天建成发电！

夜幕降临之际，小水电大放光明，我们中学竟然成了罗浮山脚下一颗璀璨夺目的明珠。

感谢为我们的小水电站做出贡献的诸位，是你们为我们的中学带来了光明。

多谢啦！

09

1976年5月15日　星期六　大暴雨

"快！"

"快！！"

"大家快点！快下雨啦！"

正当全校师生准备上第三节课的时候，整个天空突然黑了下来，大有"山雨欲来风满楼"之势，眼看一场疾风迅雨立即就到，我不得不大声疾呼："快！快下雨啦，赶快盖砖！"

真是一呼百应，全校师生一听到"快下雨，要盖砖"，纷纷放下手中正在做或者准备做的一切事情，顶着狂风，冒着雨，冲向学校的晒砖场，赶紧以最快的速度拉开尼龙薄膜，抢在暴雨到来之前把砖坯盖好。大家都知道，辛辛苦苦做出来那么多的砖坯，只要大雨一淋，就会前功尽弃，全部泡汤！

四五月间的天气不像秋冬季节，那时是虽冷犹晴，春夏之间阴雨连绵，进入夏天以来，暴雨总是突然从天而降，稍为遮盖不及，刚刚做好的砖坯被急风暴雨一淋，就会变成一摊烂泥；或是砖坯损边蚀角，大都变形，只好回塘再炼，重新做过。因此，大雨就是命令，一听到雨声个个抢先盖砖坯，就是这个道理。等到把所有砖坯盖好后，个个淋得落汤鸡似的。

刚才的情况也是一样，由于雨来得又猛又大，师生们把砖坯盖好后，被淋得浑身湿漉漉的。但是，他们二话没说就进入教室上课。

今天的雨特别大，一直下个不停。

这时，有位中年妇女卷着裤腿、赤着双脚，打着雨伞给儿子送雨衣来了。早上天气晴朗，小孩上学时没有带雨具，怕放学回家时被淋坏了。

当她匆匆来到教室门口一看，哭了，"天哪！这哪是在读书上课？！这是在活受罪呀！"

她看到尽管老师在一丝不苟地讲课，同学们在专心致志地听课，但是外面大雨、里面小雨。草棚上面的漏雨断线似的往下滴，滴到学生的桌上、书上、身上，地上的水从这边流进，从那边流出。最令她痛心和无法忍受的是教室里的学生，浑身上下湿淋淋的，又是水又是泥，这怎么得了哇？

原本只是担心孩子在放学路上淋雨生病，谁知所有的孩子在教室里早已湿了老半天，这不会把孩子们淋坏吗？作为一个母亲，她怎么也无法忍受这种简直不可思议的现实。她风风火火地把雨衣丢给孩子，怒气冲冲地跑来找我，一见面就大声问道："校长！你们这是学校还是劏鸡场？为什么叫孩子们个个淋得像落汤鸡一样，在那里活受罪？"

来者正是公社向副主任的夫人、向阳同学的母亲——莫翠英同志。我们上次家访时见过她，这下机会来了。

我立即向她诉苦道："是啊！成天在这里看着孩子们活受罪，谁不心痛啊？可是有什么办法呢？呼天天不应，叫地地不灵。为了不叫孩子们长期受这份罪，要有一个比较像样的教室来上课，我们上至副县长、教育局局长，下至公社书记、主任、教办负责人，都找过，到处求爷爷告奶奶，你看裤子都跪破了，就是乞不到一个铜板，有什么办法呀？比如这次建小水电站，如果不是向主任大力支持，解决水泥问题，我们也建不成哩。莫同志，你刚才的问题问得很好，请你回去以后，向公社的领导同志好好反映反映，我们就非常感谢你了。"

母爱是一切动物的本能，万物之灵的人类也是如此。为了孩子，她们会不顾一切地豁出去！

她听我这么一说，气得像一头发怒的狮子，丢下一句话："我叫他们来看看，孩子们是在这里受罪，还是在这里上课？！"她说完转头就走，冒雨匆匆回公社了。

听说她回到公社，刚好在办公室见到向民同志和许泰来副主任，立即

一五一十、原原本本地将刚才在草棚门口看到的一幕如实反映，并且请他们立即到中学看一看，这样的学校怎能上课。

这两位副主任，一个专管文教战线，一个关心中学、支持教育，一听到这种情况，急得冒着大雨赶来中学看个究竟。

他们到了"草棚教室"门口往里一瞧，老师一身雨水一身粉笔灰地在讲课，学生个个像从水里捞起来的泥公仔，还在那里听课学习，惨不忍睹。

许副主任的心灵受到剧烈的震动，眼眶湿了，连声说道："对不起，对不起！我愧对你们哪！叫你们吃苦了！"

向副主任则直摇头地连声说："这样的教室怎能上课？这样的教室怎能上课？这种情况不改变怎么行啊？"

我乘机进言道："是啊，是啊！全校师生为了改变这种状况已经尽力拼搏了，现在只好请两位主任鼎力支持，争取尽快改变。"

向副主任非常爽快地说："我们回去以后一定好好反映，力争早日解决。"

许副主任也表示："一定尽力，一定尽力！"

但愿此话成真！

1976年5月28日　星期五

建小水电站不仅用了很多红砖，还消耗了大量的石头，因此，我们打石组的师生又马不停蹄地奋战在打石场上。尤其是两位副主任亲临教室并当场表态后，全校师生不管是分工做哪一行的，个个干劲倍增，为早日摆脱原始落后的现状而奋力拼搏！

我的右手虽然已经痊愈，但要跟以前一样抡锤打石还是不行。驳口未牢，弄脱了怎么办？帮手扶钢钎吧？谁见谁怕，唯恐再次打到我的手。我没有办法，只好抬抬石头或者挑挑碎石，干点杂活。

今天下午是炸石的关键时刻，又得我唱主角了。

装炸药，埋雷管，填封口，都是我一手包干。看到我安雷管时跟以前不同，正在旁边帮忙的赵家庆和同学立即提出来："校长，搞错了！"

"没错。"

"没错？"他们直言指出，"一眼炮装一只管，为什么你装两条雷管？"

我笑着说："这叫双管齐下呀！"

"为什么？"他们不理解地追问。

我说："大家记得第一次炸石吧？"

"记得，记得。"他们纷纷说，"出现了哑炮，是你冒险排除的嘛。"

"是啊。"我慢慢解释说，"炸石遇到哑炮，这是人命关天的险活，弄不好身家性命毁于瞬间。自从那次教训以后，我特地请教过打石师傅。为避免事故发生，双管齐装，才能保证炮炮成功。"

"噢！"很多同学说，"原来是这样。"

有同学提出了新的问题："虽然两条在一起，但若是一条炸、一条不炸，怎么办？"

我拿起两条雷管并在一起，说："你看，两管并在一起，周围是不是填满了炸药？"

"是啊！"

"这就对了，只要一条炸了，另一条由不得它不炸。它不炸，周围的炸药和雷管也会把它炸个粉身碎骨。你看是吗？"

大家都笑了起来。

正当我有条不紊地安装炸药雷管，准备炸石的时候，远处突然有人高声大喊："校长！校长！！教育局有人来找你啦！！"

面对半步不能离开的险活，就是天王老子亲临，也只好暂时等待了。我只好远远回话道："对——不——起——！请——他——稍——等——一——下——！炸——完——石——再——下——去——！"

谁知道来人不仅不等，反而亲自上山来。我转头一看，好家伙！原来是"财神爷"亲临现场，看我放炮！

我只好站起来跟他打个招呼："申财神，对不起，请稍等一下，快好了。"

老申既随和又感兴趣地说："行，行！你忙，你忙！我看看，不会妨碍你工作吧？"

"欢迎，欢迎！"我说，"来得早不如来得巧，欢迎指导！不过，等下炸石时一定要注意隐蔽，绝对保证安全。要不，炸了财神爷，我们哪里来钱哪？"

老申忍不住笑着说:"绝对听从指挥,决不犯规!"他不仅说到做到,而且从头至尾特别认真,非常仔细地看着我的一举一动,直到我将全部炮眼装填完毕。

最后,我大声宣布:"所有人都进入安全地点,准备放炮!"

小赵马上拉着老申的手说:"申同志,请跟我来!"

我看到所有人均已进入安全的隐蔽地点后,才照常点火,点完以后,我飞跑到老申和小赵的隐蔽地点,一起观看最壮观的这一刻。

今天做了充分准备,炮眼打得比以前深,炸药也装得比以前多,加之双管并联,炮炮成功,那地动山摇的瞬间比以往壮观得多,炸出来的石头也比以前多得多。我一看,乐啦!老申比我更乐!

他虽然长期掌握着全县中小学的财权,走遍了全县四百多所中小学,看过很多中小学的校舍、农场和设备,以及不少学校做砖、烧砖等勤工俭学活动,但是像我们这样石破天惊的壮观场面却是第一次见到,对他来说确实是极不寻常的震撼。

炮声过后,他激动得紧紧握住我的手,连声赞道:"了不起!了不起!你们这是'石破天惊,泣鬼惊神'哪!一个这么小的新办中学,自己一次就炸出这么多的石头,确实了不起。我回去以后,一定好好向局长们汇报。你们有这么大的干劲,无论如何也应该支持你们才行。"

"好一个'石破天惊,泣鬼惊神'哪!"我立即接话,不失时机地说,"我们的炮声终于惊动了财神爷。那就多多拜托财神老爷,好好启奏,请各路神仙多多垂怜我们吧!"

下山路上,老申关切地问我:"无校长,你的手伤现在怎么样?"

我深感意外,反问道:"你怎么知道的?"

他笑笑说:"俗话说'人在内,名在外',你的手骨折后还一直坚持工作的事迹,局里的同志早知道了。大家听到以后非常感动。这次下乡路过这里,局长特别交代'一定要看望看望你'。谁知道你又在山上炸石,这种艰苦创业的精神,实在罕见。怎么样?手没有问题了吗?"

"好了,好了!多谢领导关心。"我特意边挥动右臂边说,"你看,一切照旧,没事了。"

他拉起我的右手看了又看,高兴地说:"这就好了,这就好了。刚才到学校找你，他们说你上山打石，我根本不敢相信。谁知道你们不仅打石，而且炸石，一下子炸了那么多的石头，真是了不起！"

"唉！什么了得起、了不起呀？"我说，"这是'穷则思变，狗急跳墙'而已，不干，什么时候才能告别这烂草棚啊？"

我们一路下山一路说，不知不觉就回到了住地。

由于此次老申是路过这里，来得比较突然，加上忙于放炮炸石，没有什么准备。老张他们也没有像上一次那样恶作剧，吃饭时只是箩叔给他煎了两个鸭蛋，算是特别加餐了。

最令老申惊奇的是，因为收工迟，大家正在摸黑吃饭，突然灯火通明，他大为感叹地说："我怎么也没有想到，草棚学校竟然有了电灯！"

在吃饭的萧凤英很自豪地说："申同志，这叫自力更生放光明嘛。"

饭后，我为老申安排了一个特别节目。

晚饭后，我悄悄对叫赵家庆说："小赵，你赶快到公社找一找许副主任，告诉他县教育局财神爷正在这里，请他务必来一下。"

"好的！我马上就去。"小赵骑上自行车，飞也似的出发了。

其实我早就听说莫翠英送雨衣事件震惊了公社领导后，在公社头头中引起了激烈的争论。

尽管第一把手稳如泰山、丝毫不动，但是大多数的领导干部早已议论纷纷：这样的情况不改变怎么行？

听闻公社副书记、管委主任田水同志得知情况后说："这样怎么行？一定要想办法解决。再苦，也不能叫孩子们苦成这个样子。何况中学的师生已经尽了那么大的努力，我们不勒紧裤腰带支持一下，怎么也说不过去。这是咱们公社的第一批高中生，都是咱们公社的优秀青少年和接班人，不关心他们的学习、生活和成长，我们怎么向子孙后辈交代？要知道，虐待子孙没有好下场！"

听说许副主任到县里开会时，曾把目睹的情况向教育局做了详细汇报，并要求局里迅速派人下来考察核实，以便协商解决。

小赵去了不到一顿饭的工夫，就和许副主任一起回来了。

两人见面后不免客气一番，但很快就切入正题。许副主任立即邀请道："申大财神，咱们到教室看一看吧！"

"看过了，看过了。"老申说，"教室、砖塘、砖窑、红砖、采石场和小水电站，全部看过了。不错，不错！罗南中学的师生确实是了不起的实干家。特别是刚才看那炸石的场面，地动山摇，非常壮观！"

"是啊！"许泰来副主任紧接着他的话说，"中学师生的精神和干劲确实太感人啦。但是，单靠他们自己单枪匹马，确实很难改变这种局面。有人说'秀才造反，三年不成'，我看我们这里是'师生拼命，建校难成'。你那天是没有亲眼看到，我冒着大雨亲自深入课堂，真是外面大雨、里面小雨，外面山洪暴发，里面泥水横流。教室里的师生个个湿漉漉的，一身水一身泥，确实太苦了！我看了以后直流泪。我们公社田副书记知道以后，态度很明确。他说：'就是勒紧裤腰带，也不能叫孩子们苦成这个样子。'现在就看教育局的态度啦！"

"罗南中学的精神确实非常感人，也很典型。"老申说。

"什么典型？"许副主任立即问道。

申东明同志很有感触地说："第一是全县穷出名的典型，可以说绝无仅有；第二是实干的典型，在上面没拨一分钱的情况下，不仅三搭草棚保证上课，而且自力更生，自建水电站，实属罕见；特别是师生们利用课余劳动时间，烧了那么多的砖，打了那么多的石，实在感人至深。今天看到那种场面，就是石头狮子也会震惊啊！何况是人？"

急性子张炳华抢着插言道："大财神，你还没有看到更感人的呢？你看，我们的无校长手骨折后，一刻没有停过。我们这样拼命，你们上头不支持一下怎么行？"

我紧接着说："什么感人不感人，那倒无关要紧。问题是，命我们拼了，活我们干了，砖我们做出来了，石我们打出来了，草棚还是草棚，'万事俱备，只欠东风'啊。"

大家立即心领神会，不约而同地说："对！"

许副主任更是不失时机地加以解释说："无校长说得好，现在是万事俱备，只欠教育局这股强大的东风了。"

老申自有老申的道理，他说："俗话说'众人拾柴火焰高'，人多力气大。对于罗南中学这样的特困户，确实应该好好扶持一下。但是，依据目前的财力物力来看，任何独立一方都没有办法应付得了、改变得了，只有三方合力，才能有所改变。"

"哪三方？"我和许副主任齐声地问。

老申胸有成竹，慢条斯理地说："主要是学校，再就是公社和教育局，三方密切配合，三者缺一不可。"

我们的砖和石头早已摆在那里，问题是争取公社和教育局的支持。我立即拍着胸脯表态："凡是我们学校能够自力更生解决的东西，比如红砖、石头和沙等，我们保证完成！"

"对！我们保证完成！"所有在场的老师异口同声地支持我的意见。

快嘴老张立即将了公社和县局"财神爷"一军："现在就看你们的啦！怎么办？"

面对这样的难题，他们两个谁也没有办法一锤定音。掏荷包不是空口说白话，那是锤锤到肉，白花花的钞票。尤其是在经济如此困难的情况下，谁都是上好的铁算盘。两人你看看我、我看看你，谁也不敢贸然开口拍板。最后，许副主任热情地招呼说："我看这样，现在天也晚了，中学又穷得连副铺板都没有，老申同志今晚先到公社招待所住一晚，咱们再好好商量。"

老申也乐得有个回旋的余地和正常的睡觉地方，欣然应允道："好哇，好哇！到了公社咱们再具体商量。"

看来，应该有所希望吧？但愿如此！

1976 年 6 月 15 日　星期二

"建教室啦！"

"建教室啦！"

"我们罗南中学开始建教室啦！"全校师生兴高采烈，欣喜若狂。

罗南中学第一座标准的砖瓦结构的教室，今天开始动工啦！

虽然对于一般中学来说，这是极其平常的两间平房教室，小事一桩，但是对于罗南中学的师生来说，却像久旱枯苗逢甘霖，风雪交加来了送炭人。

只有在半年内三搭草棚，在狂风暴雨中尝尽了一身雨水一身泥的罗南中学师生，才真正懂得宽敞明亮的教室意味着什么，可以说，它就是罗南中学师生梦寐以求的圣殿、天堂。

全校师生才百来人，人人都知道今天开始建教室，个个按捺不住心中那股激动狂喜之情，喜形于色，奔走相告。

是啊！为了有两间像样的教室，我校师生付出的劳动与心血太多，太不成比例啦！而今能够开始动工兴建，谁不心潮澎湃、百感交集呢！

那天晚上，"申财神"被许副主任请到公社以后，公社的很多领导同志，如田水主任、向副主任等都到场热烈欢迎，双方围绕中学的筹资问题进行了激烈的讨价还价。

好在双方都有了一个良好的思想基础：要解决目前罗南中学的教室问题。

但是，各自的荷包口卡得紧紧的，都想掏对方的荷包，谁也不肯松手。正是"钱财无父子"，谁愿意自己多掏一文呢？

最后，双方打了个平手：除了中学自备红砖、石头和沙以及平整地基土石方外，公社出人工、木料，教育局负责支付水泥、瓦片和铁钉等费用，共计贰仟元人民币。这样一来，总算三方合建，各出一点。而实际上中学所出的东西，比他们双方的总和要多得多。但是，如果没有教育局和公社的支持，即使我们的红砖和石头堆得比罗浮山还高，也建不成教室啊！

第二天，老申走了以后，许副主任和教办的林明朝同志立即把这个消息告诉我。

为此，我校全体师生半个多月来，全力以赴地投入更加紧张的备料和各项准备工作。做砖的师生争分夺秒，一有时间就抓紧做砖，可以烧时就抓紧时间烧，提出了"保质保量，保证供应"的口号。打石的同学更是争先恐后，工程一开始，从地基到石脚需要大量的石头，缺少它会严重影响工程进展。他们的主要任务是打石、炸石，因此搬石、运输的劳力十分奇缺。为解决劳力问题和节省开支，赵家庆又到生产队借一台手扶拖拉机运石头。

然而作为一名体育老师，赵家庆有他的课程和工作。这时，手扶拖拉机就停在那里放假休息了。

为了做到人停机不停，同时不愿意因缺少合作伙伴而影响工作，我打算跟小赵学开车，便问："小赵，手扶拖拉机是怎么开的？"

他以为我是在操场玩一下，于是把操作要领简单地跟我说，我试转两圈，他看了点头说:"对,就这样,就这样。要往哪边转,就刹哪边的离合。"

他说完就忙着上课去了。我在操场上又转了两圈,自我感觉良好,就以为会开了,连车都没有下,开着手扶拖拉机上山载石头去了。

真是"吃了三块豆腐就想上西天""刚学开车不知险"哪!听说我开车上山载石,师生知道以后个个吓破了胆:这还了得?!

他们早已听说,公社农机站站长、拖拉机(中拖)驾驶员前段时间到县城购买新的手扶拖拉机,自以为技术过硬,便亲自开回来。谁知过了梅花岭,下坡时竟然阴沟里翻了船,跌下山沟受了伤。我这个从来没有摸过手扶拖拉机的教书先生,刚刚在操场上转了两圈就上山载石,岂不出事?!

俗话说"上山容易下山难",上山时,一切操作正如小赵所说,还算顺畅,但是装满石头下山时差点出事!

原来,手扶拖拉机的方向操作不是靠方向盘,而是靠左右两边手刹控制。在平地或上坡时,要转向哪边就刹哪边,下坡时则恰恰相反:刹左转右,刹右转左。我刚才连这种最基本的操作知识都没有听过,就开车上山载石,能不危险吗?

我风风火火地把石头装满后,立即开车下山。我刚刚驶离石场,下坡时碰到一个右转弯,我按刚才小赵教的"要转哪边捏哪边",右手一捏,"哎呀!!死了!"车头向左急转,冲出左边路外,吓得我急踩脚刹,总算没有翻下山沟,车毁人亡。人坐在那里却是动弹不得,进退两难,稍为一动就会连人带车带石滚到下面,车损人伤是肯定的。

幸亏这时有一个青年开着手扶拖拉机上山载石,路过这里,看见这千钧一发、性命交关的险情,马上下车前来解救,才使我摆脱如此惊险的处境。脱险后,他教我:"手扶仔下坡时的方向操作恰好与平地或上坡时完全相反。"我才顺利安全地把石头载回来。

我上山载石头的事不胫而走,不仅惊动了全校师生,也惊动了公社领导。许副主任闻讯后,风风火火地赶到学校,恰好碰到我载石回来,气得大声责问:"你,你,你不要命啦?万一有个好歹,叫我如何交代?!"

面对领导的关心,我只好打哈哈地说:"你看,这不是好好地回来了吗?"

在所有的备料工作中,最紧张、最头痛、最要命的问题还是水泥。

工程伊始,地基石首要的就是水泥。这个东西靠我校师生艰苦奋斗、自力更生，也是根本没有办法解决的，只能买。

但是教育局资金拮据，已经答应的款项迟迟未到位。没有白花花的钱，谁卖水泥给你？

直到前几天拨款到手，又到处找不到水泥。建教室不是建小水电站，水泥需求量不是几包，而是好几吨，向副主任也无能为力，只好我们到处去问，到处碰壁。

我们到了县教育局，没有指标；到了县计委，还是碰壁；最后，不幸中的万幸是打听到富民中学已经买了一大批水泥，准备建游泳池用的，目前尚未动工，只好厚着脸皮求助他们。好在他们的校长、主任十分同情我们的处境，伸出了扶危救困之手，借了好几吨水泥给我，总算解了燃眉之急。

今天是我们兴工建校的大喜日子，也是我最忙的一天，真是把我累坏啦！

你看，工程一开始，事无巨细，样样冲着我来！

一早，老张和袁圭就喊："喂！头儿，要开线了，赶快！等一下又要上课，要不时间来不及。"

老陈特别加上一句："校长，这是百年大业的起点，你一定要到场亲自决定。"

袁圭走到了平整好的地基上，经过一番缜密的丈量测定，大声喊："喂！校长，快拿木板、铁钉来，要钉标定点。"

"喂！头儿。"张炳华也喊，"快点！快点！拿绳子来，要小绳子拉线定边。"

"对！再来两担石灰。"袁老师又说，"画定边线要用。"

这里正忙得团团乱转，赵家庆远远大喊："无校长！建筑队来了！赶快来！"

我赶紧布置好工地上的工作，立即飞奔下来迎接公社建筑队。

这是第一支为罗南中学建校施工的工程队，万万怠慢不得。万一碰上个别小人装神弄鬼，大手大脚浪费材料，或者不顾工程质量，偷工减料，那就要命啦！

当然，在我们这样的"破庙"里，拿不出什么好贡品来孝敬他们，只是清茶一杯而已。但是，态度一定要热情，"劈柴看柴势，入门看人意"嘛！

好在陈老师是这方面的行家里手，拿着我们的教室设计蓝图，跟建筑队的队长王固稳同志做了详细说明和明确要求。这不仅减轻了我的大量工作，而且避免了我这个门外汉的一些疏漏，免得日后出现甲乙双方的纠纷。

紧接着，建筑队开始动工了。

上午九时正式开工，这是罗南中学历史性的一刻！

虽然工程静悄悄地开始，既没有隆重仪式与奠基，又没有喧天的锣鼓与醒狮，一切是如此的平静与简单，但是一开工，一下要锄头，一下要畚箕……一下要这个，等一下又要那个，我忙得团团转，一刻不得闲。

下午，正在挖墙基的工人突然被吓得惊慌失措，扔下工具边逃边喊："蛇！"

"蛇！！"

"大毒蛇！"

我听后心中一惊：有毒蛇！这还了得？起初确实我也被吓了一下，但转念一想：毒蛇不除，如何开工？王队长远远助威："不怕！不怕！"我定定神、壮壮胆，找来一支锄头柄，小心翼翼地上前看个究竟：老天！一条八尺长的白花蛇正在那里慢慢地蠕动。

面对这种情况，我一方面稳定情绪，自己对自己说："不怕，不怕……"；另一方面仔细想想怎么制服它，自言自语道："对！'打蛇打七寸，擒贼先擒王'。"

说时迟，那时快，"嗖"的一声，我一棍子打到蛇头，紧紧将其压住，不管它的全身如何挣扎扭动，丝毫不放松，再踏上一只脚，然后伸出左手紧紧捏住七寸之前、蛇头之后，举起来一看，在场的人不约而同地"哇"了一声，吓得哑舌！

再一看，还有一窝蛇卵哩！原来是母蛇正在那里孵仔。这下可发了一笔小小的横财。大蛇可以拿来加菜，蛇胆可以拿来做药，特别是这一窝蛇卵，孵出来起码有十几二十条之多，这就是药材店里非常名贵的金钱蛇饼哩！

可惜高兴不了多久，严重的问题又来了。正在挖墙基的工人又喊了起来："校长，校长，你看，你看，好大的一个白蚁窦！"

建筑队长王固稳同志立即对我说："校长，这可千万马虎不得。俗话说'千里之堤，溃于蚁穴'，我们搞建筑的人，对这个东西恨之入骨，这家伙真是罪大恶极！不管我们做得多好，花了多少心血，也不管你的房子做得多漂亮，它都会将房子毁掉。特别讨厌的是它在暗地里害人。它就是把所有的桁桷吃光了，表面也看不到，突然某天'轰'的一声塌下来，那个问题就严重了！"

这下可把我吓坏了。万一教室里正在上课，房子突然塌了，后果不堪设想。我急问道："王队长，你们有经验，你看应该怎么办。"

他说："你最好去找一找白蚁防治所，跟他们买一些白蚁防治药。这个问题一定要彻底解决，否则后患无穷！"

你看，事情又来了。这个问题不解决怎么行呢？

今天，实在太忙了！但是为了建校，再忙也乐也！

1976年6月30日　星期三

我们急如星火似的要用教室，迅速到广州昆虫研究所请教防治白蚁专家，同时买来防治白蚁特效药，以期又快又好地建好教室。

但是，工程的进度实在慢得太可怜啦！

建筑队的工人上班时姗姗来迟，做工时不紧不慢，美其名曰"保证质量"。当然，质量上应该说还是不错的，根据十几天来的现场观察，下基础时的沙石比例、灰浆搭配都比较合理和扎实。但是，做做歇歇，抽口烟，聊聊天，慢悠悠地欲动不动，就是一天工。反正是按日计工，来一天算一天，急什么。所以，动工十几天了，石脚基础还没有升出地平线，我们的教室还没有一点影子哩！怎不叫人心急？

各大队的桁条、桷片至今也迟迟未能到位，门窗的框架无料可做，这也影响了施工的进度。石脚一出地面，马上就要竖起门框，石脚砌好，接着就要安装窗框，否则砖墙就砌不了。因此，我们又得分头到各大队、生产队去落实木料的问题，花去了不少的时间和精力。

唉！有什么办法呢？你紧他不紧，你急他不急，他们跟我们学校师生的精神和干劲相比，真是霄壤之别！

总之一个字——慢！

10

1976 年 7 月 15 日　星期四

今天，我们罗南中学首届高中毕业生毕业了！

没有隆重的毕业庆典，也没有纵情高歌的文艺晚会，更没有丰盛的毕业酒宴，只是简简单单地炒了一箩花生，买了一点糖果，泡上几壶学生从家里带来的本地甜茶，在搭了三次的"草棚教室"里，学生与老师间杂地围在一起，互相勉励，促膝谈心。

毕业座谈会上，除了班长主持会议、班主任作毕业讲话，很多老师纷纷被学生邀请做临别赠言。最后，班主任张炳华提议说："请无校长讲话！"

话音刚落，草棚里响起了持久热烈、充满深情的掌声！

我站起来环视整个教室，看着每个同学那熟悉可爱的青春面孔，激动万分。这一年的艰苦历程历历在目，同学们的拼搏与艰辛，令人记忆犹新、难以忘怀！

我满怀激情地说："同学们！你们是罗南中学的首届毕业生，是罗南公社有史以来的第一届高中毕业生！

"同学们！这一年来，尽管我们条件差之至极，但是在老师们的精心培育下，在同学们的努力配合下，你们学到了和其他学校一样的政治、语文、数学、物理、化学、农业、英语等文化知识，你们仍然是当今堂堂正正的高中毕业生！

"但是，我们的学生却比人家多学了一门最重要、最特殊的课程！"

"什么课程？"同学们不约而同地问。

我幽默而又颇具哲理地说:"吃苦课!"

大家笑了起来。

我说:"同学们,咱们中国民间有一句老话,'吃得苦中苦,方为人上人';再看中国历史上的春秋时期,著名的思想家老子有一句至理名言:'祸兮福之所倚,福兮祸之所伏',还有我们熟知的'生于忧患,死于安乐'。同学们,你们去年刚刚进来碰到的第一件事是什么呢?"

"那就是苦!可以说,自你们读书以来,没有碰到过这么苦的学校。现在哪有一间学校像我们一样,没有教室和宿舍,只有荒地一片,'破庙'一间,苦不苦哇?"

"苦!"同学们深有感触地说。

我说:"是啊!确实很苦。全校师生凭着自己的这双手,在几天之内搭起了我们的'草棚教室',保证上课。可惜好景不长,过了不久就遇上百年罕见的特大台风和龙卷风,庙崩棚倒,大家成了无巢之鸟,苦不苦啊?"

"苦!"很多同学还说,"我一见都哭了呢。"

我说:"凭着一股艰苦奋斗的精神,老天把它刮跑了,我们再建起来。你看,过了几天,咱们重新坐在这里上课了。可惜,由于我们的失误,一把火又把大家辛辛苦苦再搭起来的草棚烧了,教室一夜之间成了废墟,这可苦了大家。但是,我们一如既往地与苦搏斗,终于又在这里上课了。

"同学们,咱们不仅坐在这里继续上课,而且正朝着新的目标前进,决心用双手为罗南人民建造一座新的标准的中学而做砖打石,苦不苦哇?"

"苦!"同学们记忆犹新地说。

"寒冬腊月,做砖打石,很多同学的手冻裂了、冻僵了,照样做砖。打石组同学的手都震裂了,鲜血直流,还是继续抡锤打石不止,苦不苦呢?很苦,很苦!但是大家都挺过来了。由于种种原因,虽然大家没有机会在自己亲手建起来的砖瓦教室里上课,然而大家的辛勤汗水终于换来了希望的曙光——新的标准的砖瓦教室已经建有一半以上!新学年一开学,咱们的弟弟妹妹就可以在新教室里上课了!"

"草棚教室"响起雷鸣般的掌声。

"同学们,你们是罗南中学的首届毕业生,是最具特色的毕业生。你们是罗南中学真正的奠基者和创始人。我们学校的第一批石头是你们打出来的，第一批红砖是你们做出来的，第一批桁桷是你们砍来的，第一座教室是用你们的血汗建起来的……你们是罗南中学真正的元勋、功臣！同学们！罗南中学的师生永远不会忘记你们的功绩！"

顿时，在场的同学们热泪盈眶，报以热烈的掌声。

"同学们！你们在这里学到了面对困难、正视困难、克服困难、战胜困难，这是终身受用的精神财富，这是人无我有的精神财富！

"同学们，人生的道路很长，父兄只能养我们大，不能养我们老。今后的道路全靠你们自己去走，在漫漫的人生路上，难免遇到这样或那样的困难，每当这个时候，只要回想起在罗南中学战胜困难的情景，你们心中就会想：想当年在罗南中学，那么多的困难都挺过来了，这点困难算老几，我一定要战胜它！哪怕是更大的困难，也会千方百计来对付它、克服它、战胜它。同学们！谁战胜了困难，谁就是成功者、胜利者。"

师生们报以热烈的掌声。

我接着说："同学们，大家不要看不起咱们的草棚中学，草棚往往出大人物哩。大家不要笑，我说的是真的。你们看诸葛亮够不够大？他就是从隆中的草棚出来的；杜甫这个诗人够不够大？他的草堂名闻天下。抗日战争时期，中国有两个全国著名的学校，一个是延安的'抗大'，一个是'西南联大'。前者是在西北黄土高原的窑洞，穷得连笔墨纸张都没有，学生在窑洞门外的沙盘上写字学习；后者是在云南昆明的铁皮屋里上课，每到晚上自修，抢不到教室座位的大学生们，只好在昆明城里的小饭店、路灯下到处打游击。但是，'抗大'为抗日战争和解放战争的胜利造就了无数的战将和干部；'西南联大'则培育出世界级的科技精英，如诺贝尔奖获得者美籍华人李政道、杨振宁当年就是这里的学生。他们取得如此耀眼成就的主要基础，就是在'西南联大'打的。因此，不管将来你们到什么地方、做什么工作、担任什么职务，你们永远也忘不了罗南中学两间"草棚教室"，是它给你们上了战胜困难的重要一课！"

同学们又报以热烈的掌声。

在一片热烈的掌声中，我说："同学们！我建议在此毕业之际，离校前夕，大家进行一项有特殊意义的活动。"

同学们不约而同地问："什么活动？"

我说："同学们！请你们把自己的名字刻在咱们的教室上，万古流芳，让一代又一代的师生永远记住你们的名字，甚至将来你们的儿女、孙子孙女也能在这里见到你们的芳名。同学们，你们知道吗？咱们万里长城的有些城砖，就留下了当年做砖者的手印哩。"

大家议论纷纷，有的同学问："怎么留哇？"

有的老师感到愕然，小赵不解地问："这不把未建好的教室都画花了？"

我说："为了母校早日建成，也为了同学们的芳名永远留在母校。我建议，每个同学再做二十块砖，特别在每块砖的侧边刻上自己的名字。这样，在我们这座石脚勾缝、红砖到顶的教室墙壁上，就永远可以看到大家的名字了，这样好不好哇？"

"好！！"同学们响亮有力地回答。

"同学们！这就是我们毕业典礼上最特殊、最有意义的节目，请大家登台献技！"

"好！"同学们报以热烈的掌声后，纷纷投入最有意义的毕业活动。

毕业班的师生们三五成群，边做砖边谈心。他们做得认真，一丝不苟。他们每做好一块，就端端正正地刻上自己的名字，有的还在名字后面加上时间，在一块块砖上留下了对母校的无限深情。

女同学苏茶妹等人一边做砖一边流着眼泪说："校长，让我们再留几天，好吗？"

我不解地问："为什么？"

好几个同学都说："让我们再为母校添砖加瓦吧。"

同学们七嘴八舌，一个接一个地打开了话匣子。

"我刚刚来的时候，看到只有一座破庙和一片荒地，不敢相信这就是我们的中学，心里想叫我们去哪里上课呀？真没想到，过不了几天就在这里上课了。"

"我一见到学校是这个样子，回家就哭，在这个破庙和荒果园里面，叫我们怎样读书哇！"

"不要说回家哭，我在这里一见就哭哩！没有想到一年这么快过去了。"

"是老师的精神和干劲给了我们力量。读了那么多年书，从来没有见过这样的老师，又要建校，又要教书，样样带头，非常了不起。如果不是有这样的老师，我们的学校也办不起来。"

"平时倒没有觉得什么，又要学习，又要劳动，很紧张，很辛苦。而今一下子就要离开老师、离开同学、离开学校，舍不得！要是能让我们亲手将它建好该多好哇！"

"是啊，校长，让我们多做几块吧！能为母校添砖加瓦，让弟弟妹妹们早日告别"草棚教室"，这就是我们的心愿！"

……

这，就是首届毕业生的心声！

这，就是罗南中学第一届毕业生对母校的要求！

这，就是我们特殊的毕业典礼！

最后，同学们背着书包、挑着行李离开母校时，纷纷流下热泪。尤其是那几个与萧凤英同住近一年的女同学，怎么也舍不得离开，在房间里哭成一团，经过我和其他老师的一再劝说，她们才依依不舍地与老师和母校告别。特别是那个苏茶妹，真是三步一哭一回头哇！

11

1976年9月1日　星期三

今天上午，新学年开学暨新教室落成庆典开始了！

今年的开学比去年好得多，学校不像去年只有"破庙"一间、荒林一片，一派悲凉景象，我校师生经过一年来的浴血奋战，创造了一定的办学条件。虽然学校跟兄弟学校比还差十万八千里，但是自己跟自己比，已经是"鸟枪换炮"，好了很多。

在开学典礼上，我满怀激情地说："同学们，新学年开学暨新教室落成庆典现在开始！

"首先，让我们以热烈的掌声感谢过去一年来战斗在这里的全体师生，特别是向已经毕业的校友致以崇高的敬意！

"新来的同学们，你们好好看一看，除了这座老师住的'破庙'外，学校所有的东西，操场、草棚教室、小水电站，特别是这两间崭新的石脚勾缝、红砖到顶的标准教室，所有的这些建筑物都是原来的师生在过去一年中用血汗建成的。同学们，特别是新来的高一同学，你们别小看这两间教室，这是全校师生冒严寒、战酷暑、流血流汗、做砖打石，历尽千辛万苦才建成的新教室。建成以后，原来高二的同学连摸一摸新教室的机会都没有就毕业了。但是，他们的名字却永远留在母校，留在来者的心中。不信，你们等会儿好好看一看，新教室前面墙壁的每块砖上都端端正正地刻着他们的名字，这是艰苦创业的历史见证!

"同学们,在新的学年里,艰苦创业的精神一定要继承下来,发扬光大!

"当然,我们来学校的主要任务是读书学习。在新的学年里,咱们一定要继续发扬山里人那种勤奋好学、刻苦用功的精神,在老师的精心培育下,一步一个脚印,扎扎实实地把文化科学知识学好。希望通过几年的学习,同学们都成为一个有知识、有文化、有理想的好青年!

"同学们!新学年开始了,让我们向老师们致以崇高的敬意吧!"

今年的开学工作比去年顺利多了。但是,要真正把学校建设好,路还是很长很长的。今后的路怎么走呢?今后怎么办?这些问题紧紧困扰着我。

1976年9月18日　星期六

噩耗传来,举国大恸!

1976年9月9日零时10分,我党、我军、我们共和国的缔造者毛主席逝世了!!

1976年是龙年,本应是吉祥如意之年,但是无情的灾难却把人们抛进了痛苦的深渊。就是在这一年,共和国三位最享盛誉、最有权威的缔造者相继殒世。

消息刚刚传来,笋叔哭得呼天抢地,全校师生哭成一片,个个成了泪人。笋叔说得好:"没有毛主席就没有我们的今天!"

今天,我校师生集中召开大会,收听中央人民广播电台实况转播。刚刚听到哀乐,师生们早已泪如泉涌。特别是听到华国锋同志致悼词的时候,全场大恸震天,哭成一片。有的仰天呼号,有的号啕大恸,有的痛哭失声,有的呼天抢地,有的声泪俱下……此情此景,很多人哪怕是死了父母,也没有如此惊天地哭过。等到收听大会结束时,我已经哭得连话都讲不出了。

1976年10月7日　星期四

天刚刚亮,张炳华就情不自禁地大喊起来:"大家快听!大家快听!特大新闻!!"

大家不约而同地问："什么特大新闻？！"

他欣喜若狂地说："'四人帮'被打倒了！"

"是吗？！"我们谁也不敢相信自己的耳朵，问道，"是不是真的呀？"

"不信？你们自己听，这是中央人民广播电台。"他把收音机的音量放到最大，大家清楚地听到播音员说："10月6日，毅然采取果断措施，实行拘禁审查，一举粉碎了'四人帮'，结束了'文化大革命'这场历时十年的灾难，从危难中挽救了党，挽救了革命。"

"好哇！！"大家情不自禁地欢呼起来。

袁圭激动地说："这帮祸国殃民的家伙，早倒早好！"

陈老师感慨万千地说："古语说'庆父不死，鲁难未已'，这帮唯恐天下不乱的佞臣逆贼，终于逃脱不了历史的惩罚。"

第三篇

众志成城

DISANPIAN ZHONGZHICHENGCHENG

导语

敢于第一个『吃螃蟹』，首创『集资建校、捐资建校』，不亚于当年的武训先生，从而感动了罗南人民，感动了各级领导，感动了海内外热心人士。

01

1977年1月8日　星期六

大家记忆犹新，一九七三年的夏天，冒出了一个"白卷英雄"张铁生。这个"反潮流"勇士头上长角、身上长刺，凭借着淫威不可一世。

在下午的教师学习会上，我刚刚开了个头，老师们立即纷纷议论。

张炳华说："真是怪事年年有，每年都相同。考生交白卷，不仅上大学，而且成英雄！"

袁圭马上说："只要后台硬，不怕留笑柄。这家伙上了大学，不仅不好好学习，还专门挑毛病。"

"是啊！"老张说，"你们记不记得，老师教他那么多的知识，他就一句不讲，稍微有点不足，他就攻其一点，不言其他，来了一个'马尾巴'的功能，非把老师和教授搞垮搞臭不可。真是可笑不自量，得势鼠变虎！"

小赵紧接着说："这个家伙不知是耻，反以为荣，竟然以中国大学生代表团成员的身份出国访问哩！"

萧凤英气愤地说："真是给中国人丢尽了脸，我们经过千辛万苦，脱胎换骨，加上刻苦自学，得到贫下中农的推荐和考试才上了一个师专。他考得一团糟，发了几句牢骚，反而出尽了风头，这叫什么世道？"

最后，老成持重的陈老师感慨万千地说："学校出白丁，工厂出废品，农民稗草盛，空口喊'革命'！"

大家不约而同地说："是啊！"

1977年4月2日　星期六

　　新学期开学已经一个多月，学习讨论进行了一场又一场，学校的教学秩序基本进入正常状态。这是自"十年浩劫"以来没有过的新气象，老师们上课备课更加认真、更加专注，同学们的学习态度比原来端正很多，学习气氛也比原来浓了很多。这些都是打倒"四人帮"以后出现的新气象，是可喜的进步，应该值得充分地肯定。

　　然而，针没两头利，熊掌与鱼难以兼得。在集中力量抓好教学质量的今天，要像以前那样大搞打石烧砖已是完全不可能的事。怎么解决建校的事情呢？如果不建校，不要说原来的宏伟蓝图没有办法实现，就是连老师们的正常栖身之所也没有哇！身不安又如何安心教学？如何提高教学质量？这一严峻的问题紧紧地困扰着我，搞得我坐卧不安、寝食不宁，焦思苦虑、夜难成眠。

　　为解决这个问题，一个多月来，我一次又一次地征求每个教工的意见。从箩叔到陈明，不论年龄大小、职位高低，也不论文化层次、智拙贤愚，只要能够提出一点点解决问题的建议，我就感激涕零，谢天谢地！

　　万万想不到，赵家庆给我提了一个很好的建议。他说："为了做到教学、建校两不误，请人来学校做砖好不好？"

　　"好！好！"我喜出望外地连声说，"你这个建议真是太好啦，为我解决了一个非常非常重大的问题。"

　　下午，在全校教工的学习会上，我把小赵的建议讲出来，大家一起讨论。

　　想不到箩叔最先赞成说："好！这个办法好。这样一来，教学和建校，两样都可以兼顾得到。"

　　张炳华接着说："这个方案可以考虑，这也是没有办法的办法。一来可以把全校师生从大量、繁重的体力劳动中解脱出来，专心从事教学工作；二来可以兼顾建校工作的进度，做到教学与建校齐头并进。"

　　"想得倒美！"袁老师自有他的独特见地，说，"说得比唱的还好听，真正做起来就难咯！"

　　"老兄，你有什么高招，请拿出来呀。"张炳华不客气地说。

　　而袁圭却不急不慢地说："这不是高招不高招的问题，而是论证这个方案可行不可行的问题。听起来，确实是教学与建校两者都可以兼顾，'鱼与熊掌兼得'，但实际做起来就不是那么容易了。首先，请人做砖要不要钱？这些钱去哪里找？其次，砖做成以后要不要烧？要烧的话，燃料去哪里找？一是买，二是自己动手。如果买的话，去哪里找钱？如果自己动手的话，还不是要劳动？还不是要影响教学工作的正常进行？"

直到这时，陈老师才慢条斯理地说："大家说的都有一定的道理。我看这个办法可以试一试，这也是没有办法的办法，可以说是权宜之计吧！要跟以前那样大干特干苦干是根本不可能的，也根本不符合党的德智体全面发展的教育方针；但是，如果自己不做砖烧砖的话，建校的问题怎么解决？建校的问题不解决的话，大家是永远住'破庙'呢，还是搬到草棚去？当然，不管是'破庙'还是草棚，都不是长久之计。唯一的出路就是要继续建校，这样才能做到安居乐业，一心一意地搞好教学工作。而要建校就需要红砖。这些红砖不是自己做，就得用钱买。自己做已经不可能了，全部用钱买的话，一块红砖起码要好几分钱，我们有那么多钱去买那么多的红砖吗？所以，根据咱们学校目前的实际情况，砖窑原来已有，请一两个师傅来打砖，每块六七厘钱，所花的钱等于买砖的十分之一二，这样既可以节省大量的开支，又可以解决建校必需的红砖问题。当然，还有一个燃料问题，可以利用课余时间，继续勤工俭学，我看是可以解决的。"

"又要劳动啊？"袁圭反问道。

陈老师进一步解释说："我们不能因为批判某些人、否定'学某某'，就把勤工俭学一概否定，做任何事情都不能矫枉过正。要跟以前一样，把中小学办成小工厂、小农场，喧宾夺主，以干代学当然不行。但是，适当的劳动锻炼，养成良好的劳动习惯是应该的。何况我们的学生都是山里人的孩子，捡柴割草从小就做惯了。课余时间适当做点轻度劳动是完全可以的，也是有益的。当然，要进行大规模的建校活动，那就另当别论了。"

我们经过认真又热烈的讨论，少数服从多数，最终决定：为解决教工的住宿问题，请人打砖。不过，真正要把学校建设好，仅靠请人打砖、学生割草是根本没有办法解决的。所以，我最后说："当然，这只是头痛医头、脚痛医脚的应急措施，解决诸位的临时住房问题而已。至于要真正把咱们学校似模似样地建起来，全赖诸位想出更好的办法了。"

02

1977 年 10 月下旬

喜讯！特大喜讯！！

新学期开学不久，就传来了特大喜讯：高考恢复啦！！

自从 1966 年 6 月"停课闹革命"以来，整整十一年没有进行过真真正正的高考，多少学子求学无门哪！

虽然进入七十年代以来，各地各类的大学陆陆续续地复办起来，但学生的来源并不是通过公平的考试竞争，而是各地方各部门选送来的"工农兵大学生"。同一个班学生的程度相去甚远，有的确有高中以上的学历，有的还要补初中的课程，害得大学老师无所适从。

进入金秋以来，传来了特大喜讯：高考恢复啦！！

而且不论哪一届，从 1966 年高三毕业的真材实料的"老三届"到 1977 年的高中毕业生，都可以报名参加考试，公平竞争。许许多多已经成家立业、拖儿带女的"老三届"，从来没有进过"大考考场"的大龄青年高兴得热泪纵横，奔走相告："可以报名参加高考啦！"

"被剥夺了的考试权利终于回来了！"

我们罗南公社也不例外，有拖儿带女的"老三届"，也有刚刚毕业的本校毕业生，他们纷纷到公社和教办报名参加高考，人数真不少哩。

这次高考来得太突然了，所以很多人感到格外紧张。"老三届"的考生虽然基础扎实，但是由于历史原因，已经整整丢了十一年。而且，很多人已经成家立业，子女负累又重，就是做梦也没有想到，今生今世还有大学向他们招手哇！突然之间，两个月内就要进考场，谁心里不慌啊？而最近几年毕业的高中生，心里更加没有底。他们心知肚明，虽然拿的是高中文凭，但实际上却比不上以前的初中毕业生。首先是学制短，其次是劳动多、上课少，再次是受到读书无用论的影响，无心向学。必修课只有一本，什么数理化、史地外，不是没有开设，就是成了"压缩饼干"。尤其是家在深山的农家孩子，谁会想到要去考大学呀？

尽管大家心里又空又怕，但是机会来了，不去紧紧抓住它，又怕错过良机而悔恨终身。自从高考消息公布以来，不论男女大小，凡是符合条件的纷纷报名参加，就是我们这个小小的新分公社也有不少的青年报名哩。凡是报了名的考生，他们早已知道这是自1966年以来的第一次高考，各省命题，开卷考试。实际上，大家报名以后都十分紧张，生怕考不好。他们废寝忘食，秣马厉兵，不仅夜以继日地抓紧时间刻苦攻读，还到公社、教办、中学请求辅导。

有天下午，公社许副主任和教办林明朝同志急急忙忙来到中学找我。林明朝一见面就火烧火燎地说："无校长，请你们中学老师帮个大忙！这几天很多考生到公社和教办报名，这些考生有的已经整整十年没有摸过课本，有的基础空虚，现在突然要考试，急得像热锅上的蚂蚁，纷纷到公社和教办要求请中学老师帮他们辅导辅导，指点指点，你看怎么样？"

教办老林的话音刚落，许副主任接着就说："无校长，请中学老师多多帮忙。这是一个既光荣又艰巨的任务，时间紧，任务重，责任大。它不仅关系到咱们公社的声誉，而且关系到十一届中学毕业生的前途和命运，考得好与不好，影响非常之大。要对这些考生进行考前辅导，其他单位、学校和个人都没有办法，唯一的希望就是中学老师的鼎力相助啦！要不，考生们都急坏了。"他特别客气地说，"麻烦老师，辛苦一点，辛苦一点！"

这是"十年浩劫"后的第一次高考，作为罗南公社唯一的一所高中学校，辅导知识青年参加高考，我们责无旁贷、无可推脱。我爽快地说："好！我们一定大力支持。请你们把需要辅导的对象名单和科目，以及有关资料和要求一一开来，我们好做具体安排。我想，老师们一定会尽力支持的。当然，我们也有不少的困难。除了时间紧、任务重之外，要课室没课室，要黑板没黑板。"

我的话还没有说完，老林马上说："黑板好办，要多少块，我现在就到小学去借。至于教室的问题，我看这样，你这里的教室有空时就借用，没有空的话就在墙边树下，挂起黑板就地解决，反正只有几天时间，只要能够上课就行。"

"好吧！"我说，"就这样办。具体如何辅导，让我跟老师们好好商量。"

他们临走时，一人一边紧紧地握着我的手，连声说道："拜托啦！拜托啦！"这是我到罗南以来第一次得到如此器重和礼遇。

当天晚上，我立即跟老师们商量。老陈和老张爽快地答应："好！责无旁贷，尽力而为！"

特别是陈老师深有感触地说："唉！整整十一年啦，他们终于盼来了今天。我们哪怕再忙再累，也得帮他们一把呀！"

老张接着说："老陈说得好！我们应该好好帮他们一把。在这大山脚下，考试又来得这么突然，我们不帮谁帮啊！"

袁老师有点胆怯地说："我是怕吃力不讨好，辛苦兼出丑，搞得不好误人子弟就麻烦了。"

萧凤英则更加害怕地说："哎呀呀！我的老天，我虽然说是'老三届'，又是'工农兵大学生'，实际上是半推半考进大专，怎么辅导他们哪？"

"不怕！"我给大家鼓气说，"考场如战场，两军相遇勇者胜。现在全国各地的考生都一样，绝大部分是匆促上阵，大家彼此彼此。正如兵书上云'兵贵神速'，只要我们迅速地抓住时机，全心全意地投入，加上考生突然之间焕发出来的积极性，师生之间密切配合，我们同样可以考出成绩来。再说，很多学校的老师和我们一样，绝大部分也没有辅导高考考生的经验，大家'半斤对八两'。"

"是啊！"陈老师说，"无校长讲得很实际，这是谁也没有想到的突如其来的高考，可以说谁也没有准备。而一下子十一届的考生同场应试，时间紧，考生多，大家都集中到县上中学去复习是不可能的事情，只好各自就地解决辅导的问题。大家的水平差不了多少。即使是老牌中学，他们的师资队伍也被打散了。其他中学虽然比我们早办几年，也相差无几，谁也没有辅导考生参加高考的经验。再说，这是十一届毕业生梦寐以求的夙愿，如今眼看就要大考了，除了自己争分夺秒地抓紧时间复习应考之外，谁不希望有人点拨一下呀！如果我们能够辅导他们，帮他们一把，使他们如愿以偿地考上，那将是没齿难忘的恩德。正所谓'一日为师，终身为父'，面对国家如此果断地恢复高考，挑选人才的大事，我们应该尽力支持。"

"还有，还有！"张炳华快嘴快舌地说，"这是'文革'后的第一次大考。各省命题，开卷考试，题目肯定不会太深。而且，上面划定了考试范围，给了复习提纲。只要我们按照提纲要求，认真准备，还是可以的。再说，哪怕是大城市广州，'文革'以来'臭老九'通通被赶到农村，那里的中学生教中学生多的是，他们的水平肯定高不到哪里去。"

经过一场热烈的讨论，大家越来越有信心。

在以后的一个月时间里，我们学校突然热闹非凡。除了原有的学生，还多了很多的社会青年来此复习应考。在这些应考生中，既有拖儿带女的"老三届""老知青"，也有近几年从其他学校毕业的中学生，还有本校刚毕业的学生，更有正在学校当民办教师的回乡知识青年，他们一边教书，一边在课余之后到我们学校当"学生"。十一年一大考哇！谁不拼命？

这下子把全校老师累坏了。老师们上课比平时更加认真，教室中的莘莘学子是即将上考场的考生，现在不加把力怎么行？下课以后，还得给来我校参加复习的考生进行补课辅导。他们这一群、那一群地来到这里，根据我们学校的安排，大树下、教室边、"破庙"旁，只要哪里挂着黑板，他们就坐在哪里争分夺秒地复习功课，等老师来辅导。不管哪位老师，只要前脚出了教室，后脚就有人跟着问这问那，只好马上走到大树下，给焦灼万分、如饥似渴的考生们上辅导课。由于考生们程度参差不齐，有的丢荒已久，有的基础太差，辅导起来比上课的难度大得多。白天，老师们在课室内外一堂接一堂地上课，晚上学生自修时，拉出电灯在"破庙"旁边继续辅导，晚修下课后，还要在教室里奋战几个小时。

有天晚上，我半夜起来看到教室那边灯光通明，走过去一看：呀！萧老师和袁老师还在给考生上辅导课哩！

我极不忍心地说："大家快点休息，快点休息！已经快两点钟了。"

"是吗！"这些极度紧张、极度兴奋的人没想到时间过得那么快，个别有手表的抬腕一看，不禁惊呼："哇！真的快两点啦！"

"是啊！"我劝大家说，"快点休息，养好精神明天再讲、明天再学。两位老师从昨天早上到今天凌晨已经连续上了十几个钟头的课，把老师累倒了，谁来给大家补课呀？再说，大家的脑子也要休息一下，搞得太紧张、太疲劳，头昏脑涨也学不好。"在我的再三动员之下，大家才恋恋不舍地离开教室。

在这特殊的时刻里，全校除体育教师小赵之外，其他老师的工作量比平时足足增加了两倍以上，真是把大家累坏了。

老师们一无报酬，二无怨言，有问必答，个别辅导，夜以继日地在那里加班加点拼命干。大家只有一个愿望：只要他们考得好，就是最大的酬劳！

1977年12月上旬

这几天，真是金轮焕彩、祥光普照、大地生辉、风和日丽的大好日子。

这是自中华人民共和国成立以来、最特殊的一次大考。有的是妻子送丈夫，有的是丈夫送妻子；有的是父母送子女，有的是子女随母亲到考场；有的是满脸风霜的"老三届"，有的是刚出校门风华正茂的青少年；有的是兄弟姐妹同进考场，有的是叔侄结伴同科应试；更有师生共赴考场的绝妙情景……十一年啦！整整十一年啦！莘莘学子的头发都盼白啦！

终于盼来了大考！怎不令人激动，令人振奋，令人欣喜若狂呢？十载寒窗，十一年苦等，在此一举呀！谁不心情如鼓，擂个不停呢？他们除了带齐笔墨文具之外，还带来了一叠又一叠的课本、笔记和有关资料。这也是高考历史上绝无仅有的开卷高考。

更加特殊的是，所有高中毕业生均可以报考大专院校，或者报考中专，任君选择，量力行事。因此，报考的人数特别多，很多地县在公社一级设分考场，我们这个小小的新分公社也在公社小学开设了高考考场哩！可见场面之壮观。

考试钟声一响，考场一片忙乱。"老三届"的考生尽管荒疏已久，但功底尚存，特别是那些当教师或者做文化工作的更占有优势。他们拿到试卷，一看题目颇浅，虽说不是下笔如有神地疾书奋写，也是熟门熟路，很少翻书，直到最后才带着一些没有办法解决的疑难问题去书中找一找。而后期才毕业的考生，一见试卷上的很多"陌生面孔"，急得满头大汗，尽管所有课本、资料、答案就在眼前，但是手忙脚乱找不到，哪怕是找到了，也有"路过家门而不识"的哩。忙来乱去，考试终了的钟声已响，试卷还有一半没做哩！至于对与不对，只有评卷老师才知道啦！

　　这些年龄相差十几岁的考生，一窝蜂似的涌出试室，神情各异，叽叽喳喳地议论不停。以前是自古英雄出少年，而今是少年叫惨大龄安。那些满手老茧、满脸风霜的"老三届""老知青"，做梦也没有想到今生今世能有今天的高考，一出考场，他们还要料理家务、下地干活，甚至给孩子喂奶。我就见过这样的场景：一个年轻的母亲刚刚走出考场，立即接过丈夫手中嗷嗷待哺的孩子，来不及回答丈夫的询问，就匆匆走到大树底下，一边给孩子喂奶，一边全神贯注地看书。这是"老知青"们决定命运的大战哪！哪有那么多的时间闲谈？

　　一连几天，匆促而又紧张的高考结束了。

　　全国570多万考生刚刚度过极度紧张、极度兴奋的复习考试，此刻正在翘首企盼，录取率不到百分之五，谁不紧张？

　　我们虽然是一间新办中学，但是有1976、1977两届毕业生和到我校复习的考生参加高考，他们考试的结果对我们学校也是一个极大的考验。不要说考生紧张，我们也是"吃猪红屙黑屎"，哪个不是胆战心惊？！

1977年12月30日　星期五

　　自本月中下旬开始发放录取通知书以来，全国各地捷报频传，喜气洋洋，奔走相告："中了！中了！考上了！"

　　特别是那些"老三届""老知青"，当他们手捧录取通知书的时候，真是感慨万千、欣喜若狂、热泪纵横啊！而占尽鳌头、独领风骚的是那些不管何时何地，不管条件多么差、环境多么恶劣，风刮不摇，雷打不动，一直坚持刻苦自学的"老知青"，他们成了这次高考的佼佼者，兴奋之情难以言状！十年来，年届而立的他们远离城市，远离家人，上山下乡，在极其艰苦的条件下和极其无望的岁月里，年复一年、日复一日地坚持自学，反而变成与周围环境格格不入的离群"怪物"。他们不仅收入微薄、难以糊口,而且被视为"书呆子",要没完没了地接受再教育,甚至抓来做批判的对象。而今一纸录取通知书,使原来的"懒汉""怪物""白专典型""书呆子"、不列级的"农夫",一下子变成全国重点大学的"天之骄子",真是天壤之别呀!他们是千千万万青少年学习的楷模,是国家未来的栋梁。怎不叫人心潮澎湃、热血沸腾、百感交集呢!多少人双手捧着录取通知书抖个不停,高兴得号啕大哭,喜泪滂沱呀!

那些老校、名校、师资力量雄厚的大校,以及条件较好、办学自有一套不随波逐流而重视教学质量的学校,一张张录取通知书犹如腊月的雪花,纷纷扬扬地来到校园。鲜红的光荣榜出了一期又一期,行人顿足,家长欢颜。当两鬓参霜的家长看到自己的子女榜上有名时,真是春风满面、喜入心田哪!

更有那一举登科的佼佼者们,谁不兴高采烈啊?在大唱语录歌大跳忠字舞的十年间,在大搞甘蔗上山、以干代学的岁月里,他们坚持刻苦学习科学文化知识,反而被认为是落后学生,低人一等,过着抬不起头的窝囊日子,而今榜上有名,谁不大喜过望、心花怒放?

特别是他们的母校和老师,那些为他们付出了无法估量的心血的园丁,而今看到百花吐艳,哪位老师不感到自豪、喜悦和欣慰呀!

而我们罗南中学呢?

惨啦!

罗南公社有几个人考上了大中专,是原县中学的"老三届",虽然他们在这里参加应考复习,对我们给予的帮助感恩戴德,但毕竟不是自己的嫡传弟子,我们充其量只能当个"后娘"。我们学校只有一届一个中专生来做"种",大学本科总数为"零"。

随着录取通知书一批批下达,老师们的情绪越来越差,今天终于大爆发了。

晚上,会议一开始,袁老师就大骂起来:"死了老爸都没有这么惨,没人考上大学就矮人三寸。人家是出状元、秀才、大学生,你看看我们这里呢?差点成了'尼姑庵''和尚庙',你叫我们怎么做人?"

萧凤英心情沉重地问道:"校长,咱们学校是不是真的连一个大专生也没有考到呀?"

我惨然应道:"嗯!"我愧对广大师生啊!

老张倒好，火上加油地说："大个屁呀！大专生？我自认倒了十八辈子的霉，鬼使神差，谁叫我跟着'武七哥'来到这个鬼地方，一片荒地就想办高中，不是活见鬼是什么？要教室没教室，要宿舍没宿舍，要钱没有钱，要物没有物，要什么没什么，连个生产队的牛栏都不如，就想叫我们出大学生！天下有这么便宜的事吗？"

"是嘛！"袁圭跟他一唱一和地说，"又要马儿跑，又要马儿不吃草，谁能办得到？你们看，母鸡孵小鸡还要有一个窦，我们呢？连一个窦都没有，就想叫我们出大学生？"

"老袁说得有理！"老张接着他的话说，"正如有的教育学家说：'办学靠三材：人才、器材、教材。'人家是高楼大厦，历史悠久，人才济济，三材具备。我们是除了'破庙'就是烂木材，这么几个四不像的'臭老九'，两年之内，累生累死连个窝都没有搭起来，就想出大学生，哪有那么便宜的事？"

"唉！"萧凤英长叹一声地说，"是呵！我们力没有少出，汗没有少流，血都不知道流了多少，拼死拼活，拼成这个样子！这可叫我们怎么办哪？"

"是啊！"平时老成持重的陈老师消沉地说，"高考这东西确实是一锤定音、立竿见影，一般人谁管你学校新、时间短、困难大、底子薄、基础差，谁看你三遭四难、领导重不重视，谁看你出过多少力、流过多少汗，人家看的就是有多少人考上大学……"

陈老师的话还没有讲完，大家就异口同声地说："是嘛！"

我心里一凉：糟了！大家都这么说，这个会还怎么开下去呀？！

其实，我的心情比大家还难受。

我作为一校之长，高考第一仗虽未全军覆没，但已被打得丢盔弃甲，仅剩一兵半卒，心中那甜酸苦辣的滋味，谁能体会？

面对学生，如何向他们交代呢？他们来到我们学校念书虽然只有一两年，但是加上初中、小学，起码也是"十年寒窗"。而今，他们在罗南中学毕业，第一次参加高考就名落孙山。面对前途命运、学业出路，他们能不苦恼吗？面对乡亲父老的声声询问，社会上的冷嘲热讽，他们的心理压力该有多大呀？他们能不埋怨我吗？

面对家长，怎么向他们交代呀？谁不望子成龙，一举登科？多少年来，他们含辛茹苦，辛勤劳作，省吃俭用，花了无数的血汗钱供儿女读书，千辛万苦为的就是子女成才。而今，榜上无名，希望落空，谁不心痛？谁不埋怨我呀？

面对社会，人们只会称赞金榜题名、高考夺魁的名校大校，谁会知道我们这些"和尚庙""尼姑庵"里的教书匠究竟吃了多少苦，流了多少汗，滴了多少血，遭了多少罪，碰到了多少困难，付出了多少心血呢？真是名副其实的"考好一条龙，考差一条虫"啊！

特别是学校的老师，两年多来吃尽了苦，跟着我起早贪黑、流血流汗，付出的心血和汗水比其他学校多出好几倍呀！而今功亏一篑，谁不痛心疾首？！

学生的败落、羞愧、痛苦，家长的失望、痛心、埋怨，社会上的街谈巷议、白眼与指责，上级领导的不满、冷落与责备，老师们的失落、埋怨和批评……

这一切的聚焦点是我，集一切痛苦与耻辱之大成的就是我这个一校之长。难道我的心理压力不会比他们大吗？！败军之将，众罪之集也。

正当我陷入痛苦的沉思之时，陈老师话锋一转，说道："是啊！首战失利，这对咱们学校来说，确实是致命的一击。但是，在失利面前有两种截然不同的态度和结果。"

我心里为之一亮，大家也肃然聆听，陈老师究竟想说什么呢？

他说："你们看，同样是失败，一种就像北宋的徽、钦两帝，束手无策，坐以待毙，结果是'靖康之耻'，北宋灭亡；另一种好像第二次世界大战中的法国戴高乐将军，面对穷凶极恶的希特勒在一个月之内打败法国的情况，他跑到英国的伦敦广播电台大声疾呼：'我们法国不是亡国，而仅仅是一次战役的失败。我宣布：所有法国的爱国人士，团结到我戴高乐将军的旗帜下，为自由法国而战！打回法国去，赶走侵略者，重建我们的法兰西共和国！'就这样，亡命于世界各地的所有法兰西爱国志士纷纷云集在戴高乐将军的旗帜下，经过几年的浴血奋战，加上反法西斯同盟的支持，终于在四年之后打回法国，打败了不可一世的希特勒法西斯军队，重建法兰西共和国。大家想一想，在整个法国败亡，自己又被卖国政府判处死刑的情况下，他能挺身而出，拯救法国。我们仅仅是第一次考试失利就垂头丧气，难道要一蹶不振、坐以待毙吗？再说，我们也不是一无是处。我们只有一间破屋，学校是在一片荒林中刚刚建立起来的。建校两年来，在一切有利条件全部没有，所有不利因素样样都占的情况下，全校师生艰苦拼搏，三搭草棚，烧砖打石，忙于建校，突然来了高考。在全无基础、全无准备的情况下，我们附榜（中专）有名，不仅是难能可贵，而且是我们的希望之光。"

"是嘛！"箩叔和小赵异口同声地说。箩叔接着说："小孩子刚刚两岁，怎么跟大人比？咱们中学刚刚开办才两年，一穷二白，连个起码的住地都没有，怎么能跟人家比？我们不能因噎废食。如果这样的话，那就真的只有死路一条。当然，我们学校比人家小，困难比人家多、比人家大。我在这里当了两年的火头军，也和大家一样吃尽苦头；而今又考砸了，心里也和大家一样不好受。但我家就在罗浮山的山村里，山里人对咱们中学老师的印象非常好，就是现在考得不大好，大家也知道，一个刚刚办起来、条件差到绝地中学，不仅做了那么多的工作，而且培养了自己的中专生，还辅导出两个大学生来，这已经不错啦。要是上面重视一点，学校的老师再加把劲，一定可以把中学办好，说不定咱们罗浮山也可以飞出金凤凰哩！"

"你说得那么容易？！"袁圭立即接话，手如簸斗地说，"你以为是牛腩炖萝卜，不熟炖到熟？这里是学校，是高中，仅仅比大学低一级的学校。没有钱，没有物，没有人支持，没有高素质的生源，你以为我们是罗浮山上的神仙道士，能画符念咒变出大学生吗？"

"高！老袁说的在理。"老张接着说，"尼姑有庵，道士有观，传教士还有教堂。我们教书先生连个窝也没有，只有荒山一片就要叫我们培养出大学生！你以为大学生是锄头锄得出，镰刀割得到的呀？，不要说我们什么也没有，只有荒山，就是人家大城市的好多中学，设备好，师资力量雄厚，高楼大厦，条件比我们好得多，剃光头的还不是多的是！像我们这样大山脚下的'三无学校'，能出大学生才是活见鬼哩。"

"话不能这样说。"老陈据理力争地说，"在座的很多人都学过中国近代史，也经历了抗日战争。自从一八四零年鸦片战争以来的一百年中，中国打了多少败仗啊！割地赔款、五口通商，甚至瓜分中国，'门户开放'，在中国的大上海，外国人竟然把华人与狗同等看待，受尽了多少侵略、掠夺和耻辱哇！其中的原因除了中国近代的落后，主要是清廷的腐败无能和统治者们对敌我双方不能做出正确的判断和分析，导致了百年来的一连串失败，使中国完全沦为半殖民地半封建社会。而在十四年抗日战争中，由于毛泽东和中国共产党的正确领导，开展人民战争，特别是毛泽东的《论持久战》正确地分析了敌我双方的利弊，做到'知己知彼，百战不殆'，坚持持久抗战的方针，加上全世界反法西斯同盟的共同战斗，终于扭转了近百年来中国人民反抗外国侵略者屡战屡败的局面，战胜了最穷凶极恶的敌人，取得了彻底的胜利。同理，只要我们对整个形势认真分析，做到扬长避短，经过几年的努力，穷山沟里照样可以飞出金凤凰。"

因为高考不用考体育，所以，年轻的体育教师小赵一直没有插嘴。这时他接过老陈的话，说："陈老师的话说得很有道理，俗话说'谁笑到最后，谁笑得最美'。现在我们是一个刚刚创建的未成型学校，第一场突然的考场比赛，虽然结果不能令人满意，但是也取得了一点点成绩，这已经很不错了。如果我们通过这次考试，认真总结经验教训，正如陈老师刚才说的，'认真分析，扬长避短'，然后做出合理的分工与安排，大家群策群力、同舟共济、密切配合，把力集中到一个点上，我们也会赛出好成绩来的。"

袁圭不耐烦地说："说得倒轻松，你以为是体育的单项赛呀？有点专长用力就行！这里是高考，是抬轿生意！稍微高矮不一、步调不一、配合不当，就是辛苦兼出丑，还想出状元和大学生？就是我们这些抬轿的齐心合力、拼死拼命，万一轿子里面坐的是'泥菩萨''木头公仔'，或是烂泥糊不上壁的大草包，还不是白费力气，还想出大学生？"

"我倒不是这样看。"小赵说，"在这共事的两年多时间里，我觉得咱们学校的老师是很不错、很难得的一个好集体。第一，从领导到每个教职工，大家齐心协力，团结得好像一个人一样，不会庙小妖风大、鬼打鬼、互相拆台，这点很重要。第二，大家干劲大、能吃苦、敢拼命，任劳任怨、坚守岗位，在条件恶劣至极的一片荒地上，凭空建起一间中学，而且立即上课，这在其他学校是根本不可想象的事情。而我们留了下来，烧砖打石，进行艰苦创业，这在其他学校是很难办到的，我们有了这种精神，还有什么人间奇迹不能创造出来呢？第三，我们的教师人数虽然不多，但精悍能干，能人不少，水平相当高，语文、数理化各科都很有实力。第四，咱们山里人的孩子虽然见识不多，但是品质纯朴，刻苦耐劳、勤奋好学是他们的本色，只要培养得法，他们照样可以学得很好。当然，这两年由于咱们学校条件差到实在难以想象，全校师生上至校长、下至师生员工，都不得不把主要精力投入艰苦的建校工作。现在恢复了高考，当然不能再这样做，应当把主要精力和主要教学骨干集中到教育第一线，把好教学质量关，这是关键，同时也要适当分配一定的力量抓好学校的基本建设问题。轻重不分、顾此失彼都是不行的。"

"好！"萧凤英接着说，"赵老师说得很有道理，能够从多方面来分析咱们学校的利弊所在，肯定了成绩，又说明了存在问题的原因。只要咱们发扬这些长处，克服不足之处，把主要精力放到教学上来，咱们也是可以搞得好的。"

这是一场决定学校命运的大辩论，公说公有理，婆说婆有理，大家争得脸红脖子粗，直至深夜。我说："今天晚上，各位老师都提出了很多宝贵的意见，首先应该感谢大家的支持和直抒胸臆。问题不管是从哪个方面提出来，对于学校工作都是难能可贵的帮助。没有各位同人的赤诚指正，就不了解弊病之所在，讳疾忌医更不是解决问题的办法。现在大家不仅把它指出来，而且提出了很多很好的建设性意见，十分难得。"

接着，我归纳说："第一，从我开始，不仅不走不散，而且要下定决心留下来，齐心协力，不把罗南中学办好誓不罢休！

"第二，吸取经验教训，明确分工，密切配合，做到教学和建校两不误。争取在两三年内为上一级学校培养一定的合格人才，在学校基本建设方面，一定要解决最基本的教室和老师、学生的宿舍问题。广大师生连个安身之所都没有，如何做到安教乐学呢？

"第三，要把罗南中学建设好，就要做到两条腿走路。一方面，继续搞好一定的勤工俭学，当然不能像过去那样以劳为主，但适当地搞一点是应该的；另一方面，请大家多出点子、多想办法，如何发动群众、调动群众的积极因素，搞好集资办学和捐资办学，这是关系到造福罗南人民子孙后代的大事，也关系到我们学校的生死存亡。这两年的办学实践证明，光靠县教育局给钱是杯水车薪，根本不可能；靠全校师生浴血拼命，哪怕是拼死了也很难建成。所以，集资办学、捐资办学，搞好几个点就是我们学校生死存亡的关键之关键。

"第四，要切实抓好教学研究工作，努力吸取兄弟学校成功的办学经验，结合我们学校的实际情况，闯出一条有自己特色的办学之路。不管哪间学校，

'和尚庙''尼姑庵'是无法办下去的,但是像我们这样的山区中学,要很多学生考上高等学府也是不现实的,只能因材施教、循循善诱、各尽其能,做到每年有一定比例的学生考上各级各类的学校,即使是没有考取大学的学生,也能成为有文化,懂科学,有用、好用、耐用的四化新人。

"第五,一定要加强思想政治工作。如果没有坚定正确的政治方向,我们的学校就不可能培养出热爱祖国、热爱党、热爱人民、热爱劳动、热爱社会主义事业的一代新人。如果没有师生在教与学两个方面的积极性,我们的学校根本不可能办得好。这是我们学校的办学灵魂和根本所在,万万马虎不得!"

最后,我说:"正因为我们比人家差得远,我们困难,我们才是开荒牛、创始人。我们才要做新的武训,哪怕是挨上几拳,踢上几脚,掉几斤肉,出几身汗,头破血流,伤痕累累,也在所不辞。只要我们把罗南中学建好,把学生教好,罗南人民和他们的子孙后代是永远不会忘记我们的。你们看,唐朝大文学家韩愈奏表《论佛骨表》,反对宪宗皇帝迎佛骨而被贬潮州作刺史,时间仅仅八个月。但由于他为当地人民做了大量的好事,特别是大抓文化教育,至今粤东还流传着'文章随代起,烟瘴几时开;不有韩夫子,人心尚草莱'的诗句,甚至江山易姓为韩,可见韩愈在粤东人民心目中的地位。'功不在禹下',而我们把罗南中学办好了,罗南人民怎会忘记我们呢?"

经过这一番争论,很多人表态说:"好吧,只要你拿出当年的'武训精神'来,我们也铁下一条心:跟到底啦!"

唯独袁圭还是嘟嘟囔囔地说:"好吧!倒骑毛驴看唱本——走着瞧!"

是呵!真正要把教学和建校双重任务搞好,不费他个九牛二虎之力行吗?!

而我这个一校之长的新武训,要把教学与建校两副担子一肩挑,多艰难哪!

03

1978 年春

新学期开学不久,大家正忙于紧张的教学工作之时,突然接到了刚刚考上师专的陈世强的来信。我拆开一看,只见信中写道:

尊敬的无校长和罗南中学全体老师:

你们好!

首先,让我深深感谢您和诸位老师的辛勤辅导和无私帮助,你们使我这个"六六届"的老高中毕业生如愿以偿地考上了师专,总算圆了大学之梦。古人云:一日为师,终身为父。你们的大恩大德,我永生永世难忘。我深深知道:是你们最后把我送进大学之门的。所以,在这里让我再次向您,向罗南中学的全体老师致以最诚挚的深深谢意!

在这里,我还要特别感谢敬爱的邓小平同志。如果不是他果断、英明的决策,像我这样出身的人,在那"四人帮"横行的"文革"十年中要想上大学,做梦也梦不到哇!入学以后听说,小平同志在党的十届三中全会上刚刚复职就自告奋勇地抓科教工作。他刚刚复出的第一件事就是召开"科学和教育工作座谈会"。会上,当听到清华大学的同志说,现在的学员还要补初中和高中的文化时,他心急如焚、尖锐地指出:"那就应该称作'清华小学''清华中学'。"当听到老教授、老专家纷纷表达人民群众改革高校招生制度的迫切愿望时，小平同志就问："今年是不是来不及改了？"大家回答说，今年改还来得及，最多晚一点。他当即决定："既然大家要求，那就改过来。"特别是座谈会的最后一天，8月8日，小平同志明确表示："今年就要下决心恢复从高中毕业生中直接招考学生，不要再搞群众推荐。从高中直接招生，我看可能是早出人才、早出成果的一个好办法。"并且在他的不懈努力下，中央政治局才终于通过了高校招生工作的文件，宣布立即恢复高考。我们才得以做梦般地进入关闭了十一年的考场，进行公平的智力竞争。

无校长，说实在的，如果不是邓小平同志的果断决策和不懈努力，我恐怕今生今世也难圆大学之梦啊！

如今，在我们大学的校园里出现了一派前所未有的景象。老师们，特别是那些白发苍苍、吃尽苦头、年近古稀的老教授，更是个个精神振奋，心情格外舒畅地重登讲坛。正如老师们说的："这是十年来上课上得最开心的一届。"

而我们这些春天入学的七七级大学生更是以前所未有的精神风貌进入大学之门。虽然学校里的同学千差万别，就是同级同班的同学也年纪相差十岁有余，但是，个个精神振奋，决心把被耽误了的十年时间追回来。同学们刚刚进入校园就如饥似渴地投入了紧张的学习。特别是像我们这些双手结满老茧，一脸风霜的"老三届""老知青"，尽管很多人已经做了爸爸、妈妈，家庭负担很重，甚至自己的孩子都已经入学读书，但是，大家一进校门，刚刚放下扁担，连身上的汗水还没有擦干，脚上的泥巴还没有洗净就一头扑进了学习之中。大家知道：机会来之不易呀！因为这是十一年一大考，而且是百里挑五还不够的公平竞争，如今能够进入大学的门槛，谁不珍惜呢？

好！时间太宝贵了，学习又格外紧张，只好匆匆数语，以表谢意。

最后，祝校长和老师们身体健康，工作顺利，学校越办越好！

顺致

崇高的革命敬意！

学生：陈世强谨上

1978年3月2日

大学生来了感谢信，这对于我们这所极不像样的袖珍新办中学来说，无疑是极大的喜讯，也是极大的鼓舞，消息立即传开了。

正当我爱不释手地看信时，张炳华冷不防就来了个突然袭击，抢过去扫了一眼就大声激动地念起来。

正在备课与改作业的老师们高兴得停下手中的工作，神情专注地侧耳倾听，尤其是当听到"一日为师，终身为父"时，更是激动不已。

作为同龄人的萧凤英深受感动地说："万万没有想到，我们才辅导过他几天时间，就被报以'父母之恩'，实在是当之有愧呀！"

刚刚下课，一身粉笔灰的袁圭一听，乐得笑开了龅牙，连声说道："不错，不错！总算没有白费工夫。"

陈老师说："这不是一封普普通通的感谢信，更是对我们最大的奖赏与鼓舞。特别是反映了恢复高考、公平竞争的深远影响和巨大变化。你看，这样一考，全国学校为之改观。这也是拨乱反正的一个重要标志。"

是啊！高考制度的恢复，强烈地震撼了教育界和全社会，牵动了全中国的千家万户和亿万学子之心。尊重知识、尊重人才的正确方针重新得以贯彻，特别是从高中毕业生中直接招考大学生，这一公平、公正和科学的竞争原则得以重新确立，彻底改变了多年以来广大青少年沉闷、迷惘、读书无用的精神状态，激发了亿万青少年学习文化科学知识的空前积极性。

这样一来，就连我们这所最穷最小最新最落后最没有名气的罗南中学，也被插班生、历届生、旁听生挤得爆满了。

1978年4月1日　星期六

正当我们紧张地忙于新学期、新形势下的教学工作之时，大学生陈世强的感谢信对我们产生了极大的影响和鼓舞，特别是"全国科学大会"的胜利召开，犹如科学的春天，给我们学校带来了和煦的阳光和无限的希望。

这次"全国科学大会"，不仅给科技战线带来了明媚的春光，也给教育战线，给我们这个小小的罗南中学师生带来了无限的希望与春光。尤其是邓小平同志的开幕词，更是在我们学校中产生了强烈的反响！

难怪张炳华一看到报纸就念了出来：

"同志们！

"全国科学大会胜利召开，我们感到非常高兴，全国人民感到非常高兴。今天能够这样举行一个在我国科学史上空前的盛会，就清楚地说明：王洪文、张春桥、江青、姚文元'四人帮'肆意摧残科学事业，迫害知识分子的那种情景，一去不复返了。科学技术工作受到了全党和全国人民前所未有的重视和关怀……"

"说得好哇！"正在改作业的袁老师忍不住地说。

老张立即制止道："请勿插话，听我再读，更好的还在后头哩！"说完，只见他继续朗声读道：

"同志们！

"在二十世纪内，全面实现农业、工业、国防和科学技术的现代化，把我们的国家建设成为社会主义的现代化强国，是我们肩负的伟大历史使命。

"四个现代化，关键是科学技术的现代化。没有现代科学技术，就不可能建设现代农业、现代工业、现代国防。没有科学技术的高速度发展，也就没有国民经济的高速度发展……"

萧凤英也忍不住插话道："说得太好了。"

老张把手一挥，制止道："别插话，再听。"他又继续读道：

"今天，我就有关的几个问题讲点意见。

"第一个问题，对科学技术是生产力的认识问题。……科学技术是生产力，这是马克思主义历来的观点。早在一百多年前，马克思就指出：'生产力中也包括科学。'现代科学技术的发展，使科学与生产越来越密切了。科学技术作为生产力，越来越显示出巨大的作用。

"……现代科学为生产技术的进步开辟道路，决定它的发展方向。许多新的生产工具，新的工艺，首先在科学实验室里被创造出来。……大量的历史事实已经说明：理论研究一旦获得重大突破，迟早会给生产和技术带来极大的进步。当代的自然科学正以空前的规模和速度，应用于生产，使社会物质生产的各个领域面貌一新。特别是电子计算机、控制论和自动化技术的发展，正在迅速提高生产自动化的程度。同样数量的劳动力，在同样的劳动时间里，可以生产出比过去多几十倍几百倍的产品。社会生产力有这样巨大的发展，劳动生产率有这样大幅度的提高，靠的是什么？最主要的是靠科学的力量、技术的力量。

"承认科学技术是生产力，就连带要答复一个问题：怎么看待科学研究这种脑力劳动？科学技术正在成为越来越重要的生产力，那么，从事科学技术工作的人是不是劳动者呢？

"在社会主义社会里，工人阶级自己培养出来的脑力劳动者，与历史上的剥削社会的知识分子不同了。……他们与体力劳动者的区别，只是社会分工的不同。从事体力劳动的，从事脑力劳动的，都是社会主义社会的劳动者。……

"正确认识科学技术是生产力，正确认识为社会主义服务的脑力劳动者是劳动人民的一部分，这对于迅速发展我们的科学事业有极其密切的关系。既然承认这两个前提，那么，我们要在短短的二十多年中实现四个现代化，大大发展我们的生产力，当然就不能不大力发展科学研究事业和科学教育事业，大力发扬科学技术工作者和教育工作者的革命积极性。

"第二个问题，关于建设宏大的又红又专的科学技术队伍。

"这里，一个重要的问题是，对又红又专要有正确的理解、合理的要求。

"'四人帮'胡说'知识越多越反动'，鼓吹'宁要没有文化的劳动者'，把既无知又反动的交白卷小丑捧为'红专'典型，把孜孜不倦、刻苦钻研，为祖国的科学技术事业作出贡献的好同志诬蔑为'白专'典型。这种是非关系、敌我关系的颠倒，一度在人们的思想上造成很大的混乱。

"二十八年来，我们的科学技术队伍，在毛泽东思想的哺育下，确有很大的进步。绝大多数科学技术人员，热爱党、热爱社会主义，努力同工农相结合，满腔热情地对待自己从事的科学技术工作，做出了成绩……这样的队伍，多么难能可贵！这样的队伍，就整个来说，不愧是我们工人阶级自己的又红又专的科学技术队伍！

"这样的革命知识分子，是我们党的一支依靠力量……

"科学技术人员应当把最大的精力放到科学技术工作上去。我们说至少必须保证六分之五的时间搞业务，也就是说这是最低限度，能有更多的时间更好。如果为了科学上和生产上的需要，有人连续奋战七天七晚，那正是他们热爱社会主义事业的忘我精神的崇高表现，我们对他们只能够学习、表扬和鼓励……前几年，林彪、'四人帮'搞得工人不能做工，农民不能种地，解放军不能练兵，学生不能学习，科技人员不能钻研业务，给我们的社会主义事业造成多么重大的损失！

"今天，党中央这样关注科学和教育事业，这样着力于培养选拔人才，我们可以预见，一个人才辈出、群星灿烂的新时代必将很快到来。科学的未来在于青年，青年一代的成长，正是我们事业必定要兴旺发达的希望所在。

"科学技术人才的培养，基础在教育。我们要全面正确地执行党的教育方针，端正方向，真正搞好教育革命，使教育事业有一个大的发展，大的提高。教育事业，绝不只是教育部门的事，各级党委要认真地作为大事来抓。各行各业都要支持教育事业。人民教师是培养革命后代的园丁。他们的创造性劳动，应该受到党和人民的尊重。要切实保证教师的教学活动时间，要关心他们的政治生活、工作条件和业务学习。对于在教学工作中作出突出贡献的教师，应该给予表扬和奖励。

"……我们要彻底清除'四人帮'的流毒，尽快地培养出世界第一流的科学技术专家，作为我们科学、教育战线的重要任务……"

老张刚刚把报纸读完，老师们就按捺不住兴奋的心情，七嘴八舌地讨论起来。陈老师的发言最具代表性，他说："全国科学大会的召开，特别是邓小平同志的开幕词，不仅给全国的科技工作者带来了无限灿烂的阳光，也给咱们长期以来备受冲击和摧残的教育战线带来了明媚的春光、无限的希望和巨大的鼓舞与激励！国家要强盛，民族要兴旺，经济要发展，靠的是什么呢？靠的是'四个现代化'。正如邓小平同志说的，'四个现代化，关键是科学技术的现代化。没有现代科学技术，就不可能建设现代农业、现代工业、现代国防。没有科学技术的高速度发展，也就不可能有国民经济的高速度发展'，而'科学技术人才的培养，基础在教育'，这话真是讲到点子上去了。大家知道，国家要强盛就要靠'四个现代化'；而'四个现代化'的实现就要靠大量的世界一流的科学家，要靠千千万万的高科技人才队伍。千军万马似的科技队伍不是靠一两个人的自学成才就可以完成的，也不是地长泥捏或自然长成的，而是靠学校、靠教育。学校教育的基础又在中学和小学。没有正常良好的中小学教育为基础，就没有良好的大学生源，没有良好的大学生源，要造就一支千军万马的科技大军，岂不成了无源之水、无本之木？正如小平同志去年说的：'我们要实现现代化，关键是科学技术要能上去。发展科学技术，不抓教育不行。靠讲空话不能实现现代化，必须有知识，有人才。没有知识，没有人才，怎么上得去？……抓科技必须同时抓教育。从小学抓起，一直到中学、大学。'小平同志这话真是讲得再中肯不过了。目前，党对科技工作这么重视，势必重视教育。正如他说的：'抓科技必须同时抓教育，发展科学技术，不抓教育不行。'那么，国家将来必定下大决心抓教育，发展教育。这样，教育界的春天很快就会来临。"

听了小平同志的开幕词，我的心情和老师们一样激动与兴奋，接着老陈的话说："小平同志的讲话不仅给科技界带来了春天，也给咱们教育界带来了春天。我相信，一个全党全民大办科技、大办教育的时代即将来临。"

正当大家兴奋不已地进行议论之时，谁知袁圭冒出了一句："春天倒是春天，就是缺少一样。"

"哪样？"小赵问道。

"那还用问吗？"袁圭说，"再好的春天，农民没有种子和肥料，就播不了种，种不了田；上面讲得再好听，下面没有动静，我们还不是没有钱。"

"话不能那样说。"我说，"饭要一口一口地吃，路要一步一步地走，做什么事情都不可能一步登天。我们不能幻想因为邓小平的一句话，明天一早我们的学校就会大变样。但是，有了这样的大环境、大气候，就给咱们提供了一个良好的前提。正如刚才大家说的，大好春光为农民的种田提供了一个良好的自然条件。然而，要获取丰收还得靠农民的辛勤劳动和积极备耕工作，没有后者，再好的天气也是等于零。但反过来看，如果没有一个良好的大环境、大气候，好像当年的粤东大旱一样，农民再勤劳也是田地龟裂，颗粒无收哇。'文革'十年，咱们教师再辛勤劳动，又有什么用呢？现在有了良好的大环境、大气候，咱们应该好好珍惜，搞得好，搞不好，就看咱们的啦。"

全国科学大会的召开，不仅是科技界的春天，也是我们教育界的春天。在这大好的春光里面，我们唯有辛勤地耕耘，才能结出丰硕的果实。

04

1978年4月8日　星期六

今年的高校招生与去年不同，这点我们早已知道，学校的教学工作也早已作了适当的安排。但是，究竟要怎么考？考到什么程度？却是心中没数。

今天，看到前天《光明日报》上的有关消息，事关重大，所以在下午的学习会上全文照读：今年高校招生实行全国统一考试，教育部编写的《高校招生复习大纲》最近将在各地印发。

众所周知，高考是一根指挥棒；高考是检验一间中学办学质量如何最简易的标准；高考又是人们衡量某所中学优劣与否的一杆秤。考得好，到处喜气洋洋，考生喜、家长喜、学校喜、老师喜，社会上更是赞誉满天，还得到上级机关的表扬和赞赏。考砸了，犹如败军之将、落水之狗，血汗与辛劳有谁看到？！

因此，报纸一读完，大家就迫不及待地展开讨论。

老张率先说："时间这么紧，任务这么重，又是全国统一考试，这可怎么办？！特别是物理这一科，内容多，要求高，时间少，学生基础又是这么差，叫我怎么办才好？"

"老张说得好。"袁圭接着说，"离高考时间仅仅三个月，除头去尾星期天，真正能用的时间能有多少？！而这一点点时间又不是给哪一科独有，比'五马分尸'还惨，是'八科分时'，分到每科有多少？数理化又不像政史地可以搞突击，下功夫就背得出来，而是要靠日积月累的理解才行。现在最要命的是只见要求、未见具体考纲，这可怎么办？"

一向老成持重的陈老师说："时间紧，任务重，谁都一样。可以说'在时间面前人人平等'，谁也不会多一分，谁也不会少一秒，关键是应该目标明确、分工合理、措施得力。"

萧凤英和赵家庆急得同声问道："怎么办？！"

"是啊！"老张也着急地问，"陈老先生，你具体说一说，应该怎么办？"

我和大家一样，把热切的目光集中到老陈身上，只见他说："知己知彼，百战不殆。考场如战场，根据咱们学校眼下的实际情况，只能是保证不光，多多益善。"

除了袁圭之外，余者众口齐声地说："好个'保证不光，多多益善'！"

"高！"张炳华说，"陈老先生这一招，真是进可攻、退可守，实在高。你看看，还有什么锦囊妙计，尽管拿出来。"

陈老师接着说："这不是什么妙计不妙计的问题。既然目标定下来了，就是具体分工的问题。咱们是麻雀虽小，五脏俱全。现在是科目多，专任教师缺，怎么办？"

"是啊！"大家越想越急、越急越想，满脸忧愁地说，"特别是地理、历史两科，多年不开，骤然之间考起来，要求又这么高，怎么办？"

老陈说："我看眼下的权宜之计是能搭秤头的就搭秤头，搭不下去的，该请人就请人，实在找不到，那就只好搭秤头了。"

"对！"我说，"老陈这个意见好，也请各位好好物色一下，看看哪里有合适的人才，哪怕是代课也要请来。要不，就只好辛苦大家了。"

箩叔说："对，竖起招兵旗，自有吃粮人。现在是紧得屎流尿出，没人怎么行？"

"老陈。"我说，"请你再把具体措施说一说。"

"好吧。"陈老师说，"我先来一个抛砖引玉，不足之处大家再好好补充，'三个臭皮匠，赛过诸葛亮'嘛。第一，要迅速找到考纲，吃准吃透考纲，不然就像盲人打仗，该打的不打，打的又扑空。第二，选准对象与种子，适当培养和扶植。我们这样新、小、差的袖珍学校，在招生比例仅仅百分之几的情况下，要想大量的学生考上大学是不现实的，只能突出重点，带动全面。第三，各科老师之间要目标一致、密切协调，切忌目标不一、力量分散，东放一枪，西放一炮，谁也没有考好。须知，学生如坐轿子的'新娘'，教师似'轿夫'，'抬轿子'的步调不一致，岂不叫'坐轿子'的大出洋相吗？"

经过一场紧张热烈的讨论，最后大家取得比较一致的意见。

第一，目标明确，力保不光，多多益善。

第二，任课重新调整分工，陈老师负责语文和历史，就是地理找不到人。

第三，赵家庆和萧凤英抓紧时间找考纲，越快越好。

第四，对目前在校的应届生和复习生进行分析排队，找出一、二、三号种子之后，把前十名的学生名单排出来。

第五，除了老师们抓紧时间备课备考，各科对重点辅导学生的时间也作了适当安排。

第六，"未行军，先行粮"，要千方百计保证师生们的生活，解除老师和同学们的后顾之忧。

……

虽然措施和办法想了一大堆，但是在全国教材极不统一的情况下，突然间进行统考，其工作量之大可想而知。至于结果如何？只有经过全校师生的拼搏和七月上旬的大考，才见分晓。

1978年4月29日　星期六

自从上次学习考纲以来，全校师生进入了紧张的备考。小赵和萧凤英不仅很快弄来了考纲，而且找到了一部分复习资料。其他老师根据考纲规定内容，夜以继日地编写复习提纲和练习题，老张向我提出一个建议："'老武'，听说电视台为了配合高考，专门开设了各科的高考辅导课，要是咱们学校也买一台电视机就省事多了。"

我无可奈何地说："是啊！我原来在报纸上就看见了，可惜无钱屈死英雄汉。"

他说："人多办法多嘛，跟大家说一说，说不定能够找到好办法哩。"

"好，我试试看。"

我本来以为没有多大希望，谁知跟大家一说，反应非常热烈，一致要求："买电视机！"

我说："大家不是不知道，咱们学校现在是穷得找个铜板来刮痧都困难，哪里来钱买电视机？"

正当大家为筹资买电视机而搔破头皮时，袁圭出了一个绝妙的主意。

他说："公家没有，先向私人借。"

"对！"大家纷纷表态，"这个意见好，众人拾柴火焰高，学校借了以后再还嘛。"

小赵首先表态："我这个体育佬有劲没处使，把家里养的那头猪卖了，借给学校买电视，也算对高考的一点贡献吧。"

"好，好！"大家纷纷赞道，"小赵这个头带得好。"

就这样，有钱出钱，有力出力，你凑一点，我借一点，就连新来代课的地理教师叶为民也不甘落后地说："我把家里养的几只鸡卖了，借给学校买电视。"

大家风风火火，说干就干，几天后就买来了一台十七寸的黑白电视机。从此以后，每逢电视台播放高考辅导课，不仅本校的应届生、历届生来看，就是准备报考的社会青年也纷纷前来观看，还真是起到一定的作用。

正当全校师生废寝忘食地为高考拼搏的时候，全国教育工作会议于四月二十二日在北京召开，这无疑是给我们教育战线的广大师生员工送来了温暖的春风。特别是邓小平同志作的《在全国教育工作会议上的讲话》，对于"文革"十年以来备受摧残、惨遭严重破坏、长期一片大乱的重灾区——教育战线来说，犹如长夜细雨后的初春太阳，给我们带来了无限的光明与温暖、希望与动力。尽管我们现在忙得连喘气的机会都没有，还是挤出了一点时间学习小平同志的讲话。

小平同志的讲话刚刚读完，老师们马上开始讨论。

从来很少率先发言的陈老师，这次却率先说："像小平同志对教师这样高度的评价与肯定，已经整整十几年没有听过了。"

"是啊！"袁圭按捺不住地插话道，"以前是知识越多越反动，知识就像中华人民共和国成立前的财产，越多越反动，越穷越光荣。读书读好了，当了教书先生就成了臭知识分子，而那些无心向学、读不成书、回家种地的，反而成了最可靠的积极分子。"

"咱们面前的'武七哥'就是一个活典型。"老张揭我的老底说，"这个中华人民共和国成立初的儿童团长，扛过枪，种过地，当过民兵营长的红色种子，通过刻苦学习，自学成才考上大学，成了村里的第一个大学生，反而成了'臭老九'、臭知识分子。"

"是嘛！"萧凤英接着说，"就连我们这些'文革'前的中学生、'老三届'，也沾上了小资产阶级、臭知识分子的边，通通要去农村接受贫下中农的再教育。"

"现在好了！"陈老师接着继续说，"小平同志不仅在去年就大声疾呼，'一定要在党内造成一种空气：尊重知识，尊重人才。'特别是在'全国科学大会'和'全国教育工作会议'上的两次讲话，不仅给全国的科技工作者带来了春天，也给我们这个首当其冲的教育界带来了无限的希望与明媚的春光。正如范仲淹在《岳阳楼记》中说的，原来是'淫雨霏霏，连月不开，阴风怒号，浊浪排空，……'现在是'春和景明，波澜不惊，上下天光，一碧万顷。……长烟一空，皓月千里'。他还强调：'我们要在科学技术上赶超世界先进水平，不但要提高高等教育的质量，而且要提高中小学的教育质量。'这话真是讲到点子上去了。"

"对！"赵家庆终于找到了插话的机会，说，"邓伯伯说：'全国教师九百万人，绝大多数教职员工热爱党、热爱社会主义，勤勤恳恳地为社会主义教育事业服务，为民族、为国家、为无产阶级立了很大功劳。为人民服务的教育工作者是崇高的革命的劳动者……我们要提高人民教师的政治地位和社会地位。不但学生应该尊重教师，整个社会都应该尊重教师……对于优秀的教育工作者，应该大张旗鼓地予以表扬和奖励'。"

"还有呢！"袁圭又说，"他不仅说'大张旗鼓地表扬与奖励'，还有实际利益。我们是几十元钱几十年，个个穷得叮当响。现在小平同志说：'要研究教师首先是中小学教师的工资制度'。看来，教师的生活将有一定改善了。"

"还有，"萧凤英也兴奋地插话说，"小平同志说'要采取适当的措施，鼓励人们终身从事教育事业，特别优秀的教师，可以定为特级教师'。足见小平同志对教育战线,特别是对中小学教师的重视。"

"是啊!"陈老师说,"我活了大半辈子,教了几十年书,'特级教师'这个词还是第一次听到。"

"对!"张炳华马上接着说,"这可是邓小平的伟大发明。"

袁主立即说:"'文革'前的大学一级教授和中小学的一级教师就好像稀有动物一样,更不要说'特级教师'了。"

最后,陈老师说:"郭沫若说'科学的春天来了',现在我们可以说教育的春天来了。"

"对!"大家异口同声地说。

小平同志复职以后,大刀阔斧、雷厉风行地抓科技、抓教育的重大举措,不但给全国的科技界和教育界带来了希望与春光,也将对我们国家的前途和命运产生深远的不可估量的影响。从老师们热情洋溢、充满喜悦的发言中完全可以看出,这对我们学校也将是一个巨大的鼓舞和影响。

1978年5月5日　星期五

高考在即,值此全校师生员工孜孜不倦、奋力拼搏之时,一个关键的问题摆在我们面前。

这就是,我们罗南中学要办成一个什么样的学校?!

俗话说"铁打的营盘,流水的兵",我们的学校建设是"铁打的校园,流水的学生"。世界上的任何名牌老校,不仅仅是资格老、设备好,更重要的是看办学质量如何,出的人才是多还是少。

而要出好人才,多出人才,不仅要有良好的校舍设施等硬件,还要有良好的校风学风等精神。良好的校风学风不是从天上掉下来的,而是从创校之初就要形成。我们知道,解放军的英雄连队创建至今,尽管连队里的官兵换了一批又一批,但是英雄连队的本色代代相传。而今,我们这群罗南中学的开荒牛,不仅要为后人创造良好的办学条件,而且应该为后来者树立良好的校风学风,这是义不容辞的职责,是学校的灵魂,是不可估量的精神财富。

校舍建设除了依靠全校师生艰苦创业,更重要的是有赖于社会各界人士的鼎力支持；校风建设则是全靠学校师生的内在力量、内在因素。在这个软建设中，关键是师资队伍的建设，而师资队伍建设的关键在于校长。有人说："校长，是教师的教师。"

当然，校长不是万能的。学有专攻，术有短长。扪心自问，就很多方面来说，我这个所谓校长是谁也比不上的。今天下午，我专门召开全校教工会议，恳请大家为办好学校提出宝贵的意见和建议。

一开始，我就开宗明义地说："高考在即，谁都很紧张，谁都想争分夺秒地给学生上课、辅导，谁都想自己所教的科目考出好成绩，这种既为学生负责，又为学校争光的精神是非常难能可贵的，也是办好咱们学校的思想基础，完全应该得到鼓励和肯定。今天，为了把咱们学校办得更好，特请各位同人献计献策。"

谁知袁圭一炮就轰了过来："我们是'泥菩萨过河——自身难保'，还想更好？"

张炳华紧接着说："我们这么一个先天不足的怪胎学校就想创名校、出状元，真是可笑不自量。充其量，打砖、炸石、搭草棚倒是咱们的老本行，要独树一帜创名校，不笑掉人家的大牙才怪呢！"

面对这样的意见，我客观地承认："张老师和袁老师讲的话都很客观实际。大校、名校咱们不敢奢望，但是咱们不能老是'一光到底'，也要根据实际情况，力所能及地拿出东西，办成有自己特色的学校，才算说得过去。"

"是呵！"陈老师说，"大家都讲得很有道理，也很实际。"他略停一停，接着说，"咱们罗南中学确实很像先天不足的初生残疾儿。但是，各位无妨看一看，有不少的残疾人身怀绝技：盲人会算命，跛者牵猪猡，是天生的吗？非也！是生活的现实逼出来的，没有一技在身就难以糊口活命。他们身处绝境尚且谋出一条生路，难道我们这些知识分子、人民教师就不能根据咱们学校的实际情况，摸出一条自己的路来吗？！"

"说得好！"我和箩叔不约而同地说。他还补充道，"俗话说'蛇有蛇路，鼠有鼠路'，各有各的路，我们再丑也有我们的丑样，说不定在某些方面我们还有长处哩。"

"对！"我说，"我们虽然不是名校、老校、大校、强校，但我们再小也是一间学校。正如刚才箩叔说的，'丑也有我们的丑样'，我们要根据自身的特点和实际情况，摸出一整套切实可行、符合实际情况、有自身特色的东西来。当然，我们不可能一步登天，也不应该一落千丈，我们应该有自己的东西。"

"对！"赵家庆和萧凤英异口同声地说。

袁圭故意使用激将法，说："好哇！请你们拿出高招来看一看嘛！"

我马上解围说："常言道'三个臭皮匠，赛过诸葛亮'，办法是大家一起想出来的嘛。"我接着说，"大家都说，教育的春天来了。春天来了，农民忙于耕田种地；我们的春天来了，我们应该做些什么呢？特别是年初教育部发布《全日制十年制中小学教学计划试行草案》，这就成为正本清源、办好学校的依据；而现在，各科考纲又公布了，这就有了标准和目标。在这种情况下，根据咱们学校的实际情况，还是恳请各位老师多多提出宝贵的建设性意见。"

陈老师说："咱们县有一个中学，尽管在以前办学条件不如县一中，但是她们却以'母鸡孵仔'的精神，取得了可喜的成绩，咱们是不是也可以学一学呢？"

"什么是'母鸡孵仔'的精神？"大家不约而同地问，语气与含义却不大一样，有的语带讥诮，有的确系不懂，诚心请教。

陈老师也不计较各人的神情语态，解释说："我们老师与学生的关系，就好像老母鸡孵小鸡一样。老母鸡孵蛋时是全情投入，精益求精。"

"好一个'母鸡孵仔'精神！"我高兴地说，"请陈老师具体地说一说，我们应该怎么个'孵法'和'带法'。"

他说："生活在农村的人都看过母鸡孵蛋和带仔的情形。母鸡孵蛋时确实是废寝忘食，精心翻蛋调温；带仔时则是到处'采办'，每找到一点点好吃的都要给小鸡吃。"

"陈老先生，"张炳华半开玩笑半认真地说，"您老人家倒具体说一说，我们这些男士怎么样变成孵蛋带仔的老母鸡？"说得大家都笑了起来。

陈老师为了学校的工作，不同他计较那么多，而是慢条斯理地说："不外乎就是四个字。"

"哪四个字？"我和大家不约而同地问。

"就是'爱、勤、细、实'四个字。"陈老师进一步解释说，"一只老母鸡从孵蛋到带仔，时时处处充满爱心，呵护备至。整个孵化过程，它一刻也不肯离开，哪怕是落下一身肉，它也甘心情愿；小鸡孵出来以后，它带领小鸡到处找食，每找到一点点好吃的，马上招呼小鸡来吃，有什么老鹰、黄鼠狼来偷小鸡，它就拼命，处处充满着母爱。从孵蛋到带小鸡，它非常勤劳，孵蛋时，时时转蛋调温，生怕一颗温度不均，做到又勤又细；带领小鸡揾[①]食的时候，也是丝毫不敢疏忽。所谓实者，哪只老母鸡在孵蛋时不是张开翅膀，把蛋盖得严严实实、密不透风？若是碰上风雨袭击或老鹰叼小鸡，哪次不是张开翅膀实实在在地把小鸡护住？这就是'母鸡孵仔'的精神吧。同理，我们把这种精神借用到办学方面，不是很好吗？！"

"噢！"听得津津有味的萧凤英说，"经陈老师这么一说，真是茅塞顿开。"

"你倒好办，物以类聚嘛！"张炳华开玩笑地说，"我们就难啰！"

"鬼打你！"萧凤英被老张一个玩笑开得脸都红了，说，"人家说的是正经事，你这个歪嘴和尚却把经念歪了。"

"好、好、好，"袁圭说，"我说个正经的，就算我们像老母鸡一样，孵了老半天，碰到臭蛋，也孵得出小鸡来吗？"

"当然，"陈老师胸有成竹地说，"人有贤愚，树有大小曲直，蛋不是颗颗一样，就是咱们学校的师生也并非人人一样，因此要根据咱们学校的实际情况，拿出具体的方案和措施来。我看，根据咱们学校的现状，因材施教固然是好，做到一人一法也确实有困难。总的来说，正如山上的木料一样，直的可以做桁做桷，弯的可以做犁做桌椅，不就做到物尽其用了吗？咱们也可以做到人尽其才，对有点升学希望的学生，一定要合力扶持，尽可能把他们推上高一级的学校去深造，以便将来发挥更大的作用；对实在扶不上的学生也不能采取放鸭子的态度，而是要多加爱护和关怀，不要让他们感到升学无望，自暴自弃，帮助他们树立正确的人生观，努力提高文化基础知识，学一技之长，将来在社会的各行各业中，既有谋生本领又有所贡献，这也是学校应该做和可以做到的事情嘛！"

[①] "揾"：在粤语中是"寻找、找到"的意思，例如"找人"叫"揾人"，"找工作"叫"揾工"，"谋生"叫"揾食"等。

经过一番热烈的讨论，最后我归纳为两句话："在全面贯彻党的德、智、体、劳全面发展的教育方针下，我们的校风是'爱、勤、细、实'；我们的两个任务是'既为高一级的学校培养合格的新生，又为社会主义建设事业培养优秀的后备力量'。

"当然，正如近来报纸上所说的，'实践是检验真理的唯一标准'。咱们现在提出的四字校风和两个任务能否经得起历史的考验，完全有赖于全体师生的努力与实践。"

但愿这是我校良好的开端吧！

05

1978年7月9日　星期日

昨天刚刚考完物理，张炳华就鬼叫一样地嚷开了："什么'母鸡孵仔'？孵了几个月，孵出来的不是次蛋，就是瘸脚弱蹄的畸形儿，孵个啥呀！"

我一听不妙，急忙问道："怎么样？"

他一肚火地说："什么怎么样？！"

他火我不火，平心静气地说："物理这一科，学生考得怎么样？"

他有气无处出，对着我连珠炮似的轰了过来："你说气不气人？我们辛辛苦苦按照你的'四字经''孵'了几个月，一再给他们讲得明明白白，问他们懂不懂，他们都说懂了。小测时发现错误，试卷讲评时给他们指出了，而且要他们做好错题录，紧紧记住；考试前，生怕他们忘记，中午又一再跟他们强调。真是碰巧，下午的试题中恰恰就有中午讲过的类型题。我以为这下子乱枪打到鸟。谁知有些尖子生还是做错了，你说，怎不把人活活气死？！"

面对这种情况，作为学校领导的我深知冷静处理的重要性，特别是面对自我感觉不大妙的科任教师，此时此刻千万不能发火和埋怨，而是要帮一把。我热情地安慰他说："首先，你能够'乱枪打到鸟'，本身就是一个胜利，说不定东边太阳西边雨哩，你问的人说没有做好，你没问的人反而做对了呢，个别人的失手也是常有的事。再说，考过就考过了，再叹惜也于事无补。目前，最关键的是'吃一堑，长一智'，总结经验教训，明天好好再战，尽量争取未考的科目考出好一点的成绩。"

"对！"陈老师听到我们的对话，不失时机地插进来说，"应该这样。我建议晚自修开始时，由无校长简单扼要地给考生做最后的考前心理辅导，这样比较好。"

"好！"旁边的其他老师一致赞成陈老师的意见。

"好，"我说，"就这么办。"

说干就干，昨天晚上自修课一开始，我在毕业班的教室里对同学们说："同学们，你们的时间十分宝贵。为了更高效地发挥它的作用，就要做科学合理的安排。因此，我借用三分钟的时间跟大家说一说：第一，凡是考过的科目，不管考的情况如何，一概不说，说得越多就越浪费时间。第二，现在到考前的复习千万不要去钻牛角尖，什么'鸡兔同笼'，钻他十天半月也钻不出来，人家的试早已考完了，就是钻出来，人家不一定就出这道题，何必白白浪费时间？就是真的被你钻对了，也仅是一道题而已，它有一百分吗？这就和农民种地一样，只管试验田不管大面积，得不偿失，只有大面积的丰收才是真正的丰收。我们考试也是一样，只有全部都会，才能处处丰收，取得好成绩。第三，今晚自修，特请大家把明天要考的科目，依照考纲的要求内容，快速地过一次'电影'，碰到实在记不起来的才去查书落实。这样印象比较深刻，不仅节省大量的时间，还能比较全面地复习。特别是明天，每科开考之前，都要快速地扫描一遍。从心理学的角度来说，刚刚看过的东西记得最多。然后，心情平和地进入考场，我相信，大家一定会考得比以前更好，祝同学们越考越好。"

同学们纷纷点头称是。

我招招手示意大家安静，说："好，大家静下来，抓紧时间复习。"

教室里顿时安静下来，只听到同学们沙沙的翻书声，以及老师们轻轻地巡回于教室中的身影和他们及时解答学生疑难的轻声细语。

看到这种情况，我心里踏实了些。

果然，今天考试的情况好了一点。

诚然，眼下高考的情况非常严峻。据可靠消息：今年的考生比去年多，达到六百多万，而大学招生人数仅仅四十万多一点。今年的考生比去年要强得多，除了"老三届"外，同样还有十几年来的历届生、复读生、补习生。尤其恢复重点中学以来，突出重点、加强重点、大抓重点以后，重点中学师资阵容更加强大，这部分考生是兵强马壮的天之骄子，有备而来的精兵强将；而我们这些刚刚出生就面临夭折的新分公社中学，哪能跟他们比呢？俗话说："老鼠尾，再肿也不惊人"，高考的结果可想而知。

1978年7月中旬

"实践是检验真理的唯一标准"，我们教育战线就是一个很好的例子。"文革"期间，一方面，大学停招或少招少办，"工农兵学员"取代了高中毕业生的高考入学；另一方面，在农村，相关部门却不顾客观实际，提出"读小学不出生产队，读初中不出大队，读高中不出公社"的口号。表面看来，全国的中学形势一派大好，实际上是好看不中用。第一，中学的师资质量严重空缺，往往是牵牛上树，老高中生教新高中生，教者累得要命，学者又能学到什么东西呢？第二，学制大大缩短，小学五年，初、高中各两年；所谓的"高中毕业生"不管是学龄还是年龄，都相当于"文革"前的初中毕业生。第三，教材随意删改砍压，简单到不能再简单，史地不开，理化变成农机知识，哪里有高中课程的一点味儿呢？第四，锄头、畚箕多过教学，劳动生产占去了大量的时间，何来的学习质量可言呢？第五，一社一高中，财力物力跟不上，我们罗南中学之所以办得如此艰难，就是一个绝好的例子。

这也难怪，自"文革"以来，十来年间没有应届高中毕业生参加高考，学生只要在高中学校里"养"上两年就是高中毕业生，管他什么水平不水平。而自从去年恢复高考以来，为了早出人才、快出人才，应届高中毕业生参加高考。这样一来，"滥竽充数"者通通原形毕露，纷纷进了"尼姑庵""和尚庙"，要不就是答卷里笑话百出，一塌糊涂。这点，每年参加评卷的老师深有体会，不管是考大专的试卷，还是考中专的试卷，都是如此。

经过全体师生的艰苦拼搏，加上"老三届"为我们添光和高中生可以报考中专的"临时小道"，再加之我们有点自知之明，量力行事，指导学生报低不报高、报冷不报热，总算考到几个大专生和中专生，这就把全校师生累得要命。正如袁老师说的："矮仔上楼梯——辛苦兼出丑。"这样的高中怎么能够办得下去呢？而像我们这类学校，全国比比皆是，有的甚至比我们还要差呢！

面对这种情况，中央为了节约人力物力，集中力量早出人才、出好人才，果断地决定：大部分农村公社停办高中，集中人力物力财力办好重点中学；农村小学的"戴帽"初中班通通"摘帽"，这些"帽子"全部集中到公社中学；实在社大人多容不下的，可以分片办联中。这个政策立即在全国得到贯彻执行。

县教育局坚决贯彻落实上级指示精神。全县除保留"文革"前的几间高级中学外，最主要的是集中一切力量办好县的重点中学。其他"文革"期间新办的农村公社高中，一律停招高一新生，转收初中学生。

在历史大潮面前，任何个人的力量都是十分渺小、微不足道的。尽管平时对中学不闻不问的公社李书记到县教育局拍着胸脯保高中，结果还是螳臂当车，逃不了"下马"的命运，罗南中学理所当然也和全国所有公社中学一样，虽未"寿终正寝"，却是由高变初了。

罗南中学高中下马，袁圭倒是有点庆幸地说："我早就说了嘛，早散早好，不用年年辛苦兼出丑，吃力不讨好。"

张炳华立即顶了过去，说："老兄，你不要高兴得太早，跑得了和尚跑不了庙，去了高中还不是来了初中，还不是年年要考？"

袁圭不服输地说："高考与中考，差老啦！哪里会年年这么要命？"

"不见得！"消息灵通的张炳华反驳道，"现在是高中招生大大压缩，听说有的大城市三人招一还不够，要进入重点中学读高中就难上加难了，我看将来有一天考重点中学比考大学还要难。升学考试这个'紧箍咒'还不是套在我们头上？"

"你这是和尚头上捉虱子——多管闲事。"

"为什么？"

"这还用说吗？"袁圭胸有成竹地说，"你们这些名牌大学本科高才生还用在这穷山沟里当马骝①王？这不是孔夫子教三字经——大材小用吗？况且上级明文规定：'本科生教高中，专科生教初中'，加上重点中学到处搜罗人才，指名道姓，点着人头要人。你们这些响当当的'臭老九'过几天不知香到哪里

---

① "马骝"：在粤语中是"猴子"的意思，"马骝王"即猴子大王。

去呢，还用为我们这个'破庙'瞎操心？！"

"我哪里也不去。"

"车大炮[2]！"

"谁跟你车大炮？"

"别骗人！"袁圭根本不相信张炳华的话，"我就不相信！重点中学师资强、条件好、学生尖，不去容易名利双收的地方，在我们这个穷山破庙里当和尚有什么好处？"

张炳华别有见地地说："这里山好水好风景好，找都找不到，我为什么要跑？"

"你是打烂的茶壶得把嘴[3]。"袁圭还是不相信他的话，说，"我看你到时跑得比兔子还快。"

"老兄差矣！"张炳华真诚地说，"君不见东晋的葛洪连丞相都不当，偏要跑到罗浮山修道炼丹。我们在这里教初中，建学校，有什么不好？"

"好哇！"我高兴地说，"这就叫'宁教初中，也爱罗中'。"

在后来的老师大调动中，谁也不愿意动，用老师们的话说就是"爱我罗中！"

高中一撤，初中一并，我们可就更加困难了！虽说老师们都有一颗"爱我罗中"的敬业之心，但是，真正留下来之后的难处却比过去有过之而无不及。

首先就是校舍问题。原来只有两个高中班，"六星伴月"的教工，"破庙"一座，再搭上两间草棚就马马虎虎可以上课。特别是经过几年来的艰苦奋斗，已经建了两间教室，加上原来的"破庙"和草棚，勉勉强强可以暂住。

可是而今，两个高中班突然变成六个初中班和一个高中毕业班，教工人数由原来的"六星伴月"一下子增加到二十来人，这可愁杀我这个所谓校长了。

第一，时间紧，任务重，我一时间去哪里找这么多的宿舍、教室和办公地方？众所周知，人是活的，叫一声"集合"，大家就呼啦啦地来了，而教室、

---

[2] "车大炮"：在粤语中指"吹牛""吹嘘""浮夸"，用来形容某人夸大其词，说大话。

[3] "打烂的茶壶得把嘴"：指嘴硬，只是嘴上说说而已。

宿舍不是下令集中就集中得起来的，这可叫我怎么办？！

第二，现在不是以前，连搭草棚的劳力都没有办法解决，原因有二：

首先，初中生不像高中生。当教师的都知道，初中生刚刚入学时都是小孩子，读初中的这几年正是他们生长的爆发期，而到了高中的时候他们已经成了大姑娘、小伙子。小孩子和小伙子怎能同日而语呢？这些小孩子怎能干得了繁重的体力劳动？如果是生活在大城市娇生惯养的家庭里，他们还要在母亲的怀里撒娇呢！哪能叫他们打石、做砖、割草、抬桁条呢？

其次，全国各级各类学校已经进入正常的教学秩序，省委第一书记、省"革委会"主任习仲勋同志在今年六月召开的全省教育工作会议上明确指出，"屯昌教育革命经验，实际上是以'两个估计'为出发点的，因此是错误的"。加上年初教育部颁布的《全日制十年制中小学教学计划试行草案》的贯彻实施，学校的正常教学秩序正在恢复和健全，谁敢去违反它？尤其是高考、中考刚刚恢复，谁不为升学考试操碎了心？谁不想尽千方百计挤时间上课、补课，哪里还有什么时间叫学生劳动？

第三，最要命的是要钱没钱，要物没物。

这可叫我怎么办哪？

06

1978年8月下旬

整个暑假，我急得好像热锅上的蚂蚁，团团转，连家里的事也顾不上，就是找不到出路。直到假期结束，教师集中，我才迫不得已把新学期的开学工作、校舍问题、人员安排等一系列问题在教师会议上摆了出来。

而今是人多了，枪也多了，再不是原来的"六星伴月"，而是二十几号人了。原来的"破庙"再也挤不下去，只好到教室里学习讨论。

人多意见多，开起会来比原来热闹得多。大家七嘴八舌，提出的意见可以装成几大箩。归纳起来，主要有以下几点：第一，当务之急是如何安顿突然爆炸性集中起来的师生；第二，根本的出路在于迅速建好校舍；第三，要建好校舍，关键的关键在于资金，如何筹集资金就成了最头痛、最关键、最要命的问题。

首先，关于如何解决师生集中后的教学问题，大家想了很多办法，最后决定来个临时的缓兵之计：学籍档案、师生资料统统集中归中学管理，这在名义与形式上都是小学摘帽、初中集中。但是，鉴于目前的特殊困难，只好初一新生集中，初二原地不动，寄读于原来的小学。这样一来，小小的罗南中学就变成了一个校本部和三个分教点，一下子更加有的忙了，可是不这样做，又有什么办法呢？只好目前点火目前光咯！

至于校舍问题，大家也提出了很多很好的意见，尤其是原来这班老教工提得更是一套套的，特别是张炳华，甚至连蓝图都拿了出来。他建议："首先，在这一年内，要再建好四间教室和十间教师宿舍，这样就可以临时解决六个班的教室和部分教工简单的住宿问题。"

袁圭马上说："你以为建房子跟你画图一样那么简单，大笔一挥而就哇？你算算，要多少人工、多少材料、多少钱？这些东西从哪儿来？"

张炳华也不服输地辩驳："大活人总不能让尿憋死，不想办法解决怎么办？"

陈明老师见他俩这样争下去无济于事，说："大家讲的都有一定的道理，关键是我们如何妥善安排和处理。当然，现在是兵多将广，不像原来那么简单。你们看这样行不行？"

新来的老师迫不及待地问："怎么样？"

陈老师说："第一，咱们先清一清家底，我看了一下，学校现有两间教室和两间草棚，还有现存几万块红砖及一些石头，用这些材料再建几间教室，解决学生就读的燃眉之急；第二，再计划建一些教师宿舍，这样逐步逐步来解决也是一个办法。"

袁圭未等老陈说完，就抢过话头说："谈何容易，光那些砖和石头就要建教室和宿舍，你算一算，还差多少钱？"

"你说的有道理。"陈老师接着说，"所以，第三就是迅速筹钱的问题。"

"对！"大家不约而同地说，"关键是筹钱。"

有的老师说："没钱同鬼讲。"

围绕着"钱"这个问题，老师们提出了很多的宝贵意见。有的说，向上面要；有的说，跟公社提意见，要他们向各个大队摊派；有的说，向学生收，每个学生需要多少钱照算；等等。意见纷纷，莫衷一是。

最后，还是陈老师为我们找到一线生机。他说："听了老师们的建议和意见，很受启发。我想，以前山东有一个武训靠乞讨兴学，办起了三间义学，咱们也来一个集资办学、民支公助，好不好？"

"好哇！"好多老师兴奋地说。

袁圭还是不服气地说："好什么？讲武训讲了那么久，有谁真的去'乞'过一分钱来？"

我和好几个老师异口同声地说:"别打岔!请陈老师具体说一说,不够再补充嘛。"

陈老师这才慢条斯理地说:"我算了一下,咱们公社共有一万多人口,若以每人集资两元计算,全社就有三万元左右;如果能动员社会热心教育事业人士自愿捐资,特别是动员海外侨胞、港澳同胞捐资办学,资金就更加可观;再加上上级的扶持,咱们的困难不仅可以解决,而且可以建起一座漂漂亮亮的学校。"

"好!"老陈话音未落,大家就高兴得好像雾海沉船时遇到救生艇一样,手舞足蹈,兴奋不已。

袁圭不紧不慢地说:"不要想得太美,这样的事谁干过?不要以为我们一个报告人家白花花的钱就滚滚而来。不信?你们试试看,是不是咱们的报告一送,人家的钱就哗哗地给你送来?"

"我们这是没有办法的办法。不这样做,又有什么更好的办法呢?"陈老师继续说,"大家看看,百年前的武训靠行乞尚且办起几间义学,解决了穷孩子们的读书问题,难道我们就连清末一个乞丐都不如?我看,只要我们大家共同努力,起码的办学条件应该是可以解决的。"

"黐线!现在还讲什么武训?"袁圭还是不服输地说,"'他'不是早已被批倒批臭了吗?"

"什么斗倒斗臭,这十几年来大家领教得还不够吗?"陈老师说,"最后怎么样呢?我看,不管对武训怎么批,他那种全心全意筹资办学,解决穷孩子读书的精神应该肯定。"

"你看看,现在有谁还像武训一样去乞讨兴学,集资办学?"袁圭气鼓鼓地说。

"那就让我们做一个现代的武训吧!"陈老师说。

"对!"我说,"穷则思变,正如刚才陈老师说的:'我们这是没有办法的办法',也可以说这是'逼上梁山',不搞集资办学,我们去哪里找钱呢?鲁迅先生欣赏'第一个吃螃蟹的人',就让我们做中华人民共和国'第一个吃螃蟹的人'吧!"

很久插不上嘴的张炳华终于找到了机会,说:"那就要看一看咱们的'武七哥'这第一只螃蟹怎么个吃法了？"

"我看这样吧，"我说，"这第一只螃蟹确实不容易吃，但是一定要想办法把它吃下去。怎么办呢？我建议先由陈老师起草一份报告。这是一份非同寻常的报告，一定要将'集资办学''捐资办学'的重要性、必要性和可能性进行充分、翔实的论证，任谁看了都深受震动，感到言之有理、切实可行才行。"

"对！"有的老师说，"就像李密的《陈情表》，谁看了都不得不感动。"

我高兴地说："我们就来个《集资办学陈情表》吧。"

萧凤英、赵家庆和许多新来的老师高兴地说："好哇！就叫作《集资办学陈情表》。"

袁圭却说："万一'秀才遇到兵，有理讲不清'怎么办？尽管你的《集资办学陈情表》写得再漂亮，人家就是不领你的情，你跟人家拼命啦？！"

赵家庆提出一个很好的意见，他说："上级领导也不是铁板一块，人人一样，一人不看还有别人看嘛。咱们就多复写几份，总是有人看到的嘛。"

陈老师说："实在不行，咱们还可以登门拜访哩。"

"对！"我说，"就这么办吧。我相信经过咱们的努力，一定可以感动上级。"

说干就干，陈明老师执笔起草，经过一个晚上的疾书奋战，写成了上千言的《集资办学陈情表》，再经老师们的讨论修改，最后复写六份，分别呈送公社各位主要领导和抄送县教育局。

在这份《集资办学陈情表》中，我们对办好公社初级中学的紧迫性和重要性作了简明扼要的论述，对目前"高中下马、小学摘帽、初中集中"所碰到的困难作了如实的反映和酣畅淋漓的陈述，对所需要的建筑项目仅仅提出了最基本的教室与宿舍的要求，对所需款项我们降到了最低的限度，对所需资金的来源我们作了客观、实际、详尽、透辟的分析论述。我们提出"除'五保户'和孤寡老人之外，全公社按人口计算，每人集资办学两元"。我们认为这样比较合理，"五保户"和孤寡老人本身就没有任何经济来源，全靠社会赡养，他们也没有子孙入学，不必承担集资建校是合情合理的。而对于全体社员来说，或前或后，他们都有子女入学读书，集资办学是理所当然的事情。再说，每人两元也不算多，三口五口之家，十元八元也不会成为沉重负担，几乎所有的家庭都能承担得起。

经过初步计算，如果每人两元能够一次性收齐的话，我们最起码的教室与宿舍建设费用基本可以解决。

我们在报告中顺便提出，如若能动员海外侨胞、港澳同胞捐资办学，那将是锦上添花。

最后部分，我们特别强调领导同志在这次集资办学中的重要作用和特殊的历史意义。古语云："十年树木，百年树人。"现在要实现四个现代化，科技为本，教育为先。也就是说，"百年大计，教育第一"。如果领导同志把集资办学这件事办好，将是造福子孙后代的大好事。

真是"病急乱求医"，《集资办学陈情表》一写好，我立即带上几份呈送公社各位领导同志。

一进公社大门，我就见到刚刚准备下乡的公社管委会主任水田同志。他对我们的《集资办学陈情表》非常感兴趣，立即回到办公室仔细询问集资办学的计划和具体实施步骤。我如实地向他汇报，他听后非常高兴地说："好哇！好哇！集资办学，这可是一件很好的新鲜事物，我们一定好好认真研究。"

接着，我满怀希望地来到许副主任的办公室，一见到他就一五一十地汇报我校关于"高中下马，初中集中"的具体安排。他对此表示理解和支持，说："在目前的情况下，也只有这样临时安排一下，要不，连学都开不了怎么办？"但是，当我把《集资办学陈情表》给他的时候，他却表现得那样无可奈何。他接过以后，从头到尾一字一句仔细斟酌，脸上的表情时阴时晴，变幻莫测，复杂难描。不支持吧，没有办法解决中学严重的财政困难；支持吧，自己又显得那样无能为力。这是中华人民共和国成立以来还没有人干过的事情，这个集资办学行不行呢？所以，他看了一遍又一遍，就是一言不发。

我只好硬着头皮问道："许主任，怎么样？"

他苦笑着说："报告写得很漂亮，讲的也很在理，但是真正做起来就难咯！"

"难在哪里呢？"我说。

"你看看，中华人民共和国成立这么多年来，有谁做过这样的事情？"他为难地说，"再说，这样重大的事情，我一个公社宣教委员，排在最末的管委副主任，哪有这样的能耐？我建议你最好带上这份《集资办学陈情表》去找一找李书记，好好跟他谈一谈，只要他通了，事情就好办。"

我立即去找李书记，他刚刚见到我的影子，知道我这个人无事不登三宝殿，就想出门避开。我赶紧迎了上去喊道："李书记。"

他不得不转过身来，很不耐烦地问："什么事？"

我深感被他蔑视的耻辱。但是，为了罗南人民的教育事业，为了子孙后代的健康成长，我不得不忍辱负重，一边强装笑脸一边递上《集资办学陈情表》说："李书记，这是我们关于集资办学的报告书，请你过目。"

"你说什么？！"

我不得不再说一遍："这是我们中学的集资办学报告书，请你过过目。"

"有冇搞错呀？！"他接过《集资办学陈情表》瞟了一眼，好像见到什么怪物似的说："什么'集资办学'？我听都没有听说过，是不是黐线啦？"

我忍气吞声地说："李书记，我们这也是迫不得已，没有办法的办法呀！"

他极不耐烦地把它往办公桌上一丢，反而把我嚷了一顿，说："我早就告诉过你们，要未雨先绸缪，你们不听，现在屎急才挖坑，有什么用？"他怕我死缠活赖，把手一挥说，"我正忙着下乡去，具体情况你跟老许说吧。"说完就像避开瘟神似的赶紧离开办公室，骑上单车走人。

是啊！我们的教育事业难就难在这些人的身上。他们本身没有文化而又发迹；他们不懂科学技术而又不想学习文化科学知识；他们不知道科学技术是第一生产力这个道理，更不知道要掌握科学技术就一定要有文化知识这个基础，没有这个基础，掌握科学技术就无从谈起。他们由于不懂得这个道理，所以不抓不管、不理不睬，甚至认为教育这东西不外乎是小孩子玩泥沙的玩意。我们的教育事业之所以难就难在这里。

在这里，我不能不为我们的《集资办学陈情表》深感忧虑！能通过吗？能实现吗？

1978年9月22日　星期五

真是急惊风碰到慢郎中。

我们的《集资办学陈情表》呈送公社各位主要领导至今已经近一个月。尽管我们盼星星、望月亮，望眼欲穿，还是泥牛入海、杳无音信。

而这几个月来，我却忙得焦头烂额、四处奔波、疲于奔命。

仅仅是校本部的事情就忙得一塌糊涂。原来办高中时，两间教室上课，两间草棚作学生宿舍，还可以马马虎虎应付。而今三个初一班加上一个高二班，草棚与瓦房统统作教室，学生完全没有地方寄宿，不论远近大小一律走读。路近的同学还好办一点，走路上学当作晨练就是，路远的初一新生就苦了，年纪又小，骑车又不熟练，一不小心，人仰车翻，不是掉进鱼塘就是跌落山坎，不是衣湿人寒就是这伤那伤。虽然幸得学生未有死亡，但确实令人胆战心惊。谁敢保证同学们一直平平安安呢？新增加的教师也没有地方住，只好早来晚回，当个走教的老师。他们在家备课、改作业，到校上课工作，来回奔波。碰上刮风下雨，师生们更是苦不堪言，个个好像落汤鸡一样，怎能上课学习？面对这种状况，谁不希望迅速改观？

还有三个分教点的情况，也是令我十分为难。以前是小学的"帽子"小学"戴"，现在是小学的"帽子"通通"戴"到我头上，而且都是初中毕业班，这就更加要紧！我如果不去看，不去听，不去深入课堂，不了解师生们的情况，万一考砸了，不是误人子弟，败坏中学的名誉吗？谁担当得起？

更加尴尬的是不论走到哪里，只要见到本校的老师，他们都会焦急地问："校长，咱们集资办学的事情公社同意没有？咱们的建校计划怎么办？咱们的学校何时才能够集中得起来呢？"

面对这种情况，还有谁比我更焦急、更狼狈呢？

在这种情况下，如果集资办学搞不起来，我们的学校将面临办不成的危险。而集资办学的关键人物是公社李书记，他这一关如果过不了，不要说每人两元，就是要一分钱来刮痧都甭想。可是，他大有"一夫当关，万夫莫开"之势，怎么办呢？！

别无良策，为了罗南人民的子孙后代，为了罗南中学的建成，哪怕是火坑也得往里跳哇！何况攻"关"？不过，为了壮壮胆和增加"攻关的火力"，今晚请陈明老师和张炳华跟我一起，三个人硬着头皮来到李书记的家，述说我校关于集资办学的诉求。

真是不巧，他们一家正在欣赏香港电视台播放的连续剧（自改革开放以来，罗浮山以南地区因山势之便，只要竖起一根鱼骨天线就可以收到香港电视台的节目）。

李书记转头看见我们进来，往后面的椅子一指，冷冷地说："坐。"说完便转头继续过他的电视瘾。直到中间的广告时间，他才头也不回地明知故问："有什么事？"

我心惊胆战地说："李书记，我们上次送给您的《集资办学陈情表》，公社党委讨论通过没有？"

"你说什么？！"也许是他的精神过于集中电视荧屏，没有听清楚我的话，也许是他根本就没有看过报告，语含厌烦地问。

我耐着性子小心翼翼地说："我是说，为了建好中学，我们建议公社党委动员全社人民集资办学，我上个月送给您的《集资办学陈情表》，公社党委讨论通过没有？"

"什么集资办学？"他感到不可思议地说，"我从来没有听说谁搞过'集资办学'，你们有冇搞错呀？！"

"是啊！"张炳华马上接着说，"'集资办学'的事确实听都没有听说过，我们这也是走投无路才想出来的'诀窍'。"

还没有等老张把话讲完，李书记马上顶了回去："好一个'诀窍'！你们中学竟敢向全社摊派收钱，谁给你们的权力？吃了豹子胆了？"

"李书记，"坐在一旁强装笑脸的陈老师说，"我们这也是没有办法的办法呀。"

"什么没有办法？"

陈老师还是强笑着说："这次'高中下马，初中集中'把我们中学都挤爆了，不解决师生们的教室和宿舍，实在办不下去呀！"

这一下子好像点燃了炸药包似的，他发火道："你不提'高中下马，初中集中'我还不火滚①，你这一提我就火爆②了。当初，我到教育局死争活争，一定要保住高中，如果光办高中，现在也不用那么麻烦。不听，一定要搞什么'高中下马，初中集中'，现在倒好，屙一坨烂屎叫我来收拾，我没有这个本事。

---

① "火滚"：在粤语中是"恼火、生气"的意思，指怒火中烧的状态。
② "火爆"：在粤语中是"发火"的意思。

俗话说：'解铃还得系铃人'，谁叫这样做谁出钱。"

老陈慢条斯理地说："李书记心中有气我们是可以理解的。但是，这是全国的统一行动，谁也不敢违逆呀！'生米煮成熟饭'，有什么办法呢？再说，原来两个高中班，县教育局都出不了什么钱，现在一下子就是六个初中班，起码要再建四间教室和二十几间的师生宿舍，教育局能给我们多少钱呢？退一万步来说，自己的娃儿自己养，罗南人民的子孙后代还是要罗南人民自己养。咱们的初中生还是得咱自己想办法解决，光是指望上级，哪里解决得了这么多呀？"

他没有好声气地诘问道："你们想过没有？建这么多教室和宿舍需要多少钱？"

张炳华马上说："我们初步计算了一下，最少也要十头八万吧。"

"真是越扯越离谱！"他对我们这帮打扰他看电视的人本来就一肚子火，加上如此死缠活赖，更加火上加火，训斥道，"你们了解目前农村农民的情况吗？一个劳动日才分那么几毛钱，而且要年终结账才能看得见。有的光是秤口粮还要超支，还有电费、生猪派购费、赤脚医生医疗费、民办教师工资一大堆，欠都不知道欠了多少，哪里来钱给你们办中学呀？"

我一听，心里就凉了：这可怎么办哪？！

陈老师柔中带刚地说："李书记讲的也很实际。但是，办好中学事关全社人民子孙后代的健康成长，也是关系全社人民百年大计的大事啊！其实，关心教育、捐资办学也是我们中华民族的优良传统。不要说现在，就是以前'集资办学''捐资办学'的人也不少哩。"

"以前是以前，现在是现在。"他以为训斥一下我们就会自动离开，想不到这个摘帽"老右"竟然来这一套，要是在以前，他连门边都不敢沾，今晚却在这里死缠活缠，"以前不要说学校，就是寺庙祠堂，捐资的人有的是。你看，罗浮九观十八寺，哪个不是和尚道士化缘来的，现在能化得来吗？特别是现在跟农民要钱，真是比上天还难。"

谁知道这个"老右"不甘罢休，继续说："李书记，困难我们是知道的。但是，事关全社人民子孙后代健康成长的大事，即使再难也无妨一试。再说，我们这里海外侨胞、港澳同胞不少，他们跟祖国、跟家乡有着千丝万缕的联系，也可以动员海外热心人士支援家乡的学校建设嘛。你看，报纸上不是经常报道爱国华侨捐资办学嘛，我们不妨也试一试，好吗？"

他两眼紧盯荧屏，嘴里一口否定："人家有百万富翁、亿万阔佬，我们这里有的只是'逃港仔'、打工仔，自己揾两餐都难，叫他们捐资？"

我依然不知好歹地说："李书记，我们这也是被逼出来的，是不是可以试一试啊？"

"好吧！"他极不耐烦地说，"要试你们自己去试，我没有这个工夫！"

面对这样的领导，我们还能说什么呢？

在回来的路上，心情沉重的老张深深地叹了一口气："唉！想不到我们火一样的热诚之心却撞到了这千年不化的坚冰，'武七哥'，你说说，我们该怎么办？"

是啊！这就是我们公社第一号人物的态度，这可叫我们怎么办哪？！

1978年9月29日　星期五

自从我们满怀"集资办学"的希望被李书记这堵坚冰挡了回来以后，我真是吃无甘味，目不交睫，坐也不是，站也不是，心事重重，成天愁眉苦脸，心急如焚。

老师们见到我这个样子，心里都很着急。特别是陈老师，比我还急。有一天，他对我说："无校长，你急成这个样子也不是解决问题的办法呀！退一步来说，万事起头难，做什么事情都不是一帆风顺的，特别是像我们这样'集资办学'的事，可以说是开国以来人家想都没有想过，更不要说做过，怎么不难呢？但是，只要方向对头，坚持到底，就一定能够成功。"

"唉！"我不得不叹口气，说，"陈老师，这话说起来容易，可真正做起来就难啦！你想想那天晚上在李书记家中的情景，我们就是下跪求乞也是得不到他的点头哇！怎能不急？"

"这也难怪，"他说，"因为这样的事没有人做过，他的脑子里根本就没有这回事，我们突然间提出来，他怎么会支持呢？而且那天晚上他们一家正在兴高采烈地'秘密'欣赏香港电视，被我们这些不速之客突然撞到，哪里有心情倾听我们的意见？"

"是啊！"我说，"我倒没有想到这一点。"

"当然，"陈老师说，"我坚信我们的事业，无论是对祖国、对人民，还是对罗南人民的子孙后代，都是造福无穷的大好事，罗南人民怎么会不支持呢？"

"那怎么越过这堵坚冰，取得人民的支持呢？"

他说："只要我们抱定信心，坚持到底，说不定'山重水复疑无路，柳暗花明又一村'呢？"

"对！"和我一样窝着一肚子火的张炳华听到我们的谈话，插进来说道，"陈老师说得有理。'坚持到底，就是胜利'，他越不答应，我们越要坚持给他看看。世上无难事，只怕有心人。我们总不能吊死在一棵树上，再说天下也不是只有这座独木桥，此路不通还可以另择他途嘛。"

"好一个'另择他途'！"陈老师高兴地说，"真是令人茅塞顿开，张老师说得有理，他不行还有上级和人民嘛！何不试试？"

"噢！"张炳华把大腿一拍，说道，"对啦！'武七'，到县里找局长、找县长去，我就不相信这样的大好事他们会不支持！"

这群人听闻有此生路，兴高采烈，人人支持，大家异口同声地说："对！无校长，到县上去，找局长、找县长，请他们想想办法。"

这是我责无旁贷的本分工作。我立即带上《集资办学陈情表》，骑上"红棉牌"自行车，飞奔上县。

到了县教育局，郑局长正在教研室开会，我直奔教研室。郑局长见我风风火火地闯了进去，以为又是上来要钱，问道："老无同志，学年一开始就急急忙忙上县里来，有什么大事？"

我一边递上一个大信封一边说："郑局长，这是我们的头等大事，请您支持支持。"

他还以为是要钱的报告，亲切地笑着说："你们学校有头等大事，局里也有头等大事啊！你看看，我现在正在主持开会，实在离开不得。请你先把报告送到老申同志那里，等下来我们再好好研究吧。"

局长正在主持会议，我能打扰他吗？没有办法，我只好到教育局秘书股找老申同志。谁知进门一打听才知道，因为这个月的教师工资还有几个公社没有钱拨下去，他急得一早就到县财政局立等要钱，我则是坐在他的办公室等他，好一个要钱的巧连环。

等啊等，就是等不到人。等人的时刻是最难熬的。与其坐在那里无所事事，不如顺手找些报纸杂志来消磨时间。看完了报纸杂志还是等不到人，再看看台面上堆积如山的信件和报告，不看不知道，一看吓一跳，不少信封上面已经积满灰尘，有的连封口都没有揭开，名副其实地原封不动。我心里暗暗叫苦：天哪！要是我的《集资办学陈情表》和它们的命运一样，被原封不动地埋没于尘埃，岂不落空？

反过来想一想，这也难怪，几乎所有寄到这里的信件和报告都是要钱！要钱！要钱！没钱在手越看越头痛，倒不如让它安安静静地躺在那里，倒是少了一份烦恼。

再一想：我这次上县教育局，不仅仅是向县里要钱，更主要的是为县教育局找到了建好学校的广阔财源。如果《集资办学陈情表》中的建议得以实施的话，将为县教育局解决多年来一直没有办法解决的建校经费困难问题。这次上县，不仅要解决我校的严重经济困难问题，还将为县教育局排困解忧，为全县教育建设资金开辟新的广阔财源，对我校乃至全县的学校建设将是何等重要的大事啊！这样重大的关键事情，不等下去怎么行呢？不要说等一天半日，就是等十天八天也要等下去。其实，我在教育局等一等人，跟劳苦卓绝三十年，终身讨饭，不要老婆不要孩，一文一文求乞积钱办成三间义学的武训比，算得了什么呢？

我一直等到下午三点半才见到老申。

我立即把《集资办学陈情表》当面递交给他，并一五一十地向他汇报我们的计划和打算。

他一口气读完我们的《集资办学陈情表》，如获至宝地连声赞道："好！好！真是太好啦！"老申兴奋得紧紧地握住我的手说，"你们这个'集资办学'真是提得太好啦！我当了大半辈子的'大荷包'，从来都是下面追着我要钱，就好像欠了人家祖宗十八代的阎王债一样。你们这个《集资办学陈情表》却是帮我'揾钱'，为我找到了生财建校之道，这可帮了我天大的忙，真是太感谢你们了。如果全县都能搞起'集资办学''捐资办学'的话，长期以来困扰着咱们县的建校经费困难问题就有望解决了，真是太谢谢你们了！"

我说："谢倒免了，问题是教育局支不支持，怎样才能得以实施，以解我们的燃眉之急。"

"这样的好事教育局肯定支持，这个没有问题。"接着，老申口气一转，说，"当然，你们这个'集资办学''捐资办学'的倡议虽然很好，但真正做起来确实不是一桩易事。它涉及千家万户的经济利益，政策性又很强。特别是在中国，自中华人民共和国成立以来，前无先者，俗话说'万事起头难'，你们这个'第一个吃螃蟹'的人是难上加难。对于如此重大的事情，不是你我两人说行就行，而是一定要取得上级有关党政部门的支持和推动才行，否则将是一事无成。"

"那你说说，我应该怎么办？"

老申想了想说："我看这样，这么重大的创新之举，你最好找到郑局长，认真跟局长反映反映，一定要争取得到他和有关上级的支持。你们这个'集资办学''捐资办学'的提议很好，如果真的搞起来了，不仅解决了你们的建校困难问题，也将对全县乃至整个社会造成很大的影响。这样天大的好事，局长一定会支持的。"

"对！"我说，"今晚就到局长家里找他，好好跟他说一说。"

老申紧紧地握着我的手，再三说："好！好！"

黄昏时刻，我敲了敲郑局长的家门。局长听到是我的声音，立即放下饭碗，一边擦嘴，一边喜出望外地迎出来，紧紧地握住我的手连声说道："老无同志，你好，早上实在太忙，没有时间看你的报告，让你久等了。晚上一回到家，老申就把你们的《集资办学陈情表》送给我了。我一看，这可是一个了不起的创议呀！"

"局长过誉了。"我说，"哪里来的什么了不起的创议啊！我们是'穷极思变，狗急跳墙'而已，现在是被逼得无路可走，不得不跳到你这里来了。"

"哪里，哪里。坐，坐。"郑局长热情让座，拿出家中珍藏的全县有名的极品山茶招待我。他边斟茶边真诚地说："老无同志，真是太感谢你们啦！来，来，请喝一杯'鸽背'的'春分茶'。"

局长如此厚敬，倒弄得我不知所措，竟词不达意地说："我是来求救的，倒想不到局长反而要感谢我呀！"

郑局长品了一口沁人心脾的"春分"极品香茗，情真意挚地说："老无同志，我确确实实地要感谢你们，这不是什么客气话，而是肺腑之言。这几年，你们罗南中学师生在极其艰难的条件下，自力更生，艰苦奋斗，硬是在三灾四难中，通过勤工俭学把罗南中学办起来，就应该感谢你们。"

"那些都是过去的事情了，不值得一提。"我说。

"那现在就更应该感谢你们啦！"

"什么事情值得局长如此再三称谢呢？"

郑局长情真意切地说："就因为你们这个《集资办学陈情表》，晚上吃饭前，老申刚刚送给我，我一口气看了好几遍，使我茅塞顿开。"

"是吗？"我不敢相信地问。

郑局长推心置腹地说："老无同志，不瞒你说，这几年你为罗南中学操碎了心，这是全县有目共睹的，我又何尝不为建校资金的贫乏而愁白了头呢？你想想，一间罗南中学就够你愁了，而我却要为全县四百多间中小学而犯愁。这愁不知要比你多多少倍呀！特别是自'文革'以来，不顾客观实际，初、高中盲目发展，中小学生的在校人数急剧膨胀，教师队伍迅速扩大，而教育经费则是沿袭'文革'前的老基数，结果是'僧多粥少'，往往连教师的工资都不能如期下拨出去，欠账如山。教师的'养命钱'都拿不出，哪里拿钱出来建校哇？特别是这次'高中下马，小学摘帽，初中集中'，表面看来，高中的学校数和在校人数大大减少，但是初中生却把公社中学挤爆了。全县很多公社初中和你们一样，人满为患，急得像热锅上的蚂蚁，很多校长跑上来向我要钱和诉苦。面对这种情况，怎不叫人心急如焚？不给钱吧，大家急得喳喳叫，我则强颜装笑，心如火烧；要给吧，捉襟见肘，连教师的工资都不知去哪里找，哪里找钱给他们扩建校舍呀？"

局长的一番苦衷之言，令我不得不同情地说："唉！真想不到局长也有这么多的难处哇！"

"'不当家不知柴米贵'嘛！"他说，"这下好了，正当我急得团团乱转的时候，你们的《集资办学陈情表》给我很大的启发。如果整个社会都来'集资办学'，学校的经济困难与校舍破烂的情况就会大大改观；特别是你们提出的'捐资办学',我们更是想都不敢想。如果这个工作做得好,那将有锦上添花的无限前景啊!"

"这么说,局长赞成我们的'集资办学''捐资办学'啰!"我兴奋不已地说。

"我感谢都来不及,还能不赞成吗?!"

"这下好咯!"我有点得意忘形地说。

"不过,离'好'还远哪!"局长不无忧虑地说。

"为什么?"我不解地问。

郑局长品一品茶,意味深长地说:"老无同志,你想过没有?这事不是你我两个人说好就好,还有很多困难要面对,很多工作要做,任何一步走不通,都将前功尽弃呵!"

"是啊!"我深有感触地说,"这就叫好事多磨。"

局长说:"这好比《三国演义》里的关云长,要'过五关,斩六将',缺一不可,任何一关不过,都要卡壳。"

"真有这么多关吗?"我还以为是局长要吓一吓我呢。

"是啊!"郑局长喝了一口香茶润润喉咙,慢慢地细说,"第一,难就难在'万事起头难上'。你们是第一个'吃螃蟹'的人,不要说'捐资办学',就是'集资办学'的事,人们想都没有想过,更不要说做过。你们突然提出来,人们没有这个精神准备,哪能个个赞成通过?

"第二,它涉及千家万户的经济利益。虽然你们提出集资的钱仅仅是区区的人均两元,但是锤锤到肉,家家掏钱。须知眼下的农村正是'十年浩劫'之后,百废待兴之时,有不少的农民兄弟辛辛苦苦干了一天活,才挣得几毛钱,生活还相当困难,一下子要他们拿出十元八元并非易事。

"第三,有子女在你们学校读书的还好说,事关自己子女的前途和切身利益,千方百计也要找几元来集资;而没有子女在你们学校读书的就很难说,不是每个人都和你一样,把教育想得那么重要。

"第四,'集资办学''捐资办学'是一件政策性很强的工作,不是你们打石做砖,说做就做,要经过上级有关党政部门的批准和通过才能做,否则可能麻烦多多。而要获得批准和通过,就要做大量的工作。听说你们在公社已经做了大量工作，可惜仍无结果。须知，要做通上面领导干部的思想工作，确非易事。而没有他们的同意与支持，哪能成事？

"第五，你们要做好持久战的思想准备。不知你们想过没有？"

"究竟要多久？"我说，"是不是要到孩子们长了胡子，学校还是这个样子？"

"那倒不一定。"局长接着说，"不过有一个例子你倒是可以参考参考，你知道，我们的持久抗战用了八年时间打败日本侵略者，解放战争仅仅用了三年多的时间就打败了蒋介石，成立了中华人民共和国。但是，武训单枪匹马搞'捐资办学'，却整整奋斗了三十年，才办成第一间义学。这点，相信你们早就知道了。所以，你们这个'集资办学''捐资办学'好是好，但一定要做好长期作战的思想准备。"

"那怎么办呢？"我忧心忡忡地问。

局长说："老无，你想一想，不'过五关，斩六将'，如何拿得到'文凭'呢？人们的钱那么容易就白花花地流到你手里，让你建校？"

"是啊！"我无可奈何地长叹一声。

局长见我这副可怜相，话锋一转，接着说："当然，现在毕竟不是腐败透顶的清朝末年，仅仅靠武训一个人卖艺、卖力、乞讨和卖辫子来筹款建校。问题是看我们的工作怎么做，做得如何。"

"局长，那您说说，要怎么做才能做得好呢？"我说。

"俗话说：'精诚所至，金石为开。'第一，你们要竭尽全力，千方百计，坚持到底，千万不要泄气，认准了的事情就一干到底，坚持就是胜利。

"第二，广泛深入地发动群众很重要。此举牵涉到千家万户的眼前利益和子孙后代的前途，如果群众不知道这个道理，拔一毛都会痛周身。只有使人们都明白目前的少量经济支出将使子孙后代受益无穷，老百姓才会勒紧裤腰带支持你。

"第三，要积极主动地争取各级领导干部的支持，使他们深知发展教育的重大意义，积极主动地开展'集资办学''捐资办学'的工作，其效力就比我们大得多。主席说：'政策确定以后，干部就是决定一切的。'这点，你们要做，我们更应该做。我一定尽力将你们的建议向上级有关领导汇报，如周副县长,还有县长、县委书记,力争他们的同意与支持。如果上级表态支持,咱们就好办。不仅你们的学校可以早日建好,全县的校舍也可望大大改观。所以,我一定尽力去做。"

一闻此言,我兴奋得脱口而出:"好哇!想不到局长也和我们一样,要搞'集资办学'了!"

郑局长说:"光是你们搞怎么行呢?不妨咱们合作搞个试点吧。"

"好哇!好哇!"我兴奋不已地连声说,"怎么个搞法?"

他说:"暂且叫几个一点吧!"

"哪几个一点?"我急问。

"你们学校集资一点、捐资一点、自筹一点,如果搞起来了,局里再给你们一点。这样,就可以汇涓涓细流而成江河大海,集各方资财建好学校就大有希望啦!"

"好!好!"我大喜过望地说,"有局长精神上和经济上的支持,我无铭豁出去了!"

不知不觉,远处的收音机传来了深夜十一点的报时声。郑局长紧紧地握着我的手说:"老无同志,让我们的合作试点早日成功吧!"

"好!好!"我说,"一言为定!"

同天深夜

当我高高兴兴地从局长家中出来时,已经是深夜十一点多钟了,人们早已进入梦乡,街上静悄悄的,显得有点静谧与萧条。除偶尔有个别上下夜班的匆匆行人和巡逻民兵擦身而过之外,整座小城寂然无声。在夜深人静之时去拍老同学的门有点太失礼,罢、罢,我只好找间旅店过夜了。

谁知问了几间廉价的小客店,早已客满,我只好走到比较像样一点的"和安"旅社,怀着碰碰运气的口气问道:"同志,还有没有床位?"

一位略为发胖的中年妇女在服务台后面抬眼打量,看见我鼻子上架着一副"招牌",以为是什么大人物需要高级房间,颇为热情地说:"有、有,请登记。"

谢天谢地！总算有地方住了。且慢，我摸一摸口袋，不大好意思地问："同志，一个床位多少钱？"

她甜笑着说："有单人房、双人房，单人房二十五元，双人房一个床位十五元，你要哪一种？"

我的老天！我心里暗暗叫苦，哪里来这么多钱住旅店？这一躺就要躺掉多少盒粉笔呀！想到这里，我只好尴尬地问："同志，有没有更便宜的床位？"

"有哇！大房硬铺，一个床位五元五角。"她脸上的甜味少了些，嘴上的咸气重了些。

五元五角钱，那就是十多盒粉笔呀！我还是舍不得，只好硬着头皮再问："同志，有没有最便宜、最便宜的？"

她有点不耐烦地抬头盯着我，问："你是公家报销呢，还是自己掏腰包？"

"报销哇。"

她不解地说："这就怪了！人家出差是越高级越争着住，反正是'阿公'的，你却五元钱还舍不得，真是少见。"

我只好近乎乞怜地说："我们是穷出了骨头的学校，每分钱都要掰成几瓣来用，就多多地麻烦你，给安排一个最便宜的床位吧。"

"真少见！"她的确无法想象，一个出门用"阿公"钱的人，竟然连几元钱房租都如此吝惜，只好无可奈何地说，"那就在过道多加一个帆布床，一元钱。"

我连声说："好！好！"心里庆幸，这下可为学校节约好几元钱了。

当然，我还不及梁生宝买谷种露宿街边的精神，也没有"武七哥"钻破庙的壮举，更怕被民兵误认为是流窜犯而扭送派出所，那就斯文扫地了。

一个堂堂大学毕业生、中学校长竟然躺在旅店过道的帆布床上过夜，实在见笑！

1978年10月16日　星期一

今天下午，正当全校师生为落实邓小平同志在全国教育工作会议上的讲话和学校的降级扩大而废寝忘食地拼搏时，许泰来副主任和林明朝同志满面春风地来到我们学校，一见面就喜形于色地说："无校长，好消息！"

"什么好消息？"我迫不及待地问。自从到罗南中学任教以来，我极少从他们的口中得到什么好消息。

许副主任边掏口袋边笑呵呵地说："你们学校陈老师的'右派分子'问题，最近经县落实政策领导小组研究决定予以撤销，给予改正。你看，这就是县落实政策办公室的改正通知书。"

"太好啦！"我欣喜万分地说，"我马上去把这个好消息告诉他。"

"不用急！"林明朝同志说，"他还有好消息呢。"

我急问道："还有什么更好的消息？"

他说："陈老师不仅'右派分子'的问题改正了，还要补发工资哩！"

"好哇！"我激动不已地说，"这不是既昭雪又发财，双喜临门吗？真是太好啦！我立即告诉他。"

"还有，还有！"许副主任补充说，"中央55号文件，公社领导同志考虑是不是可以把陈老师提为教导主任，协助你抓好教学工作，你看如何？"

"好！好！"我一再地说，"这样最好，既能减轻我肩上的压力，又能充分发挥陈老师的作用，真是再好不过了。"

这时，已是下午四点多钟，学校早已下课，但是陈老师还是迟迟没有回来休息。我实在按捺不住内心的喜悦，兴冲冲地跑到教室找他。到教室门口一看，陈老师被学生团团围住，正在不厌其烦地一一解答同学们提出来的各种各样的问题。

我实在憋不住这特大喜讯，真想早一分一秒让他知道，急得把手一招，喊道："陈老师！"

他一听是我，抬头问道："校长，什么事？"

我兴冲冲说："祝贺您哪！陈老师，双喜临门啦！"

同学们一听自己爱戴的陈老师双喜临门，高兴得不仅不敢再围着老师，而且热烈地鼓起掌来。饱经忧患的陈老师却怎么也不敢相信自己这一生还有什么喜事临门，更不敢奢望什么"双喜"。他一边走出教室一边问道："真的？何来双喜之有？"

我满怀喜悦地说："刚才公社许副主任和教办林明朝同志专门来向你报喜，

一是你的'右派分子'问题彻底解决了，改正了；二是还要补发工资。"

"真的？！"陈老师惊喜交加地问。

"真的！"我把改正通知书递给他，"你看，这是县里落实政策办公室的改正通知书。"

他刚一接过改正通知书，双手就像触电似的抖个不停，欲哭无泪，默默地喊着亡妻的名字："玉文，玉文，这一天来了，这一天来了！你看看，你看看，我昭雪了，我昭雪了！"

1978年11月1日　星期三

陈明老师刚刚当上主任没几天，就碰到一件头痛的事。

今天早上做早操时，只见初一（3）班班主任曾照明半身泥巴一身水，带着浑身湿漉漉的学生曹小鹏告急来了。他心急火燎地说："无校长、陈主任，你们得想想办法，尽早解决校舍问题！要不，死了学生就吃罪不起了。"

我吓了一大跳，陈主任赶紧问道："什么事？什么事？"

曾老师说："早上我正骑着单车赶来学校，走到半路看见有人正在水塘里挣扎，赶紧跳进水里把他捞了起来，要是迟了一步，这小子可能命仔冻过水③！捞起来一看，原来是咱们学校的学生。他还哭着说：'老师，老师，还有单车，还有单车在水里哩！'我又得再次下去帮他捞起自行车。要不是我及时赶到，说不定教室里就要少一个学生啊！"

见到这种情况，师生们立即围了上来，议论纷纷。我和陈主任马上找同班同学借了几件干衣服，一边让落水学生更换，一边了解情况。这个学生边哭边说："原来不会踩自行车，是最近为了上学才学的，谁知道天早路黑，为了赶路上学，一不小心就掉到水塘里，要不是曾老师及时赶到，那就完蛋了。"

面对这种情况，全校师生七嘴八舌地议论开了。

有的说："学生年纪小，路途又远，天越来越黑，万一有个一差二错，怎

---

③ "冻过水"：在粤语中指将要失败或没有希望，意为要不是别人救你，你的命就保不住了。

么办哪？！"

"是啊！要是真的死了人，那就攞命④咯！"

……

面对如此严峻的局面，陈明主任建议说："无校长，你看是不是召开紧急会议，研究如何解决这一严重问题？"

"好！好！"我立即同意说，"就下午正课下课后吧！通知全校教工召开紧急会议。请大家献计献策，看看有什么好办法来解决这一严重问题。要不，真正出了大问题，谁也担当不起！"

"对！"陈明主任说，"我马上发出通知，'三个臭皮匠，赛过诸葛亮'，人多办法多，说不定可以想出一些办法来。"

"好，就这么定了。"

说完，陈主任就去写通知了。我的心好像打散了五味瓶，酸甜苦辣，千变万化，层出不穷，无以形容。我想：唉！我们打了那么多的报告，想了那么多的办法，公社的领导就是不支持，县局的郑局长虽然说了很多动听的话，还不是雷声大、雨点小，至今不见钱。我无铭能有多大能耐呀？！

万一真的出了人命，如何担当得起呀？特别是早上曹小鹏那浑身湿淋淋的情景，令人不寒而栗！要不是曾老师及时赶到，这孩子不是没救了吗？

别瞧不起眼前这些山沟里的"小萝卜头""黄毛丫头"，他们可是全社人民的子孙后代、优秀儿女呀！他们犹如罗浮山上的小苗，我们学校就像山下的苗圃，老师们就是苗圃里的园丁。目前是土质硗瘦，条件极端困难，如果园丁们再不辛勤劳动、改良土壤、加紧施肥，叫他们如何健康成长？我们不是成了扼杀幼苗的"刽子手"吗？

国外一位著名的教育家说："在教师的教鞭底下就有无数的天才、专家、学者，问题是我们教导得法。"

再一想：如果我们的园丁，加强管理，改善生长环境，精心呵护，让这些幼苗健康成长，说不定十年八年以后，他们就会成为有用之才、栋梁之材呀！

君不见，在五六十年代的大学校园里，那些光着脚板、提着旧藤箱、挑着

---

④ "攞命"：在粤语中是"要命"的意思。

旧棉被进校门的农村青年，他们是一群多么不显眼的"土包子"，可是经过一年半载的努力与深造，很多人成了班级的佼佼者。而今，他们中的很多人不是成了各条战线的中坚和骨干吗？！

再想想邓小平同志去年在全国教育工作会议上的讲话，他说："国家要富强就要搞四个现代化，要搞四化就要靠科学，科学技术要上去，就要靠教育。"

何等的好呵！这是我们中华民族的历史性总结，是正反经验的总结和搞好"四化"建设的正确方针。当然，在"三座大山"压顶的半殖民地半封建社会，中国人民不搞革命，仅仅靠教育救国改变不了中华民族的命运，但是人民当家做主以后，不搞科学，不抓教育，那就大错特错！须知"国运兴衰，系之教育"呀！

你看看人家日本，国土狭小、自然资源贫乏、气候条件差、自然灾害频发……是怎样发展成为当今世界屈指可数的经济大国、强国的呢？无他，靠的就是历次改革的成功和长期不懈的学习精神。大和民族是一个善于学习他人长处的民族。从隋唐时期的遣唐使到"明治维新"向欧美近代技术的疯狂学习，他们国力突飞猛进，一跃成为世界强国之一。日本腾飞的根本原因就在于学习、学习、学习！不管是什么时候，不管是什么人，只要你有长处，他就向你学习。可以说，日本的强盛靠的就是学习。

没有教育，就没有人类的发展，教育是人类社会进步的杠杆。纵观历史，教育的兴废总是和社会的盛衰相一致。教育兴，则必定政治清明、经济繁荣、科技发达、国家强盛；教育废，则必定政治昏暗、经济凋敝、科技停滞、国力衰微。历朝历代，无不如此。

为什么从贞观之治到开元盛世，中国达到了繁荣昌盛的巅峰，成为公元八世纪前后长达一百多年时间里东亚文明的中心呢？注重教育便是主要原因之一。唐初，国力空虚，百废待兴，李渊一登上皇帝宝座，就下令大办教育。秦王李世民封房玄龄、杜如晦等人为十八学士辅佐政事，使他从一个强悍骁勇的武夫成长为封建王朝的一代明君，学校教育也达到当时东方乃至世界上空前的昌盛程度。教育制度完备，学校体制完善，师生人数众多，教学内容丰富，这些都成了盛唐的基础。假如不是唐朝历代皇帝大兴教育，中国何来经济发展、国力强盛，成为当时东方乃至世界的经济文化中心呢？不难看出，重视教育、尊敬教师对唐朝的兴旺发达起着巨大的作用。

学生跌落水塘，犹如天上掉下的一颗重磅炸弹在学校炸开了，自然也就成了我们下午召开紧急会议的中心话题。

会议一开始，曾照明老师第一个发言，他说："学校如果不尽快解决校舍问题，我看迟早要出事。万一出了大事，那就谁也吃罪不起了。"

"是啊！"大家异口同声地说，"要不是曾老师及时赶到，说不定已经出事了。"

路远走教的老师立即纷纷提出："学校领导应该尽快解决师生的教室和宿舍问题，冬天那么早上学，路上黑蒙蒙的什么也看不见，出事的可能性将会越来越大，怎么是好？"

我看到这种情况，只好把实际困难摆出来，说："老师们不是不知道，以前不说，光是'降级脱帽'以来，我们不仅多次向公社、向上级伸手要钱，而且别出心裁地把《集资办学陈情表》送到公社各位主要领导手中，并且和陈老师、张老师一起到公社书记家里求爹爹告奶奶，结果，不仅一分钱都没有要到，反而碰了一鼻子灰；到了县教育局，虽然郑局长和申'财神'都表现出极大的兴趣与欢迎，但是时至今日毫无动静。你看急不急人？！毫无办法，只好恳请各位想想办法，怎样才能在绝境中杀出一条血路来！要不，真的出了大事，我无某人撤职坐牢事小，牵累大家事大，更加对不起罗浮山下的乡亲父老哇。"至此，我声音沙哑，再也说不出话来。

会场一片吁天叹息之声，个个陷入苦思冥想之中：怎么办？怎么办？

这时，陈明主任一语惊人，他说："我看别无良策，唯有学学武训啰！"

此语一出，举座皆惊。老同事说："怎么？！你吃了豹子胆了？你吃了那么多年苦还不够？刚刚改正才几天，你又说学武训？！"

年轻教师纷纷询问："武训是谁呀？陈主任，咱们为什么要学武训？向武训学些什么呀？"

更多的老同事则是为陈主任捏着一把汗：老陈这样做会不会又招来麻烦？这可是开国第一"批"的大案哪！他当年不是为此而惹下半生的麻烦吗？而今刚刚平反改正，立马"旧病复发"，提出向武训学习，这还了得？

武训，何许人也？

听到大家议论纷纷，老陈想了很久，然后清清嗓子说："诚如人民教育家陶行知先生说的，'古今来不少奇男子，最难得山东堂邑武姓人。'陶先生还为武训写了一首诗：'朝朝暮暮，快快乐乐。一生到老，四处奔波。为了苦孩，甘为骆驼。于人有益，牛马也做。公无靠背，朋友无多。未受教育，状元盖过。当众跪求，顽石转舵。不置家产，不娶老婆。为着一件大事来，兴学，兴学，兴学。'可以说，武训是古今中外教育史上第一奇人。"

这时有青年教师说："陈主任，你具体说一说嘛。"

陈主任接着说："他，清朝道光十八年（公元1838年）十月十九日出生于山东省堂邑县一个贫苦的农民家庭。他从小很想读书，但是家里实在太穷读不起。八岁那年死了父亲，只好随母外出逃荒要饭，完全丧失了读书的机会，成为一个彻头彻尾的大文盲。他不识字，吃尽了没文化的苦头。从十七岁到二十一岁，他在大地主李老辫家里扛活。李老辫欺他不识字，有一次武训的姐姐托人捎来一封附了几吊钱的信，信给了他，钱却被吞了。有一年除夕，叫他贴春联，因为他不识字，把春联贴倒了，气得李老辫又打又骂，不给饭吃，不准睡觉，风雪之夜还让他在院子里站了一个通宵；原定每年工钱十六吊，他三年没有支过钱，因母亲有病想借点钱回家，李老辫拿出假账，硬说他早就把钱支完了，武训苦口争辩，恼羞成怒的李老辫叫家奴把他打得头破血流，推出门去，他在破庙里昏昏沉沉睡了三天三夜。这三天三夜，他大彻大悟了。他慨叹自己的命运，又想到天下和他同命运的人，不知还有多少？自己因为不识字被人欺，天下因为不识字被人欺的人，还不知道有多少？他想来想去，决定把自身的不幸丢在脑后，立誓拯救后一辈和他同命运的人：他要兴办义学，无钱也能读书，使他们读了书不再被人欺。从此，他用尽一切行乞和劳动的办法筹资兴学。他替人家推磨、罗面、挑水、切草、出粪、舂米、拉砘子、割麦子、推碾子，用拾得的破布、断线和碎麻捻成线绳或缠成线蛋来换钱；他跪求乞讨，当牛做马给小孩骑着玩耍，在庙会或赶集的圩场耍'竖鼎''蝎子爬''打车轮'，甚至吃生蛇、吃蝎子，吃屎喝尿，只要给钱让他办学，他什么都做。从二十一岁喊出'别看我讨饭，早晚修个义学院'，直至五十一岁，整整三十年的时间里，他用尽一切办法积钱兴学。他把每一个铜板都存储起来，若是乞得好吃一点的东西，都要变卖为钱并积存起来，自己则是吃猪食、吃菜根、吃芋尾，一句话：吃差积好办学校。光绪十四年（公元1888年），武训用三十年劳动与行乞得来的钱建起了二十七间瓦房和大门、二门加围墙的第一所义学——'崇贤义塾'。开学的那天，他预备了丰盛的筵席招待教师和热心绅士，自己却在客厅门外磕头致谢，坚决不入席。感人至深的是，饭后，他同学生一样分得一斤馍馍、一碗大锅菜，他舍不得吃，跑到庄外的砖窑换了几块新砖回来，自己仍然吃些残菜剩饭。他那种勤苦自甘的精神，实在令世人钦佩。他不要老婆、不要孩子、不要棺材，建起了三所穷人孩子读书不用钱的义学，上至清皇朝的最高统治者、民国初年的达官贵人，下到普通的平民百姓，甚至是国外的教育家们，无不盛赞他的盛德懿行。"

有的老师插话说："武训精神好是好，现在谁能做得到？"

陈明主任不慌不忙地说："当然，要我们个个完全像武训那样是不可能的，正如李公朴先生所说：'应该把武训当作现代圣人看，即使你不能做到，也应该尽量刻苦地学习他。'在武训一百一十周年诞辰时，有人说，'因为他的奋斗精神，有许多地方值得我们学习：

第一，他一生都是为了贫苦大众，没有个人打算；

第二，他忠于自己的主张，有贯彻到底的精神；

第三，他有排除万难、一往直前的奋斗精神；

第四，他踏踏实实地埋头苦做；

第五，他用劳动创造来实现自己的理想。

在今天的现实环境中，在建设国家时，我们都应该记取武训这些吃苦奋斗、劳动创造和贯彻到底的精神。"

最后他说："当然，要我们个个像武训那样去行乞是不可能的，但是学习武训以上的五点精神总可以做到吧。"

张炳华冷不防地冒出一句话："陈老先生，你刚才所说的都是1949年以前的老话，你应该比我清楚，却提倡'武训精神'，这样妥当吗？！"

陈主任很有感触地说："其实，像武训这样一个千古奇丐，靠自己一生的行乞与劳动为穷人的孩子办起三所免费读书的'义学'，实在是古今中外罕见的大善事、大好事。蔡元培先生说：'武训毫不利己的为穷人服务的伟大精神，是没有一个人不被深深感动的，也没有一个人不衷心地敬佩他。'从清朝的最高统治者对武训的嘉奖，到他死后发丧的路上，堂邑、馆陶、临清三县的义塾师生和官绅及老百姓等数万人都来执绋送殡。从临清御史巷义塾到堂邑柳林镇长达六十里路途中，各村农民都设奠路祭这位为穷人孩子办'义学'的大好人。陶行知先生说：'武训是好人，好人越多越好。'"

"是啊！"听到这里，老师们不约而同地应道。特别是一听到武训的名字就替老陈担心的张炳华义愤填膺地说："天下哪有讨饭一生，建好学校请老师而自己一口不吃，连分得的一份大锅饭都舍不得吃，换成几块砖头来建校，自己却去捡些残菜剩饭来充饥的大地主、大流氓啊？！"

听到这里，我不得不把憋在心里的话一吐为快："刚才陈主任给我们上了一堂很生动、很有意义的武训艰苦奋斗办教育课。可以说，一百多年前的武训，用尽一切乞讨手段和劳动得来的钱虽然也进行买地和放债，但一分一毫都是为了穷人的孩子读书不用钱的'义学'，而不是为地主阶级培养孝子贤孙，怎能说他'狂热地宣传封建文化'呢？他说：'我积钱，我买田，修个义学为贫寒；谁养家，谁为己，准备天上五雷击。'他说到做到，一生没有住过好房，穿过好衫，吃过好饭，不娶妻，不养儿，甚至连棺材都不要。他一人创办三所免费读书的'义学'，自己却毫厘不取，确实是名副其实的'义学症'。像这样的人怎么成了大地主呢？我们不能苛求前人、古人，一个正常的人能够为老百姓做些好事就已经难能可贵了，像武训这样一个目不识丁，因不识字而受尽压迫、剥削、欺骗的流浪汉，能够发愤为穷人的孩子读书识字而奋斗一生，确实非常了不起。诗人臧克家说：'破钵百衲度春秋，心铁情痴为众谋；今古完人究多少？何于一丐作苛求！'"

"是啊！"老师们无不对武训精神发出赞叹声。

曾照明老师深有感触地说："要是现在再有几个武训来帮我们建校该多好哇！"

"不！"我斩钉截铁地说，"发扬武训精神，不靠神仙，不靠上帝，全靠自己。从我做起，希望大家都来做个七八十年代的新武训！"

"我们行吗？"有的老师发出疑问。

"行！"我说，"抗日战争时期人民教育家陶行知先生，在重庆办专门收留孤儿的育才学校，遇到反动政府政治上的迫害和无法克服的经济困难时，有朋友劝他，'你又何必抱着石头在河里洗澡呢？'他说：'山东有个武训是个未受教育的农民阶级出身的人，靠自己的劳动，尚且可以办三所学校，我是一个外国留学生，受过高等教育，难道就不能把一学校坚持办下去吗？'陶行知先生不仅坚持把育才学校办了起来，办得很好，而且提倡新武训运动，盼望全国的教育工作者都学习武训的坚韧精神，克服任何困难，做'集体武训'，用集体的力量来坚持人民的普及教育事业。武训、陶行知先生能够办得到，为什么我们就办不到呢？"

"是啊！"陈明主任说，"陶行知先生说得好，武训是一个没有文化的农民，他靠个人的劳动与乞讨办起三所学校，我们是受过教育的知识分子、中学教师，为什么连自己的一所学校都建不起来呢？"

"是啊！"很多老师都深深地慨叹着。

袁老师却说："'武训精神'好是好，谁能真正做得到？"

年轻气盛的赵家庆立即反驳道："难道我们就坐以待毙，永无校舍吗？"

"说得有理！"我说，"我们困守'破庙'，坐以待毙，不如借'武训精神'一搏，杀出一条血路来。"

"对！"从工友箩叔到绝大多数的年轻教师都异口同声地应道。

袁圭的思想还是一下子转不过弯来，他说："要大家真正和他一样去当乞丐，不是笑坏了老百姓吗？"

我说："人家要笑有什么办法呢？劳动建校我们做了，可是现在的学生年纪那么小，课程又越来越重，光靠自己做是做不来了；请求上级和公社拨款与集资，我们磨破了嘴皮子，可是所得甚微；特别是我们的《集资办学陈情表》，不仅呈送公社各位主要领导同志，还得到县教育局郑局长的大力支持与赞扬，但是至今依然不见一个铜板。怎么办？别无他途，唯有此道：只好当个现代的武训了。当然，我们要学的是武训的精神，而不是他的外形。我们要学习他那种为办好学校而艰苦奋斗、排除万难、踏踏实实、埋头苦干、千方百计、贯彻到底的精神。只要有了这种精神，我们一定可以感动上帝，感动人民！你看一百多年前的武训尚且可以感动上至光绪皇帝、下至平民百姓，为什么我们就不能呢？我相信，只要我们有'武训精神'，我们的学校是可以建起来的。"

陈明主任接过我的话，进一步解释说："只要我们有了'武训精神'，我们一定可以建好罗南中学。第一，我们中华民族是礼仪之邦、文明古国，老百姓历来是重视教育、关心教育、支持教育的。尽管中华人民共和国成立前劳苦大众读书的机会很少很少，大家还是把它当作村中的大事来支持。而现在读书的孩子占适龄儿童的百分之九十六以上，几乎家家户户都有孩子读书上学，谁不想自己的孩子有校舍好读书呢？我相信绝大多数人会支持的。第二，从县教育局到公社的广大干部，极力反对的仅仅是个别人，郑局长、申同志等都是大力支持的嘛。第三，我们的海外侨胞历来是心系祖国、支持教育的。你看，陈嘉庚不仅创办了厦门大学、集美学校，还到处捐资建校。就是一般的侨胞，只要力所能及，也常常回乡建校，以供莘莘学子就读。近来，大家从报纸上也可以常常看到，兴梅、汕头、中山、顺德、台山等侨乡，到处都有海外侨胞、港澳同胞捐资建校，动辄数以万元计，多者甚至数十万、上百万元。我们这里虽然不知道有没有海外巨商，但是海外侨胞、港澳同胞比比皆是，我相信他们也是热爱家乡教育事业的。我们要求不多，只求力所能及，积少成多，加上社员群众的集资和捐资，以及郑局长答应的'三个一'中的一部分，要建好我们罗南中学是完全有可能的。"

"对！"老陈一席话，说得大家兴奋不已，纷纷说道，"说得在理，说得在理。"

唯独袁圭另有见地，他说："在理归在理，人民币是人民币，在理不等于人民币。你们也不睁大眼睛看看，现在是什么时代？'十年浩劫'早已斗倒斗臭的'臭老九'、三教九流中最被人家瞧不起的中小学教师还要去当乞丐，谁理你那个闲事？"

赵家庆马上辩驳道："坐着等死，不如一试！"

萧凤英等纷纷支持说："我们不去努力，谁又送来人民币呢？"

连箩叔都说："不去种地，就想吃米，哪有这个道理？"

陈明主任慢条斯理地说："俗话说'不入虎穴，焉得虎子？'再说，经过这几年的拨乱反正，形势和几年前也大不相同了。大家知道，早在去年全国教育工作会议上，中央就强调要提高教育工作者的地位；在科技大会上又说要实现四个现代化，科技是关键，教育是基础。和以前'四人帮'横行时期相比，知识分子、教育工作者的地位有了很大提高。特别是邓小平同志复出以后，自告奋勇地抓教育和科技工作，大力提倡'尊重知识，尊重人才'，尤其是史无前例地由教育部批准北京三名小学教师为特级教师，由此更加可以看出中央对教育工作、教育工作者的关心和重视。大家再看看，自从去年恢复高考以来，整个社会对学校、对教师的态度就截然不同了嘛。谁不希望自己的孩子有一个好学校来读书，哪个县、哪个社的领导不希望自己那里多出几个大学生呢？我看，现在正是发扬'武训精神'、大搞'集资办学'的大好时机哩。"

"好了，好了！"一向快人快语的张炳华说，"不用再争啦。就让我们尝一尝当武训的滋味吧。"

"好！就这么定了。"我说，"从我做起，大家都来做个罗浮山下的新武训！至于具体怎么做，由于时间关系，下来再说吧。"

"我有个建议！"赵家庆兴奋得好像哥伦布发现新大陆似的说。

他究竟有何好建议呢？

07

1978年11月至12月

那天散会以后,几个罗南中学的"元老"特地留了下来。赵家庆首先说:"无校长、陈主任,我建议以'家访'的名义,先下去探探情况再具体安排,你们看如何?"

"这个办法好!"萧凤英第一个拥护说,"先以'家访'为名,调查调查再说,这样比较好。"

"我同意他们俩的意见。"张炳华说,"现在枪也多了,人也多了。我看这样,新来的很多老师都是各大队小学抽调上来的,他们对各个大队、各条村庄的情况比较熟悉,我们就来个新老搭配、分头下去。这样一来,我们的活动就方便得多了。"

"好,好。"陈明主任高兴地说,"这些意见很好!"他接着问我,"无校长,你看这样好不好?除了新老搭配、分头下去之外,一是访问学生家长,介绍学生的在校情况,征求他们对学校的要求和意见,顺便了解他们对'集资办学''捐资办学'的看法;二是征求各大队干部对我们行动的意见和建议,如果各大队干部能积极主动配合,'集资办学'的工作就大有希望了;三是要把《集资办学陈情表》的精神带下去,只有让干部和群众充分了解办好学校的重要性和必要性,他们才会支持我们的行动。"

"对!"我说,"大家的意见很好,就这么办,新老搭配,分头下去。"

说干就干，我和老陈根据大家的意见，把全校的老师分成六个组，会后的第一个星期天就分头下乡当个见习武训了。

我和曾照明等三人到山背后的树寮洞和桃源窟，陈明主任和两个青年教师到山西北角的西稻田，袁圭等三人到罗浮山西南角的下西村一带；赵家庆等人到罗阳河边的东埔各村，张炳华等人到黄茅村等，萧凤英和另外几个女老师到公社所在地的各个单位进行活动。

这天一早，我们分头出发。我和曾照明等一行三人，各自找来一辆"红棉牌"自行车，出发之前曾老师问我："校长，是要行近的还是走远的？"

我说："当然越近越好啦！"

他说："若要近，自行车就没有用武之地，只能步行爬山。沿着登山古道，从华首台往上爬，经锦屏峰、鸡鸣峰、大慈寺、上分水坳，登上最高峰飞云顶，再下聚源峰，过铁桥岭；再爬上界峰、下上界中峰、上界第三峰，再下试剑石、刘仙坛、四方山，直下树寮洞。好处是路程较近，又可登高望远，一览罗浮风光。难处是山高坡陡，几乎无路可走。特别是下树寮洞的古道，我们谁也没有走过。这一上一下，起码要大半天、一来一回是两头黑还不一定够，就不要说再去桃源窟了。"

"要是走远路呢？"我问。

他说："这就要沿着广汕公路向东，到罗丁路口北上，经罗丁圩、黄茅村、过冲虚观、九天观前，上东埔大队各村，远望法云寺，先过桃源窟，这样大约要绕大半个罗浮山，基本上可以骑单车走罗浮山东部的沿山公路，不过从桃源上树寮的这段路则大部分不能骑只能扛单车了。"

"真的要绕大半个罗浮山？"我不无担心地问，"我听人说，一只小鸭绕罗浮山走一圈就长成可以劏的大鸭。我们这一绕，要绕到什么时候才到哇？"

"校长，人车非鸭嘛！"曾照明说，"再说，进山虽然艰难，回来时却是一路风驰电掣，节约很多的体力和时间。"

"好吧！"我说，"那就骑车出发。"

于是，我们一行三人骑车出发。起初还好一点，从学校下广汕路、再到冲虚观，虽然山峦起伏，但是坡度不大，路况颇好。过了九天观路就渐渐是上坡，踩车越来越吃力。过了东埔更加辛苦，忽高忽低，时推时骑。如此推推骑骑、骑骑推推，终于来到桃源窟外。一到这里，我不得不惊呼："曾老师！我们是不是真的到了世外桃源，罗浮仙境啦！"这里实在太美了，山高林密，环境极为幽静，令人叫绝。

　　早已累得满头大汗的曾老师来到小涧边，停了下来，洗洗脸，洗洗手，捧起一掬清冽无比的桃源甘泉，美美地喝了一口才说："沿着这条山坑古道往上，越上越漂亮。这条山坑水源自五马归槽，两边悬崖夹峙，涧底上望，天若一线。泉水冒石倾崖，落为三叠。一叠一喷，一喷一瀑，如银河落天，似白龙饮涧，是罗浮山各瀑布中最为壮观的一个，名为'白石漓瀑布'，也叫'三叠泉'。以前，这里人迹罕至，满是桃树，桃子又大又甜；每逢春花怒放，如霞似锦，落花随流，故称'桃源窟'。近洞口处的石坑叫'长生潭'，长五六丈，深不见底，自然景观极佳，是夏天度假的好地方。"

　　"那桃源大队的人不是住在神仙般的地方啦！"我很感兴趣地说。

　　"要不要现在就去看看这个神仙地方呢？"曾老师说。

　　"还是回来再说吧！"我说，"反正咱们还要经过这里。"

　　"好！"他们俩一致同意，于是，我们一行三人继续前进。

　　从桃源窟过蓬莱洞，一路风光秀丽，景色迷人，左边是山高林密，右边是略为开阔的田园秀色，只是坡度越来越大，骑车上山越来越吃力。过了小电站越往上就越要命，只见两边山高林密，松茂杉直，十分喜人；脚下却是路崎石多，不仅费尽九牛二虎之力还骑不上去，而且屁股受尽震荡之苦。罢！罢！只好下来推车上山。特别是在风车纽上茶山坳路段，山崎坡陡，迂回曲折，左边是人在树头底下，右边是令人咋舌的深渊，连推车亦不行了，上山之路唯有盘山的石级古道。曾老师望着这些高入云端的石级古道，边擦汗边深有感触地叹道："难怪唐朝大诗人李白说'蜀道难，难于上青天！'校长，我看咱们这里也差不了多少吧？！"

　　"是啊！"我深有同感地说，"如此陡峭崎岖的山路实在少见。"

　　同行的另一位老师望着无边的高高石道问："校长，怎么办？"

　　我反问道："什么怎么办？"

　　他说："我是说单车怎么办？是像上山砍柴的农民一样，把单车锁在这里，下山时再骑回去呢？还是扛着单车过坳？"

我认真看一看山势路门，密林古道，不见人影，只好下狠心说："为了安全起见，大家辛苦一点，扛着单车上山吧！要不，万一回来时单车不见了，不要说损失一年半载的辛苦和积蓄，就是归途回校也成问题呀！"

"是啊！"他们异口同声道。

大家只好肩扛单车上山了，我适时地说："登山犹如办事，面对困难，只有咬紧牙关往前走，才有可能出现光明前景。"

他们不约而同地说："在理，在理。"

在徒手登山尚且深感吃力的风车纽，肩膀上还扛着一辆自行车，其艰难吃力的程度可想而知。曾老师他们是山里人，走惯了山路还好一点，我这个平生第一次扛着单车上山的人就倍感艰难了。刚开始还可以应付，随着坡度越来越陡，石级越来越高，体力越来越弱，人越来越累，腿越来越软，登山之路就越来越艰难了。我们只好登一登，停一停，一段一段地往上盘山前进。

一直爬在前面，登完了最高一级的曾照明，放下肩上的自行车，大大地舒了一口气，说："到了！到了！到了蓬莱门径！看到树寮洞啦！校长，快点上来呀！"

听到胜利在望，我精神抖擞，力气倍增，以更大的干劲向上攀登。经过最后努力，终于到了树寮洞的山门——茶山坳。

在"一夫当关，万夫莫开"的蓬莱门径上，早已捷足先登的曾老师兴致勃勃地说："校长，你看，这就是罗浮深处的树寮洞，它形如锅底，周长三十里。这里山高水寒，得天独厚，盛产甜茶和菜干，是罗浮山著名传统特产的正宗产地。"

我说："真是功夫不负有心人哪！终于看到罗浮享有盛名的洞天福地——树寮洞了！"

在茶山坳上放眼四望，东边是刚刚跋涉攀登的风车纽，南北则是峭壁撑空，树石皆美的茶山与丫髻峰紧紧对峙，西北是朱陵洞与小蓬莱洞间的茶山水库，再往下就是群峰为屏、众水所归的树寮洞，真是名副其实的罗浮腹地。

我们略微休息赏景，顿感心旷神怡。随后，继续扛着单车下坡。俗话说"上山容易下山难"，难就难在下坡时双腿发抖发软。刚才上山时已经累得筋疲力尽，现在下坡又是车压肩上，每下一级都是前脚悬空后脚弯，双腿酸软、发颤，生怕连人带车跌落悬崖峭壁间。说实在的，下坡时虽然没有上山那么费力气，但那种胆战心惊、战战兢兢的心理压力和双脚的颤抖程度却是上山时根本无法比拟的。经过这一大段提心吊胆的下坡石级后，我们终于来到坳下的一间小店。

此时，日已近午，我们又渴又饿，饥肠辘辘，不得不停下来休息，填一填肚子。

我们刚刚停下来，开小店的老伯就以山里人特有的纯朴和热情招呼我们说："同志哥，过坳辛苦了！坐下来歇歇脚、透透气，吃点东西喝点水，补充补充力气吧！"

"好哇！"我说，"我们正想填填肚子，解解渴哩。"

"好，好。"老伯指着简陋的货架更加热情地介绍说，"酥饼、饼干、汽水、茶水，什么都有。同志哥，要些什么？"

我一看，店里的东西无非是些香烟、糖果、饼干、汽水、茶水之类的廉价货色。也好，正符合我们这些穷出了骨头，如今饥不择食的教书先生的胃口。我说："好吧！每人来两块酥饼，再称一斤饼干，外加每人一碗山泉水。"

"好，好，算你们点对了。"店主老伯一边秤饼干一边说，"我们这里的山泉水，比外面的什么汽水、茶水还要甜得多哩！"

正是"渴时一点如甘露"，喝上一口这里的山泉水，清爽甘甜，韵味无穷，真是名不虚传的罗浮甘泉。

我们吃着饼食，美美地喝着深山甘泉，不知不觉间和热情好客的店主老伯攀谈起来。他是深山洞里的老通书，一一介绍了树寮洞里六村一观的情况，对我们这次"家访"颇有帮助。

吃后结账，他只收饼食之资，至于美如甘露的山泉水，任我们怎么说，他也分毫不收。他说："甭本甭钱，收什么钱？"想不到我们一进树寮洞，就深深感受到山里人的淳朴风情。

一行三人吃饱喝足，立即骑车进村"家访"。

我们来到最靠近坳下路边的吉水。这是一条坐东向西、只有二三十户人家的小山村。村里绝大多数的房子是泥瓦房，只有少数几家是砖瓦房，木料倒是很不错，几乎是百分之百的杉木桁桷。一进村的第一道风景线就是挂满万国旗似的菜干和晒谷场晒着的切碎树叶——甜茶。

我们走进初一学生高晓阳的家。正在斫树叶的高晓阳见到我们，立即站起来热情招呼，大声喊道："妈妈！妈妈！校长、老师来咱们家啦！"

一听是校长、老师来到家里，热情好客的学生家长立即放下正在烫菜、烧火的活儿。高晓阳的父亲高山里，这位年将四十的山村农民，旋即拿出特产招待我们，边斟茶边说："校长、老师，跑那么老远的路，爬那么崎的山坳，来到我们这雀仔也飞不进的山旮旯里，真是辛苦你们了。来，来，喝杯甜茶，解解渴。"

晓阳妈妈，快手快脚地把手在围裙上擦一擦，然后说："老师这么远来到这里，一定把你们饿坏了。你们先坐一坐，喝杯茶，我马上做饭。"转身又对晓阳说："阳牯！快！去把那只黄脚鸡毑仔捉来。"

我们一听急了，异口同声地阻止说："不行！不行！我们已经吃饱喝足了。"

但是，不管我们怎么劝阻，他们三下两下就把那只准备养来下蛋的鸡毑仔杀了，也不管我怎么解释，她照样炒菜做饭。

很快，他们就把饭菜端了出来，一家子强拉硬扯地把我们推上饭桌，晓阳的父亲说："从罗南到我们这里，路上的情况我知道，哪里有饭吃？"

晓阳妈妈连推带拉地说："老师，晏昼①来到我家连一口饭都没吃，会给人家笑话的。来，来，来，穷山旮旯拿不出什么好东西，都是自己种的养的，不用花一分钱，客气乜嘢？"

真是盛情难却，四菜一汤：白切鸡、下水炒青菜、一碟炒鸡蛋、一碟蒸豆夹干和一钵菜干煲鸡汤，整整齐齐地摆在桌子，不吃一口实在过不了关。

罢！罢！只好客随主便，边吃边谈了。

由于村子小，一家有客人人知，特别是节俭出名的高山里竟然破天荒地杀鸡待客，更加引起了轰动。饭后，不仅几个学生家长闻讯而来，就连左邻右舍的大人小孩也来了。好客的山里人每进来一个，第一件事就是给在座的每个人斟茶、敬茶。凡是进来的学生家长，无不一再询问自己子女在校的学习和生活情况，我们亦都如实地向他们一一介绍。

---

① "晏昼"：在粤语中是"中午饭"的意思，"昼"指白天、中午。

晓阳妈妈说:"最叫人放心不下的是从未出过山肚子的小孩子,一下子去了那么远的学校读书,吃又没得吃,住又没得住,真叫人担心死了!"

"是啊!"几个学生家长异口同声地说,"孩子这么小,没有出过门,学校又冇得食、冇得住,路这么远,只好投亲靠友,非常麻烦。学校能不能想想办法,解决学生的食宿问题?"

"大家的意见提得很对!"我借话顺势地说,"我们全校老师为了解决学校的校舍问题,想尽了千方百计。而今学生年纪这么小,要想和以前那样烧砖建校是不可能的;向上面要钱吧,我们跑了几年,僧多粥少,要不了几个钱,根本解决不了问题。毫无办法,我们想集资建校和捐资建校,以解决全校师生的工作、学习和生活问题,不知大家的意见怎么样。"

"好哇!"晓阳妈妈爽爽快快地说。

有人问道:"老师,什么叫'集资办学'呀?"

曾老师立即说:"简单地说,就是全社除'五保户'外,按人口算,每人出两元钱给中学建校舍,以解决中学师生的教学和食宿问题。"

"这个办法这么好,为什么不早点做呢?"有的家长说,"免得成天为这么小的山里孩子出远门而提心吊胆。"

我说:"我们早就提出了'集资办学'这个建议,但是碰到了很多的实际困难,迟迟未能解决。"接着,我把这段时间以来向上至县教育局、下至公社党委请求'集资办学'的活动情况作了简略介绍。

学生家长听后纷纷说:"这是个好办法。从为人父母的我们来说,哪怕是十元八元,勒紧裤腰带也要出,免得成天担心读中学的孩子食宿没有着落。"

没有孩子在我校读书的人则提出了各种各样的问题。有的说:"为什么没有小孩在中学读书的也要出钱呢?"

有的说:"谁读书谁出钱,天经地义,没有人读书的也要出钱,有乜道理?"

有的说:"我们山高路难,要几角钱来买盐都困难,哪里来钱给中学建校?"

有的说:"有孩子在中学读书的好收,没有孩子读中学的,你们怎么收呢?"

有的还说:"中学是公社办的,公社为什么不出钱哪!""是啊,上面光叫集资办学,为什么钱就不出呢?"

……

面对这一系列的问题,我们使尽了浑身解数,一一进行解释。

我说:"表面看来'谁读书谁出钱,合情合理',但是大家想一想,除了'五保户'和孤寡老人之外,谁家没有子孙?谁家的子孙不想读书呢?谁不希望自己的子孙把书读好,读完小学读中学,读完中学读大学呢。"

"当然想啦!"大家众口一声。

我继续说:"俗话说'十年树木,百年树人',学校就是百年树人的基本建设。就像你们这里的房子,有的可能是你亲手建的,有的可能是你父亲建的,有的甚至是你的祖父或者是曾祖父建的,你现在不是还在住吗?学校也是一样,是全社人民传子及孙的基本建设。你的儿女读完小学就要考中学嘛,哪怕他们没有考上,将来他们还有儿女嘛!子子孙孙,谁能保证没有子孙考上中学?等到考上了,如果依旧和现在这样愁吃愁住愁读书怎么办呢?'临渴掘井'那就挪命咯!再说,学校是全社人民的,在校学生几年后毕业离校,他们连一块砖头也带不走;就是我们这些教书先生,现在拼生拼死建学校,一朝调走的话,连一粒沙也带不走,还不是你们子孙后代的?"

在场的人纷纷说:"在理,在理。"特别是学生家长,更是一致赞成。

有的却说:"在理是在理,实际归实际。现在工值那么低,一天做到晚,才那么几角钱,年终称口粮还要超支,哪里来钱?'自留地'又少,没有什么家庭副业,就是有一点菜干、甜茶,山高路远,出入十分艰难,卖又卖不出去,如今要找几分钱来买油盐都难,哪里有钱给中学建校哇?"

这时,有一位来者说:"老师,你们这样一家一户地宣传'集资办学',要宣传到什么时候哇?我看,你们不如去找一找大队书记和干部,如果他们肯出力的话,事情就好办了。"

"是啊,是啊!"大家纷纷附和道。

有的甚至粗声粗气地说:"干部放个屁,赢过你们磨破嘴皮。"

我们一听,心里真不是滋味。曾老师忍不住问道:"是吗?"

还是那位来者解释说:"俗话说'官不怕大只怕管',他们是党政财文一起抓,要啥有啥。你们抓啥呀?再说,现在是集体经济,主要钱财集中在大队、生产队手里,不找他们找谁呢?还有,只要他们思想通了,肯出力为中学搞集资,张三李四王二麻子都在他们肚里,谁家长哪家短他们清清楚楚;说句不好听的话,比你们挨家挨户去'乞讨'要容易得多了。"

"是啊!"好多人随声附和道。

"这话有理。"我说,"我们向上至县、社领导,下至社员群众去求,去乞讨,没有广大干部群众的支持,我们将一事无成。特别是在这山旮旯里,没有大队干部、支部书记的支持和配合,我们将会一筹莫展。这点,我们早已准备过,上至县里的有关领导,下至公社、大队和广大社员群众,我们都要一一去找,去求、去乞、去讨、去发动,哪怕是跪破几条裤子,也要把中学建好!"

"好,好!"众家长和众邻居齐声称赞。

恰好这时,一位年逾古稀、正在捡猪屎的老太太路过这里。她闻此言,放下手中的猪屎篮和猪屎耙,一双又黑又瘦小的手在衣襟上擦了又擦,然后颤巍巍地边为我们斟茶边说:"难得,难得!难得老师有这种'跪破裤子也要把中学建好'的精神,我这个老'五保'敬你们一杯。"说完,她端起茶杯就要下跪,吓得我慌忙把她扶住。

我接过茶杯说:"我们何功何德,敢受此重礼?茶,我们喝了。学校,我们一定要建好!"

"好,好!"老大娘笑开一张无牙的瘪口边说边掏衣襟底下的小荷包,掏出几张皱皱巴巴的碎币,壹角贰角、壹元伍分的都有,一张一张披直顺好折齐整,放到我的手中说,"先生,给我也题上两吊吧。"

我手捧着重如千斤的两元钱,一时语塞,眼泪哗哗地滚了下来,"这是深山老人的一片心哪!"我拼命地把钱塞回老人家的手中说,"谢谢您,谢谢您!您老人家的心意我们领了,这钱我们不能收。"

此情此景,令所有在场者无不为之动容。大家纷纷劝说道:"三叔婆,老师说过,'五保'老人不用集资哩!"

"什么'五保'老人不用集资?"老人家硬是把钱塞到我的手里说,"这是我对孩子们的一点心意,你一定要收下。"

我又把钱推回给三叔婆,说:"老人家,这钱我们万万不能收。我们没有钱给你老人家就已经够惭愧了,怎么能要你老人家的钱呢?"

想不到三叔婆说:"老师,你也不想一想,几十年来,如果不是乡亲们把我这个老'五保'什么都保起来，我这个无儿无女的孤寡婆子还能活到今天吗？骨头早就打鼓去了。如今孩子们读书连个地方都没有，我能安心吗？你们不要以为我七老八十老掉了牙，其实倒是'孤佬康健'，只要我每天多转一转，多捡它一篮半篮猪屎，不用一个月，这两吊钱不就来了吗？这也是我对乡亲们的孩子积下的一点德吧。"

我一再地对她说："三叔婆，您老人家的善举盛情，我们心领了，我代表全校师生深深感谢您老人家！"我一边向她鞠躬一边说，"但是，这钱无论如何，今天我们不能收，因为今日谁也没有收。正如刚才大家建议的，'要搞好集资建校，先找干部最重要。'我们现在最重要的是先找你们大队的书记和干部，向他们汇报我们学校搞'集资办学'的迫切性和重要性，让他们真正认识到，办好学校关系到千家万户子孙后代的成才与否。以后，由他们来搞集'资办学'，比我们挨家挨户去磨破嘴皮要容易得多。所以，这钱你老人家先保存好，等到大队搞'集资办学'时，您再捐吧！到时，我保证一定先收您老人家的，而且将您的芳名刻在我们学校的《捐资建校芳名录》石匾上，让世世代代的莘莘学子永远记住您老人家的名字，好不好？"

"好，好！"老太太笑逐颜开，这才高高兴兴地把钱放回荷包里，说，"那我不阻你们了，你们要早点去对干部好好说一说呀！"

"好！我们这就去。"我说，"你老人家放心，我们一定好好跟干部说一说，让他们都来支持'集资办学'。"

说干就干，我们一行三人立即驱车来到设在"树寮古观"中的大队部。大队部的旁边就是树寮小学，以前附设初中班，现在因为摘了初中"帽子"，显得宽敞一些。大队部的所在地"树寮观"，虽然不及"冲虚古观"那么历史悠久，气派堂皇，构建精湛，得天独厚，倒也古朴清幽，集罗浮深处的山水灵气，乃人迹罕至、存心养性的绝好之地。此观建于康熙末年，起初称院，雍正初改为观，亦称稚川北庵。因同治、道光年间，陈铭圭（东莞副贡）在此住持讲学，名随益著。据说，国民革命军东征时，蒋介石不仅在这里住过，还占了一卦哩！

我们登上八级台阶，进入设在古观中的树寮大队部。清幽旷朴的古观中的真人塑像早已不知移居何处，正厅墙上贴着主席的大幅画像，中间摆放着几张办公台、办公椅，周围壁角零零落落地放着一些"忠"字牌之类的东西。

我们刚一进门，大队支部书记张树民同志立即迎了上来，说："无校长，欢迎，欢迎！什么风把你们吹到这雀仔也飞不进来的山肚子里来啦？"这位四十五岁上下的大队书记，一边热情地致欢迎词，一边熟练地泡茶斟茶。

因为这几年在公社召开大队书记和单位负责人会议见过几次面，多少有些面熟，我答道："这可是十二级的'落帽风'刮进这里来的呀！"

"什么'落帽风'这么犀利呀？"他笑语相诘地问。

我苦笑着，指一指旁边的小学说："你们的'帽子'一脱周身松，校舍宽了，负担少了。我们可就惨了，一下子通通塞到我那里，师生食宿无着落，教室都挤爆了也挤不下去，你说怎么办？"

"你跟县教育局要嘛！"他说，"解铃还得系铃人，'下马''摘帽''初中拼校'是教育局搞的，教育局不出钱谁出钱？"

"教育局穷得连教师的工资都常常发不出，哪里来钱给我们建校？"我无可奈何地说，"张书记，你不是不知道，中学就是白手起家，靠师生们艰苦创业，搭草棚，建教室，才勉强可以上课。如今高中生走了，初中生大量涌入，人小体弱没有力气，加之又在大抓教学质量，减少劳动负担，要像以前那样搞劳动建校是完全不可能的。为了筹钱建校，教育局的门槛都被我踩塌了，连半个'仙'都揾不到，你说怎么办？"

"那就找公社嘛！"他说，"中学是公社的中学，公社不支持谁支持？"

一听到"找公社"，曾老师按捺不住地说："不提公社还好，一提到公社就火爆！"

"点解呀？"张书记不理解地问道。

"唉！"我叹了一口气，"这可说来话长了，自从分公社建中学以来，哪有钱给学校？每次到公社求爹爹告奶奶，不仅分文没有要到，还要挨批受气！就拿这次'下马''摘帽''集中'来说吧，我们还不敢直接跟公社要钱，只是请公社领导想想办法，结果是'羊肉没吃到，倒惹一身骚'，给公社头头揉了个人仰马翻！"

"那怎么办？"连张书记也焦急地问道。

我心想：妙啊，我要的正是你这句话。

我说："正因为到处找不到办法，所以今天特地来到罗浮腹地名庵古观求助于你也！"

"有冇搞错呀？！"他感到不可思议地说，"我这里山高水寒，地僻人穷，泥菩萨过河——自身难保，你来找我？是不是穷蒙了找错庙哇？"

"冇错，冇错，我们找的正是你。"我说。

"你在开什么国际玩笑哇！我有办法？！"他还是"丈二和尚摸不着头脑"地问。

我说："办法是有，就看你'保佑'不'保佑'的问题了。"

他说："你越说我越糊涂，我有什么办法？"

我以肯定的语气说："有！人人都说你有办法。"

张书记不得不问道："无校长，你葫芦里卖的什么药哇？我有办法？那你说说，究竟是什么办法？"

我说："我们的办法就是要搞'集资办学'和'捐资办学'，以解决目前中学的困境，请张书记鼎力支持。"

一闻此言，他更加不解地说："真是'天方奇谈'，又是'集资办学'、又是'捐资办学'，我听都没有听说过。你倒说说，什么叫'集资办学'？什么叫'捐资办学'？"

我说："所谓'集资办学'就是为了解决目前中学的校舍困难，全公社除'五保户'以外，按人口计算每人集资两元给中学作为建校之用；至于'捐资办学'就是在上述的基础上，不管是公社社员，还是海内外同胞，凡是热心教育事业的人都可以捐资，多少不拘，刻石留芳。"

"哎呀呀！我的无校长，亏你们想得到。但是，真正做起来就难过牵牛上树啦！"张书记显得无可奈何地说。

"真的那么难吗？"我打破砂锅问到底地说，"每个人连两元都没有吗？"

"真是不说不知道，说了吓一跳。"张书记诉苦说，"有的穷得找个铜板来刮痧都难，哪里来钱给你建校？"

我还是不死心地问："咱们的社员真的那么困难吗？"

"这里山高水寒，地僻人穷，出入十分艰难，哪里来钱？"张书记向我们大诉其苦，"我们这里地处罗浮山的锅肚之中，周围山高，日照时间非常短，尽管社员们爬坡越岭，辛勤劳动，禾苗长得很好看，收成却不如山外的一半。

社员辛辛苦苦做一天，有的还买不到一包'丰收'烟（每包贰角陆分钱），年终称口粮还超支，更加不用想分钱。作为一个大队书记，有时看到社员连买盐的钱都没有，真是哑仔吃黄连——有苦说不出。我愁的正是社员没有钱哩！"

我说："生产队分红没有钱，社员的家庭副业和自留地总有一定的收入吧？"

张书记引用了样板戏中的一句话说："阿庆嫂说的'别提它'，挖光挖尽，还有什么副业生产？就是这一两年种几棵菜、养几只鸡，自己吃都不够，哪有剩余换钱？即使有几只鸡蛋、几斤菜干，谁有时间翻山越岭去投圩②？来回就是整整一天的工分没有了，弄不好还要罚款扣工分，得不偿失，去哪找钱？再说，手指有长短，各家有差别，往往是孩子越多越困难，而他们要交的钱却越多，向他们集资就难上加难喽！"

我死磨活磨地说："这也难，那也难，从大队的公积益金（集体中公积金和公益金的合称）里挤一点，不是很难了吧？"

"这就更加难上加难啦！"张书记长长地叹了口气说，"真是不当家不知柴米贵，我正为此愁得头大过斗哩！你看看，'五保户'要钱、合作医疗要钱、民办教师要钱、孤寡老人的生老病死要钱……这要钱，那要钱，刮金多过添油。而这里的年终总收入不多，按比例提取的公积益金少得非常可怜，各项支出又不能少，结果是寅吃卯粮，我这里都欠了一屁股债，哪里来一大笔钱给中学集资建校哇？"

看来，张书记把条条路都堵死了。不过我还是想死里求生，寻出一条活路来。我说："我相信张书记说的都是实情，确实也是穷家难当。不过，我想给张书记提个建议，找出一条生财之路，不知意下如何？"

"好哇，好哇！"张书记的脸上立即由阴转晴，如获至宝地急问道，"无校长，你快说，你们有什么好办法？"

"修路。"

"修路？！"张书记被吓得丢了魂儿似的问。

"对，"我说，"路通财通，如果道路不通，只有困死山中。"

---

② "投圩"：北方人说"赶集"，南方人称为"趁圩"或者是"投圩"。

张书记慢慢回过了神，说："无校长，你不是不知道，我们这里走路比登天都要难，还说修路？谈何容易呀！"

"难是难啦！"我说，"但是，此'难'不过，咱们这里就只能永远守着'金饭碗'当'乞丐'喽！"

"这话怎么说？"

我说："咱们这里山好水好，得天独厚，一草一木、一沙一石都是宝。你看看，罗浮山最出名的特产就出自咱们这里。要是道路畅通，借罗浮山这一南天胜景之名，大批量地生产，远销海内外，不就是滚滚财源吗？哪里会守着'金饭碗'哭'穷'啊？你再看看，这里山深泥厚地肥，漫山的松树长得又高又密，片片山窝的杉树长得又肥又快，真是难得的建筑材料。可惜因为交通困难，运不出去，很多很好的优质木材白白烂掉，看了真叫人心痛啊！要是道路通了，何愁往外运，人家的汽车就会开进来载，这不是又是大笔大笔的收入吗？再说'罗浮山百草油'闻名遐迩，咱们这里就是罗浮山腹地，一草一木都是药哇！'识者满山都是宝，不识遍地都是草'，要是能够充分利用，这可是无价之宝哇！何愁无钱？"

"哎呀呀！我的无校长，经你一说，我是端着'聚宝盆'在讨饭喽！"张书记半认真半开玩笑地说。

我意识到刚才说得有点过分，赶紧补充说："言重了，言重了。"

张书记说："其实，我们树寮洞的乡亲父老、祖祖辈辈，谁不梦想有条大道通山外呀？！你以为我不想啊？我不仅想，而且天天想、月月想、年年想。但是每次提出来，不是资金问题，就是劳动力问题无法解决，把我搞得满头雾水，真是做也不行、不做也不行。你说说，这可叫我怎么办才好？"

我说："这就要把'农业学大寨'的精神用在劈山通途上。'牵牛要牵牛鼻子'，做事要做关键事。前几年咱们树寮洞在'农业学大寨'中做了很多工作，但是收效甚微，这是为什么呢？关键就在于把力用错了地方。"

"这可是全国农业战线的头等大事啊！不学行吗？"张书记有苦难言地说。

"书记说的也是实际情况。"我说，"但是，咱们投入了多少人力物力，收到了多少东西？咱们这里山高水寒，日照时间短，禾苗虽旺不见粮，白白浪费了很多的人力物力，要是把这么多的人力物力用在开山修路上，咱们的茶山坳早就变成通途大道啦！"

张书记心悦诚服地说："佩服，佩服！真是'听君一席话，胜读十年书'。知识分子和我们农民的想法就是不一样，一进来不仅见到了满山宝，而且想到了取宝的方法。我们祖祖辈辈生活在这里，怎么老是望山兴叹而不敢干呢？要是早这样干，现在也不会穷成这个样子啦！真是太感谢你们，感谢你们的传经送宝。"

尽管今天的深山之行分文无获，却多少了解了山区人民对"集资办学"的真情；特别是与大队张书记的深谈，使他认识到我们中学老师到山里来，不仅是"乞钱"的乞丐，而且是点石成金的送宝人，从而沟通了思想感情，成了要好的朋友。

冬天日照时间非常短，才下午三点多钟，就觉得太阳快要下山似的，我们只好匆匆告辞。张书记依依不舍，一直送到古观门前的路口，并且紧紧地握着我的手一再地说："希望今后多来，今后多来。"

当我回到学校时，除了"走教"的老师就近回家之外，其他住校老师均已陆续到齐。大家都是两手空空而回，各组碰到的情况不尽相同。

原来对"集资办学"信心不足的袁老师，到了下西村就受到毕业生徐建中等人的热情接待和欢迎。一听说中学准备搞"集资办学"和"捐资办学"时，校友们个个赞成："好哇！这样，咱们学校就大有希望啦！"徐建中的父亲和跌打医生徐少强更是极力赞许："对！我们早就说了，应该这样办。"特别是徐少强老先生嘉许说："这是造福子孙后代的千秋大业，功德无量啊！"

袁老师说："真没想到，原以为去当'乞食佬'遭狗咬，谁知'叫花子'却成了座上宾，到处受欢迎，我算服你了。"

张炳华快言快语地说："'武七哥'，看来咱们这个武训还是可以做的。我一到曹小鹏家，他父母就感恩戴德地说：'非常感谢学校老师下水救人，非常感谢老师的关怀和爱护。要不，那天小鹏不浸死也得冻坏，非常感谢学校老师爱生如子。'当我们提出为解决当前校舍困难，学校正准备开展'集资办学''捐资办学'时，不仅小鹏的父母举双手双脚赞成，说'应该，应该！早就应该这样做了'，就连左右邻舍的人也个个赞成，他们说：'每人两元钱嘛！再穷也可以出得起。实在没有，上山拾几担柴火、割几担山草不就来了？总不能老是叫孩子们上课和住宿的地方都没有，成天这样跌跌撞撞地跑来跑去，再出事谁也吃罪不起呀！"

张炳华还没有说完，萧凤英就兴冲冲地说："公社属下各单位的干部职工对中学的'集资办学'和'捐资办学'普遍支持，特别是卫生院的许院长和百货站的李站长，他们说'这是造福子孙的大好事'。尤其是李育新站长说：'除了保证完成本单位职工、干部及其家属的集资款之外，自己再捐一百元，还要动员海外的女儿也捐上一笔，这是关心家乡教育事业的一颗心嘛！'"

"好哇！"我按捺不住地插话说，"最难得的就是关心家乡教育事业的这颗心哪！"

紧接着，赵家庆汇报了东埔之行，他的情况和我们的树寮洞之行差不多。西稻田之行的陈明主任却大不一样，他们千辛万苦来到学生赖伟强的家，未进其家就听到有人大光其火地骂道："真是和'猴子'一样，劈又不是，烧又不是，扔又不是，真拿你没有办法！"他们进门一看，五大三粗的伟强父亲赖一丁正对着一块奇形怪状的柴头大骂。经了解，原来是赖伟强从小生得精瘦灵活，爬树捉鸟，事事精通，被人家起了一个外号叫"猴子"。而今他小小年纪就跟随大人上山打猎，读书也读不进去，气得赖一丁常常吹胡子瞪眼睛，打又不是，骂又不是。赖伟强今天又跟着大人上山打猎未归，赖一丁早已窝着一肚火，刚才烧火煮饭时，想把一块盘根错节、劈不开的柴头塞进灶肚，谁知怎么塞也塞不进去，气得他火冒三丈而大骂。老陈因势利导，一边慢慢地跟他拉家常，了解伟强的情况；一边拿起这块柴头，翻过来转过去，仔细端详。然后，他一语双关地说："好料！好料！这是块难得的好料，我找了很久都没有找到，想不到在你这里见到，难得，难得。"

"讲笑吧？！"赖一丁感到不可思议地说，"这块烂柴头和我那个臭小子一样，真是拿它没有办法。它烧不着火，我倒是一肚火，你却把它当成宝。"

陈明主任说："天生我材必有用，直者为梁曲为犁嘛。至于这些弯来曲去的老柴头，就要认真观察它的形状，分析它的纹理走向。要是这块老柴头刚才被你劈了或者烧了，就太可惜了。"

"真的？！"他还是半信半疑地问。

老陈边转动老柴头边说："你看这是一块质地绝佳的上等木材，虽然它盘根错节，但是只要顺着纹理稍加雕琢，就可以变成大闹天宫的孙大圣啦！这可是自然天成、不可多得的根雕精品哪。"

他还是不大相信，老陈慢慢指给他看，突然他茅塞顿开地说："是啊！真的有点像。"

老陈因话引话，顺理成章地说："这就和人一样，千人千样，各不相同，比如你的小孩伟强就很有特性。"

他余火未消地说："他呀！打虎一条龙，读书一条虫，真是拿他没有办法。"

陈主任马上纠正说："只要摸准他的脾性，因材施教，说不定是一个人才哩！"

"这猴子还能成才？"赖一丁不敢相信地问。

陈明主任肯定地说："只要因势利导，教育得法，认真培养，应该可以成为一个有用之才。"

"可是这小子说：'中学差得没有谱，要教室少教室，要宿舍没宿舍，实在待不下去。'老师，你们能不能想想办法建几间房子给学生住哇？"

"对！"老陈高兴地说，"你说得太好啦！我们的校舍实在差得太离谱。为了改变目前这种状况，我们全校老师正在千方百计想办法哩。"

"找到办法没有？"

"办法倒是找到了，不知大家做不做？"

"什么办法？"

"'集资办学'。"老陈说，"所谓'集资办学'，就是全公社除'五保户'、孤寡老人外，每人集资两元给中学建教室和宿舍之用。"

赖一丁高兴地说："这个办法好哇！只要能把孩子教好，再穷也不会穷在这十头八元钱嘛。"

用一块根雕比喻学生，老陈的方法确实很灵。如果不是因势利导，深入过细地加以引导，而是一进门就要钱，结果可能大不一样。

此后近两个月，几乎每个星期天都分组下乡，大家走遍了每条村庄，走进各家各户进行宣传发动。这其中的甜酸苦辣、辛酸苦楚，唯有我们深知，真是一言难尽。

在我们为学校的"集资办学"而奔走呼号时，党的十一届三中全会在北京召开。这一历史性的巨变，为我们带来了希望的曙光。

无巧不成书，十一届三中全会后的第三天，正当我们为"集资办学"和"捐资办学"再次深入各村各户时，在树寮大队意外地碰到了大队书记张树民和深入农村宣传十一届三中全会精神的新来公社书记冯兴旺同志。

一见面，大队书记张树民马上说："冯书记，这位就是正在忙于'集资办学'的中学校长无铭同志。"

冯书记立即紧紧地握着我的手说："听说了，听说了。"大队书记怕我不认识，从旁不失时机地说："他就是咱们公社新来的冯兴旺书记。"

我借机邀请道："冯书记，有时间请到我们中学来看看。"

他爽快地答应："好，好！我一到这里，很多同志就向我反映了中学的情况，我一定抓紧时间到中学好好看看。"

谢天谢地，公社来了新的书记，但愿我们的学校从此有所转机。

1979年1月6日　星期六

党的十一届三中全会是我们党伟大的历史转折。

我深深地认识到，党的十一届三中全会为教育事业的发展创造了千载难逢的良机，为我们的"集资办学"提供了难得的机遇。为此，在新年的第一个政治学习日，全校教职员工集中学习全会《公报》。

我刚刚把党的十一届三中全会《公报》读完，陈明主任就言简意赅地说："党的十一届三中全会，为教育事业的发展，为我们的'集资办学'提供了一个极为良好的大前提，我们要紧紧抓住这个难得的机遇，乘胜前进！"

袁圭立即发问道："何以见得？"

陈明主任胸有成竹地说："首先，'全会重新确立了马克思主义的思想路线，坚决批判了"两个凡是"的错误方针，充分肯定了必须完整地准确地掌握毛泽东思想的科学体系，高度评价了关于实践是检验真理的唯一标准问题的讨论。'这就从根本指导思想上来了个历史性的巨变，这是大政方针的根本转变，说明一个新的历史时期即将从这里开始。"

"为什么？"快嘴快舌的张炳华问道。

"这跟我们的'集资办学'有什么关系？"袁圭问道。

陈明主任反问道："那你没有注意到'全会作出了把全党工作重点转移到社会主义现代化建设上来的战略决策'吗？"

"这个……这个嘛。"袁圭一时语塞。

"这是个关键。"陈明主任进一步说，"我们党不仅'果断地停止使用"以阶级斗争为纲"这一口号'，从今以后不再搞大规模的政治运动，而且一心一意地'把全党的工作重点转移到社会主义现代化建设上来'。这就是说，从现在开始，我们党将集中一切力量、专心致志地大搞社会主义现代化建设。大家想一想，要进行大规模的现代化建设，要不要大量的各方面的高级科学技术人才？"

"当然要啦！"赵家庆、萧凤英等年轻教师异口同声地说。

张炳华插话道："锄头锄得出原子弹、计算机来吗？"

"说得好！"陈明主任说，"要进行大规模的社会主义现代化建设，不是喊喊口号，拍拍胸脯，谁大声谁就赢，而是需要大批具有真才实学的掌握现代科学技术的高级人才，需要大量的专家学者、高级知识分子。而这大量的高级科技人才、专家学者、知识分子，不是天上掉下来，不是地下冒出来，也不是从娘肚子里一出生就是专家学者、工程师、科学家，而是靠各级各类学校长期培育出来的。'十年浩劫'毁灭了几代人才，老知识分子死的死了、残的残了、中青年科技工作者业务丢荒、青少年下乡的下乡，有志学习的又求学无门。即使像'清华大学'这样的工程师摇篮，招进来的'工农兵学员'还要补初、高中的文化课，怎样出得了科学家、工程师、高级科技人才？小平同志在一九七七年一次座谈会中尖锐地指出：'那就应该称作"清华小学""清华中学"。'正是这'十年浩劫'造成了人才断档，使他心急如焚，不得不在一九七七年八月果断地决定：'今年就要下决心恢复从高中毕业生直接招考学生，不要再搞群众推荐。从高中直接招生，我看可能是早出人才、早出成果的一个好办法。'这就是说，国家非常急需大批具有真才实学的科技人才。现在，党的'十一届三中全会作出了把全党工作重点转移到社会主义现代化建设上来的战略决策'，这就更加说明，从现在起，我们国家要长期地一心一意地大规模地进行社会主义现代化建设。要进行现代化建设，就需要源源不断的高级科学技术人才。这样大批大批的高级人才不是天生就是，也不是靠少数人的自学成才就可以满足，像李时珍、爱迪生、富兰克林等自学成才的科学巨人，毕竟是凤毛麟角，哪里能满足我们现代化建设伟大事业的需要？要造就千千万万的专家学者、高级专业技术大军，就离不开各级各类学校的教育培养。若非如此，岂不成了无源之水、无本之木吗？所以，一个真正大办教育的时代即将来临。"

"对！"我说，"党的十一届三中全会从根本上冲破了长期'左'倾错误的严重束缚，端正了党的指导思想，重新确立了马克思主义的思想路线、政治路线和组织路线，实现了中华人民共和国成立以来党的历史上具有深远意义的伟大转折，为各项社会主义事业的健康发展提供了根本保证。这也为我们的教育事业，为我们的'集资办学'提供了绝好的机遇。"

"说得好哇！"这时，门外传来一个生疏又洪亮的声音。

大家的视线立即随声而寻："谁呀？！"

门口出现一位五十开外，身高一米七左右，身材略瘦，骨架硬朗，花白短发底下轮廓分明，显出办事果断与精明强干的农村干部模样的人。

我一下子认出来了，这不就是新来的公社书记冯兴旺吗？！

张炳华眼尖动作快，马上迎了上去，紧紧握着他的手，说："冯书记，好久不见啦！"

"哎哟！"冯书记说，"这不是博学多才的张炳华老师吗！想不到咱们在这里又成老搭档了。"

公社书记来到中学，这可是我校"有史以来"的第一回，老师们纷纷站起来，报以热烈的掌声。我紧紧握着书记的手，激动地说："冯书记，想不到你真的来中学看看，而且这么快就来了。"

"早就想来了。"冯书记说，"因为初来乍到，很多情况还不熟悉，需要调查研究，想不到从干部到群众，反映最强烈的竟然是中学的事情。最近，县委传达学习党的十一届三中全会精神，回来以后又要传达贯彻'全会'精神，一直忙不过来。今天利用星期六下午学校不上课，就到中学来看一看，恰好碰到大家正在联系实际学《公报》，真是太好啦。我刚才在外面听了，大家说得很好。党的'十一届三中全会作出了把全党工作重点转移到社会主义现代化建设上来的战略决策'，就是要长期地大规模地进行现代化建设，就需要科学技术；大量的科技人才离不开学校的培养教育，所以学校一定要发展，一定会发展。作为咱们公社唯一的中学，可以说是公社的最高学府，不仅连大队小学都不如，甚至连个像样的影子也没有，难怪从校长到老师个个急得直跳，人人像乞丐一样下乡搞'集资办学'，真是辛苦大家啦！"

冯书记说出了大家的心里话，使所有在"破庙"中苦苦挣扎的"乞丐"深受感动，萧凤英等老师甚至激动得流下了热泪。是啊！以前登门求情，跪破了几条裤子乞不到半个钱，反遭白眼，而今冯书记深入中学表同情，怎不令人感激涕零？

张炳华快人快语地说："真不愧是关心教育事业的冯书记，以前关心教育、关心教师，现在还是关心教育、关心教师。冯书记走马上任不久，就来到我们这个挤爆棚的'破庙'里表示同情，不像有的人，上门求情反而被他揉得要命。"

"关心教育事业不仅仅是教师的事情，也是我们每个人的事情。"冯书记说，"从小范围来说，谁家没有子女，谁人不希望自己的子女长大成龙成凤呢？我们种田种树还要深耕细作、精心培育，何况是人？哪个父母不爱自己的子女，不精心教养自己的子女？从全公社来说，整个青少年一代都是我们的子女，他们的成才与否事关全社各家各户的兴盛衰败。从全公社各行各业来说也是如此。谁不希望大批有知识有文化的优秀青年来接我们的班，把我们的事业大大地向前推进，而不要后继乏人，败家子当权，把我们辛辛苦苦建立起来的家当吃尽败光，毁于一旦。"

"对！"箩叔他们异口同声地说。

陈明主任深有感触地说："冯书记说得非常实际，谁人不爱子女？谁人不望子女成龙成凤？冯书记看到教育的重要性，实在难得。"

冯书记说："从大局来说，这也不是我的发明。小平同志早在第一次复出就说：'我们有个危机，可能发生在教育部门，把整个现代化水平拖住了。'前年七月，十届三中全会通过决议，恢复邓小平同志党内外一切职务以后，他就自告奋勇抓教育和科技工作。在去年的全国科学大会上，他指出'科学技术是生产力，这是马克思主义历来的观点'。小平同志历来强调，社会主义的根本任务就是发展生产力，而科学技术是第一生产力。他说：'我们要实现现代化，关键是科学技术要能上去。发展科学技术，不抓教育不行。'这就是说，小平同志从中华民族的历史命运出发，十分重视教育在经济、科技和社会发展中的基础作用。他在教育、科技和各种会议上，反复动员全党、全社会要尊重知识、尊重人才，倡导尊师重教，确立教育优先发展的战略地位。道理很清楚，国家要强盛，就要进行大规模的社会主义现代化建设，靠肩挑、手推车大炮是不行了，必须靠科学技术，靠大批高素质的劳动者和专门人才。国力的强弱取决于科技的水平和经济的发展；经济的发展取决于劳动者的素质，取决于知识分子的数量和质量；而要造就大批高素质知识分子，离开学校教育怎么行呢？就和我们养鱼一样，没有鱼塘，哪里养得出大量的又肥又美的大鱼？"

"对！"连平时常常提出反对意见的袁圭都心悦诚服地说，"冯书记总算说出了我们想说的话。"其他人更是听得入神，连天渐渐黑了都不知道。

冯书记继续说："以我亲眼所见，人都是人，有文化与没有文化完全不一样。我以前工作过的一个公社，眼见当地农民天天在黄土坡上种菜种番薯，由于土质太差，收成很少。后来地质队的同志来勘探，却在这些种不了粮食、种不成菜的黄土包上发现了宝——稀有金属。国家在这里开采时，我看见他们只是用高压水龙往黄泥山地一冲，那些泥浆水经过选矿床摇呀摇，就摇出了国内外十分需要的稀有矿砂，每年为国家做出了巨大的贡献。你们看看，同样是一个地方，当地农民因为没有文化，祖祖辈辈在那里辛勤劳动，连菜都没有种好，而有专业技术的知识分子却在黄土堆中找出了宝。这件事给我的触动非常深刻：人都是人，有文化与没有文化大不一样。我们是一个十亿人口的大国，如果教育搞好了，人才资源的巨大优势是任何国家也比不了的。有了人才优势，加上先进的社会主义制度，我们就会如虎添翼，我们的社会主义现代化建设才会早日实现。"

老师们报以长时间的热烈的掌声。有的激动地说："对！说得太好啦！冯书记的话说到我们心里头了。"

冯书记说："我今天就是专门来听听大家的心里话，你们想说什么就说什么。"

会场顿时热闹非凡，大家七嘴八舌地向公社书记诉说学校的种种困难。他掏出一个小本本，一条一条地记下来。

陈主任说："为了改变目前这种困境，我们不得不斗胆搬出了'武训精神'，提出'集资办学'和'捐资办学'的建议。"

"好！"冯书记高兴地说，"我就是喜欢第一个敢吃螃蟹的人。特别是党的十一届三中全会从根本上冲破了长期'左'倾错误的严重束缚，实现了中国共产党历史上具有深远意义的伟大转折，不仅为各项社会主义事业的健康发展提供了根本保证，也将为咱们学校的'集资办学'开辟光明的前景。我想，只要咱们所做的事业对人民、对子孙后代有益，就大胆地干下去，要有敢为天下先的精神嘛！"

"好！好！"老师们边鼓掌边异口同声地说，"冯书记说得太好了。"

会后，张炳华跟我谈起冯书记的往事。他在三华中学任教时，冯书记当时是公社宣传委员，兼管中小学工作。别看他是炮筒子似的工农干部，对学校、对教师可关心了。在别人大骂"臭老九"的时候，他深入教师家里，嘘寒问暖，关怀备至。不管是工作上还是生活中的难题，他都会想办法帮忙解决。有一年，该中学的几间教室被白蚁蛀光，必须赶建几间新教室，否则新学年无法上课，因为匆忙上阵，备料不足，放暑假时新教室的砖刚砌到窗顶线就没了。怎么办？自己烧吗？学生放假，要劳力没劳力，要燃料没燃料，远水救不了近火；要买吗？学校连买粉笔都难，哪里来钱买一万多块砖？停工待料吧！九月一日开学，哪来教室给学生上课？真是把校长急得团团乱转，不知如何是好。他得知这个消息以后，二话没说，亲自到生产队的砖窑为中学借了一万五千块砖，并叫农机站的拖拉机把砖运到学校，解了燃眉之急。

而今，他来罗南公社当第一把手，这对于早已碰得鼻青脸肿、头破血流的我来说，怎不似绝处逢生之感呢？！

1979年3月10日　星期六

前天晚上，初一学生徐学锋被毒蛇咬伤，惊动了公社的冯书记，他立即决定：今天在中学召开公社党委现场会议。

清早，冯书记第一个来到我们学校，刚见面他就连珠炮似的说："无校长，早就想来中学开个现场会，因为贯彻落实党的十一届三中全会通过的《中共中央关于加快农业发展若干问题的决定（草案）》的提倡因地制宜，实行多种形式的生产责任制问题，时间紧，任务重，上面松，下面动，中间不通，忙得不可开交。直到昨天听说有学生被蛇咬伤，我才不得不挤点时间来中学开个现场会议，研究研究中学的问题。"

冯书记说的确实是去冬今春农村的近况。党的十一届三中全会以来，短短的两三个月时间，农村的经济体制发生了翻天覆地的变化，怎会不忙，不紧张呢？自从五十年代中期农业合作化以来，二三十年间，所有农村都是集体所有制，劳动靠派工，年终靠分红，已成定制。原以为这是走共同富裕道路的最佳选择，谁知经过折腾，农民们不仅没有实现共同富裕，日子反而越过越艰难。很多社员天天在田里累死累活，年终家家超支。农业极度困难，农民共同贫困已成不争现实，不改变已经完全没有出路。而今，党的十一届三中全会原则通过的《中共中央关于加快农业发展若干问题的决定（草案）》中提倡的"因地制宜，实行多种形式的生产责任制"，就像十年苦旱逢甘霖，整个中华大地都动了起来。越是贫困的地方，农民要求包产到户、包干到户的呼声越高。而我们的干部，特别是大队、生产队干部，由于几十年来的集体一贯制，加上"十年浩劫"的后怕，远远跟不上形势，成了贯彻"决定"的阻力。因此，时间紧，生产不误农时；任务重，由几十年来的大集体到因地制宜，"分田分地"包产到户、包干到户，有多少的工作要做呀！特别是从公社到大队、生产队的大多数干部，他们的思想一下子转不过弯来。所以，上面松，下面动，中间想不通。为了转变干部思想，就要做很多的思想工作。我深知冯书记在这么繁忙的工作中抽时间来研究中学的问题实在不易，于是说："非常感谢公社党委对中学的关心。"

他快言快语地说："好啦，好啦！客气话不用说那么多。你具体说一说，那天晚上学生是怎么样被蛇咬到，现在情况怎么样？"

我如实地跟他汇报说："前天晚上学生自修下课后，老师正在改作业和备课。突然，住在教室兼宿舍草棚的初一学生慌慌张张地跑来说：'老师！不好了，徐学锋被蛇咬到了！'

"老师们闻讯后立即放下手中的工作，边跑边问：'被什么蛇咬到？！'

同学们七嘴八舌地说：'不知什么蛇，我们正准备睡觉的时候，突然听到正在洗脚的徐学锋大叫：'被蛇咬到！'我们跑去一看，蛇已经跑了，什么也看不到。'

"我们跑去一看：已经吓得面无血色的徐学锋正在那里发抖，哇哇直哭。我边安慰他边拉起他的裤脚一看，右脚外脚跟上方有两个比针尖大一点的小牙痕，周围皮肤不红不肿。我问他感觉如何，他说：'不大痛，只是有点麻麻痒痒的感觉。'我心里一惊：哎呀！毒蛇。我脱口而出：'可能是银环蛇。'

"大家一听吓坏了，纷纷问我：'怎么办？！'

"时间就是生命！对症下药才能救命！我根据以前徐少强医生说的一些有关蛇药知识，立即采取一切必要的应急措施：我一边紧紧卡住他膝盖以下部位，不让毒液上窜，一边说：'快！找来一条单车橡皮或者布条、绳子之类的东西，在他的膝盖上方扎紧，以阻毒液上流。'师生们一下子就找来好几条，直到赵家庆用橡皮筋把徐学锋的大腿扎好以后，我才松手说：'笋叔、萧老师，你们去找两个碗和一盆清水来，快！'

"我还没有说完，陈主任马上安排说：'我和其他老师每人各带几个同学去找草药，越快越好。不管是半边莲，还是半边旗、一枝黄花、七叶一枝花、白花蛇舌草、田基黄、八角莲、瓜子金、万年青、马兜铃、鹅不食草、飞来鹤、水蜈蚣等，凡是能治蛇伤的，赶快找一些来。'

"'对！越快越好！'我边清洗伤口边说，'徐学锋，忍着点，很快就会好。笋叔，你帮我把那个碗打碎，挑选锐利的碎片洗干净给我，要用。'我接过锐利的碎碗片，立刻在牙痕中间轻轻划开一个'米'字口，并对笋叔说，'笋叔，你从上面往下挤，一节一节，由下至上，把毒挤出来，刻不容缓。'当笋叔往下挤的时候，我用嘴拼命地吸伤口，吓得所有在场的师生大声惊叫：'校长！危险、有毒！'我吐出一口鲜血，漱漱口，说：'不怕，没事。笋叔，你再挤，我再吸，越快越紧越好。'就这样，笋叔一边挤，我一边吸一边吐，从橡皮紧紧箍着的地方一直挤到伤口上，'叭！'的一声，一块血团窜进口中，我立即往外一吐：哎呀！又黑又稠。我赶紧漱了漱口，这才指着黑乎乎的血团说：'你们看，你们看！最关键的毒液出来了。'话是这么说，大家的心还是悬着：'这样行吗？'

"目睹整个过程的师生见我大汗淋漓,递上大毛巾给我擦汗,忧心忡忡地问:'校长,学生被蛇咬伤一点点皮你就那么紧张,自己却大口大口地往里吸,不是更危险吗?'

"我一边等待蛇药的到来,一边跟他们解释说:'不管是哪种毒蛇,它们的毒液都是通过伤口进入血液循环系统才毒死人的,只要嘴巴和肠胃没有伤口,就是吃到肚里也没有事。'

"'真的?'大家半信半疑地问。我说:'不信?你们看看,银环蛇非常毒,但是拿它来浸酒却是治疗风湿的良药,谁也没有因喝蛇酒而死。'大家这才相信在万不得已的紧急情况下,可以采取这样的应急措施。

"很快,找草药的师生陆续回来了。大家你一点我一点,你几样我几样,上面提到要找的草药基本上都有,凑起来足有半篮之多。我们把每样都分成两半,一半给笋叔和萧凤英拿去煲水,另一半立即洗净捶烂,榨汁口服,药渣外敷。师生们快速行动,陈主任很快就端来了一碗药汁。为治他人病,先试其药性。我端过来先尝了一口:哎呀呀,满口臭青味,难受极了。好在徐学锋密切配合,不管是划伤口,还是挤毒吸毒,直至喝这腥辣苦臭的草药汁,他都一声不吭地忍着。接着,笋叔又端来煲好的药汤,我们把它分成两半:一半分次内服,一半外洗。直到他喝完第一碗蛇药汤,我们才为他松绑,萧老师则小心翼翼地为他清洗伤口。一直忙到后半夜,看情况比较稳定,陈主任和我留下值班,其他师生休息。但是,谁也睡不着,个个提心吊胆!什么吸毒救人哪,草药医蛇咬哇!通通是道听途说或者是书本知识,谁也没有做过,只不过是狗急跳墙,冒险一搏而已。万一有个差错,那可是吃罪不起呀!"

"是呀!昨天一听到就把我急坏了。要是有个万一,我这个公社书记也是责任难逃,吃罪不起呀!"冯书记关切地问,"那个同学现在怎么样?"

"齐心协力,抢救及时,总算化险为夷,第二天就正常上课了。"

"好!好!"他高兴地说,"等下在会上,你把学校的基本情况和'集资办学'的近况跟大家介绍介绍,特别是把学生被蛇咬到的事情好好说一说。"

恰好这时,许泰来副主任过来说:"冯书记,大家来齐了,开会吧。"

冯书记说:"好,大家集中在老师办公室,先听听无校长和陈主任的情况汇报,再实地考察,然后进行研究讨论。"

我们办公室第一次迎来了全体公社党委委员，好在陈主任及早安排，从教室里搬来了几张长板凳，才让委员们勉强坐下。

冯书记开宗明义，说："我们今天在中学召开一个专门会议，研究如何解决中学的建校问题。现在先请中学的无校长跟各位介绍学校的现状与打算。"

直接向公社党委各位委员汇报学校情况，这是平生第一次。这不像平时上课或是召开学校各种会议，面对的是学校师生，心里免不了有点紧张。但是想起一介文盲乞丐武训，为了办学敢上省城面对清朝山东巡抚张曜侃侃而谈、敢拦学部侍郎裕德轿子向他募捐，我怎么面对来到"家里"的共产党干部反而不敢说话呢？我胆子一壮，一一把学校的情况与接下来"集资办学"和"捐资办学"的打算跟公社各位领导做了简要的汇报。

我刚刚汇报完毕，冯书记说："俗话说'口说无凭，眼见为实'，大家先实地看看，然后再说怎么办。"接着他明知故问道，"无校长，你和老师们的办公室在哪里？"

我说："就是大家开会这里。"

他说："大家深有体会了吧，在风穿雨漏的'破庙'里，大家挤都挤不下，叫老师们怎么在这里办公、备课、改作业呢？"冯书记话锋一转，继续明知故问，"那教工宿舍呢？"

我向两厢一指，说："这边是男教工，那边是女老师和少数女同学一起住。"

冯书记带头进入宿舍，后面还有几位同志怎么也挤不进来，因为我们的所谓宿舍实在太矮、太暗、太窄，抬头烂瓦片，低头泥地板，六张床往里一挤，位置所剩无几。眼见此状，冯书记动情地说："同志们！大家看到了吧，这就是咱们公社最高学府的老师宿舍！他们是大学生、知识分子，是人类灵魂工程师，是培育我们子孙后代的辛勤园丁。可以说，他们是咱们公社最有学问的，然而他们就挤在这猪圈不似猪圈、牛栏不如牛栏的'破庙'里，甚至绝大部分教师连在这'猪圈里'摆一张床的位置都没有，大家将心比心，感觉怎样？"

大家面面相觑，无言以对。

到了女宿舍，情景更惨。路远的女同学纷纷要求住宿，萧老师只好兼任舍长，独立一床，其余女同学打地铺。她们一个挨一个地挤在那里，就好像罐头里的沙丁鱼一样，挤得紧紧的，无法转身。面对这种情景，冯书记不无感触地说："大家轮流进来看一看，这就是女老师、女孩子的闺房！你们说，应该怎么办？"

大家叹息不已："真是苦了孩子们啦！"

有的甚至直爽地说："弄得不好，连油都挤出来了，哪里能住人？"

接着，他们认真考察我们的新旧两用教室。在师生们用血汗建起来的新砖瓦课室兼男生宿舍里，师生在前面上课，后面堆放着生活用品，还算秩序井然。到了徐学锋被蛇咬到的旧草棚两用教室，冯书记心情沉重地说："同志们，大家好好看看、好好看看，这就是咱们罗南中学风摧火毁的草棚教室！这就是咱们罗南公社'最高学府'的教室兼宿舍！你们看一看，哪一个生产队的牛栏不比它好得多？说它是教室吧，到处摆满生活用品；说它是宿舍吧，却是只见桌椅，不见床铺。大家认真看看，这门不像门、窗不像窗、到处有洞的烂草棚，就是给你们用来养牲口，你们也不要，但我们的中学却要用它作教室兼宿舍，而且孩子们一住就是几年。大家好好想一想，难道咱们罗南人民的子孙后代还不如牲畜重要？难怪前天晚上咱们的徐学锋同学就是在这里被毒蛇咬到。要不是中学师生全力以赴地抢救，特别是无校长不顾个人安危把毒吸了出来，如果这孩子真的有个万一，我们如何向罗南人民交代呀？！"

在场的人无不深感不安。分管文教的许泰来副主任心情沉重地说："是呵！要是学生真的有个三长两短，我们谁也不好说话；特别是我，更是难辞其咎。我知道，尽管几年来中学师生艰苦创业，还是摆脱不了草棚教室的困境。这样的教室，不要说跟城里的教学楼相比，就是农村私塾，起码也有个祠堂、庙宇、厅堂之类的屋宇呀。而我们的所谓中学教室，'有砖不过三，有门不能关，有窗不透光，有墙不挡风'，是一个给生产队养牛羊也不要的烂草棚。叫老师怎样教学？学生如何学习？"

许副主任还没有说完，社长田水同志就很形象地说："就是母鸡孵崽也要有个窝呀！而我们连一个像样的窝都没有，就要'老母鸡'孵出'金凤凰'来，天下有这么便宜的事吗？"

说话之间，大家依次考察我们的小水电、小砖窑、晒砖场、采石场。特别是来到红砖停放场，面对小山似的几万条红砖在那里日晒雨淋，冯书记深有感触地说:"大家好好看一看,几年来,咱们中学的师生自力更生,艰苦创业,拼死拼活,不知流了多少血,出了多少汗,才打出这么多的石头,烧出这么多的砖。"说到这里,他特地走过来,抬起我的右手当作活教材,激动地说,"不信?大家可以认真看看无校长这只手。我们的无校长为了建好罗南中学,哪怕手骨折了也没有歇过一天,停过一节课,他为的什么呀?还不是为了教育事业,为了建好罗南中学,为了咱们罗南人民的子孙后代有一个读书的好地方?如今,高中'下马',小学'摘帽',初中'集中',使得我们的罗南中学困难重重。为冲破这重重困难,咱们中学的校长、主任、全体老师,竟然敢冒天下之大不韪,当起了现代的新武训。他们上到县局,下到家家户户,到处大搞'集资办学''捐资办学',说句不好听的话,是到各乡各里当个'文明乞丐',跑断了腿,跪破了裤子。大家想想:他们图个什么?"

向民副主任等深有同感地说:"他们图个啥?!还不是为了咱们的孩子有个读书的好地方。"

冯书记进一步强调说:"特别是党的十一届三中全会刚刚结束,他们就闻风而动,深刻领会'三中全会'的战略决策:从今以后,全党的工作重点转移到社会主义现代化建设上来;要长期地进行大规模的社会主义现代化建设,就需要大量的源源不断的各式各类的科学技术人才;而源源不断的大量的科学技术人才不是从天而降,而是要靠各级各类学校的培养。小平同志强调,'我们要实现现代化,关键是科学技术要能上去。发展科学技术,不抓教育不行。'穷国、穷县、穷社要大办教育,光靠国家包办,财政拨款只能是杯水车薪,无法解决问题。在这种情况下,咱们中学的老师敢为天下先,提出了'集资办学''捐资办学'的办法。我看,这种积少成多、集腋成裘,收之于民、用之于民的办法不得不说是一个没有办法的好办法。要不,等到孩子们长了胡须,学校还是建不成啊!"

"是啊!"在场的大部分同志赞同这种看法。

向副主任说:"从现在开始,国家要进行长期的大规模的社会主义现代化建设,就需要源源不断的科学技术人才。经历了'十年动乱',在扼杀了老中青少几代人后的今天,虽然小平同志力挽狂澜恢复高考,但是也才仅仅两年。如今是百业待兴、人才断档的严峻局面,大家知道,搞科学技术不是跳'忠字舞',随便糊弄一下就可以混得过去的。科学最讲认真,最讲实际,最讲基础,最讲系统学习，来不得半点虚假。在当今世界，一个国家的强弱，首先看的就是科学技术水平，而不是喊口号，谁大声谁就赢。我们十几年来的失策就在这里。现在，我们再也不能做贻误子孙的蠢事了，无论如何也要想办法把学校建好。"

突然，有人冷淡地说："说来容易做来难哪！"

田社长和许副主任异口同声问道："点解③？"

那人说："你们不是不知道，党的十一届三中全会以后，很多大队、生产队搞起了生产责任制，有的还偷偷搞包产到户、包干到户的责任田。绝大多数农民二十多年来都是大田靠集体，只知听钟干活，肥料种子不用自己理，现在不仅田肥、种子样样靠自己，而且不穷不分，分的都是穷到贴地。如今是人人愁春耕，连种子、肥料都没钱买，哪里去找钱来'集资建校'？"

"当然，这也是当前农村的实际情况。"冯书记说，"党的十一届三中全会以后，农村到处实行生产责任制，样样东西都要自己理，什么肥料、种子、耕牛、农具等，确实叫人焦急。"接着，他话锋一转，说，"俗话说'十年树木，百年树人'，田好一秋、人好一世，这个道理大家都知道。须知，田园种好，五谷丰登，家家丰衣足食是好事；但是，把子女的成长教育置之不理，任其自生自灭，却是害人害己、害国家、害集体的坏事。大家看看是不是？首先被害的就是子女。'养不教，父之过'，我们这里山清水秀，本应人杰地灵，但是由于不愿出钱建校，孩子没有地方读书，在世纪之交、知识爆炸的年代里，不仅不能成为有知识有文化的人杰，反而成了目不识丁的新文盲，岂不误了他们一生？其次，俗话说'禾怕寒露风，人怕老来穷'，子女不成器，最后吃苦的还是自己。广大农民是没有退休金领的，不靠子女靠谁呢？另外，从地方来说，不管是县、社、村，一个'盲牛'遍地，目不识宝，端着'金饭碗'去讨饭的人群很难改变当地的落后环境，受穷的还不是当地人们？特别是从国家大局来说，一百多年来的历史已经证明：谁落后谁就要挨打，尤其是对于我们这样有十多亿人口的大国来说，如果教育搞上去了，绝大多数青年人的聪明才智得以充分发挥，这才是真正的'人多好办事'的人才优势，这才是我们国家最

---

③ "点解"：粤语方言，意为解释一下或是为什么。

巨大最宝贵的人才资源，这才能使我们国家和民族的社会主义现代化建设如虎添翼；反之，文盲充塞，且不说人多成灾，充其量也只能成为浑浑噩噩的芸芸众生，只能从事简单劳动的村民，怎能使国家繁荣昌盛、富强先进？怎样在科学技术爆炸性发展的今天，在国际舞台上跟人家竞争呢？"

与会者纷纷赞同道："这话说得在理。"

冯书记又说："当然，道理归道理，实际归实际。从道理上讲，发展教育刻不容缓，否则就是贻误后人，误国误民；但从当前实际看，农民确实也有一定的实际困难。不过，我们大家应该把眼光放远一点，随着经济体制改革的实行，农村不会永远这么困难。再说，哪怕再难，少抽一包烟，少喝一瓶酒，挤出点钱来建校总是可以的吧！"

大家异口同声地说："对！少抽一包烟，少喝一瓶酒，挤出钱来建学校！"

我们长期以来千祈万乞的"集资建校"即将实现，谁不心潮澎湃、百感交集？我高兴得忘乎所以地说："冯书记，大家在这里吃了饭再走吧！"

"有冇搞错呀？"他风趣地说，"你们现在穷得买块臭豆腐的钱都没有，请我们吃什么？我看，等你们把学校建好了，搬进新教室、新宿舍时，再请我们喝庆功酒差不多。"

"好！"我爽快地说，"一言为定。"

"不过，你不要高兴得太早。"冯书记告诫我说，"今天的现场会仅仅是第一步，到真正实现还有很多工作要做。"

"是啊！"我深有感触地说，"不过，有公社党委、有冯书记的鼎力支持，不管多么困难，我们的目的一定可以实现。"

临走时，冯书记紧紧握着我的手说："无校长，你要好好准备，下来开人代会讨论'集资办学'时请你作特邀代表，到时候可能还有一番不小的争论哩！"

"真是太好了！"我兴奋不已地说，"挨家挨户去求乞我们都做，有这么好的一个机会，我们一定认真准备，全力以赴地争取。"

1979年5月20日　星期日

　　开了两天的罗南公社人民代表大会，今天下午胜利闭幕。

　　作为特邀代表列席"人代会"，这是我有生以来的第一次；而在"人代会"上做专题发言，更是第一次中的第一次。冯书记在中学现场会期间就告诉我要认真准备，全校老师为此各显其能，认真准备，逐字逐句，反复推敲，唯恐一言不当而全盘受挫。我们深知，此举乃肩负罗南人民子孙后代的千秋重托！而当我走向讲台时，更深知这一重托的真正分量！其时，尽管自己一再安慰自己：镇静！镇静！挨家挨户求乞都去了，有这求之不得的讲坛让我尽情发挥，畅所欲言，应该高兴才对，怕什么？但是，当看到代表们的目光都注视着我时，胸膛里就好像窜进了三五十只兔子，紧张得手心冒汗。然而，一看到坐在主席台上的冯书记、田社长等领导同志投来亲切和信任的眼光，心里就踏实了许多：上！豁出去了！为了建校，要跪、要拜我都做了，何惧讲台？初上讲坛的我时不时看稿子，生怕错漏。我讲一讲，觉得对着稿子照本宣科太呆板，不如旁征博引，尽情发挥。这些话都是长时间来跟无数人讲熟讲稔了的老话，说起来深入浅出，生动自然，言真意实。虽说并非字字珠玑，却句句入情入理，沁人心脾。发言中，虽无雷鸣般的掌声，却令听者频频点头。看到会场中的这种反应，我把聚积在心中关于"集资办学""捐资办学"的种种道理倒了出来。

　　真是想不到，我的话音刚落，会场里的"各界名流"率先报以热烈的掌声。接着，许泰来副主任代表公社布置了分组讨论的内容：第一，讨论中学"集资建校"和"捐资建校"的重要性、必要性、紧迫性和可能性。第二，具体讨论集资方案：一、全社人口，除"五保"老人外，每人集资二元；二、对于热心教育事业的自愿捐资者，多少不限，多多益善。第三，现在的在校学生，每个学生加收十元。第四，海外侨胞、港澳同胞热心家乡教育事业，捐资办学，同样多少不限。不论海内外人士，凡自愿捐资者一律公榜表彰；百元以上者刻石留名；千元以上者镶嵌瓷像，学子永瞻；特别是独自捐建一楼、一室者，均以捐者命名，流芳永誉。

　　讨论一开始，会场好像滚烫的油锅洒进了水一样：炸开了！

个别代表感到不可理解地说:"公办中学竟然要向个人搞'集资',怪事!"

有的农民代表说:"现在我们农村刚刚经济体制下放,责任田承包到户,就好像兄弟分家一样。购置犁耙水车、买肥料种子要钱,水费电费要钱,特别是购买耕牛更需要大把大把的钱,一头牛少则几百元,多则成千元,农民找钱都找怕了,去哪里找钱给中学'集资建校'?"

……

我一听,心里暗想:不妙!不妙!

谁知"柳暗花明又一村",跟我同组的退休小学校长韩少瑜老先生第一个发言拥护和支持我们的办法。他说:"我完全赞成和支持中学无校长关于'集资办学'和'捐资办学'的发言。关心和重视教育事业是我们中华民族的传统美德,我们应该发扬光大。"

他根据自己的亲身体会,有根有据地说:"大家知道,我在农村教了二十几年书,哪里有什么政府支持啊?还不是各村农民自己凑钱来办的?那时候,条件比较好一点的村庄有些公产帮助就很了不起了。哪有什么公办不公办?都是家长凑钱凑米请先生。年纪大一点的同志应该记得,咱们中心小学的前身,抗日战争时期不是被日本鬼子的飞机炸掉了吗?抗日战争胜利后,国民党政府哪有支持过我们,还不是我们的老校长为了重建学校到处奔波筹措,甚至亲自写信给海内外的校友,得到他们的支持才重建起来?在座的同志有人还在这间学校读过书呢,难道忘记了?"

韩老校长意犹未尽,卫生院的许院长就说:"韩老说的是。那时候,除了国内外的热心校友捐资外,每户至少还要一斗米,有钱大户还要出得更多哩!学校是大家的,大家不出力,学校怎么建得起来?学校不建好,孩子们去哪里读书?孩子不读书,文化知识从何处来?比如我们卫生院的医生、护士,没有现代的文化医疗技术,怎样成为一个救死扶伤的好医生呢?就拿我自己来说吧,如果不是有这间重建后的小学,很可能就读不了后来的中学、大学,也当不成医生,更加不用说救死扶伤了。"

"对了!"韩老校长按捺不住地插话说,"教育的盛衰决定着国家的兴亡,这是古今中外的至理。教育盛则国家兴,有无数的事实足以证明,尤其是进入近代社会以来更是如此。远的不说，大家看看日本和新加坡就清楚啦！凡是学过历史的人都知道，大和民族就是靠学习先进而强大起来的。日本在隋唐时期学中国，一下子从奴隶社会进入封建社会；在近代社会，由于欧美的资产阶级革命和工业革命的成功，世界变成了西方强盛先进、东方衰退落后的局面。咱们的东方大国不是受尽了鸦片战争的奇耻大辱吗？日本也步咱们后尘，跟美国等签订了一系列丧权辱国的不平等条约。但是，日本从失败中醒过来，通过'明治维新'，从上到下拼命学习西方一切先进的东西。吉田茂在《激荡的百年史》中说：'（明治维新时期）为生活所迫的民众虽然并不十分愿意把孩子送进学校，但政府却不惜一切努力来提高就学率，地方的地主们也认识到国民教育的必要性，捐赠巨额款项来帮助兴办学校。直到今天，小学的校舍大多是乡村中最好的建筑物，这也表明日本人对教育的尊重。'日本明治维新的成功，不仅使之摆脱被西方奴役的命运，成为十九世纪末二十世纪初亚洲唯一的民族独立国家，而且一举成为东方强国。在'甲午战争'中打败了咱们；在日俄战争中打败了沙皇俄国；在第二次世界大战前期、太平洋战争初期的半年内，势如破竹地霸占了整个东南亚和半个太平洋，曾经不可一世。第二次世界大战惨败，日本老本输光，投降以后，一切荡然无存。面对这种情景，日本举国上下表示：'要使日本复兴，除教育以外别无他途。我们由于进行战争而使国家荒芜，没有任何东西可以留给子孙后代，但是至少希望他们受到卓越的教育。'这些食不果腹的人写来关心教育的书信，使有关人员、特别是盟军总部的美国人深受感动。这本书中又讲道：'因为没有课室而露天授课的教师们也是最热心的教师，那是由于他们深信只有教育才是重建日本的原动力。'你们看，日本通过教育复兴再次成功了。他们硬是在一片战争的废墟上通过教育重新强盛起来，而今的日本又是世界上响当当的经济强国。如果离开了教育，日本能如此迅速复兴吗？"

韩老校长的发言令人叹服，有人说："难怪当年咱们的'手下败将'而今却是'横行霸道'，原来是教育这个宝贝起的作用。"

有人问道："老校长，新加坡又怎么样？"

韩老校长说："新加坡是马六甲海峡出入口上的弹丸小国，除了位居东西海运要冲这个优越条件外，地小人密，自然资源缺乏，立国时间短，一九六五年才正式建立新加坡共和国。但是，其发展势头之猛却令人难以置信，究其原因就是紧紧抓住教育。李光耀从一开始就非常重视教育。一九六九年，他在南洋大学学会讲话中说，第二次世界大战以后，西德、日本经济恢复很快，主要是两国人民都受过良好的教育……一九七〇年初，他又一次在讲话中强调指出：在所有起感化作用的影响中，对未来最起持久作用的影响就是教育。新加坡经济的迅速发展引起全世界的关注，这是新加坡政府从独特国情出发而制定的充分利用人的资源的结果。以前不是说人多好办事吗？其实，人多无才反成灾。新加坡借鉴别国的成功经验，大抓教育，提高劳动者的素质，从而使新加坡经济从过去的依靠转口贸易转变为现在的依靠高技术产业发展经济的方针，对经济的发展起到了直接的影响作用。可以说，教育在新加坡经济的迅猛发展中起到了极其重要的作用。新加坡的成功出于许多原因，其中人是经济发展诸因素中最活跃的要素，人的素质是经济发展中最重要的，甚至是决定性的因素，而提高人的素质的唯一手段就是教育。教育是一个国家发展的直接动力，新加坡又是一个很好的例证。"

　　韩老校长的发言使人大为震动：原来教育还有这么重大的作用！真是不听不知道，一听吓一跳！

　　今天上午，在分组代表大会发言时，百货站的李育新站长第一个上台发言。他说："我不会讲话，用实际行动支持中学的建设，除了按人头每人集资两元外，我个人捐资一百元。同时，我还将积极动员海外亲友'捐资建校'！"

　　会场上立即响起雷鸣般的掌声，我情不自禁地喊了出来："好样的！"

　　这是人代会上第一个用实际行动支持我们建校的人哪！怎不令人欢欣鼓舞？！

　　掌声还未停，他又说："我本人就吃够了没有文化的苦头，斗大的字识不了一箩，做起工作来困难重重。不要说见了书报成了睁眼瞎，拿支笔比拿锄头辛苦一万倍，就是人家写好的讲稿让我去念，也常常把字读错，闹了不少的笑话；更不要说总结报告之类的东西，就是把我榨干了也挤不出两滴墨水来，真正是吃力不讨好。我们再也不能让子孙后代吃这样的文盲苦了。不读书，不要说上大学、当专家，就是到我们百货商店来当个售货员也不行。大家不是常常见到标签写错字、算盘打错数吗？那个损失就不是一两元钱的问题了。"

"是啊！"李站长的话得到许多代表的赞同。

真想不到，向副主任也在会上发言。他说："社会发展到今天，就是当农民也要有文化，不说远的，美国的农场主大部分是农业专家，就是我们这里的农村也一样。为什么种了几十年田的老耕哥反不如县农科所的年轻小伙子呢？原因就是一个，农村里的老农所沿用的是几千年来的老经验，而有文化的青年人能够接受科学种田这个新鲜事物。最近有个消息足以说明这个道理，河南省林县石板岩乡大垴村海拔1800米，土薄石厚，无霜期短，人均不足半亩地，亩产不足300斤，村民长期以来过的是'石屋草房，糠菜半年粮'的日子。近年，县农科所在大垴村种植引进良种玉米，推广地膜覆盖技术。经过科学技术的催化，玉米疯了似的长，平均亩产达到1100斤，惊得大垴村人目瞪口呆，连呼：'神了，神了！'科学之神使大垴村人一年就实现了粮食自给。这件事不仅在大垴村，而且在林县引起轰动。要想富，靠科技。他们认识到'（粮食亩产）二三百斤靠体力，五六百斤靠水力，亩产超千靠智力'。正如他们说的：'林县人过去苦、穷，根子在哪儿？没文化，生产力低下，全凭一双手土里刨食，别说商品生产，肚子都难填饱。即使出外搞建筑，大多也是卖苦力，怎么能不苦、不穷呢？'各位代表，林县人已经看到科学技术的神奇之力，为什么我们还看不到呢？林县的庄稼人都开了窍：没有人才，富不起来；要培养人才，非下大力抓教育不可。别人都开了窍，为什么我们还不开窍呢？特别是在党的十一届三中全会作出了重大战略决策的今天，我们更应该清楚地认识到社会主义现代化建设急需大批的科学技术人才。没有人才，建不起来。科学技术人才不是从天上掉下来的，也不是从地里长出来的，更不是从娘肚子里生下来就是科学家，而是要经过小学、中学、大学的逐级精心培养才行。就好像大铁链一样，一环扣一环，缺一不行。中学是外语和数理化各科的基础阶段，没有中学，哪来上大学？我们缺的恰恰就是中学这一环。各位代表，我们的子孙后代成才与否，很关键的一步就看我们的中学能否建好，大家想想这话有没有道理？我们不是说我们落后吗？落后在哪里？落后在科技。科技落后的根子在哪里？追根溯源，根子就在教育。'十年浩劫'使我们的教育事业遭到毁灭性的打击，导致我们现在一方面人多成灾，要大抓计划生育；另一方面，在'四化建设'中人才奇缺，出现了无人才可用的难堪局面。我们再也不能鼠目寸光，目前点火目前光，只顾眼前的蝇头小利而忘了子孙后代的长远生计。须知，拿不拿点钱办教育是事关一阵子与一辈子的大事。现在不拿点钱办教育，孩子们没有地方读书，成了新的文盲就要辛苦一辈子、劳累一辈子；而我们挤出一点钱来办教育，虽然紧了一下子、苦了一阵子，但能为全社青少年营建起一个良好的学习环境，使他们的聪明才智得以充分发展和提高，成为有知识、有文化的掌握现代科学技术的年轻人，这可是造福后代一辈子的大事情。所以，我们不要只顾自己一阵子而忘了子孙后代一辈子的大事。"

接着，各组代表纷纷上台发言。有的表示同意上述的发言，有的持保留意见，主要是农村改革刚刚开始，农民手上缺的正是钱。

最后，冯兴旺做总结性发言。他深刻检讨以前公社党委不够重视教育的错误思想，分析批评当前还不够重视教育的各种模糊认识，特别表扬我们中学艰苦创业和敢为天下先的精神，尤其是在中学建校处于极度困难的情况下，首创性地提出"集资办学"和"捐资办学"，解决多年来困扰学校建设资金奇缺的问题，称我们是一群新一代的活武训；对于韩老校长、许院长和向副主任的发言予以充分的肯定，尤其是对李育新站长的率先捐资予以大力的表扬。

他说："我们人口众多，国家底子薄，光靠国家办学已是越办越困难，国家根本包办不起，与其让学校困难重重，缺少教室，没有宿舍，草棚还要挤到爆满，不仅累了教师、苦了孩子，而且难以保证正常教学，不如'民办公助''集资办学''捐资办学'，自力更生，集腋成裘，积少成多，收之于民，用之于民。其实，只要我们少抽两包烟、少喝一瓶酒就可以了，再加上上级拨款资助，几个方面结合起来，很快就能把中学建好，何乐而不为呢？"

不少具有真知灼见的代表对教育重要性的发言，加之冯兴旺同志有理有据、深刻透彻的分析说明，使不少原来对教育存在模糊认识的代表被说服了。因此，关于"罗南中学集资建校的提案"在公社人大会议上被通过了。

会后，当我把这一大喜讯带回学校时，全校沸腾起来啦！师生们那种狂喜的心情是笔墨无法形容的。

这是自我校开创以来，不知跑了多少路，求了多少情，历尽了千辛万苦，才在今天获得公社人民代表大会的通过，谁不欣喜若狂啊！难怪张炳华狠狠地把我捶了一下："老'武'！应该好好地庆祝一下。"

我既欣喜又为难地说:"穷得叮当响,拿什么来庆祝呀!"

想不到袁圭更加来劲,说:"老子就是把裤子'当'了,也要好好庆祝一番呵!"

这时,只见箩叔端着大盆大钵乐呵呵地走过来说:"裤子慢当,裤子慢当,我来了!"原来,这两天我在公社人大开会,学校的教职员工个个伸长着耳朵在打探消息。当听说不少代表支持中学"集资建校"的提案时,他们早已高兴得上山采集山珍,下水摸螺了。如今,他和赵家庆、萧凤英一起端来了许多免费的山珍以示庆祝。特别是教导主任陈明破天荒赊来几斤澜石香米酒,边斟边说:"来,来,我请客,为咱们的'集资建校'方案被'人代会'通过干杯!"

"好!"一呼百应,大家端起酒杯,兴高采烈地说,"为咱们的'集资建校'干杯!"因为实在太高兴,很多老师一饮而尽,结果不少人喝醉了。就连平时滴酒不沾的萧凤英也喝得面如桃花,漂亮极了。

然而,当此众人狂欢之际,我的心灵深处还是打了一个大大的问号:真的那么容易吗?思及至此,我举杯说道:"各位同人老友,咱们今天的天大喜事仅仅是'零'的突破。大家知道,从决议到兑现还有很多很多的工作要做,否则学校还是建不起来呀!"

"是啊!"陈明主任深有同感地说,"'革命尚未成功,同志仍须努力。'我们一定要加倍努力,不负众望,让一座新的完整的罗南中学矗立于罗浮山之南!"

"好!"大家群情激昂地说,"为未来的罗南中学干杯!"

08

1979 年 8 月 20 日　星期一

一转眼，公社人代会通过"集资办学"的决议，已经过去整整三个月。关于罗南公社"集资办学"的事在全县闹得沸沸扬扬，上至县长书记，下至平民百姓，无不众说纷纭。管文教的周副县长和教育局局长郑道宏更是倍感兴趣。难怪两个多月前冯书记到县里开会时，周文平副县长远远就走过来，紧紧握着他的手，说："老冯，你可是做了一件功在千秋的大好事啊！"

冯书记说："这是穷则思变，逼上梁山而已。再说，决议虽然通过，至今仍未真正行动，把我急得喳喳直跳，正不知如何是好哩！"

周副县长鼓励说："这叫万事开头难嘛！只要我们再好好深入发动群众，让群众真正认识到'集资办学'的重大意义就好办了。"

"唉！"冯书记叹口气说，"说来容易做来难，几个星期过去了，至今八字还不见一撇哩！"

"是啊！"周副县长深表同情地说，"'集资办学''捐资办学'是开国三十年来的第一次呀，怎么不难呢？不过，有句口头禅说得好，'村看村，户看户，群众看党员，党员看干部'。要是干部能用实际行动带头，加上层层发动，我看是完全可以搞得起来的。如果你们那里搞好了，再在全县推广开来，那个作用就更大了。"

恰好这时，郑局长也来了。他紧紧握着冯兴旺的手，如释重负地说："老冯！你这下子可帮我医治了多年来的'头痛病'，非常非常感谢你。"

冯兴旺快言快语地说："哎呀！大家都是老熟人，何必客气。不过，话说回来，你跟无铭校长讲过的话，可不要不算数呵！"

"什么话？"郑道宏问道。

冯兴旺说："一比一，几个一点嘛！"

郑局长爽快地说："对，对，对！我是跟他说过'一比一，几个一点'的事。现在还是这么说，只要你们'集资办学'筹到多少钱，我就给多少钱，一分不少。"

冯兴旺干净利索地说："好！周副县长做证，一言为定，我冯某一百多斤豁出去了！"

军令状就这样立下来了。

可是回来以后，尽管三令五申，各个大队还是迟迟未见行动，急得他好像热锅上的蚂蚁，只得跟中学的老师商量，牺牲暑假休息时间，再次下乡宣传发动。而今，暑假即将过去，尽管中学老师一再下乡宣传落实，除了少数单位开始集资之外，绝大多数大队至今仍处于观望等待之中。不得已，今天召开全社各大队书记、大队长和各单位负责人会议，着重解决中学的"集资办学"问题。我作为单位的负责人之一参加会议。

会上，冯书记先让各大队和各单位的负责人，如实汇报公社人代会以后本单位关于落实"集资办学"决议的情况。各单位的领导倒是爽快，哗啦啦地一下子就把自己单位的集资情况汇报完了，各大队的书记、大队长却是支支吾吾，不是这里困难，就是那里收不起。

对此，冯书记开硬弓了。他说："好！现在每人两元钱，你们就叫死叫命，一个大队最多才那么两三千元钱你就筹不出来？那么，公社这间中学就别想沾边了。谁不想出钱，谁自己去建一间中学试试看！谁要这样做的，请站起来向全社干部表个态！谁呀？站起来嘛。"

结果，谁也不敢吭声。

停了一会儿，他才慢慢解释说："话说回来，你们算过这笔账没有？公社集中办中学，既为你们节省了很多的人力物力财力，又为你们的子孙后代提高了学习质量，何乐而不为呢？现在你们一个大队顶多筹集两三千元钱，就可以解决孩子们读初中的问题。而你们自己去办一间中学呢？一要校舍；二要教员。仅仅是教师工资，一年起码就要几千元，而且年年要。最重要的是各科教师的配套没有中学这么齐全，质量没有这么高，学习质量难以保证。以前的小学戴帽初中大家不是没有办过。结果怎样？还不是徒有虚名，实则误人子弟，再这样下去，怎么向乡亲父老、子孙后代交代呢？"

接着，冯书记表扬了带头捐资、集资的人。他说："你们哪！连一个'五保户'都不如。你们看树寮大队的'老五保'三叔婆黄月娥，当了二十几年的'五保户'，一听到中学要集资建校，本来没有她的份儿，她却率先争着把钱塞到老师手里。你们呢？哪一个比'老五保'三叔婆黄月娥还穷？还敢在这里叽叽喳喳，吵吵嚷嚷。你们说群众的钱难收，百货站的李站长等一带头，百货、医院、粮所等，个个交齐。就是农村也和以前大不一样，现在是党的十一届三中全会后，农村经济体制改革已半年有余，农村里的联产承包责任制进入第一造的丰收时期，农民的花生、水稻、蔬菜等都获得了空前的大丰收，再也不像以前那么困难，问题是我们去不去做工作。树寮大队可以说是全公社最穷最山的困难大队、可是干部一通，群众就积极行动，至今已经收了七八成集资款。"

这时，大家的眼光都集中到树寮大队支部书记张树民身上，要他介绍经验，弄得他怪不好意思的。

冯书记解围说："经验就暂不介绍，账可是要好好算一算。大家算过没有？我们现在集资一元钱，就可以当作三元、四元，甚至五元、十元来用，何乐而不为呢？不信？大家可以算算看。无校长和我都同教育局的郑局长立下了军令状：'一比一'，就是我们'集资'多少钱，教育局就给多少钱；我们要是一毛不拔，县局就一分不给，吃亏的还不是我们？再说，中学师生苦战了那么多年，烧了那么多红砖，没有钱就只好在那里风吹雨淋，而只要有一点点钱就可以建教室、建宿舍，立即发挥作用；没有这两元钱呢？白白浪费了广大师生的心血，看着砖丢石散无房住，大大挫伤了师生们的办学热情，更加得不偿失。另外，我们将利用春节期间海外侨胞、港澳同胞回乡探亲的机会，召开新春茶话会，一方面表示祖国人民对海外侨胞、港澳同胞的浓情厚意，另一方面也希望有识之士积极赞助家乡的教育事业。如果我们自己不行动的话，怎样叫人相信我们的办学热情呢？当然，我们这里还没有发现像过去的大华侨陈嘉庚，现在的霍英东、李嘉诚那样热心教育事业的海外侨胞和港澳亿万富翁，但是'积少成多，集腋成裘'嘛。只要他们表表心意，加在一起就了不起了。大家想想，集资一点、捐资一点、政府有关部门出一点，再加上学校原来的红砖，特别是海外那些'咸水钱'更是不可限量，这样'几个一点'凑在一起，我们的学校不就可以建起来了吗？"

冯书记说到这里，很多大队干部不住地点头同意。他进一步说道："我们必须彻底清除'文革'中那种破坏教育、毁灭教育和不重视教育的极'左'思潮，以及鼠目寸光的庸人哲学。你们看，不论古今中外，不管什么地方，哪里重视教育，哪里就人才辈出、兴旺发达。近的大家看得到，咱们县的三华公社，之前就有三华中学，孩子读书容易，那里的文化水平高居全县之首。现在全县的干部中哪里没有三华中学出来的学生啊？而咱们公社呢？屈指可数。再不重视教育的话，再过几年连个合格的民办教师都难找，更不要说什么高级人才啦！大家再看看日本，很多人都说日本发达，日本先进。他们是靠什么发达起来的呢？是靠天时地利发展起来的吗？不是，一点也不是。恰恰相反，日本的自然条件很差，世界上所有的自然灾害它都有，而丰富的自然资源，它却都没有。是他们的老祖宗有什么'灵丹妙药'传下来吗？没有，根本没有。要说有的话，那就是：教育、教育、教育！上一次人代会上韩老校长说得好，一百多年前，日本和中国差不多，也是备受西方侵略、封建落后的东方小国。日本靠的就是大办教育，积极向西方学习先进的科学技术而奠定的基础。日本人办教育可以说是雷打不动、天崩不移，他们重视教育到什么程度呢？在座各位不少是经历过抗日战争时期的，当时的日本男人可以说是倾巢而出，而唯独小学男教师不用当兵，目的就是要保证学校教育。难道我们每人掏出两元钱比当年日本出兵第二次世界大战还紧张？！"

冯书记的话说得大家心悦诚服，在这个基础上他继续说："其实，只要我们像以前抓经济、抓农业学大寨那样来抓，没有什么解决不了的大问题。现在经济体制改革初见成效，农民的生产积极性大大地调动起来，早造各类作物获得全面丰收，每人两元钱不外是几斤番薯或者几斤菜就够了。就是再没有钱，现在的农民那么自由，利用一早一晚或者农闲时间，动动手把山上的草药捡些回来，那就是药厂非常需要的药材，那就是钱。在罗浮山这个大药库里，哪里会穷到找不出两元钱？关键是我们领导去不去做，带不带头的问题。"

"好哇！"不知是哪个大队书记将了公社领导一军说，"那就请公社领导先带带这个头嘛。"

"说得好！"冯书记动情地站起来说，"我冯某人今天这个头带定了！除了按人口每人集资两元早已交齐之外，现在在这里个人捐资二百元。"接着，他把早已准备好的一个鼓鼓囊囊大信封掏出来，对着我说，"无校长，这是我个人的一点心意，请收下。"

这时，全场掌声雷动，大家异口同声地说："好！好！这个头带得好。"

我激动得热泪盈眶地走上去，双手颤抖着接过这沉甸甸的不同寻常的大信封，当众打开一看，整整二十张'大团结'摆在大家面前，这可是冯书记近四个月的工资呀！

"服了，服了！"大家不得不竖起大拇指，心悦诚服地说。

看来，一场真正的"集资办学""捐资办学"正式开始了！

1979年9月1日　星期六

真是一石激起千层浪！

近十天来，"冯书记捐资二百元！"成了全社的头条新闻，不管是村里镇里、家里田间、街头巷尾，到处都成为谈论的中心。特别是在公社的干部队伍中，这事引起了强烈反响。

"书记捐资了，我们捐不捐？""冯书记捐了二百元，我们要捐多少？"……这些成了众人议论的话题。

因为冯书记当场捐资来得很突然，与会干部大都没有带那么多的钱，所以没有出现当场捐资的热烈场面。会后，各家各户却不得不做出安排和打算。其中，向副主任和他的夫人莫翠英就有个小小的争议。莫翠英一见到向民就问："老向，听说冯书记捐了二百元，你准备捐多少？"

向副主任想了想说："书记捐了二百元，我们至少要捐一百至一百五十元吧？"

"不！"莫翠英语气坚定地说。

向民征询地问道:"那你说多少呢?"

"二百五。"莫翠英语气坚定地说。

"有冇搞错呀!"向民感到为难地说,"人家冯书记捐二百已经很了不起啦,我们捐二百五十元?超过书记不大好吧!再说,咱们经济也不宽裕。平时你一元钱当作大铜锣来使,现在一下子就拿出近半年的生活费用来捐资,你这个家理得过来吗?"

"你这个人哪,真是聪明一世、懵懂一时。"莫翠英很有见地地说,"钱这东西,该用就用,该俭则俭。'捐资建校'是正事、好事、大事、善事,此时不捐,更待何时?人家冯书记老婆子女不在这里,带头捐资二百元就很了不起了。我们呢,孩子就在中学读过书,一想起当时送雨具,师生们在风里、水里、泥里上课的情景,真恨不得马上就有课室,让同学们安安稳稳上课。现在'捐资建校',正是'韩信点兵,多多益善',而你却怕捐多了?再说,亏你是个有文化的人,平时大会小会,家里家外,到处都说教育如何重要,说得头头是道,现在动真格掏荷包,就成了吝啬鬼、缩头龟,岂不笑掉人家大牙?"

"好,好,好,听你的。"向副主任如释重负地说,"我是先来一个火力侦察,试试你的口气,谁知英雄所见略同,可喜,可喜。"就这样,向副主任一家尽管平时节约出名,这次却出人意料地捐了二百五十元,在公社大院里起到了很好的作用。

其他干部也是一样,二百元、一百五十元、一百元,最少的也捐了五十元。"老大难,老大难,老大一上就不难。"冯书记这么一"捐",全社干部也就有样学样,人人都捐。这一行动在全社引起巨大反响。

在今天的开学典礼大会上,当我逐一念出捐资人的名字和捐款金额时,全场就报以一次雷鸣般的掌声,罗浮山的山谷也传来一阵又一阵强烈的掌声回响。面对激动人心的场面,我满怀激情地说:"同学们!由于冯书记带头,干部人人捐款,一场'捐资建校'的高潮来临了!我们学校的建设大有希望了!再过不久,一座崭新的罗南中学就会出现在罗浮山下,出现在大家的眼前!"

"好嘢!"全校师生群情振奋,掌声如雷,情不自禁地狂欢起来。

会后,面对一笔笔的捐款,特别是手抚冯书记那沉甸甸的"大红包",老师们感慨万千。

就连平时怪话连篇的袁圭也不得不说:"就凭他这份心意,我服了!"

张炳华马上说:"光是服了就行啊?这是整整二百元哪,多少个月的工资呀?"

萧凤英边擦泪水边说:"书记、干部这么尽心尽力,一下子就捐了这么多钱,我们应该怎么感谢才好哇?"

箩叔乐得双手在围腰布上擦了又擦,生怕弄脏这些来之不易的捐款,抚摩着说:"不容易呀,不容易呀,一下子捐了这么多的钱,要是拿去买红薯,该吃多久哇?"

"是啊!"老陈深有感触地说,"一个每月工资几十元钱的干部,一下子就拿出这么多的钱来'捐资建校',精神可嘉!不要说拿来买番薯,就是全家老少的生活费用也要好几个月呀!正如文天祥说的'时穷节乃见,一一垂丹青',我们是校穷真情现,笔笔养家钱,应该好好掂量掂量。"

早已激动万分的赵家庆一边摸着大红包一边迫不及待地说:"校长!快写感谢信!好好感谢冯书记,感谢公社全体干部。"

"对!"大家不约而同地说。

"大家说得很好!"我说,"老陈,你先起一个草稿,一定要把大家那种感激之情好好表达出来。这是我们建校以来最值得大书特书的大喜事。这件工作做好了,不仅表达了我们对冯书记、对捐资者的真诚谢意,而且对全社人民'集资办学''捐资办学'的推动都是一个极大的激励和促进作用。"

"高!"急性子老张说,"'老夫子',快点写!快点报喜。"

陈明主任胸有成竹地说:"我先抓紧时间起个稿,然后大家提提意见。定稿后,没有课的老师分头抄一抄,赵老师组织队伍和准备锣鼓等,下午就到公社和各地报喜,好不好?"

"好!!"大家一致同意。

正当全校师生在紧张而兴奋的工作之时,青年教师曾照明说:"无校长,我有个建议。"

"好哇!你说来听一听。"

1979年9月3日　星期一　晴

　　根据曾照明老师的建议，我们的报喜时间选在今天，这样可以作更充分的准备，特别是选择圩日人气最旺最集中的时候到圩场报喜，将会起到更大的作用，收到更好的效果。他这个意见提得很好，大家一致赞成。

　　自从改革开放以来，乡民投圩的日子改回以前的俗成圩日，而且赶集的人们日见日多，尤其是今天，风和日丽，又是本月中旬的头圩，投圩的人特别多。除了平时瓜菜鱼肉之外，三鸟种苗、猪崽耕牛、山货草药、大米番薯等，通通赶在今天出来销售，圩场上琳琅满目、应有尽有，到处展现出"改革开放"以来的活跃气氛。整个罗南圩熙熙攘攘，人声鼎沸。一片叫卖声和讨价还价之声充满了圩场的各个角落。

　　正当圩场最旺时刻，我校全体师生排着整齐的队伍，怀着兴奋的心情，迈着矫健的步伐，敲着热烈铿锵的锣鼓，一路欢呼一路歌地来到了市场最热闹的中心区。我们一下子把很多的赶圩人都吸引了过来，放眼四周，人山人海，密密麻麻，把我们围个水泄不通。大家把惊奇的、喜悦的眼光不约而同地集中到这支兴高采烈、英姿焕发的队伍上，"中学师生也来集体投圩？这是开天辟地以来的第一次呀！他们来到圩上干什么呢？"

　　恰在这时，我们的锣鼓骤然停止。我不失时机地当众宣读全体师生对捐资者的感谢信和捐资者芳名录光荣榜。每念一人，全体师生和广大群众就报以一阵热烈的掌声，特别是念到冯书记捐资二百元时，全场响起了长时间雷鸣般的掌声，不少人发出了由衷的赞美之声："好！好！这个头带得好。这是造福子孙的大好事啊！"

　　我抓住这个极为难得的机会，当场发表热情洋溢、声情并茂、深入浅出的"捐资办学""集资办学"即席演说。一百多年前的武训为了办学，在大街小巷、村落闹市到处求乞卖艺，哪有我们这样的机遇呢？而今，我们要利用这个极为难得的机会，好好向全社人民说明：教育系国运之兴衰、民族之优劣、家庭之祸福、个人之成功与否的头等大事，要让全社人民知道，支持教育事业是流芳百世的大好事，希望全社人民向捐资者学习，迅速行动起来，慷慨解囊，造福子孙后代。

真是无巧不成书。正当我刚刚讲完话，突然，有人在背后拍着我的肩膀说："好一个无校长！你们真的当起了活武训啦！"

我回头一看，原来是教育局的"财神爷"申东明同志。我紧紧地握着他的手说："我们不仅来到圩上张贴光荣榜，进行宣传活动，还要到各村各队、各个单位张贴光荣榜，做到家喻户晓、人人皆知，教育事业是关系到千家万户的子孙后代成才与否的大事。"

"好，好，这个办法很好。"老申紧握着我的手，笑呵呵地说，"郑局长和周副县长对你们的'集资办学''捐资办学'非常关心，他们听说冯书记亲自带头捐款，很多干部也纷纷解囊，特地派我来取经学习。想不到下车伊始，就听到你们的锣鼓声，真是太巧了。"

"真是来得早不如来得巧，这下真的见到我们这群活武训了吧！"我说。

老申拍拍我的肩膀说："百闻不如一见，百闻不如一见，我回去一定好好向领导汇报。"

师生们刚刚把光荣榜贴上去，金光灿烂的光荣榜前立即围满了人，里三层外三层，密密麻麻地围了一大片。人们不断发出啧啧的称赞之声。眼见此情此景，老申再也按捺不住激动的心情，只见他左掏掏、右摸摸，终于搜到几张"大团结"，诚心诚意地塞到我的手中说："无校长，这是我个人的一点点心意，请你收下，也算为罗南中学添砖加瓦吧。"

我立即无比激动地当众宣布："同志们！同学们！教育局的申东明同志向咱们罗南中学捐资了！咱们一定要继续努力，搞好'集资办学'，建好罗南中学，以报答教育局同志对咱们学校的支持！"

霎时间，锣鼓喧天，掌声雷鸣，我校全体师生和所有在场的群众都情不自禁地欢呼起来："好嘢！好嘢！"

特别是我校的几个年轻教师，竟然激动得把老申高高地抬了起来，尽情地大声欢呼："看哪！财神爷为我们捐资了！财神爷为我们捐资了！！"

"好哇！"恰好此时，冯书记也闻声来到这里，目见此情此景，兴奋地说，"'财神爷'的捐资就是对我们最大的支持，现在请教育局的'财神爷'申东明同志，为大家讲几句话，好不好哇？"

"好！！"大家不约而同地说。

老实巴交、不善言谈的申东明只好结结巴巴地红着脸说："说，说我是'财神爷'，真，真是天大的误会；大，大家都说，说我是'大荷包'，实际上我这个荷包是空的，倒是一个货真价实的欠债大王。欠什么债呢？欠，欠，欠教育的债；欠，欠，欠学校的债；欠，欠，欠孩子们的债。俗话说'不当家不知柴米贵'，教育局这个债台高筑、欠账如山的穷家实在不好当啊！不说不知道，说了吓一跳。自从'文革'以来，仅仅教师工资问题往往就愁坏了人。常常是看着老师愁钱买米，你说'我这个管荷包'的急不急？更不要说学校的基建欠账，那更是债台高过罗浮山咯！远的不说，就是你们罗南中学，我就欠了很多很多。几年来，你们搭草棚、打石头、烧红砖，浴血奋战，吃尽千辛万苦。可我这个所谓'大荷包'就是掏不出几元钱帮你们建校，导致今日还是要教室没教室，要宿舍没宿舍，真是把我急得好像热锅上的蚂蚁，毫无办法。而今，罗南人民率先大搞'集资办学''捐资办学'，我看这个办法很好！它为解决校舍建设问题找到了最佳途径，人民教育人民办，人民教育为人民嘛。特别是罗南公社的党政干部纷纷率先慷慨解囊，带头捐资，更是可喜可贺！刚才看了光荣榜，使我深受感动，因此尽我个人的所能，来个'抛砖引玉'，目的是希望大家立即行动起来，把'集资办学''捐资办学'真真正正地搞起来，争取做个'三个一点'的示范学校，早日把罗南中学建好，让孩子们有个安心读书的地方。"

"说得好！"在一片掌声之中，不知何时来在人群中的韩老校长说，"申东明同志说得很好！人民教育人民办，人民教育为人民。只要我们每人集一点，热心人捐一点，众人拾柴火焰高！再加上上级出一点，海外侨胞、港澳同胞捐一点，我们的学校就可以建好，孩子们就有一个安心读书的地方。"他指着同学们对周围的群众动情地说，"大家看看面前这些孩子，如果学校建好了，加上教育得法，精心培育，十年八年以后，他们将会成为有文化有知识的栋梁之材；如果没有学校，失去受教育的机会，让其自生自灭，几年之后，他们只能成为一个种种地、砍砍柴的普通山民而已。乡亲们，孩子是我们的未来和希望，每人少抽几包烟、少喝两瓶酒，就能把学校建好，让孩子们健康成长，何乐而不为呢？！"

"说得好！"百货站的李站长和所有在场的人都异口同声地说。其中最引人注目的是一位年逾古稀的跛脚老伯，虽然腰不弯、背不驼，但白花花的头发和满脸的深沟却向人们诉说着他的坎坷。令人同情的是那双极不方便的腿脚，左边还算正常，右边却是又瘦又直又长，从大腿到足尖犹如一根竹竿。他一跛一跛地挤过人群，来到我的面前，只见他左脚穿着一只旧解放鞋，右脚尖包着一块单车外胎，从又旧又皱的唐装衣袋里掏出几张皱皱巴巴的零碎钱，递给我说："先生，也给我写上几吊钱吧。"

一个风烛残年的残疾老人向我们捐钱，令所有在场的人无不动容！

我感触至深，眼含热泪地问："老人家，请问尊姓大名，哪个大队生产队的？"

老人家还没有开口，旁边的曾照明老师立即向我介绍说："校长，我认识，他是桃园窟的'五保户'余五福，人人叫他'福伯'。他平时在生产队总是忙个不停，不是捡猪屎狗屎给生产队做田肥，就是找找草药供人应急之用，是村里有名的大好人。"

我做梦也没有想到，一个风烛残年、半生"五保"、无儿无孙的捡猪屎老人，对我们的建校工作竟然如此热心，实在令人感激涕零。但是，我们再穷也不能穷到去掏孤寡老人的荷包哇。我眼含泪花地对他说："老人家，谢谢你的好意。你的心意我们领了，这钱还是留下你老人家慢慢用。"

"为什么？"老人家很不服气地说，"为什么这位同志的钱你们收了，冯书记的钱你们收了，其他人的钱你们都收了，我的钱你们就不收？是嫌我的钱少，嫌我的钱脏，嫌我这个跛'五保'不如人是不是？"

"不是，不是。"我赶紧劝谢道，"你老人家的心意比什么钱都宝贵，至于钱，我们还是不能收。你老人家想一想，你这么大年纪，身体又不大方便，我们没有钱给你老人家就已经十分过意不去了，哪里敢向你老人家伸手要钱哪？！"

但是，他毫不理会，执意把钱塞到我的手里，说："先生，这钱你一定要收下，这是我对孩子们、对你们学校的一点点心意。"

我把钱塞回给他，福伯又把钱塞到我的手中说："先生，你不收就不对了。你也不想一想，这二十多年来，是乡亲们把我这个无儿无女的跛老头用'五保'保了起来，要不还想活到今天？早就骨头拿去打鼓了。如今，眼看孩子们读书没有地方，我不心急吗？现在全社人民都为学校出钱出力，我也应该出上一点哪。要我大把大把地出是没有，但出几吊钱表表心意还是不成问题，不外乎多捡几筐猪屎，多找几斤草药就可以了。先生，这是我对孩子们的一点心意，你非收不可！"

这是一个认定好事就要干到底的犟老头，真是收也难、不收也难。围观的人越来越多，不少人正在掏钱准备现场捐资，面对这种情况，我只好求助冯书记说："冯书记，请你说一说吧！"

冯书记爽快答应，说："好！"

冯书记紧紧拉着福伯的手，非常亲热地对他说："福伯，你这种捐资助学的义举非常值得我学习，值得全社人民学习。要是人人有你这种精神，咱们的学校早就建好了，你这种精神值得在全社推广和发扬。但是，学校暂时不在这里收钱，你的钱先留下来，等到大队集资时，你再带个好头，这样作用会更大一点，好不好？"

"喏！"福伯终于点头应允道，"我返去一定捐多一点。"

冯书记立即面对周围群众大声说道："福伯和大家踊跃捐资助学的精神很好，值得发扬。我相信在大家的踊跃支持下，咱们的'集资办学''捐资办学'一定能够轰轰烈烈地开展起来！咱们的罗南中学一定能够建好！至于你们现在手中的钱，我建议先带回去，在单位、在大队里带个好头，好不好？"

"好！！"所有在场的人一致响亮有力地回答，现场顿时锣鼓喧天，掌声如雷，真不愧是一石激起千层浪啊！

一个轰轰烈烈、扎扎实实的大规模的"集资办学""捐资办学"活动即将展开，我们的罗南中学有希望啦！

09

1980年元旦　星期二

真是"圩场第一榜，轰动罗浮山！"

自从我们圩场报喜以来，整个罗浮山，从山里到山外，从干部到群众，老老少少，男男女女，大家都在议论这件事——"集资办学""捐资办学"。谁搞好谁光荣，谁不行动谁是衰仔！

罗浮山最深处的树寮洞，各家各户闻声而动，带上现金，带上实物，带上一颗真诚的心涌向大队而去。

在长长的队伍中，走在最前面的就是大队书记张树民和干部们。他们尽心尽力，出手大方，张书记一个人首捐一百五十元，其他干部纷纷跟上，五十元、一百元不等，各尽所能。

真是"村看村、户看户，群众看党员、党员看干部"，张书记一带头，整个山村都动了起来。人们手里拿着三元两元、十元八元，争先向前，忙得收款的出纳员顾不上来。

学生家长高山里手捧二十元，紧跟着书记和干部们，激动地说："我先我先，我是学生家长，学校建设我应该走在最前面。"

早就要捐款的"五保户"三叔婆黄月娥，手里拿着皱巴巴的零碎钱挤到前面，说："我先我先，我也要捐一点，表表心意。"

出纳不敢收，大家也劝她："三叔婆，你老人家就不用吧！看你平时连买包洗衣粉都要赊，怎敢收你的钱哪？"

"你们不知道，"她说，"我早就跟老师说过了：'集资捐款时我也要捐一点'，现在大家集资捐资，当然也有我一份了。大家也不想一想，这么多年来，不是乡亲们把我这个老婆子养起来才有这把老骨头吗？"说着说着，她硬是把钱放在收银台上。

这一下子，全场响起了热烈掌声。

山脚下路边茶水店的老伯也来了，他手捧零钱碎币说："意思意思，'集资办学''捐资办学'，这是造福子孙万代的大好事，我也来表表心意。"数来数去，一共是九元五角全数奉上。周围的群众无不赞叹："好伯！在你那飞鸟滴不到屎的路边店，几个月也赚不到这么多的钱哪！生活怎么过？"

他笑呵呵地说："咸菜萝卜干，吃了人平安，俺老人家简简单单又一餐。小孩子没有教室，没有课桌上课怎么办？他们可是咱山里人的希望啊！"

"说得好！"大家循声望去，原来是副县长周文平，他说，"元旦放假来探探'三同户'，想不到碰巧遇上'集资办学'，正如老伯说：'他们可是咱山里人的希望啊！'大家热情这么高，我也来一点，这是造福子孙后代的大好事啊！"他搜来搜去，总共十一张"大团结"全献上，引得全场雷鸣般的掌声。

掌声中，张书记大声地说："周副县长的捐资是对我们最大的鼓励和鞭策，我们要向周副县长学习！一定要把'集资办学''捐资办学'搞上去！"

集资、捐资的人们来了一批又一批，就是山村里做大戏也没有这么热闹过哩。

1980 年 1 月 15 日　　星期二　　晴

自从新年以来，全社各大队、各单位纷纷行动起来，支部会、干部会、队长会、社员会等，层层宣传，层层发动，在全社掀起了从来未有过的'集资办学'热潮。

除了树寮大队元旦捐资之外，今天一早，一台拖拉机"突突突"地开到我们学校。我一看是桃源大队的支部书记老余和出纳小余，就喜形于色地走上前，余书记说："吴校长，万万没有想到，群众的积极性这么高，不仅超额完成集资，而且还有一车杉木哩。"

"好哇！好哇！"我紧紧地握着余书记的手说，"真是太感谢你们了。"

"嗨！你不知道。"余书记接着说，"群众的积极性高到挡都挡不住！"

"怎么？群众'恶过'干部？"我佯装不懂地问。

"唉！真是拿他们没有办法。"他边指着拖拉机边说，"这一车杉木是社员们除了现金集资捐资之外的实物，这家一条、那家一条集中上来的。特别是最大的这五条，是出纳余永明准备建结婚新房用的。我们原先不敢要，他俩父子硬是把它推上车，阻也阻不住。"

我一听，紧紧地握住小余的手，激动地说："谢谢你！谢谢你！你的心意我们领了，这杉木还是载回去，建房结婚要紧。"

"不！不！不！"他说，"校长，这是我们山区人民的一点心意，怎么说都得收下。再说，罗浮山这么大还怕找不到几条杉木？学校建好了，我们的子女将来还要来这里读书哩。其实，我比起福伯来还差得远哩。"

"就是上次在圩场要捐钱的那个余五福吗？"我问。

小余说："就是他。"

"我们怎么好要他老人家的杉木哇？"我说。

"嘿！你这就不知道了。"余书记指着三条写了"余五福"的大杉木说，"说起这三条大杉木，话就长咯。"

"哦！"我说，"怎么回事？"

余书记很有感慨地说："这还是他老人家的'长生树'哩。"

我说："不行，不行！我们学校再穷，也不能穷到去要福伯的'长生板'哪。"

"你不要命啦？"余书记冲着我说。

"怎么啦？"我大感不解地问，心里想：怎么这么不近情理，好心好意反而要送命？

"校长！你们不了解这个老倔头哇。"

旁边的小余说："他呀！不合他心意的事，就是十殿阎王也是假的，谁也拿他没有办法；他认准的事，天神也阻他不住，非干到底不可。"

"嗻！"我惊讶地说，"没想到福伯真的那么犟。"

余支书深有感触地说："说起跛福来话就长咯！"

"请讲",我说。

他说:"这是土改分给他这个老贫农的长生树,一九五八年大炼钢铁时,我们青年突击队上山砍树烧炭,快砍到他这棵自留杉时,他守在那里,挥着一把砍柴刀,大声吼道:'这是我跛福的棺材板!哪个臭小子不要命的就来。'我们说:'这是上级的命令。'他边抢柴刀边喊:'就是天王老子也是假的!要树不给,要命一条,谁来?老子跟他拼了!'结果,谁也不敢去碰他的树。"

"噢!"

"书记,"张炳华刨根问底,"他这次怎么愿意把自己的长生树献给学校呢?"

"嘿!你们不了解他。"余书记说,"不要以为他又老又跛,又倔又蛮,其实,他人直心好,凡是他认为有益的事,不用你说,他就主动去做。你看他七八十岁的老人了,自从合作化'五保'到现在,坐着也有得吃,可他就是闲不住,天天捡猪屎狗屎,有钱没钱照样捡,叫他不用捡,他说:'闲着没事做活受罪,走一走,捡一捡,不用到处遛遛遢遢,又可以活动活动筋骨,还可以多收几粒谷子哩。'就这样,几十年来,谁也阻他不住。"

"这次呢?"我还是不解地问。

"这次呀!"趁余书记喝茶之时,出纳小余说,"他听说冯书记捐了那么多的钱,怎么也不肯服输。他说:'我一定要比公社书记多!'起初,我们谁也不相信,他这把老骨头榨也榨不出四两油来。谁知交款那天,他不仅第一个来,而且交双倍。我说:'按规定,不用收你老人家的。'他大骂起来:'臭小子!你收不收?你不收我一棍子打下去!收!一定要收,而且加上自留山上最大的那三棵杉。'我怕被他揍,赶紧说:'好好,钱我收,钱我收,杉树是你老人家的长生树,我不敢收。'书记也赶过来说:'福叔,那是你的百年大树,我们谁敢去动?弄不好丢了小命。'"

"'胡说八道!'福伯吼道,'以前你们那是胡闹,我不拼命怎么行?现在是正正经经的好事!你们不砍,我自己砍去!'"

"我劝他说:'福叔,你的心意我们领了,树还是留着你将来用吧。'你猜他怎么说?"

"他说:'俗话说真灰假棺材,这几棵树做成再好的棺材,把我这把老骨头装进去埋入黄土里,还不是和我这个老家伙一样,被沤得无影无踪?给孩子们盖学堂,起码可以耐它一百几十年,子孙后代有个安心读书的地方,我在黄土底下躺着也安乐呀!'我们还是劝他:'福叔,要用就用乡亲们的,用我的,怎么能用你老人家的呢?'他还是满有理由地说:'你们就不想一想,几十年来,要不是乡亲们把我这个老"五保"养起来,这把老骨头早就打鼓去了,还能活到今天?眼下孩子们连个读书的地方都没有,几条桁条给孩子们盖学堂,有什么不应当?'话虽这么说,可是,我们谁也不去砍他的杉树。谁知道,我们不去他自己去。"

"我们见他在那里费力地砍树,才不得不去帮他。不过,我们也偷偷做了一点手脚,这是土改时分给他的老山杉,直径很大,就把杉头的两米锯下来,准备将来留给他用。你们看,这杉尾还有18厘米哩,他亲自在上面写了'余五福'三个字,这是他老人家的心意呀!"

余书记的话,把在场的师生们都听呆了。

是呵!我面对这些大杉木,激动的心久久不能平息,扪心自问:武训啊武训,青年小伙子把建结婚房的杉木捐出来了,福伯把'长生板'都献出来了,我姓无的不尽快把罗南中学建起来,对得起他们吗?对得起罗南人民吗?我还像个八十年代的新武训吗?

1980年1月20日　星期日

集资、捐资的热潮一浪高过一浪,位于罗浮山西南脚下的下西村后来居上。

远近闻名的民间医生徐少强原来为我驳过手骨,深深被我的精神所感动,在这次捐资建校中更是积极带头。他不仅竭尽所能捐出全部积蓄,而且动员村里人说:"自古以来,我们罗浮山下的子子孙孙跟天下的孩子们一样,聪明伶俐。人们说'深山里飞出金凤凰',但是我们这里为什么还没有那么多的金凤凰飞出来呢?就是缺少好的学校,现在有了像无校长这样的好校长要建一间好学校,这是我们子孙万代的福气,我们理应竭力支持。"

在他和村干部的带头下,村里集资、捐资的人们越来越多,在长长的队伍里有几个很特殊的人物不得不说。

双目失明的徐肃明老人，平时省吃俭用，舍不得花儿女们给他的零用钱，今天他拄着盲人杖，拿着一叠钱（九元五角）来到收银台，干部不收，他怎么也不走。他说："'集资办学''捐资办学'是咱们罗浮山千百年来的大好事，我一个盲人做不了什么大好事，表表心意，表表心意，我们的子孙后代都要到中学读书哇。"

　　更令人感动的是村里的老共产党员徐丰鸣，他身患癌症，自知不久于人世，便吃力地对儿子说："孩子，从今天开始不要再给我买药了，把买药的钱捐给中学建校吧。俗话说'家无病本'，再多的钱丢进去，也堵不了这个无底洞，倒不如捐给学校，让孩子们有个读书的地方，我再也不用受打针吃药的苦，只要把收款条和党费证保存下来，证明我为党和子孙后代尽了最后之力就行。"捐款的第二天，他就与世长辞了。他的事迹深深震动了罗浮山人的心，使得群众的捐资热情更加高涨。

1980年1月31日　　星期四

　　谁也没有想到，罗浮山人集资、捐资办学的积极性那么高，真是一浪高过一浪，一村胜过一村，从余五福的"长生板"到双目失明老人徐肃明的一叠钱，尤其是老共产党员徐丰鸣，身患癌症晚期竟然把救命的钱都拿来捐资建校，这些令全社的干部群众极为震动。为此，公社再次在我们中学召开集资、捐资建校的干部大会。

　　会上，冯书记含着热泪，深情地说："同志们，大家看到了，为建好中学，余五福把'长生板'捐出来了，双目失明的老人把仅有的九元五角捐出来了，尤其是身患癌症晚期的共产党员徐丰鸣，命都不要，断药捐钱！我们还有什么不能捐的呢？"

　　"是啊！"所有到会者无不动容地应道。

　　"说得好！"有人接着说，"我们还有什么不能捐？我建议：人尽其力，物尽其用，所有在座者应该向他们好好学习。"

　　冯书记带头鼓掌："说得很好，我建议所有公社干部都应该积极带头捐资。"

"对！"有人说，"我建议全社干部职工，每人拿出一个月的工资来支援学校建校！"

冯书记等齐声说："好！"

有人还补充说："拿出一个月薪水建校，咱们广东早就有啦！民国时期，陈济棠主政广东，为了建好中山大学，他就带头捐出一个月的薪水，在他的带号召下，所有官员人人都拿，才在五山建起了规模宏大的中山大学。难道我们连国民党的达官贵人还不如？现在每人拿一点，在罗浮山下的荒埔上建一间小小的中学，应该是没有问题吧？"

"好！"冯书记一锤定音，"从我开始，每人拿出一个月工资，支持罗南中学建校！一言为定。"

"谢谢！谢谢！"面对此情此景，我激动得语无伦次地致谢，"太感谢大家，太感谢大家了！这是雪中送炭、雨途递伞，解决我们无米下锅之急呀！真是太感谢了。"

冯书记快人快语地说："无校长，自家人不用说客气话，谢就不用了，只要你们把学校建好，把学生教好，就什么都值得了。"

我紧紧地握住冯书记的手，边点头边说："一定！一定！我们一定把学校建好，把学生教好。"

谁知他话锋一转，说："其实，就目前的情况来看，就现有的资金来看，要建好这间中学，资金缺口还是很大，工要做的工作还有很多呀！"

"是啊！"我顺势建言，"要解决建校资金真是韩信点兵、多多益善，光就目前资金来看，缺口还是很大，能不能动员社会贤达，或是海内外侨胞、港澳同胞，有钱出钱，有力出力，支援家乡的学校建设？"

"这个办法好哇！"所有到会者齐声赞同。

有人说："除了公社干部外，全社所有企事业单位的干部职工，人人都要有钱出钱，有力出力！"

"好！好！"与会者齐声赞同。

这样一来，建校的资金问题就有了真正的启动基础，但是要达到标准化还差很多很多。

怎么办呢？！

10

1981 年春天

光阴荏苒，日月如梭，一转眼就到了新一年的春天。

罗南公社"集资办学"这一义举，影响波及国内外，牵动着四方游子的心。

有一天，我在学校集资办公室意外地迎来了一位革命前辈，她就是东江纵队老战士——李贞同志。清清瘦瘦的她快言快语地说："无校长，非常感谢你们，要为罗南人民建一间好中学，这是造福子孙的大好事，我也来尽一点微薄之力。"说完，她把用旧报纸包好的一大包钱随手放到我的办公桌上，"小小一点意思，尽一点心意就是。"

我一再地推辞："谢谢您！谢谢您！这是您老人家的离休金，我们再困难也不敢用您老的血汗钱哪。"

"你说的什么话呀！"她说，"我们这些钱还不是人民给的？其实，我这条老命就是人民给的。想当年抗日战争最困难时，都是罗浮山人民把我们养起来的，现在罗南人民要建一间好中学，我们尽一点微薄之力是应该的。我不仅自己捐，还要动员战友们也为罗南中学的建设有力出力、有钱出钱哩！"

"谢谢您！谢谢您！太谢谢您啦！"我语无伦次地说。

自此以后，我们集资办就常常接到东纵老战士寄来的捐款，给我们的建校工作带来了极大的帮助，真是万分感谢。

1981年5月5日　星期二

今天一早，我迎来了一位精神矍铄、耳聪目灵的老太太，她就是罗浮山罗南村九十多岁的张玉良大娘。

说起张大娘，当地人无人不知，无人不晓。在革命战争年代，她是有名的堡垒户，为掩护革命同志做出了巨大贡献，人们称她为革命母亲。

中华人民共和国成立后，她当上村里的妇女干部，时时处处为群众着想，村里的大事小事，人们总是请她帮忙解决。尤其对青少年的成长，她更是倾注了大量的心血和一片爱心。

她德高望重，深得众人爱戴，八十大寿那年，子孙们和家乡的亲朋好友纷纷送来红包，总共有一千多元人民币，准备为她老人家设宴祝寿。

她倒好，把这笔巨额喜金统统拿给了村里的小学。校长不收，说："大娘，这是孩子们对您老人家的一片孝心，我怎么敢收哇？"

她说："校长，你真是聪明一世、懵懂一时啊，俗话说'酒肉穿肠过，过后乜个无'，哪怕再丰盛的酒席也只是一时之兴，过后也是嘴空目空。你看看，学校里课桌这么差，缺台少凳的，怎么上课呀？我把这笔钱用来给孩子们建置台凳，一代又一代，起码可以用几十年，这样多好哇！"她好说歹说，软磨硬磨，说服了校长和众亲戚朋友，终于把全部喜金捐献给村里的小学，用于购置六十套新课桌，解决了学校缺台少凳的问题。

这次，她得知我们中学大搞"集资办学""捐资办学"，更是把子子孙孙和亲戚朋友为她庆九十大寿的八千元巨款送到学校来。

面对巨额捐赠，我吓得双腿发软、浑身发抖，不知不觉地跪了下去，泪眼蒙眬地向她磕了三个响头，说："谢谢您！谢谢您！我代表全校师生，代表罗南人民感谢您老人家！"要知道，在每个铜板都当作大铜锣用的学校里，这可是天文数字的巨额大款哪！这笔天文数字的巨额捐款不是出自什么明星富豪，或是财大气粗的大老板，而是出自一位可歌可敬的九十岁高龄的老大娘，这就更是惊天地泣鬼神的义举了。难怪师生们听到这个消息以后，纷纷围了上来，激动得热泪盈眶地向她老人家致谢！在穷怕了的师生面前，八千元巨额捐款正如雪中送炭，久旱逢甘霖哪！

陈明老师泪眼蒙眬地紧紧握着老太太的手，心潮澎湃地说：“谢谢您！谢谢您！谢谢您老人家为子孙后代做的大好事。您要知道，您的这笔巨资，我们要一家家一户户去恳求，才求得几个铜板，就算跪破几条裤子也求不来这么多钱！”

"老师，言重了，言重了！"她说，"我们革命一辈子，都是为了子孙后代呀！在有生之年，能够尽自己的微薄之力为学校添砖加瓦是最好的大喜事。做寿或大摆酒席只是一时之兴，学校建好了，子子孙孙都能有个遮风挡雨的地方好好读书，何乐而不为呀？"

这是一个品德多么高尚的老人哪！我们全校师生深深地感谢她！

1981年6月20日　星期六

今天，学校办公室收到一张从广西寄来的特殊汇单——一位远离罗浮山故乡的离休干部逝世后的二千元抚恤金，其遗属遵照他的遗愿，将它全部献给家乡的学校建设。

这位可敬的老人是广西林科所原老所长、高级工程师、共产党员王长春，他是罗浮山罗南人，虽然长期在广西工作，但一直思念着故乡和父老乡亲的养育之恩。去年底，他听说家乡在"集资建校""捐资建校"，在病重弥留之际，他向亲属立下遗嘱："逝世后把抚恤金全部献给家乡教育事业，以尽远方游子之心。"

他的妻子遵嘱汇来了这笔钱，并在同时发出的信中写道："这二千元是微不足道的，只是表达了一个老共产党员对家乡人民的一片真情和对教育事业的无限热爱。"

这哪里是区区二千元，这是一个老共产党员对"根"的奉献，对罗南人民的深情思念，对子孙后代的无限关爱。

我拿着重若千钧的汇单和信件，双手抖个不停，眼泪止不住滴滴答答地落在汇单上，心里想：无铭啊无铭！你不把罗南中学建好，怎么对得起他们哪？

11

1981年10月1日　星期四　国庆节

自从改革开放以来，人们不用固定在"出九入十，食饱换饥"的生产队里，而是"八仙过海，各显神通"，人们的生产积极性被充分调动起来，正如"小岗村"的改革一样。

这是指六七十年代农村生产队社员由于小农思想作怪，认为集体大田是姓"公"的，种好种孬与自己关系不大，哪怕收成再好，分到自己手上也是一点点；自留地才是自己的，收多少得多少，粒粒归己。因此，把时间、精力、肥料用在自留地里，在生产队则是出勤不出力，晚出早归，九点钟出工，十点钟收工，难怪生产队里的大田老是搞不好！

搞不好就换队长，队长换了一茬又一茬，但是越换越糟。社员天天出勤，年终分红称口粮还要超支，逼得像"小岗村"一样按下红手印。

改革开放以来，真是"天高任鸟飞，海阔凭鱼跃。"此时，社会上有个顺口溜——"老大靠边，老二分田，老九上天，不三不四赚大钱"，一部分勇敢的弄潮儿就上田下海，出去闯荡。

四大经济特区开发为勇者提供了"吃螃蟹"的大好机会，特别是深圳经济特区的开发正是他们大显身手的最佳之地。

这次到学校慷慨捐资的陈树柏就是典型的例子。他是罗浮山下陈家村人，别看他是个浓眉大眼、皮肤黑里透红的中年汉子，那可是改革开放以来第一代农民工。

　　当初，他在生产队当社员，收入不高，分红很少；轮到他当队长，尽管自己想尽一切办法，无奈人心涣散，社员积极性不高，就是神仙来当队长也搞不好。恰逢改革开放之初，特别是深圳特区开始建设，他干脆洗脚上田，下海赚钱，到深圳闯荡。

　　别看他是农民工，他可是肯出力、勤动脑的能工巧匠，无论什么活儿，他看看就能照着做。

　　刚开始，他是建筑工地上的小杂工，扛水泥、提灰沙、抬钢筋，有什么活干什么活，不怕苦、不怕累、不怕脏，正是干活的好把式。

　　包工头越看越满意，渐渐地就把重要的活儿给他干。后来，因为工程实在太多，包工头就把一个小工地分包给他，这倒把他难住了。深圳特区的高楼大厦可不是农村的土坯房，随随便便就可以，那可是万古基业，搞不好就是天塌下来的大事。什么地质地基、桩基大小深度、钢筋型号、水泥砂石配置比例，以及钢筋大小配搭，疏密间距和扎法等，搞得他满头雾水。俗话说"书到用时方恨少"，何况是本身墨水就不多的农民头，这可怎么办哪？

　　好在他人缘好，跟谁都合得来，特别是跟有文化的工程技术人员关系更加要好，碰到什么困难就去请教他们，在他们的指点下，大有长进。至此，他深知有文化的重要性，工程也总算顺利完工。

　　质量就是工程的生命。保质保量，一切按标准施工，绝不偷工减料，凡是他承包的工程，处处如期完工、质量上乘。正因为如此，他承包的工地越来越多，规模越来越大，当然收入也就越来越可观咯！

　　正因为他深知文化的重要性，所以对罗南中学的"集资办学、捐资办学"特别支持，慷慨解囊，一出手就是"十万元人民币"。

　　这天文数字的"支票"，可把我们吓呆了！这可是罗浮山下的一颗重磅"炸弹"哪！

　　起初，我校师生被吓得目瞪口呆，我们从来没有见过这么多的人民币，更没有得到过这么大笔的捐款。凡是没有课的老师，个个激动地围上来，纷纷表示感谢！

　　一向快言快语的张炳华激动得语无伦次地说："谢谢，谢谢，太谢谢您啦！"

袁圭也不甘落后地挤上来说："好嘢！好嘢！要是多几个人像你这样，那就发达咯！"

陈明老师深情地握着捐资者的手说："你这是造福子孙、流芳千古的大好事啊！罗南人民永远记得你。"

捐资者非常谦逊地说："哪里，哪里，过奖，过奖了！作为罗南人，这是应尽的职责，罗南人民儿女的成长，罗南人民不出钱不出力，靠谁来出哇？再说，改革开放之前，辛苦一天买一包烟都难，哪里有钱捐献？如果不是经济特区的开发，特别是如果没有技术人员的帮助和指导，我哪里来的事业发展哪？这就更加证明文化的重要，科学技术的重要。我这点微薄之力只是希望咱们学校尽快建好，让罗南人民早出人才，多出人才。"

大家异口同声地赞道："说得太好了！"所有在场的师生爆发出雷鸣般的掌声。

其实，何止是学校里掌声雷动，它的影响震动了半个罗浮山，从领导干部到各村群众，人人都知道"陈树柏"的芳名，也为进一步的"捐资办学"树立了榜样。

1981 年 11 月 25 日　星期三

面对十万块红砖，师生的话儿说不完。

有一天，一个壮壮实实的青年人来学校，刚见到我便开口问道："无校长，还记得我吗？"

谁都知道，学生认老师易，老师认学生难。当我正在记忆中辨认他是谁时，他自报说："我就是那个'调皮鬼'赵自强啊！"

"哦！记得，记得。你就是那个读书无心，做砖逞能的学生啊！想起当时的情景，天寒地冻，真是苦了你们啦。"

那是新分公社建校的第二年，当时各地掀起了自己烧砖建校的热潮，我们学校建起几个小冲天窑，师生们每逢课余或劳动时间都要割草、打砖、烧窑。师生们为了早日建起自己的教室和宿舍，真是拼了老命啊！在严寒的冬天里，同学们稚嫩的手被冻得又红又肿又裂，照样打砖不误，至今回忆起来，令人心痛。

"是啊！"他说，"苦是苦了，虽然我平时调皮捣蛋，但我永远记得你说的教导，比如'吃得苦中苦，方为人上人''什么是幸福，战胜困难就是最大的幸福'。"

"是的，吃苦是人生的第一大课堂，"我说，"古语云'千金难买少年穷'，很多辉煌成就都是在最困难的时候产生的。"

他说："确实是这样。我在咱们学校学到的不仅仅是炼泥做砖的技艺，更是面对困难敢于说'不'的人生大义，这是受用终身的精神力量。"

"是吗？"我问道，"我们的教育有这么大的精神力量？"

"是啊！"他指着眼前如山的红砖说，"这些红砖就是最好的证明。"

我说："你介绍介绍吧！"

他深有感触地说："当初我们学校是冲天窑，到了社会上，冲天窑远远不够用，就开始建老式的蒙古包窑，可是由于经验不足，砖坯排砌不当，火路不畅，出了很多废砖、残砖、二级砖，白送给人家，人家都不要，输得可惨了！"

"是啊！"我说，"曾经有个老板要送一批二级砖给我，我谢绝了。用了二级砖，今后祸害无穷，见水就融，新教室变危房，那可是人命关天的大事啊！"

他说："你说得对。"

我说："你输得那么惨怎么办？！"

他很有信心地说："重起炉灶再干。正如你教导的'面对困难敢于说不'，在哪里跌倒就在哪里爬起来，吸取经验教训，特别是请教经验丰富的老师傅，在他们的指导和帮助下，砖烧得越来越好，终于稳住了阵脚。"

我舒了一口气说："那就好，那就好。"

他接着说："好就好在有了改革开放，经济大发展，处处都在建楼房，红砖供不应求，我们的'蒙古包'变成了'回龙窑'，由原来的人工做砖变成了机器做砖，由原来的柴火烧砖变成了煤饼烧砖，由原来的一窑烧好几天变成了天天有砖出，效果大大不同了。"

我欣喜地说："好哇！恭喜你做出这么大的成绩。"

"这是母校教育的结果呀！"他说，"所以，我也要为母校添砖加瓦，这是学生的一点小小心意，请笑纳！"他指着那如山的红砖说。

我紧紧地握着他的手，不停地说："谢谢！谢谢！"

他深情地说："校长！学生最大的希望是学校尽快建好，让广大师生有个良好的学习环境，我们多做一点贡献是应该的。"

刚好路过的陈老师闻言说："真是'安得广厦千万间，大庇天下寒士俱欢颜'，好！"

12

1982年1月26日　星期二

今天是大年初二，寒假和春节的双重节假日，公社为了罗南中学的建校筹资问题专门召开春节迎亲座谈会，诚请全公社回乡探亲的海外侨胞、港澳同胞参加。

这是公社有史以来第一次召开的海外侨胞、港澳同胞"新春茶话会"，大家非常兴奋、非常积极。尽管春雨如酥，侨胞们、同胞们早早穿上了各式各样的皮褛、太空褛，或是披着五颜六色的雨衣，或是打着雨伞，由亲人、子侄等陪同来到公社，兴致勃勃地参加这次特别的聚会。他们深知，这是祖国人民的深情厚谊呀！

这是千载难逢的机会，我作为学校负责人，理所当然一早到会。

会上，公社书记冯兴旺同志热情洋溢地代表祖国人民和公社党政领导，向海外侨胞、港澳同胞拜年，一一向亲人们敬茶并致以诚挚的问候和良好的祝愿："祝各位海外侨胞、港澳同胞身体健康，家庭幸福，生意兴隆，财源广进，万事如意。"

接着，他向亲人们介绍了党的十一届三中全会以来家乡的可喜变化，特别是祖国教育事业的发展，并详细介绍了罗南人民踊跃参加"集资办学""捐资办学"的喜人情况，同时把广东省人民政府《关于华侨、港澳同胞捐资办学若干问题的通知》分发给在场的海外侨胞、港澳同胞，并扼要地说明："华侨和港澳同胞具有热爱祖国，热爱家乡，关心家乡教育和捐资办学的优良传统。近一年多来，已有不少华侨和港澳同胞陆续向家乡或地方捐赠款物资助办学，省政府根据国家的《华侨捐资兴办学校办法》的精神，在一九八一年八月六日，下发164号文件。大家可以看看，第四条特别规定：华侨和港澳同胞捐资兴建的校舍……如捐资人要求命名、立碑，以志纪念，应予同意。也就是说，只要你们出一点力，罗南人民及其子子孙孙都会记得你们。"

侨胞们、同胞们不仅报以热烈的掌声，也纷纷畅谈这次回乡探亲的喜悦之情和难忘之事。

其中，给我印象最深的是一位鬓发斑白、满面红光、年逾七十岁的老侨胞，他声如洪钟地说："各位乡亲父老，我是下西村人徐正荣，从十几岁就出外谋生，在海外漂泊了大半辈子，深感祖国的繁荣昌盛就是我们海外中华儿女的最大靠山。我是一个老海员，一直在外国资本家的洋船上打工，过去哪会把我们当人看待，随着国力日益强盛，我们的地位才一天天地提高。"

亲人们深有同感地边鼓掌边说："是啊！是啊！"

徐老先生站起来，向大家拱手致谢，呷了一口茶，接着说："但是，现在我们跟世界上的发达国家来比，差距还是很大的，千差万差就差在教育上。"他继续说，"几十年来，我除了南北一洲一洋没去过之外，跑遍了世界上五大洲三大洋，五六十个国家和地区的港口码头，耳闻目见，哪个国家、哪个地区重视科学文化，重视教育，哪个国家就发达，哪个国家就跑在世界前头。你们有机会到日本去看一看，男男女女，老老少少，从车站到码头，从学校到家里，到处都是人不离书。世界上不管有什么新东西，只要是先进的，他们就学。现在，连老牌汽车王国也怕他们了。其实，他们的文化还是我们的老祖宗传过去的哩。且不说盛唐时的'遣唐使'来了一批又一批，就是近代魏源的《海国图志》在咱们中国无人问津，而在日本却是如获至宝，人人都读哇！这部书为他们打开了认识世界的天窗。从这之后，日本于1868年开始'明治维新'，如饥似渴地向西方学习，这是日本进入资本主义时代的起点。只要是先进的东西就学习，什么政治制度、科学技术，他们全盘搬来。他们向英美法等国派遣大量的留学生，这些日本青年为了获得先进的技术资料，连命都可以贴进去。据说在英国的留学生毕业回国时不准带资料回国，有的留学生为了获取这些资料而剖腹自杀，让同学把那些先进资料藏在遗体腹中偷运回国。正因为他们为了强国亡命学习,所以经过几十年的'明治维新',日本由原来跟中国一样的弱国变成东方唯一的资本主义强国。反观我们这个具有五千年历史的文明古国,就是从孔夫子办教育算起,起码也有两千多年了。但是近代以来,我们的教育远远落后于西方和东洋。中华人民共和国成立前,咱们县连一间完整的中学都没有,只有两三间初级中学,我们下西村几百号人,连一间像样的小学也没有,说来惭愧。中华人民共和国成立后,在人民政府的领导下,教育有了很大的发展,但是跟世界上的先进国家相比,差距还是很大的。"

老先生这番震撼人心的话,引起了所有与会者极大的震动,大家把目光聚集到这位见多识广的老侨胞身上。

他接着说:"听说咱们公社要办一间初级中学,虽然全社人民积极性很高,从公社书记到社员群众,人人出钱出力,但资金缺口还是很大,实在过意不去。支持教育,造福子孙,这是我们海外侨胞的共同心愿。我虽然只是一个老打工仔,愿尽微力!"

徐老先生的话音刚落,会场上响起了热烈的掌声:"好!好!说得好!说到大家的心里去了。"

接着,会场上你一言我一语,侨胞们纷纷畅谈春节回乡的观感。他们谈到了改革开放以来家乡的可喜变化,谈到了罗南人民大力支持教育事业,积极参加"集资办学""捐资办学"的感人情况。不知是哪位侨胞提出来:"家乡人民大力支持中学建设,能不能带我们去参观参观?眼见为真嘛!"

"好哇!"我们本来以为能够在公社开开座谈会就不错了,哪里敢奢望请他们到我们这个极不像样的学校来参观哪?我和冯书记异口同声地说:"欢迎,欢迎!"这是巴不得的大好事啊。

我这个二十世纪的新武训立即骑车开路,后面紧跟着海外侨胞、港澳同胞、公社干部和侨胞们的亲属。一行近百人,六七十部单车,浩浩荡荡地向我们中学进发。

真是"身在庐山不知真面",侨胞们到了学校还在问:"学校在边喥?学校在边度?"

我面红耳赤地指着眼前这两间平房教室,以及如山的红砖和大量的木材说:"这里就是,这里就是。"

"有冇搞错呀？！"侨胞们大吃一惊，"里嘅就系中学？"谁也不敢相信，这里就是罗南中学？！

当大家大惑不解之际，许泰来副主任赶快说明："里嘅就系，里嘅就系。"并且指着我说，"这位就是罗南中学无校长，无铭同志。"

我本来就恨地无门，冯书记又把我推到风口浪尖，大声地指着我说："请无校长给大家介绍中学的建校情况，大家鼓掌欢迎！"

我无地自容，经冯书记这一推，加上侨胞们的热烈掌声，心差点跳出了喉咙口，转念一想：这是千载难逢的大好机会，我本来就要找他们，而今来到"家里"了，不讲怎么行？于是把心一横，老子舍命吃河豚——豁出去了！

我首先向侨胞们深深地鞠躬，作揖，激动地说："向各位尊敬的侨胞、港澳同胞致以新春的祝福，向亲人们拜年了！祝大家新年发财，万事如意！"

然后我边走边说，指着两间简易教室和堆积如山的红砖，介绍师生们如何艰苦创业的情况；接着，走到"十万块红砖"面前，我说："这是校友赵自强最近捐赠给母校的红砖，真是为母校添砖加瓦了。"

侨胞们倍加兴奋，纷纷为赵自强校友点赞，有的还掏出相机摄影留念。

我走到"捐资办学"的芳名榜面前，向大家详细介绍"集资办学""捐资办学"的情况。我指着榜上的名字，向亲人们一一作了介绍，从公社冯书记的带头捐资到干部群众的慷慨解囊，特别是深山里树寮洞"五保"老人黄月娥节衣缩食要捐资，桃源洞的福伯将"长生板"捐出来，有一位癌症晚期的老人宁可断药也把救命钱捐了出来，令所有在场者无不动容，有的含着热泪说："想不到家乡人民这么热爱教育事业！"

随后，我介绍了改革开放以来成功人士的无私贡献，特别说道："罗浮山下陈家村的陈树柏在深圳特区取得第一桶金后，就对我们这个特困学校豪捐'十万元'，令全校师生无不感激涕零。"言之至此，听者无不动容。

徐老先生激动不已地说："真是百闻不如一见，难得，难得，难得校长、先生们在如此荒芜的地方，白手起家，艰苦创业，真是真诚感动了上帝；难得地方党政、全社人民如此热爱教育事业，支持教育事业。老朽不才，为了罗南人民的子孙后代，莘莘学子的健康成长，愿效微力。"他边说边从西装内袋掏出十张"金牛"递到我手中，"不成敬意，不成敬意！"

徐老先生的这一善举，令在场的人立即鼓掌称赞。我激动得不知是鼓掌好，还是接钱好，语无伦次地说："谢谢！谢谢！太感谢您老人家啦，我们绝不辜负您老人家的殷切期望，一定把它用到最需要的地方上。"我紧紧地握着这双温暖的手久久不放，"太感谢您老人家了。"

一马当先，万马奔腾。霎时间，这个掏皮夹，那个开手袋；这个几张，那个一叠，忙得应接不暇。

见此情形，许泰来副主任立即在我们的办公桌上摊开红纸，摆好笔墨，说："大家不要急，不要急！一个一个慢慢来，捐多捐少，各自随意；身上没有现金的，先写个数字认捐就可以了。"

徐老先生第一个落笔：徐正荣，港币壹万元。

徐老先生的笔还没有放下，大家纷纷聚拢来争着题钱：有的三千元，有的五千元，有的三百元、五百元，有的一万五千元……不久，一张大红纸就写满了捐资人的芳名和题款，总计四十三人，共捐十五万四千五百元，现场收到的港币就有八万三千五百元。

这个数目在亿万富翁的豪商巨贾中，仅仅是九牛一毛也不如的尘毫小数，即使在老牌中学、重点中学、名牌中学和华侨中学中，它算得了老几？但是，对于罗南中学来说，却是天文数字般的巨款，怎能不叫人又惊又喜呢？！

看到侨胞们如此热爱家乡的教育事业，冯书记和在场的各位领导同志笑逐颜开，冯书记欣喜万分地说："我代表家乡人民，代表未来的新一代，向各位侨胞、港澳同胞致以衷心的感谢和崇高的敬意！你们的芳名将刻碑勒石，让子孙后代永远记得你们！"

大家报以热烈、持久的掌声。

冯书记向大家拱拱手，久久作揖，接着说："同胞们、侨胞们，新年伊始，我们开了一个很好的头，非常感谢大家的鼎力支持。为了把大家的热心捐赠用得更好，请大家想想办法、出出主意，咱们的钱用来建什么好？"

"建教学楼。"

"建科学馆。"

"建图书馆。"

"建师生宿舍。"

……

"对对对，大家说得好！"冯书记借势而言，"大家说的都要建，这些都是一间中学必不可少的基本需要，我们一定要把它建起来。"接着他话锋一转，"但是，就目前的材料和资金而言，还是差个十万八千里哩！这就有劳各位侨胞、各位同胞，除了继续鼎力支持之外，还要动员更多的海外侨胞、港澳同胞支持家乡的教育事业。"

"好！"徐老先生带头说，"说得好！众擎易举，众人拾柴火焰高嘛。回去以后，我想成立一个'罗南联谊会'，争取更多的海外侨胞为家乡的教育事业出钱出力，把咱们的中学建设好，这是咱们罗南人民的万代基业呀！"

"好！"众人热烈鼓掌，大力赞成，"成立一个'罗南联谊会'的提议最好不过啦！"

作为一校之长的我欣喜万分，热泪盈眶地说："谢谢各位侨胞、港澳同胞的慷慨解囊和无私捐助，特别是徐老先生倡议的'罗南联谊会'的成立，更是我们的无限希望。我恳请到这里来的各位侨胞、港澳同胞，为了把咱们中学建好，多多串联发动海外侨胞、港澳同胞支持罗南中学的建校工作，我们一定不辜负众人的重托，一定把罗南中学建好！希望大家今后回乡探亲，多来学校看看，检查指导我们的工作；更希望有更多的海外侨胞、港澳同胞像大家一样，热心支持学校建设，这是'韩信点兵，多多益善'哪！"

"好一个'韩信点兵，多多益善'。"冯书记带头鼓掌说，"希望大家回去以后，多多发动周围的热心人士，支持咱们中学的建校工作，我们保证不辜负侨胞们的期望，一定把罗南中学建得好上加好！"

1982年3月5日　星期五

真是天上飞下"大金蛋"了！

今天一大早，邮递员小许急急忙忙来学校找我，慌慌张张地说："校长！校长！发大财啦！发大财啦！有人寄一百万给你们啦！"

这消息好像一颗重磅炸弹，把全校师生炸醒了。

"真的？！"我难以置信地问。

张炳华睡眼惺忪地说:"有冇搞错呀?!天下哪有这样的好事?"

"你们看!你们看!"邮递员小许高高地扬起汇单说,"这是真的!这是真的!不信?你们自己看看。"

见多识广的陈老师接过汇单认真看了一会儿,说:"是真的,是真的,这是一张泰国来的汇单,一百万元没有错,不过是泰铢一百万,换成人民币大约二十万元吧!这是天大的喜事。"

对于我们这个又穷又小的学校来说,这笔巨额的捐赠已经是天文数字,怎不令人欣喜若狂呢?

真是"人在内,名在外",原来是春节恳亲座谈会以后,侨胞们把我们学校艰苦创业和"集资办学""捐资办学"的情况广为宣传,在海内外产生了很大的影响。

特别是"罗南联谊会"的发起人徐正荣老先生专程到泰国找"正泰集团"的负责人谢国民先生,向他详细介绍罗南中学建校情况,令这位泰国华人首富深受感动,立即向我们学校汇来了这一巨额捐款。

经过了解才知道,这位泰国华人首富谢国民先生的父亲谢易初是澄海外砂镇一个贫农的儿子,台风过后,留下一地狼藉,无以为生,二十六岁的他只好随着南下的潮汕人到泰国打工。1922年,初到泰国的他身上只有八块银圆,在他人的帮助下,租了一间房,开始做菜籽生意。由于从小勤于学习,好施恩于人,广结良友,品种又好,正大庄的菜籽获得当地百姓的认可,生意越做越大。终于从一粒菜籽起家,发展成为泰国的华人首富。

谢氏家族发财不忘祖国,除了积极投资祖国建设事业之外,还非常支持祖国的教育事业,谢国民闻知我们学校的情况以后,立即慷慨解囊,我们才有了天降之喜。

1982年5月5日　星期三

我们做梦都没有想到,今天竟然收到从印度尼西亚的雅加达寄来的卢比汇单,真把我们乐坏了。

这天降之喜从何而来呢?查来查去,原来是梅县松口五代侨贤梁采臣裔孙听说我们艰苦创业，被大兴"集资建校、捐资建校"的精神所感动而慷慨捐赠的。

说起五代侨贤，前后一百余年的兴学历史，那真是感人至深。

早在清朝嘉庆年间，梁采臣告别梅县松口大力村的亲人，与乡人结伴到汕头海港乘坐"大鸡眼"的木帆船，经过七天七夜的漂洋过海，抵达荷属东印度巴达维亚谋生。后来，他艰苦创业，克勤克俭，经营商贸，创设"南茂公司"，事业有成后，返乡创办"敬斋学堂"，培育乡亲子弟读书，深得乡民称颂。

长子梁映堂秉承父志，清朝光绪年间在侨居地创办"义成学堂"；两广总督端方设暨南大学堂，招收华侨子弟，他获知后，由巴城亲送十多位华侨子弟回国到暨大学习，受到海内外人士的赞扬。丘逢甲赋诗赞曰："祖国归航率岛民，养成豪杰共维新；他年编入文是史，此是当时领导人。"后来，梁映堂在自己的家乡松口大力村建了一座建筑面积3000平方米的客家大围屋——承德楼。抗日战争期间，梁映堂长子梁密庵将承德楼的一半无偿提供给国光中学、松口中学做校舍，招收福建、蕉岭、大埔和本地农家子弟就读，造就了一大批人才。

梁采臣家族自清嘉庆年间从梅县松口来到印尼爪哇岛创业以来，至今已经历一百多年的历史，传至第五代。梁氏家族崇文重教的家风一直没有变，特别重视中国的传统教育，梁家的几代人虽然在海外出生，但几乎都有回乡接受教育的经历，接受中华传统文化的熏陶。

在长达一个多世纪里，梁氏五代人为振兴中华而不断捐资，得知我们学校在全省率先大搞"集资办学""捐资办学"，有当代"武训精神"之后，慷慨捐资300000000卢比的巨款。面对这天文数字的巨额捐款，怎不把全校师生乐坏呢？！就是兑换成人民币起码也有138150元哪！真是太谢谢啦！

此后的在两年内，我们学校断断续续地接到海外侨胞、港澳同胞的热心捐赠，数额多少不等。特别是以徐正荣先生为首的"罗南联谊会"，一次又一次地捐来巨款，对我们学校的建设工作起到了不可估量的作用。

1983年夏

改革开放之初,马来西亚籍华人张武帮先生在大力支持家乡教育事业建设时,得悉我们罗南中学正在大搞"集资办学""捐资办学",旋即慷慨解囊,于1983年6月1日寄来了二十万元人民币,这又是天外之喜。

张武帮先生原籍系揭西县河婆镇北坑村人。他六岁时,父亲仙逝异邦,他们姐弟五人靠寡母拉扯度日。十二岁那年,因生活无着,母亲便变卖了家产,带着他们兄弟姐妹到东南亚谋生。在异国他乡,他们母子勒紧裤腰带,垦荒种菜,仍是衣不蔽体、食不果腹。后来,张武帮在一家杂货店打工,一边做工,一边学本领。一年之后,他就自立门户,做起粮油生意来。在十几年中,他的生意四起四落,后经友人指点,转办养殖场,才逐步走上发达之路。

他在临近不惑之年,在马来西亚创办了首个养鸡场,养鸡生蛋供应市场。从此,他的事业一跃而起,扶摇直上。接着,他审时度势,抓住机会,相继办起了钢铁厂、百叶窗厂,并大搞房地产开发,很快成为当地有经济实力的企业家。

他虽然身居异国,但心系故里。祖国改革开放以来,他看到家乡的巨大变化,倍感兴奋,决心为改变家乡面貌作贡献。他先后捐资30062万元,兴建了北新小学、张武帮中学、乐景小学、乡肚成和学校、成和文博大楼、五云彭作转教学楼、坪上员西小学、上砂新岭小学、河婆中学敬师堂、河婆镇新村幼儿园、客潭小学、新东小学、西田中学等39项工程,为改变家乡面貌立下了汗马功劳。

张先生不愧为海外赤子楷模,他的难能可贵之处在于,兴学育才不囿于本乡、本镇,对外地兴建学校同样热心,所以我们才有了天外之喜。

正因为如此,他先后被汕头市、揭阳市授予"兴学育才　功垂千秋"荣誉证书。

1983年国庆节

国庆放假这几天,我正在学校里忙着,突然来了一位清清瘦瘦的老人家,随行的还有几个人。他身穿旧衣服，脚穿旧皮鞋，在我们学校左看看、右看看，仔仔细细地端详着，久久没有离开。我正纳闷：这位老人家和他们是不是来罗浮山旅游走错了地方？怎么跑到我们这个地方来？

于是，我上前问："老人家，您好！您是国庆期间来罗浮山旅游的吗？怎么会到我们这里来？"

他紧紧地握着我的手说："难能可贵、难能可贵！我早就听说，你们正在大搞'集资办学''捐资办学'，今天特地来看看，真是名不虚传，真是名不虚传哪！"

"多谢！多谢！"我说，"我们正在想方设法，多方筹资，希望早日把学校建好哩。"

"好！好！非常好！"他一再地夸奖，"做得很好！"

我一再地说："谢谢，谢谢！您老人家有什么指点，请赐教。"

他说："指教谈不上，我想送一座教学楼给贵校。"

"什么？！"我的下巴几乎被惊掉，说，"您要送我们学校一座教学楼？！"我做梦也不敢相信哪。

老人家却十分谦恭、真诚地说："略尽微力，略尽微力。"

至此，我才想起还不知老人家的名字，大胆地问："请问老人家高姓大名？"

"我叫田家炳。"

啊！田家炳！！

我迫不及待地把这一大喜讯报告给镇党委书记和学校同事，并特别写成喜报——《田家炳先生捐建教学大楼》，将其贴到罗南镇上最热闹的地方。这一下子，整个罗南镇轰动起来了！这是罗浮山下第一回呀！

经了解才知道，1919年，他出生在广东省东北角的大埔县，那里盛产制作瓷器的瓷土，田家祖上把瓷土生意做得风生水起。父亲田玉瑚虽以经商为业，但为人怜贫恤孤、乐善好施，特别教育子女强调要"勤、俭、诚、朴"，他深受父亲言传身教的影响。

不幸的是，1935年，父亲突发疾病，短短几天就撒手人寰，为了家中上下十几口人的生计，16岁的田家炳不得不辍学回家，挑起家中重担。自此，那没有读完的书和没能念完的学，成为他一生的遗憾。

1937年，18岁的他前往越南推销家乡生产的瓷土。在那里，他被黑社会恐吓过，被殖民政府敲诈过，他凭借毅力和才智，在短短的两年之内就成为越南最大的瓷土供应商。

可是好景不长，随着抗日战争和太平洋战争的相继爆发，他的瓷土生意深受影响。特别是1939年，日军占领汕头港，瓷土运输线全断了，迫不得已，他带着一家老小前往印度尼西亚。客家人骨子里有一种开拓精神，到了印度尼西亚以后，他发现这里的气候非常适合橡胶的种植，在经过认真的考察以后，他大胆地把资金投入橡胶生意，创办超伦橡胶厂和南洋树胶厂。两个橡胶厂的利润非常可观，刚刚三十出头的田家炳，便已经跻身印度尼西亚富豪之列。

时局总是与他作对。1958年，印度尼西亚排华倾向愈演愈烈，为避免家人被殃及，他再度放弃了苦心经营多年的橡胶加工厂，举家迁往香港避难。

踏上香港不久，他就发现这里的皮革市场还是一块空白，田家炳当机立断，拿出多年的积蓄，在香港屯门购买填海地皮，开办人造皮革厂，随后引入大量先进机器，生产人造革。

1968年，田氏化工有限公司成立，一举成为香港最大的人造革企业，巅峰时期，他的人造革几乎占据了整个东亚市场。到了八十年代，田家炳已是香港知名的亿万富翁，被誉为"香港皮革大王"。

八十年代，那是一个香港财富积累的黄金年代，无数富豪正在争夺香港乃至亚洲首富的宝座。有着"皮革大王"之称的田家炳，当人们以为属于他的时代即将到来时，他的选择却震惊了整个香港。

1982年，田家炳将自己的4栋工业大厦全部卖掉，变现10亿港元，用这笔钱创立了纯公益性质的"田家炳基金会"，将每年几千万元的收入全部用于公益教育。

他在财富积累浪潮中逆流转身，成了商界的"逆行者"。

此举引来了不少香港富商的嘲笑，明明事业可以更上一层楼，却要把巨额的财富填入一个无底洞，这不傻吗？就连合作多年的商业伙伴都无法理解，唯有电影大亨邵逸夫支持他。

至于他为什么会如此专注于教育慈善，这与他的早年辍学之痛和经历有关。

他走访过很多国家，发现一个问题：为什么经济越发达的地方，人们的素质都很高？一个很重要的原因就是当地教育发达。他说："13亿人口是中国的'大包袱'，如何将这个'包袱'变成财富，我认为最好的办法就是教育。"因此，他提出"中国的希望在教育"。

13亿没有文化、没有技艺的人，就是13亿张永远填不饱的口；经过教育，13亿人的素质和技能提高了，就是13亿双创造财富的手；有了这13亿双勤劳智慧的手齐心建设中华大地，我们的中华民族还不腾飞吗？！

他诚记"爱祖国、爱人民、爱中华民族"的祖训，尽管半个多世纪在外经商致富，他心中想的始终是如何为祖国和人民、为中华民族做好事。正因为如此，在八十年代香港富商们财富暴增的时代，首富在望的他却突然转身，变卖产业，让自己朝着越来越"穷"的方向走。这是真正的舍小家、为大家呀！

从此以后，他成为中国最"吝啬"的亿万富翁，他没有私家车，出门全靠步行或地铁；一双皮鞋穿了10年，袜子补了又补；一套西装穿了40年之久……

他捐建了93所大学、166所中学、41所小学、19所专业院校及幼儿园，以及1800多间乡村图书馆。

他就是"中国百校之父"田家炳。正是他，送给我们学校一座教学大楼，太感谢他了。

13

1983年10月2日　星期日

朱子有言："一粥一饭，当思来之不易；半丝半缕，恒念物力维艰。"

时至今日，我们的"集资办学""捐资办学"已经获得很大的进展，一笔笔的巨额捐款从海内外的热心人士手中捐进来。我们深知，不管是罗浮山里的平民百姓、党政干部，还是海外侨胞、港澳同胞、普通侨胞、同胞的打工人，甚至是亿万富翁，他们的钱也是一分分、一毫毫地用血汗换来的，不好好珍惜行吗？！

每当我想起树寮洞孤寡老人黄月娥，想起桃源洞余五福的"长生板"，想起宁可断药也要捐出救命钱的徐丰鸣，想起带头捐资的东纵老战士李贞，想起不做九十大寿把钱捐给我校的老堡垒户张玉良，想起立下遗嘱"将全部抚恤金捐献给家乡教育事业"的离休干部王长春，想起罗浮山下的党政干部人人捐款，想起罗浮山的人民人人出钱，想起徐正荣、谢国民、张振帮、梅县松口的五代侨贤等大笔捐款的海外侨胞和港澳同胞，特别是想起一送就是一座大楼的田家炳，他的一双皮鞋一穿就是十年呀！怎不感人至深？

我们不好好珍惜这一分分捐款，对得起他们吗？！对得起子孙后代吗？

所以，我们要好好珍惜这一分一毫的捐款，绝不乱花！

1983年10月15日　星期六

　　自从学校开建以来，真是把张炳华累坏了。他除了正常的教学工作之外，学校的建设方案做了一次又一次，图纸画了一套又一套，从开始的草棚教室到后来的两间平房，再到"品"字形安排，耗费了他大量的心血。

　　而今，随着源源不断的集资、捐资的到来，特别是海外侨胞、港澳同胞的巨额捐赠，整个设计方案又得重新安排。俗话说："吃不穷，穿不穷，计划不好一生穷。"学校也像一个家，必须好好算计，好好规划。规划是建设的开始，规划决定了学校建设的质量，好的规划可以为学校的发展打下坚实的基础。

　　为把每个铜板都用到实处，绝不浪费分毫，我今天特地请冯书记等领导到学校审查我们的设计方案。

　　冯书记等领导到校以后，张老师把多年的心血之作通通搬出来，有总体平面规划图，有各座建筑物的立体图、三维图，有每座的结构图、分层布局图，有具体的钢筋配置疏密图等，就好像小学生交图画作业请老师评分一样。

　　冯书记等领导首先肯定一番："难得！难得！"然后，他们仔细地端详一张张图纸，从总体平面规划图到每张图表，认认真真地研究。这还不够，冯书记拿着总体平面规划图说："走，到外面实地看一看，每座建筑物放在什么地方最合适。"就这样，我们一行人边走边落实。这里是田家炳教学大楼、罗南同乡综合楼、图书馆、实验楼、男生宿舍，那里是女生宿舍、教师宿舍，甚至连卫生间都具体安排，特别是专门划了一大片地方作为运动场。

　　走了一遍回来后，我说："各位领导，大家看过图纸了，具体有什么安排指示，以便认真落实。"

　　冯书记指着图纸认真地说："指示就不敢，只是说一说意见，供你们参考。建校要因地制宜，合理布局，特别是像我们这样的学校，再也不能'东一榔头，西一棒槌'，想到什么就建什么，而是要有一个合理的布局和长远的安排，整个设计方案定下来，今后不管谁在这里当校长，都按原来的布局办，这样才能把我们的学校建好。"

　　"说得好！"我和老张不约而同地说。

　　他说："改革开放以来，整个罗南的经济情况有了很大的发展，特别是你们的"集资办学""捐资办学",海外的咸水钱大笔大笔地涌进来,为我们的建校工作提供了可观的资金来源,我们应该充分利用,大胆设计。从现在开始,要严格按照建校标准进行建设,建成一项,达标一项,绝不能因资金拮据而降低质量,万一造成坍塌事故,砸死砸伤师生,那是谁也担当不起呀!退一万步来说,因质量不过关而拆掉重建,也是极大的浪费。一座建筑物,少则几万元,多则十几二十万元,那可是人民的血汗钱哪!万万马虎不得。"

"是!"我和老张异口同声地说,"书记说得很正确,我们一定好好规划,精心设计,保质保量,让所有的人都满意。"

"有这种精神很好!"接着,冯书记话锋一转,"我是建筑工作的门外汉,你们也不是专业的建筑设计师,为了慎重起见,最好把最后的设计图纸拿到建筑设计院认真审核,确保绝对安全可靠。"

我和老张频频点头说:"一定,一定。"

1984年1月3日　星期二

元旦放假后,我为建筑图纸拿到什么地方审核的事情发愁时,张炳华说:"这好办!到深圳建筑设计院找龚民建。他是我的中学同学,是华南工学院建筑系的高才生,'文革'毕业时,先到军垦农场劳动锻炼,后来被打发到粤北山区的公社建筑队当技术员;深圳特区成立时,原有保安县的建筑人才奇缺,整个县的建筑队五六百人,年轻力壮的大多逃港去了,剩下三百多老弱残兵,特别是工程师只有两名,怎么建设特区呀?特区政府求贤若渴,到处招揽人才,他被招了进去,如今是特区得力的建筑设计师,去找他最好。"

"啊!谢天谢地,真是'踏破铁鞋无觅处,得来全不费工夫',好,就去找他。"我兴奋不已地说。

事不宜迟,第二天我和张炳华带上一大捆设计图纸到深圳市建筑设计院找龚民建。多年不见的中学老同学突然来访,分外激动。原来是风华少年,现在是鬓发添霜。尽管又高又瘦的他忙得不可开交,还是放下手中的工作,迎了上来。张炳华不改风趣,把一大捆图纸往老同学的设计台一放,拍拍肩膀说:"老同学,建筑大师,我是'无事不登三宝殿',这是小的在罗浮山多年修炼的成果，请您验证。"

龚民建打开一看："哇！你这个小调皮也搞起建筑设计来啦，难得难得。"

"我这是旱鸭子过河——不知深浅，今天又是班门弄斧，自不量力，献丑献丑，恭请建筑大师指点迷津。"张炳华不改天性地说。

老同学见面无拘无束，玩笑归玩笑，看图归看图，龚民建看起图来，那可是一丝不苟。只见他把所有的图纸一张张地摊开，一幅幅地仔细研究，从整体布局安排到一座座立体图、三维图，看得十分仔细认真，关键之处，推敲又推敲，绝不放过丝毫纰漏。这是万古基业，容不得半点差错呀！

不知不觉，日已过午，得找个地方填填肚子。我说："走，到街边找个快餐店，填饱肚子就是啦！"说实话，我们每分钱都要掰开来使，哪能到高级饭店去吃大餐？

吃饭中，我们谈到罗南中学的发展史，最后我说："没钱难，现在有钱也难。"

龚工程师不解地问："怎么个难法？"

我说："有了一点钱，天天就有工头找上门，应付不过来。又不知他们的造价多高，质量如何，真是把人愁坏了。请龚工程师指点迷津。"

"好吧！送佛送到西。"他放下筷子，抹抹嘴巴说，"老同学和校长这么辛苦专程来一趟，下午就带你们到深圳各处走一走，看看深圳有名的高质量建筑，了解各个建筑队资质，以便选择可靠的建筑队伍，免得浪费钱财又坏了工程。"

"好，好，"我和老张不约而同地说，"太好了！"

就这样，整整一个下午，龚民建带着我们俩一边走一边介绍，从深圳市委、市政府大楼到报业大厦、华强北电子大厦，又看了鲁班大厦、商报大厦，还看了深圳市师范专科教育学院教学楼等高大上的建筑，都是原基建工程兵的上乘之作。

面对这些巧夺天工之作，欣赏可以，哪里敢高攀？我不得不叹道："恐怕大鸡不吃小米，他们如此精兵强将，哪里看得起我们这个穷酸学校哇？"

"此言差矣！"他说。

我不解地问："差在何处？"

他说:"你别以为两万大军南下深圳,为深圳的开发建设立下了汗马功劳,建起了一座座的标志性建筑就高不可攀,其实不然。这些操正步的大兵们,脱下军装以后,在这改革开放大潮中的深圳,深感无所适从。"

我满脸疑惑地问:"怎么会呢?"

他解释说:"现在的深圳建筑市场是群雄逐鹿,强手如林,竞争非常非常激烈,可以说是'八仙过海,各显神通',这些正正规规的老兵有时还找不到米下锅哩!"

"哦!原来这样,真是想不到哇!"我说。

张炳华灵机一动说:"那我们去找他们行不行?"

"这最好不过,"他说,"这些脱下军装的老兵,毕竟保持着人民军队的优良传统,作风正派,工作踏实,质量保证,工价公道,没有杂牌建筑队的虚假之风。现在的建筑队伍之中,鱼目混珠,真假难辨,弄得不好,花了钱财又坏了工程质量,得不偿失;再说,这些基建工程兵近二十年来一直从事建筑工作,积累了丰富的经验,技术力量雄厚,设备齐全,完全可以信赖。"

"好,好,太好了!"我忍不住激动地说。

老张快言快语地问:"怎样去找他们呢?老同学,拉兄弟一把,你能不能帮忙去找一找他们?"

"可以,可以。"龚工程师说,"因为在设计院工作,跟他们有很多业务往来,大家关系比较密切。"

"好哇!"我紧紧地握着他的手说,"谢天谢地,谢天谢地!太谢谢你了。"

"不客气,不客气,"他说,"我看这样吧,你们这套图纸先放在我这里,我请其他同志共同审核,搞好了去跟他们联系,看看有谁接,再跟你们联系好不好?"

"好,好!"老张紧紧握着老同学的手说,"老伙计,我们就等你的好消息啦!"

1984年3月15日　星期四

　　一转眼，又是两个月过去，今天终于传来了好消息：龚民建为我们找到了基建工程中的强兵劲旅——深圳市第二建筑工程公司。他们原来是基建工程兵第十六团转业的队伍，来到深圳以后，遭受了台风和大火的洗礼，反而激发了军人特有的坚强斗志，曾先后承建深圳市师范专科教育学院教学楼等工程，对建校工程很有经验。特别是好就好在他们是国营企业，不仅可以包工包料，免得我为了钢筋水泥而碰破头皮，而且是工程完工后，按实际的设计图纸算钱，明码实价，童叟无欺，这就免了很多的烦心事。当然，具体事宜还要找个时间跟他们面谈，签订合同。

1984年3月20日　星期二

　　我和张炳华事不宜迟风风火火地来到深圳，由龚民建带我们去市二建公司，找到了他们的负责人赵为民。
　　军人就是军人，尽管他们的穿着已经没有领章和帽徽的旧军装，但是那种军人的素质一点没有变，言谈举止还是那么豪放爽直。
　　一见面，高大壮实的他就像多年不见的老朋友一样，爽快热情地说："欢迎！欢迎！我听龚工程师说了，为你们艰苦创业和'集资办学''捐资办学'的精神所感动，所以破例在深圳以外的地方，为你们学校承建工程，这是特例，其他人根本不可能。"
　　我和张炳华握着他肥大壮实的手，不断地说："谢谢！谢谢！谢谢你们的大力支持，为我们解决了基建工作的大难题，接下来的工作全靠你们了。"
　　"不客气，不客气。"他说，"能为你们这样的'武训精神'学校建设出点微力，也是我们的光荣。"
　　接着，他一边摊开我们的图纸一边说："你们的设计图纸，我们都认真研究过了，做得很好。"
　　"那我们什么时候可以签约？"我心急如焚地问。
　　他如实地说："签约的事不是凭这一套图纸就可以签的，我们还要派技术人员到实地去测量，一座座地安排，一项项地测算，一点点地落实，具体测算出多少人工、材料，总造价是多少，以及工期多长，才能签约。"

"哦！"我说，"原来这样，那你就尽快安排技术人员到我们那里去落实吧。"

他一口答应地说："一定，我一定尽快安排人手到你们那里去落实各项工程细节，然后签约。"

同去的龚工程师也帮着说："你们放心，老赵答应的事百分之百圆满完成。"

"好的，"我紧紧地握着他的手说，"到时见。"

1984年3月25日　星期日

今天，赵为民亲自带着两名技术员，开小车来到我们学校。

他一下车就赞不绝口地说："好地方，好地方！真是罗浮山下建校的好地方。难怪葛洪宁可不当大官，也要来这里炼丹。你们在这里建学校，将来虽然不一定出神仙，但起码也是贤人辈出的好地方。"

"多谢美言，多谢美言！"我和张炳华、袁圭、赵家庆等众多老师盛情地欢迎他们。有人说："好山好水还得好功夫，建好我们学校全靠好师傅，今后的工作就靠你们了。"

老赵说："大家都是爽快人，拿着图纸到实地看看，逐一落实安排吧。"

我们拿着图纸，从上往下，一一介绍。

第一级，正中央是综合大楼（集资楼），楼中间是行政办公室，东边是级组，西边是科组；大楼外的西侧是尊师楼，东侧是敬师楼。

第二级，西边是田家炳教学楼；东边是同乡科技楼。

第三级，西边是男生宿舍；东边是女生宿舍。

第四级，西边是礼堂（上）、饭堂（下），内左边是公共卫生间；东边是图书馆。

第五级，西边是露天篮球场；东边是室内体育馆。

第六级，大操场、足球场。

第七级，正中是升旗台。

第八级，学校大门。

当我们正在展图对地一一安排时，镇党委冯书记和许泰来副主任急急忙忙地赶来了。他们说："这是罗南镇的大事，我们应该来看看。"

他们一来，我们的事情就更好安排，学校、政府与承建单位三方共同见证、落实、签订合同，免了更多的手续与麻烦。

我借此机会询问道："冯书记，地形你熟悉，图纸你看过，你看我们应该怎么做？"

他对着我和老赵说："因地制宜，合理安排，总体规划图已经做得很好了。"接着话锋一转，"俗话说'看菜吃饭，急者先办'，根据我们目前的资金实力，一下子全面铺开也是不可能的事情，饭要一口一口吃，事要一件一件办，我看急的、重要的，先来落实安排吧。"

"好！好！"所有在场的人一致赞成。

于是，再次从上往下进行逐一确定：

一、综合大楼（集资楼），尊师楼；

二、教学楼（田家炳楼），科技楼（罗南同乡楼）；

三、致远楼（男生宿舍），求知楼（女生宿舍）；

四、大礼堂（上）、饭堂（下），西侧卫生间。

"好了，"还是冯书记一锤定音，"今天就确定这么多。"

接着，我们回办公室签订合同，确定开工日期和完工期限。至此，空前规模的建校工程就要开始了。

1984年5月5日　星期六　晴

罗南中学六大工程今天同时开工，这是我们学校历史上第一回，是罗浮山下第一回，即使在全县也是第一回。

为此，全校师生早早做好准备：

一、搭建好主席台，主席台周围摆满鲜花；

二、主席台彩虹拱门上大书"罗南中学六大工程奠基典礼"，几个字金光闪闪；

　　三、物理老师张炳华早早就把音响设备调试好；

　　四、主席台上下铺满红地毯；

　　五、12个气球高高飘扬，气球下长长的巨幅标语随风起舞；

　　六、10把铁锹绑红绸，一字摆开；

　　七、礼炮16门在会场两边准备完毕；

　　八、20位礼仪女生早早准备好托盘、剪子、剪彩布绑花；

　　九、会场周围摆出六大工程的项目介绍和各大项目的彩色巨幅图片；

　　十、准备好胸花20个；

　　十一、规划好领导休息区（学生桌20张和学生椅20张）

　　十二、基石；

　　十三、安排好方队位置。

　　今天是罗南中学的大喜日子，老天爷也为我们添光加彩，丽日蓝天，朝阳似火，把罗浮山装扮得更加漂亮，把沾满喜露的杜鹃花照得闪闪发光，把东江水照得更加清亮。地处罗浮山下、东江之滨的罗南中学，天一亮就充满欢乐与阳光。

　　罗南中学的师生们哪，比火热、比山青、比水甜，个个心里充满了喜悦与春光。

　　要知道，这是我们学校自创建以来的第一大喜庆日子呀！

　　兴高采烈的师生们敲起热烈的锣鼓，升起挂着巨幅标语的大气球，学校周围插遍了各色彩旗，整个现场充满热烈与喜庆的气氛。

　　八时整，全校师生列队在大路两旁，手举鲜花和红旗，盛情欢迎各位领导、各位嘉宾。每有人来，师生们都会兴高采烈地齐呼："欢迎！欢迎！热烈欢迎！"

　　县里管文教的周立德副县长和教育局许树人局长来了；

　　罗南镇冯兴旺书记和镇上四套班子的主要领导人来了；

　　鼎力支持教育事业的嘉宾田家炳来了；罗南联谊会的徐正荣来了；余五福老人家来了……

各单位、各大队、各村的书记和干部来了；

附近各地的村民和群众也纷纷来了；

施工队全体同志更是早早就来了。

八时四十五分，全校师生列队在会场中间整齐坐好，庆典司仪萧凤英老师胸戴红花正装登场。

她盛情邀请："请周副县长上主席台就座。"师生们响起了热烈的锣鼓声和掌声。

"请教育局许局长上主席台就座。"又响起了锣鼓声和掌声。

"请镇党委冯书记和各位领导上主席台就座。"锣鼓声和掌声再次响起。

"请热心教育事业嘉宾：独资捐教学大楼的田家炳先生、罗南联谊会会长徐正荣先生、余五福大伯上主席台就座。"会场立即响起了长时间雷鸣般的掌声和震耳欲聋的锣鼓声。

在热烈的掌声和锣鼓声中，十位女同学手捧胸花从主席台的东侧鱼贯而入，为首长和嘉宾戴上胸花，再依次从西侧徐徐而下。

司仪宣布大会开始，礼炮齐放，鼓乐齐鸣，全场响起了雷鸣般的掌声。

在热烈的掌声中，我登台致辞："各位首长、各位嘉宾、各位热心人士、各位老师、各位同学，今天是罗南中学六大工程动工的大喜日子，我代表全校师生衷心地感谢大家的支持和关怀。我们罗南中学能有今天，离不开各级领导的关怀，离不开罗浮山父老乡亲的尽情支持，离不开海外同胞、港澳同胞的竭诚捐助，在这里，我再次衷心地感谢大家了！"

我深深地鞠了一躬，继续满怀激情地说："我们一定不辜负上级领导的期望，罗浮山人民的期望，各位海外侨胞、各位港澳同胞的期望，把罗南中学建好、办好，把罗浮山人民的子弟教好，让罗浮山里早日飞出金凤凰。"

接着，工程队队长赵为民讲话，他说："很荣幸，能够为贵校六大工程的建设作贡献是我们的光荣。我们这些人虽然脱下了军装，但是军人的本质一点也没有变：雷厉风行、踏踏实实、艰苦奋斗、老老实实、保质保量，保证如期完成六大项目，到时一定在罗浮山下建成六座漂亮的教学大楼，成为罗浮山的一道亮丽风景线。"大家报以热烈的掌声。

"请送一座教学大楼给罗南中学的田家炳先生讲话！"司仪萧老师用甜美

的声音盛情邀请，会场上顿时响起了雷鸣般的掌声。

清清瘦瘦的穿着旧衣服的田家炳在一片掌声中说："我去过很多地方，凡是经济发达的地方，人的素质都高，凡是素质高的地方都是教育办得好。有很多有钱人把大量的资金捐赠给高等学校，这样容易出名，容易出成果，但目前能够上大学的人毕竟是少数，而大多数的农村孩子还是上不了学，或者是中途辍学，孩子一旦离开了学校，他的人生基本上就定格了，多么可惜！我就是要让失学的孩子有书可读，健康成长。我不怕钱捐得多，就怕学校盖不好、办不好。要是我捐办的学校没有办好，群众说'不要去田家炳学校读书'，那就白费钱财了。我最大的希望就是你们把学校盖得好，把学校办得好，这就是给我最好的礼物！"

师生们齐声回应："我们一定会把罗南中学建设好！办得好！"

"请周副县长讲话。"萧老师清脆响亮地邀请。

文质彬彬的周立德副县长充满激情地说："各位嘉宾、各位朋友、各位同志、各位老师、各位同学：大家好！今天特别高兴，参加罗南中学六大工程开工奠基典礼，这在我们县的中学建设中是历史上的第一次。一间中学能够同时动工六大工程，这是改革开放的成果，是全镇干部和群众一致支持的成果，是海内外爱国侨胞、港澳同胞热心捐助的成果，是罗南中学师生敢为人先，率先大搞'集资办学''捐资办学'的成果。说实话，如果光靠政府拨款，一百年也办不到。所以，'集资办学''捐资办学'是正确之路、成功之路、广阔之路，也是符合中国特色社会主义基础教育之路。这样的路，今后全县都可以推广下去，把全县的中小学都按要求、按标准建好，这就解决了多年来困扰我们的建校经费不足的大难题。人民教育人民办嘛，正好符合我们的国情、民情和亿万少年儿童能够上学之情。

"今天，我们在这里动工兴建，一定要把基础打好、打牢、打扎实，万丈高楼平地起，只有把基础打好了，才能根基永固传万代。同时，建设过程一定要严格按要求、按标准认真施工，哪怕是细枝末节也万万疏忽不得，把我们的六大工程建得漂漂亮亮，向罗浮山人民交出一份满意的答卷！"

话音刚落，掌声雷动，锣鼓齐鸣，基石前拉开了长长的剪彩扎花红绸，基石周围摆放着十把缠红铁锹。剪彩首长和嘉宾们边走边向全场致意，来到剪彩现场，周副县长居中，左右两边是许局长和冯书记，大家一字摆开，十位女同学手捧摆着剪刀的红托盘依次来到嘉宾们面前敬上剪刀，然后回位。

剪彩开始，欢声雷动、锣鼓震天、鞭炮齐鸣，整个现场成了欢乐的海洋。

奠基培土，"开工大吉，万事如意！"首长和嘉宾们边培土边献上美好的祝福。

1984年5月6日　星期日

今天，大约一个连的施工队伍浩浩荡荡进场，带来了各种机械设备和材料，我们只好腾出原来的教室让工程队的同志暂住，师生则借用罗南小学的教室继续上课。

施工队如神兵天降，他们一进场就风风火火地开展各项工作。这一来，校园如战场，平整地面，开工画线，一一按图而施；挖泥机、打桩机大显身手；来钢筋，来水泥，一车接一车，一派繁忙景象。此情此景，令全校师生无比高兴，我更是兴奋不已。

教育局为保证建筑质量，特别派了建筑专家老房来做工程监理。他大学读的就是园林建筑专业，在建筑设计方面是行家里手，小菜一碟。他来了以后，事无大小，一砖一石，一桩一柱，点点到位，绝不放过，严格把关。

有一天，我和他一起在工地检查施工情况，他边看边说："无校长，总体来看，依山就势，因地制宜，布局合理，这是好的；但有一点你们没有注意到。"

我生怕有什么差错，急问："什么地方注意不到，请指正。"

他说："你们这里原来是一个老林场，我看了一下，还有一些果木老树，要好好利用。'毁林容易造林难'，你们要好好保护这笔来之不易的财富，不要随便砍伐。能不动的就不动，就是要动的也要移养起来，将来种在适当的地方，比你重种新苗容易得多。安排得好，你们这里就是一个非常漂亮的园林式学校哇！"

"好！"我连连点头说，"谢谢指点，专家就是专家，一语点醒梦中人，这点我们原来想都没有想过呀！"

施工进程中，由于工程质量好、进度快，得到各方的赞誉，也得到各方的大力支持。

首先是县教育局按原先的承诺，一笔一笔地拨款支持。

镇政府也想方设法，调动资金支持学校建设。

特别是罗南联谊会的会员们，更是一笔一笔的巨款源源不断地汇来，为我们提供了充裕的资金。

开工不足半年，五大工程已粗具规模，师生们非常高兴，教师更是兴奋不已。在教师会议上，负责施工的张炳华说："'老武'，一不做，二不休，干脆一竿子插到底，把所有的工程都做了。"

"好！好！"会上响起了激动而热烈的掌声，老师们齐声说："好！好！这个提议好，乘胜前进，一鼓作气干到底，把学校建设好。"

"好，好！"我说，"大家的提议很好，但是，这一扩大，问题不少。首先是资金问题，请管理财务的老师摸一摸荷包，还有多少？再说，还要上通下达，教育局、镇党委是否同意和支持？还有就是施工队伍的问题，他们是否安排得过来？这些事情不是我们一个'好'字就办得来的，请大家考虑考虑。"

张炳华立即说："'老武'，那就使出你的老本行：烧香、磕头、多多跪拜和求情，总是可以感动各路神明的。"

老成稳重的陈老师说："烧香跪拜与磕头倒不用，今时今日与当初的草创阶段不能同日而语，改革开放以来，整个社会经济大大提高，为我们提供了一个筹资的基础；再说各级的财政收入也比以前充裕得多，也可以为我们提供一定的资金支持；还有，海外侨胞、港澳同胞支持学校建设的热情空前高涨，有的一个人就建起了一座漂漂亮亮的学校，我们有这么多的侨胞、同胞，请他们再支持一点也是可以的。"

"有道理！"老师们说。

"至于教育局和镇党委及工程队的沟通问题，那就有劳校长多多请示和联系咯。"陈老师说。

"好，好！"大家说，"这样好，这样好。"

这样一来，我又得上请下联，四处出击了。

第一，最要紧的是向县教育局局长请示汇报，这不是一个电话就行得通的。

要请局长和"财神爷"一起来考察，认为确实可行，他们点了头才敢行动。

第二，要地方政府大力支持才行。这就要向冯书记和许副镇长请示汇报，征得他们的同意和支持才行。

第三，要跟工程队的同志商量，他们许可才行。

第四，如何再次向海外侨胞、港澳同胞募集资金的问题，取得他们的大力支持，工程才能顺利进行。

为此，我迅速致电许局长，向他详细汇报学校建设进度、工程质量，并十分诚恳地请他来检查和指导工作。他非常爽快地答应："好，好，我会抓紧时间，到你们那里看看，这是建校大事，也是局里的大事啊！我一定去，一定去。"局长一来，我们就天门半边开咯！

许局长说到做到，没过几天，他就和"财神爷"老申一起来了。

他俩一到，我、张炳华、教育局工程监理老房和工程队的赵为民，以及没有课的老师等一班人迅速地迎了上去，大家边走边看。

许局长看到我们的建校进度和工程质量以后，赞不绝口："好！好！做得很好。"

张炳华乘机说："我们还想做得更好哩！"

许局长说："那就更好了。"

我借机说："张老师说的'更好'，是要一竿子插到底，一口气把所有的工程都做好哩。"

许局长想了一想，问道："无校长，一下子做这么多行不行啊！"

我还没有开口，在场的老师齐声说："行！行！"

许局长问道："哦，你们说说，怎么个行法？"

大家七嘴八舌地说："只要局长点点头，适当给一点，其他的大家一起想办法，总是可以的。"

"还可以向镇里要一点，请他们支持支持。"

张炳华更是广开财路似的说："我们还可以继续向广大海外侨胞、港澳同胞再次募捐，他们看到目前这种情况，一定会大力支持的。"

有人说："是啊！现在到处都在支持建校，有的一个人就建起了一座漂漂亮亮的学校哩，我们再次动员动员还是可以的。"

局长听后，微微点头，笑笑说："精神可嘉，那你们就继续努力吧。"又转头对着老申说，"'财神爷'，你看看情况，到时适当安排安排吧。"

老申笑笑地说："好吧，到时看看情况，挤一点。"他深知，支持我们的钱一元可当作十元，甚至一百元来用，何乐而不为呢？

第一关通过了。

冯书记对我们学校的建校工作十分关心，经常有事无事就会过来看看，许局长来后的第二天，他又来了。

我抓住机会，一五一十地向他汇报了老师们的心声和局长点头的情况，并说："请镇里支持支持。"

他说："你说说，要我们怎么个支持法？"

我说："镇上的支持首先是乘胜前进，加快完善目前的工程，同不同意？再就是适当支持一点；最主要的是进一步开展捐资活动，特别是再次发动海外侨胞、港澳同胞捐款，这才是最大的资金来源。你看可以吗？"

他说："你们的想法和精神都很好，不过，这么大的事情，我们镇党委还要认真讨论讨论才行，不是我一个人说行就行。"

"对对对，"我说，"这是应该的，关于海外侨胞、港澳同胞的捐资问题，是不是又来一次新春座谈会，请他们再来这里看一看，你看行不行？"

"这个办法好。"他说，"我回去和大家商量商量，做做准备，要大家一起来做工作才行。"

我说："是啊！一个篱笆三个桩，一个好汉三个帮，只有大家齐心协力才能把事情办好。"

冯书记点点头说："好吧！我回去跟大家商量商量。"

"好，"我说，"应该的。"

看来大有希望！

工程队的事好办，我跟赵为民说："队长，你们工作扎实，工程进展快，工程质量好，大家看了很高兴。我们很想请你们继续为我们的建校作贡献，完成所有的工程项目，行不行？"

他喜出望外地答应："可以，可以。"

是啊！一个工程队，谁不希望有更多的工程，谁不想有更多的钱赚呢？

就这样，第三关顺顺利利地通过。

接下来，就是进一步筹资的问题啦。

1985年2月1日　星期五　晴

真是天助我也！大年初二，丽日蓝天，分外吉祥。

今年的新春座谈会在镇党委、镇政府的精心筹划下有了新的扩大和发展，除了以前的海外侨胞、港澳同胞之外，还邀请了各村的干部、乡贤和我校的历届校友参加，场面十分壮观。

由于改革开放，经济发展，人们的生活水平有了很大的提高，整个会场里，不管是海外侨胞、港澳同胞，还是各村干部、乡贤和校友，喜悦的神态溢于言表，见面时个个互道吉祥，一派欢乐祥和景象。罗南联谊会会长徐正荣老先生更是一早就到，一一给大家拱手拜年。

会场里，大家吃着花生、糖果和年橘，欣喜交谈，充满了热烈祥和的喜悦之情。

在欢乐祥和的新春座谈会上，冯书记高举茶杯向大家拜年："侨胞们、同胞们，各位同志、各位朋友，大家新年好！在大年的第二天，向大家拜年了！祝大家在新的一年里，事事胜意，身体健康，家庭幸福，生活愉快，生意兴隆，发财！发财！再发财！"

"好！"大家报以热烈而长时间的掌声。

接着，他详细向与会者介绍去年全镇工农业业绩和今后的宏伟计划。

最后，他说："我们的中学建校工作也是进度快、质量好，请大家前往检查和指导。"

于是，有的骑单车，有的步行，浩浩荡荡前往我们学校。

大家远远看到，学校工地上彩旗飘飘，锣鼓喧天，老师们正在欢迎贵宾们的到来哩。

到场一看，大家可高兴了。一年前，这里还是一片荒山与平地，而今却是高楼初起，综合楼和田家炳大楼已经封顶，其他三座也建了七八成。

联谊会会长徐正荣先生高兴得紧紧地握着我的手说："无校长，谢谢你，谢谢你！我们怎么也没有想到，学校建得这么快、这么好，真是太谢谢你了，这是造福罗南人民子孙后代的大好事啊！"

冯书记和许泰来副镇长同声说："现在请无校长向各位汇报建校情况和今后计划。"

我站在工地上向大家深深鞠了一躬，说："我代表罗南中学师生向大家拜年了！大家新年好！祝侨胞们、同胞们、各位乡里贤达、各位同志和校友，在新的一年里大展宏图、万事如意，家庭美满幸福，生意兴隆发达，正如冯书记说的'发财！发财！再发财！！'"在场者报以热烈的掌声。

我接着说："非常感谢大家的鼎力支持，我们的建校工作才有了可能，现在请大家检查我们的工程进度和质量，请大家仔细看看，我们的工程质量还有什么不足之处，请多多提出宝贵意见，以便改正和落实，把工作做得更好，我们下定决心要把各位捐出的钱一分分地用实用好，绝不浪费大家的血汗钱！"

大家报以热烈的掌声，异口同声地说："好！""做得好。"

于是，我带着与会者边走边看，走遍了五大建筑。大家看到不仅进度快，而且质量非常棒，一砖一柱显露无余，看得清清楚楚；柱直梁平，无露钢筋；砖面平整，灰浆稠密，楼面平实，未见接痕，实属难能可贵的一级工程。

我说："大家看看，我们还有什么不足之处，请提出来，以便改正，使我们的建校工作做得更好一点。"

大家纷纷说："做得很好，很漂亮。这样的建筑我们百分之百放心，我们的捐款百分之百值得。"

有的还说："我们希望把咱们的学校建得更好更漂亮哩。"

冯书记抓住机会连声说："好！好！大家说得好，我们都想把罗南中学建得更好哩。"

我乘机说："我们正想乘胜前进，一竿子插到底，把所有的工程都做好，早日完成罗南中学的建校工作。"

"好！好！"全场立即响起了热烈的掌声。

冯书记说："我们镇党委全力支持罗南中学的建校工作，尽力争取早日完成所有工程项目，为罗南人民建成一座漂漂亮亮的中学，为罗南人民的子孙后代造就良好的学习环境，让孩子们早日成才。"说完，他递上一个胀鼓鼓的大红包,"冯校长,聊表心意。"

我激动得语无伦次地说:"谢谢!"双手微微发抖地打开红包一看,整整二十张"大团结"呀!一个月薪几十元的干部,一下子又捐出这么多,那是几个月的生活费用啊!

一马当先,万马奔腾。眼见冯书记的大红包,全场不仅立即响起了热烈的掌声,而且掀起了捐资建校的高潮。

率先跟上的是徐正荣老先生,他递上一张十万港元的支票,说:"这是联谊会同人的一点心意,期望咱们中学早日建成,为子孙后代创建一个良好的学习环境,为罗浮山早出人才、出好人才作贡献。"

"好!好!"我接过支票,诚恳万分地说,"我们一定不辜负大家的重托,竭尽全力,争取在今年秋季开学之前,把学校建好!为罗浮山人民子女的成长尽我们最大的能力。"

"好!好!"大家一边称赞,一边争着捐钱。

我们的老师早已准备好笔墨纸张,我说:"大家不要急,一个一个来,有现金的现在可以捐,没带现金的,签个名,认个捐也可以。"

不一会,三张十六开纸就写得满满的,其中最令人意想不到是我们的校友徐建中捐一万元、赖伟强捐两万元,我怎么也想不到哇!

徐建中原来是班长,给学校造成过一些损失,改革开放以后到深圳创业,事业有成回报母校还可以理解。"猴子"赖伟强就怎么也想不到,他反而比前者捐得多。原来他受到陈老师的启发,那些劈不开、烧不了的烂柴头成了大宝贝,他源源不断地把各种奇形怪状的树根卖给根雕厂,因此发了大财,便慷慨大方地报恩母校。

面对此情此景,我心里有说不出的高兴,激动万分地说:"谢谢!谢谢!谢谢各位海外侨胞、谢谢各位港澳同胞、谢谢各位党政干部、谢谢各位乡亲父老、谢谢各位罗浮贤达、谢谢各位校友,我们一定不辜负大家的重托,在今年秋季开学之前把学校建好!"

这是我立下的军令状啊!

1985年9月1日　星期日　晴

今天是罗南中学落成庆典暨新学年开学典礼的大喜日子。远远看去，罗浮山南麓出现一个新的景点，黄澄澄，金灿灿，恍若仙宫神阙，非常耀眼。原来是依山就势，逐级升高，虽然各座建筑物只有二三层高，但是远远望去连成一体，好像摩天大厦，又像珞珈山麓的武汉大学似的金光闪闪。

走近一看，大门三开，中门顶上是"罗南中学"四个大字，端正大方，大门两边的欢迎标语十分醒目，学校近三公里长的围墙是一人高的红砖花窗，非常美观。学校周围和大路两旁插满了各色锦旗，高高的气球系着彩色绸标迎风飘扬，一派喜庆吉祥景象。

走到里面才看到：全部建筑物主墙是米色纸皮砖，橙黄色瓷砖包边，十分清雅宜人；各大建筑错落有致，间距适当；校内地面种上了老树新苗，楼间地面砌以花坛，就是像模像样园林式校园。

从上往下看：一、二、三排都是三层楼，第四排是两层楼，第五排是室内体育馆与露天篮球场，最底下是运动场。

第一排中间是综合大楼（集资楼），楼内中间是行政办公室；东边为级组办公室，西边为科组办公室；大楼的东面是敬师楼，西面是尊师楼；巨幅《芳名榜》用黑金刚石镶嵌在办公室门口东侧，刻石镏金，以之永铭。榜上不论捐款多少、职位高低，一律以捐资时间为序，人人上榜，多少标明，以告历届师生，永远不忘这些恩人。

第二排，东边是罗南联谊楼（科技楼）；西边是田家炳教学楼。

第三排，东边是女生宿舍；西边是男生宿舍。

第四排，东边上层是图书馆，下层是图画室、音乐厅；西边上层是礼堂，下层是饭堂，其中西段四分之一为公共卫生间。

第五排，东边是室内体育馆；西边是三个露天篮球场。

第六排，运动场（足球场），运动场北面正中是主席台，主席台的东西两侧是四级看台，南面正中是升旗台。

中间大道是平路与梯级相间，东西两楼之间是梯级，步步高升；其余都是水泥大道。

会场里，主席台上方是拱形气球门上，"罗南中学落成庆典暨新学年开学典礼"几个大字金光闪闪，十分耀眼。

主席台上整整齐齐地摆放着四排十套桌椅，最前一排的桌子披上红布，中间安好麦克风。

主席台前摆满各单位、各部门送来的祝贺花篮。

主席台前方的运动场中间留通道，左右各设嘉宾区；每个嘉宾区各放学生椅一百套，分十排，每排十套，供嘉宾和老师们入座；每个座位上预放纪念品一份。

赵家庆老师早就划定各个班级区位，以便整齐划一、各就各位。

会场的周围贴满各色各样的庆祝标语，琳琅满目、精彩纷呈，给人一种阳光正气、青春向上的热烈氛围。

会场外、大门口两边、大路两旁等地方，每当嘉宾来到之时，手持鲜花的学生挥动着手中花束，热情欢呼："欢迎！欢迎！热烈欢迎！"

新礼堂已安排好嘉宾们的休息区，让来宾们有喝茶休息的地方。

嘉宾们一进入校园，个个按捺不住欣喜之情。他们左看看，右看看；从上看到下，从下往上看到顶；从里看到外，从外看到里，人人赞叹不已："漂亮！漂亮！真漂亮！！"

有的高举大拇指赞道："了不起！了不起！六配套全部都有了，真是了不起。"

在阳光和煦、欢乐祥和的气氛里，庆典大会开始了。全校师生按划定区域，整整齐齐各就各位。

主持人萧凤英充满欣喜之情，敬请各位首长、嘉宾上台入座。

"有请周副县长上主席台就座！"萧老师手姿优美，笑容可掬地鼓掌，全场立即响起了热烈的掌声。

"有请教育局许局长上主席台就座！"全场再次响起了热烈的掌声。

"有请冯书记和各位镇领导上主席台就座！"全场响起了长时间的雷鸣般的掌声。

"有请徐正荣先生、有请余五福大伯上主席台就座！"全场更是响起了震耳欲聋的掌声。

……

主持人宣布："罗南中学落成庆典暨新学年开学典礼现在开始！"

礼炮齐发，爆竹如雷，锣鼓喧天，全场掀起了雷鸣般的兴奋万分的掌声。

"升国旗！唱国歌！"

全场人人起立，八名护旗队员迈着整齐的步伐，精神焕发地护卫着鲜艳的五星红旗走向升旗台。

随着国旗的冉冉升起，雄壮激越的国歌声响彻云天，尽显全校师生的爱国之情。

升旗完毕。

"请校长致辞！"

在师生们的热烈掌声中，我登台致辞："尊敬的各位领导、尊敬的各位嘉宾，老师们、同学们：大家好！"全场响起了热烈的掌声。

"在风和日丽、阳光普照的大喜日子里，我们的罗南中学终于建成了。"全场响起了雷鸣般的长时间的掌声。

"回首往事，十年来我们历尽了无数的艰难建校之苦。幸得改革开放，经济发展，才为我们的'集资建校''捐资建校'提供了可能的经济条件和社会基础，幸得各级领导的关怀和支持及带头捐资，幸得全镇人民热情高涨的集资和捐资，特别是幸得海内外侨胞、港澳同胞的无私贡献和巨额捐赠，才使罗南中学的建校得以成功！在这里，我代表全校师生衷心地感谢大家！"我深深地向所有领导和嘉宾诚挚地鞠躬，"谢谢！谢谢大家！谢谢各位领导，谢谢各位嘉宾！"

"大家看到了这么漂亮、这么完整、这么美好的学校，离不开所有人的热情捐助和无私贡献，我们全校师生将永远铭记所有人的大恩大德。"全场响起了热烈的报恩掌声。

"古语云：'滴水之恩，当涌泉相报'，我们的学校既无钱可报，亦无物可报，唯一能报答各位的就是把学校办好，把学生培养好就是最大的回报。大家别看我们不是大学，也不是重点高中，仅仅是一家镇办初中而已；其实不然，孩子们的人生定位往往在于初中阶段。这个阶段正是孩子们长身体、长知识的爆发期，也是思想意识形成的关键时期，初中阶段正是孩子们由小不点变成小青年的成长期。小学时，孩子们年纪小，缺乏独立思考能力，老师说什么就是什么；上了高中，年轻人已经有一定的思维判断能力，不易说服；上了大学，思想已经成型，要其改变已经很难。所以，初中阶段有一个好的学校和一群好的老师是关键之关键，这是孩子们人生定位的关键之点。"

最后，我说："从今以后，我们的任务就是把全校的老师团结好、带领好。为人师表，以身作则，言传身教，给学生树立一个良好的榜样。全心全意地投入教学工作，认认真真地备好课、教好学，使学生学到好思想、真功夫、实本领。对待学生，我们要'爱生如子'，做到循循善诱、因材施教、关怀备至。他们不仅是知识的接受者，也是未来的主人翁，让他们在良好的环境里健康成长，长知识、增才干、学做人，成为品德优良、有真才实学的有用之人，这就是我们最大的回报。谢谢大家！"全场响起热烈的掌声，特别是领导和嘉宾的掌声更响、更久。

"请镇党委冯书记讲话！"由于冯书记的特殊贡献，掌声分外热烈。

冯书记登台致辞，他说："尊敬的各位领导、各位来宾，老师们、同学们：大家好！"

"在稻香荔红、五谷丰登的大好时节，我们欢聚一堂，热烈庆祝罗南中学胜利建成，这是我们镇教育发展史上的最大好事，我谨代表镇党委、镇政府向罗南中学全体师生员工表示热烈的祝贺！向所有关心和支持我镇教育事业发展的各级领导、社会各界人士、工程建设者表示衷心的感谢！向前来参加庆典的各级领导和嘉宾表示欢迎。

"罗南中学的建设是我们镇教育事业的重中之重，它关系到全镇青少年能否健康成长，正如梁启超先生说的'社会的希望在于青年'，我们全镇人民的希望就是寄托在这些娃娃身上。因此，近十年，我们把罗南中学的建设摆在优先发展的重要战略地位上，卖小车、缓建房、节开支、干部职工带头捐资，全力支持罗南中学建设；特别是率先开展'集资建校''捐资建校'活动，集全镇人民、海内外侨胞、港澳同胞之力，才使罗南中学的建校工作得以圆满完成。

"我深信，只要我们以人为本，因材施教，导以正确的人生观、道德观、价值观，我们的学生就能成为爱党、爱国、爱人民的有用之材，成为我们的可靠接班人。

"我希望，罗南中学以圆满建成为契机，老师集中精力搞好教学，努力提高教学质量，把学校办成誉满南粤的好学校；学生勤奋学习，刻苦锻炼，成为'德、智、体'全面发展的优秀人才，这就是我们对罗南中学的厚望。"师生们报以热烈长久的掌声。

"请周副县长讲话！大家鼓掌欢迎。"

在全场的热烈掌声中，周副县长开始讲话。

他说："尊敬的各位领导、各位侨胞、各位港澳同胞、各位嘉宾，老师们、同学们：大家好！

"在'日啖荔枝三百颗，不辞长作岭南人'的罗浮山下，庆祝罗南中学建校圆满成功，这是我们县教育事业值得纪念的一件大事。今天，各级领导、海外侨胞、港澳同胞、各位乡亲、各位热心人士，大家远道而来，欢聚一堂，庆祝学校落成，这是空前的盛举。在此，我谨代表县委、县政府、县人大、县政协表示诚挚的祝贺和热烈的欢迎！向十年来为罗南中学的建设而艰苦拼搏的校长和老师们表示崇高的敬意！向十年来关心支持中学建校工作的各级领导、有关部门和社会各界贤达表示衷心的感谢！特别是向海外侨胞、港澳同胞的巨大贡献表示衷心的感谢！

"九年间，这里从一片荒废的老林场变成罗浮山下美丽的新校园，离不开师生们披荆斩棘、艰苦创业的精神，离不开各级领导的支持和关怀，离不开全镇人民的支持和积极捐资，离不开各界贤达的大方捐助，离不开海外侨胞、港澳同胞乡情浓于水的巨额捐款，特别是离不开罗南中学敢于人先，率先提出'集资建校''捐资建校'这一创举。大家集全社会之力，广聚财源，达到公办民助，为学校的建设提供了大量的资金来源；尤其是改革开放以来，我们县委、县政府按照'科教兴县'的战略部署,大力支持学校建设,才有罗南中学的今天。罗南中学的建成说明了一个道理,在当前经济情况下,'集资办学''捐资办学'是正确的建校之路,仅仅靠政府的财政拨款,一百年也建不成这样的学校。同时,这也证明'两条腿走路',依靠人民办教育,'集资办学''捐资办学'获得成功,是教育领域里一次深刻的重大改革。它的重要意义在于从政府包办教育发展到全民全社会办教育,证明了多渠道筹措教育经费是发展我们教育事业的正确之路、成功之路,亦为我们全县的建校工作提供了宝贵的经验,树立了良好的榜样。虽然它只是一个镇办初级中学,却是南天之下的一座丰碑,是罗浮山下的又一亮丽景点。我们希望全校师生以新校的建成为起点,老师要以人为本,全心全意,认认真真,刻苦钻研,提高教学水平,搞好教学工作,为学生的全面发展、健康成长做出贡献;学生要勤奋学习,刻苦钻研,学知识、学文化、学劳动、学做人,成为品德优良、身体健康的有用之材。有人说'教育使人更精彩',希望罗南中学在良好的校园中培养出大批的精彩人才,为社会提供大批有用人才。谢谢大家!"全场又是报以热烈的长久的掌声。

"有请罗南联谊会会长徐正荣先生讲话!"会场上立即响起了雷鸣般的掌声。

"尊敬的各位首长、各位乡亲、各位朋友,老师们、同学们:大家好!"徐会长激情满怀、声音洪亮地说:"在阳光普照、百业兴旺的大好日子里,贵校不仅喜迎建校十周年华诞,还迎来了建校工作的圆满成功,我谨代表罗南联谊会全体同人向贵校致以诚挚的祝贺!秋风化雨,润泽青史;春秋几度,赋成华章。我们非常高兴地看到,贵校十年来始终坚持艰苦创业、勇于开拓的精神,在全无校舍的一片荒林里搭棚建校,办起一间中学来,其艰苦奋斗的精神实在感人至深;特别是改革开放以来,贵校敢于第一个'吃螃蟹',提出'集资建校''捐资建校'的首创之举,这不亚于当年的'武训先生',感动了罗南人民,感动了各级领导,感动了海内外的热心之人,这才为成功建校提供了资金可能。而在建校过程中又能珍惜集资而来的每分钱,实属难能可贵,并且在这么短的时间内,把学校建设得这么好,更加令人高兴。这样的学校我们信得过!古话说:'十年树木,百年树人',我们深信,贵校一定会以落成为契机,坚持'厚德载物、文化兴校、人本为尊、育人至上'的教育理念，以开拓进取、勇于创新的精神，突出办学特色，努力提高教育教学水平，把学校办成人人向往的好学校、名学校，把学生培养成品德优良、成绩优秀、身体健康的栋梁之材，这就是我们最大的希望。谢谢大家！"

"学生诗朗诵《忘不了》"。
八名学生，四男四女，穿着校服整齐登场，饱含深情地朗诵《忘不了》：
忘不了，那间破旧的瓦房；
忘不了，那片荒废的林场。
啊！忘不了，这就是我们的中学堂？！
忘不了，师生们披荆斩棘搭草棚，建起了草棚课堂；
忘不了，狂风恶雨把棚翻；
忘不了，破屋后墙崩；
忘不了，师生无处把身藏！
忘不了，三搭草棚，再把学校办。
忘不了，我们的小窑砖；
忘不了，双手冻僵还打砖！
忘不了，师生拼命干，建起了两间砖瓦房。
忘不了，改革开放，经济发展，为我们的"集资办学""捐资办学"提供了条件。
忘不了，敢于人先，从农户到省教育厅，到处募捐。
忘不了，领导支持，冯书记第一个捐钱；
忘不了，全镇职工干部个个跟上，拿出一个月的工资作贡献。
忘不了，山村里人头攒动，争着捐钱。
忘不了，"五保"老人黄月娥争先捐钱！
忘不了，余五福大爷连"长生板"都拿来捐献！
忘不了，特困户买包洗衣粉都要赊账，却来大方捐款。
忘不了，双目失明徐肃明，手拄盲人杖来捐钱。
忘不了，山村革命老人李贞捐出真情。

忘不了，"堡垒户"张大娘，把儿孙给她做九十大寿的8000元巨款，全给了学校。

忘不了，老党员，身患癌症晚期的徐丰鸣，把买药的钱捐给学校，第二日自己就归天！

忘不了，陈家村的陈树柏，到深圳特区掘得第一桶金，就给我们送来了十万元；

忘不了，当年打砖冻僵双手的校友赵自强，给我们载来红砖十万块，为母校添砖加瓦。

忘不了，泰国华侨，两次登上天安门的谢国民，汇来泰铢一百万；

忘不了，梅县松口，五代侨贤梁采臣的后人，也为我们作贡献。

忘不了，"兴学育才，功垂千秋"的揭西人，马来西亚华侨张武帮先生也寄来巨款。

……

忘不了，"百校之父"田家炳，捐建的大楼矗立南天！

忘不了，"罗南联谊会全体同人"，为我们的建校工作提供了源源不断的财源，才使罗南中学圆满建成！

忘不了，啊！忘不了，一切捐资人的贡献和殷殷期望！

忘不了，啊！忘不了！（全场学生齐声朗诵）请首长放心，请嘉宾放心，请罗浮山的父老乡亲放心！我们一定勤奋学习，刻苦钻研，积极锻炼，不负众望，成为德、智、体全面发展的好学生、好青年，为祖国、为人民做出我们的贡献和担当！

会后，我们在学校饭堂大摆"庆功宴"。这个庆功宴既没有鱼翅，也没有海鲜，都是罗浮山的土特产：三黄白切鸡、清蒸显岗水库大鲩鱼、客家瓤豆腐、梅菜扣肉、红炆猪手、卤水罗浮鸭、青菜炒珍肝，还有酥醪菜干猪骨汤。

酒是土茅台——产自罗浮山下的"澜石香"。

学校饭堂内摆着二十张大圆台，招待首长、嘉宾、各位贤达和师长，以及工程队人员，学生则吃自助餐。

"宴会"开始，我不像当年的武训站在门外不敢入席，而是带领全体老师向大家敬酒，满怀激情地说：“谢谢各位首长，谢谢各位嘉宾，谢谢各位贤达，谢谢各位老师和同事，谢谢各位校友和同学，学校能够成功落成，这是大家的功劳！谢谢！谢谢大家，为学校的落成干杯！”

周副县长和众人高举酒杯，一声"干杯！"仰头痛饮。

"看到罗南中学成功建成非常高兴。"周副县长说，"托尔斯泰说：'要教育人民，有三件东西是必要的：第一学校，第二学校，第三还是学校'，今天学校的建成，是十年来师生们奋斗的结果，是改革开放的结果，是各级政府和领导支持的结果，是全镇人民尽力支持的结果，是海内外侨胞、港澳同胞源源不断捐赠的结果，是敢于人先的'集资办学''捐资办学'的结果。它将载入我县的建校史册而发扬光大。我建议，为罗南中学的成功建校干杯！"

"干杯！"

"干杯！"

……

POSTSCRIPT
后记

　　从一九八三年秋开始动笔，至今已经整整四十个春秋。记得一九八四年初稿以《开荒牛》为题，亲送出版社，编辑一见说："题材很好，抄正送到长篇。"这一抄就抄了三十几年。而今，我已年届八十六，再不献丑，它将胎死腹中。它虽然没有完整的故事，也没有什么故事情节，只是一本"豆腐账"，但是，在建校过程中有太多太多的感人事迹和人物，令人难以忘怀，不说出来心里难受哇！在学校的开基创建之时，很多很多的校长累生累死一辈子，为了学校的建设到处求爷爷告奶奶，成了名副其实的"开荒牛"，有的甚至倒在了建校之地上，可惜没有人把它记下来。改革开放以来，全国到处掀起"人民教育人民办"的高潮，在"集资办学""捐资办学"活动中，涌现出太多太多的感人事迹和人物，全国的学校旧貌换新颜，不把这一历史巨变告诉孩子们，于心不安。

　　为了抄正拙作，一九九二年，我自购电脑，从此一边教学，一边练习电脑打字。

　　天不遂人愿，一九九七年，我左眼全瞎了，八月一日清晨，手术前挡住右眼看广州，只见灰蒙蒙一片，啥也看不见；二〇〇七年更惨，右眼不仅全瞎，而且得了青光眼。幸得现代眼科医术，两只白内障的瞎眼先后植入人工晶体，才得以重见光明。要不，我早已是处在黑暗世界里的盲人了。

　　我更加珍惜这来之不易的暮年余光，一次又一次地阅读，一次又一次地修改，一次又一次地勘误。最近，我更是与时间赛跑，每天凌晨四点钟就起来对它进行修改完善，终于完成平生之愿，写成了《青春做伴罗浮山》。

文章千古事，好坏任评之。

一九八五年三月二日初稿于博罗

一九八五年四月二十五日修改于博罗

一九八五年六月十六日二稿于博罗

一九八五年八月六日再改于博罗

一九八七年五月九日三稿于博罗

二十世纪九十年代第一次打印稿于东莞

二〇〇四年九月十六日第二次打印稿修改于东莞

二〇二〇年八月十七日又订正于东莞

二〇二二年三月二十三日再校订于东莞